KB113027

캐치-22 I

Catch-22

CATCH-22
50th Anniversary Edition
by Joseph Heller

세계문학전집 186

캐치-22 I

Catch-22

조지프 헬러

안정효 옮김

민음사

나의 어머니와 아내 셜리,
그리고 나의 두 아이 에리카와 테드에게(1961)

저작권 대리인, 캔디다 도나디오
로버트 고틀립,
편집자, 그리고 동료들에게(1994)

50주년 기념판 서문

함정이 하나 있다면 그것은 캐치-22였는데, 그 규칙은 긴박한 현실적인 위험의 면전에서 자신의 안전을 걱정하는 행위에 해당하는 합리적인 심리의 전개 과정이라고 정의했다. 오르는 미쳤고 그래서 비행 근무를 해제받을 수 있었다. 그가 할 일이라고는 신청하는 절차뿐이었는데, 그가 신청만 하게 된다면 그는 더 이상 미친 상태가 아니어서 다시 출격을 계속 나가야 한다. 출격을 더 나간다면 오르는 미치게 되며, 그러지 않는다면 정상적인데, 만일 정상적이라면 그는 출격을 나가야 한다. 요사리안은 캐치-22의 이 구절이 내포한 절대적 단순성에 깊은 감동을 느껴서 존경스럽다고 감탄했다.

"그 캐치-22라는 거 굉장하구면." 그가 말했다.

"최고 수준이지." 다네카 군의관이 동의했다.(1권 101쪽)

"캐치-22"라는 표현은 이렇게 미국의 언어 속으로 스며들었고 ── 걸프전 사막의 폭풍(Desert Storm)식 용어를 차용한다면 ── 차량 관리 분야에서 거의 날마다 봉착하는 '전략적 배치'의 골칫거리 상황을 서술하는 용어로 뿌리를 내렸다. 그 용법은 이제 사전에 등재될 정도로 일반화했다. 책의 제목이 (불가피한 현실이라 실례를 무릅쓰고 솔직히 표현하자면) '유행어'로 둔갑한 사례는 그리 흔하지 않다. 필자가 애용하는 『헤리티지 미국어 사전』에서는 그 말을 이렇게 풀이했다. "일련의 내적인 비논리적 규칙들과 조건들로 인하여 바람직한 결과나 해결 방식을 실천하기가 불가능한 상황. 예문 ── 마지막 곡목의 캐치-22를 꼽자면, 이미 귀에 익은 음악만이 귀에 익힐 가치가 있다.(조지프 매클레넌)"

그런 말을 남겼다는 사람이 조지프 누구였던가? 다른 조지프는 그 항목의 맨 끝에 이르러서야 밝혀 놓은 자신의 이름을 봤다면 우습다고 생각했을 듯싶고, 실제로 그런 상황이 벌어졌을 가능성이 없지는 않다. 나는 그가 키득거리며 이렇게 물어보는 소리가 귓전에 생생하게 들려온다. "그런데 『헤리티지 미국어 사전』이 지금까지 몇 부나 팔렸을까?" 잘은 모르겠지만, 1961년 10월에 처음 선보인 이래 오십 년 동안 1000만 부 이상의 판매 부수를 기록한 『캐치-22』만큼은 팔리지 않았으리라고 생각된다.

그가 세상을 떠나기 일 년 전에 출간된 회고록 『어른과 아이(Now and Then)』에서 헬러는 그의 걸작 소설 1장을 1953년에 노란 종이를 엮은 공책에 육필로 쓰기 시작했노라고 밝혔다. 그 원고는 이 년 후 계간지 《미국의 현대 문학》 통권 7호에 '캐치-18'이라는 제목으로 게재되었다. 같은 호에 실린 작품들로는 알프레드 알바레스, 딜런 토머스, 하인리히 뵐의 단편 소설들과 더불어 '장-루이'라고만 정체를 밝힌 인물의 글도 실렸는데 — 마지막 작품은 잭 케루악이 집필 중이던 장편 소설 『길 위에서』의 일부였다. 『캐치-22』와 『길 위에서』가 같이 실렸다는 말인가? 그만하면 《미국의 현대 문학》으로서는 간판 격이었겠다.

『캐치-22』가 어떻게 탄생했는지에 관한 자초지종은 트레이시 도허티가 최근에 펴낸 전기 『단 하나의 묘수(Just One Catch)』에 담겨 있다. 간단히 밝히자면, 소설이 싹튼 씨앗은 2차 세계 대전 중 코르시카로부터 이탈리아로 여러 차례 출격을 나갔던 폭격수 헬러의 개인적인 체험이었다. 집필을 계속한 칠 년 동안 작가는 《매콜》과 《타임》 잡지의 홍보부에서 근무했다. 출판 직전 소설의 제목이 바뀐 이유는 리온 유리스가 2차 세계 대전을 다룬 소설 『밀라 18번지』를 곧 발표하리라는 사실을 알게 되었기 때문이었다. 이러한 사연으로 인해 훗날 수송대 작전에서는 '캐치-18' 상황이 발생하지 않게 되었다.

소설은 호평을 좀 받았고, 애매한 평가도 나왔으며, 때로는 상당히 고약한 비판까지 들었다. 《뉴요커》의 평론은 가히 물고문에 가까웠다. "……손으로 쓴 글이라고 하기조차 어려울 지경이어서, 원고지에 대고 고함을 질러 내는 듯한 인상을 주며 (……) 그렇게 해서 남은 결과물은 역겨운 잡소리의 찌꺼기 수준이다." 헬러는 회고록에서 이 비평에 대해 각별한 반응을 보였다. "이 내용을 소개하면서 나는 혼자 뒤늦은 만족감의 바다에 빠져 죽어 버리고 싶은 기분이 든다. 내가 차마 그러지 못하는 까닭은 그토록 오랜 세월이 흘렀음에도 그 혹독함의 아픔이 생생할뿐더러, 지금처럼 혹시 조금이나마 너그럽게 웃어넘기는 척할지라도, 그것은 진심이 결코 아니기 때문이다." (헬러는 그런 사람이었다. 작가로서 그리고 인간으로서 여러 단점을 지녔을지언정, 그는 헤밍웨이가 작가의 가장 기본적인 도구라고 했던, '개떡[shit]'을 걸러 내는 최첨단 기능을 완벽하게 갖춘 인물이었다.) 헬러가 숭배한 문단의 영웅들 가운데 한 사람이었던 에벌린 워[1]는 표지에 추천사를 써 달라는 청탁을 단호하게 거절했다. 『캐치-22』는 어떤 문학상도 받아 본 적이 없으며, 장정본 분야에서는 《뉴욕 타임스》 베스트셀러 목록에 오르지 못했다.

하지만 이 소설에 수많은 사람들이 열광했는데 ── 그야말로 미친 듯이 열광했다. 소설의 첫 문장을 인용하자면, 그들은 "첫눈에 반해 버렸다." 독자들은 이 작품을 그냥 한 권의 책이 아니라 복음서처럼, 마치 어떤 이념처럼 받아들였다. 시드니 페렐먼[2]과 아트 벅월드[3] 그리고 "요사리안이여 영원하라(YOSSARIAN LIVES)"라는 구호를 인쇄해 자동차 범퍼에 붙

---

1) Evelyn Waugh(1903~1966). 번역을 통해 우리나라에는 소개된 작품이 없지만, 당대 영국 최고의 풍자 소설의 대가였다.
2) Sidney Joseph Perelman(1904~1979). 《뉴요커》 등 여러 잡지에 해학적인 글을 많이 발표했으며 1956년 영화 「80일간의 세계일주」로 아카데미 각본상을 받았다.
3) Art[hur] Buchwald(1925~2007). 《워싱턴 포스트》를 비롯해 미국의 500여 신문에 고정란을 연재했던 대단한 해학가였다.

이고 다녔던 텔레비전 방송인 존 챈슬러가 그런 사람들이었다. 요사리안 구호는 훗날 베트남 전쟁 당시 "킬로이께서 다녀가신다."[4]를 대치하는 반전 구호가 되었다. "이 책은 꼭 읽어야 한다."라는 입소문이 그렇게 퍼져 나갔다. 영국에서는 당장 베스트셀러 목록의 꼭대기로 올라앉았다. 그곳의 어느 평론가는 『캐치-22』를 "막스 형제들[5]을 위해 개작한 「나자와 사자」 각본이라 하겠고, 일종의 「지상에서 정신병원으로(From Here to Insanity)」[6]라고 해도 과언이 아니다."라고 일갈했다.

고향 땅에서는 문고용 보급판이 출판된 다음에야 소설이 새 출발을 맞았다. 1963년 4월에 이르러서는 100만 부 이상이 팔려 나갔고, 1960년대 말까지는 30쇄 기록을 수립했다. 도허티가 집필한 전기에서는 장정본이 출간된 다음 몇 달 후 헬러가 받은 어느 편지에서 대단히 인상적인 한 대목을 인용하면서 『캐치-22』를 다룬 대목을 마무리했다. "2차 세계 대전이 꼭 배출해야 한다고 믿었던 위대한 반전 소설의 탄생을 나는 십육 년 동안이나 기다려 왔습니다. 하지만 나는 그런 작품이 미국에서 출판되리라고는 상상조차 못 했으며, 어쩌면 독일에서

---

4) Kilroy Was Here. 2차 세계 대전 중 연합군이 천신만고 끝에 어느 지역을 겨우 점령해 진격하고 보면 누군가 "이제야 왔는가? 여기는 이 몸 킬로이가 먼저 다녀가신다."라며 약을 올리는 낙서가 기다리고 있었다는 유명한 전설이다.

5) 엎치락뒤치락 희극으로 보드빌, 브로드웨이, 할리우드를 주름잡았던 희극인 가족.

6) 제임스 존스의 전쟁 소설 『지상에서 영원으로(From Here to Eternity)』를 인유한 제목이다.

나타날지 모르겠다고 막연히 기대했었습니다. 내 짐작이 틀렸다는 사실을 나는 기쁘게 받아들이며 (……) 고맙다는 뜻을 전합니다." 이 편지를 쓴 사람은 역사가 스티븐 앰브로즈였다.

조지프 헬러가 2차 세계 대전 소설의 집필을 시작한 시기는 한국 전쟁이 끝나갈 무렵이었고, 또 다른 미군 참전이 베트남에서 표면화될 무렵에는 책이 출판되었다. 전쟁에서 음울한 희극의 소재를 찾아낸 최초의 20세기 작가는 헬러가 아니었다. 야로슬라프 하세크[7]의 소설은 헬러가 잘 알았던 작품으로서, 그 방면에서는 확실한 원조였다. 하지만 살육의 한가운데서 어처구니없이 벌어지는 분노의 당혹감과 미쳐 버린 군인 정신의 광기를 담아낸 『캐치-22』의 화법은 베트남 전쟁과 군비 경쟁을 겨냥한 풍자의 기초를 마련했다. 「닥터스트레인지러브」[8]는 1964년에 등장했다. 음울한 희극과 노골적인 공포극을 함께 버무린 로버트 올트먼의 1970년 영화 「야전병원 매시」는 『캐치-22』의 직계 자손이다. 기이하게도 올트먼 작품은

---

7) 체코의 해학가 언론인 작가이자 무정부주의자인 야로슬라브 하셰크 (Jaroslav Hašek, 1883~1923)의 미완성 고전 명작 『착한 병사 슈베이크 (Osudy dobrého vojáka Švejka za světové války)』(영어 제목은 *The Fateful Adventures of the Good Soldier Švejk During the World War*)는 체코슬로바키아 문학사상 가장 여러 외국어로 60여 개국에서 출판된 괴이한 반전 소설이다.

8) Dr. Strangelove or: How I Learned to Stop Worrying and Love the Bomb. 1964년에 스탠리 큐브릭이 제작한 미래 3부작(나머지 둘은 1968년에 제작한 「스페이스 오디세이」, 1971년 앤서니 버지스의 소설을 영화화한 「시계태엽 오렌지」)중 하나. 피터 조지의 『적색 경보』(1958)를 영화화했다.

마이크 니콜스가 영화로 제작한 「캐치-22」와 같은 해에 선을 보였다. 「야전병원 매시」가 훨씬 훌륭한 작품이기는 했지만, 역시 기이한 행운의 농간으로 인하여 — 그때까지 푸대접을 받아 오던! — 소설이 별로 대단치 않은 영화에 얹혀 드디어 미국의 베스트셀러 목록에 대뜸 진입하는 경사가 벌어졌다.

1999년 헬러가 세상을 떠났을 때, 해병대 소대장으로 많은 훈장을 받았고 『불타는 전장(Fields of Fire)』을 발표한 소설가이자 언론인에 영화 제작자 경력을 거쳐 지금은 버지니아주 상원의원 자리에 오른 제임스 웹이 《월 스트리트 저널》에 헬러에게 고맙다는 글을 올렸다. 공군 가문의 자식이라고 자칭한 웹은 네브래스카 공군 기지에서 성장기를 보낸 십 대 시절에 처음 읽은 헬러 소설을 무척 좋아했다. 그는 1969년 베트남에서 그의 부하가 여럿 목숨을 잃은 치열한 전투가 소강상태에 빠진 틈을 타 개인호 속에 앉아 그 소설을 다시 읽었다. 더러운 물을 잘못 마신 탓에 뱃속에서 십이지장충이 난리를 치는데다 열병까지 걸려 웹이 몸을 제대로 가누지 못하며 지내던 어느 날, 그의 부하 한 명이 "책 한 권을 머리 위로 흔들어 대며 미치광이처럼 마구 웃기 시작했다. 병사는 내가 판초 우의로 지붕을 얹은 귀퉁이 밑으로 기어들어와서는 그 책에서 마음에 드는 대목이 나오는 부분을 내 코앞에 펼쳐 보였다.

'여길 읽어 봐요!' 웃음을 주체하지 못하면서 그가 말했다. '여길 읽어 보라고요!'"

웹은 계속해서 이렇게 적었다. "그로부터 며칠 동안 나는 다시 한번 그 책에 몰입했다. 당시 내가 참전하고 있는 전쟁에 대해 조지프 헬러가 반대하는 운동에 앞장섰다는 사실 따위는 그때 내게는 관심 밖의 일이었으며, 지금 이 순간에도 그런 사실에 대해서는 털끝만큼의 관심이 없다. 죽음과 참혹함과 질병이 만연하는 그 외로운 곳에서, 그의 소설을 읽으며 나는 내일까지 하루하루를 그리고 수많은 나날과 기나긴 나날을 견뎌 내도록 나를 도와줄 영혼의 친구를 발견했다."

분명히 영혼의 친구였다. 『캐치-22』의 애독자들은 이념과 세대와 지역의 경계를 모두 무너트린다. 도허티는 평화주이자인 철학자 버트란드 러셀에 관한 아주 재미있는 일화를 하나 전해 준다. 러셀은 이 소설에 찬사를 보내는 글을 썼으며, 영국에 올 기회가 생기면 한번 찾아오라고 초대했다.(러셀은 당시 구순의 나이였다.) 헬러가 그의 집 문간에 드디어 모습을 나타내자 러셀은 갑자기 버럭 화를 내며 고함쳤다. "당장 꺼져 버리라고, 이 못된 인간아! 다시는 내 눈앞에 나타나지 말라고!" 당황한 헬러가 부랴부랴 도망쳤지만, 러셀의 비서가 얼른 쫓아와 그를 붙잡아 세우고는 오해를 풀어 주었다. "러셀 선생님은 당신 이름을 '에드워드 텔러'[9]라고 잘못 들으신 모양입니다." 제임스 웹과 버트란드 러셀 사이의 이념적 괴리는 광년으로 계산해야 할 만큼 거리가 멀다. 그들 두 전문가들이 동시에 공감할 수 있는 작가라면 우주적인 호소력의 소유자 같은 존재다.

좋아하는 책을 어디선가 다시 만나는 전율의 순간에는 마

---

9) Edward Teller(1908~2003). '수소폭탄의 아버지'로 알려진 헝가리 태생의 미국 이론물리학자인데 고약한 성격 때문에 인간 관계가 좋지 않기로 유명했다.

음이 떨린다. 내가 기억하는 만큼 그것은 여전히 훌륭한 작품
일까? 내용이 너무 낡아 버리진 않았을까? 헬러의 애독자이
며 친구인 크리스토퍼 히친스[10]의 표현을 빌리면, "혹시 시간
여행이 이루어지진 않았을까?" 그에 대한 모든 해답은 주관적
이겠지만, 교실에서 과제로 할당된 숫자를 제외하고 일 년에
8만 5000권씩 오십 년 동안 꾸준히 팔려 나간 책이라면 시간
여행이라는 면에서 무엇인지 틀림없이 그럴 만한 존재감이 확
고할 듯싶다.

　나는 그토록 오랜 세월이 지난 다음 헬러의 또 다른 친구이
자 애독자인 살만 루슈디[11]에게 이 소설에 대한 견해가 어떤
지를 물었다.

　"『캐치-22』는 세월의 시련을 상당히 잘 견뎌 낸 작품이라고
생각합니다." 그가 말했다. "그가 접했던 뒤틀리고 비정상인
세계를 뒤틀리고 정상적인 논리로 풀어내는 헬러의 언어 희
롱은 책이 처음 나왔을 때나 지금이나 변함없이 재미있어요.
『캐치-22』에서 가장 생명력이 끈질긴 부분들은 가장 정신 사
나운 대목들인데, 마일로 마인더바인더가 초콜릿을 입힌 솜,
메이저 메이저 메이저 메이저의 이름, 그리고 물론 '최고 수준
이지'라고 군의관이 맞장구를 친 '캐치'라는 불멸의 개념이 그
런 요소들입니다. 현재의 감각으로 봐서 감상적이며 촌스럽기
까지 하다고 여겨지는 유일한 부분은 '네이틀리의 갈보'에 관

---

10) Christopher Hitchens(1949~2011). 영국의 사회정치 평론가.
11) Ahmad Salman Rushdie(1947~). 인도 태생의 영국의 작가이자 수필가.

한 내용이죠. 하지만 어쩌겠어요. 조 E. 브라운이 잭 레몬에게 말했듯이, '완벽한 인간이 어디 있겠어요.'"[12]

세월이 흐르면서 여러 다른 연령대의 심금을 울리는 작품 『캐치-22』의 첫 독자들은 주로 2차 세계 대전을 실제로 거친 세대였다. 자신이 견뎌 낸 두려움과 광기를 보고 아주 뒤늦게나마 웃어 주고 싶은 욕구가 강했던 그들에게 이 소설은 놀라울 만큼 신선한 공감을 주었다. 학질모기가 들끓는 평화로운 시골 마을의 논바닥을 기어 다니며 네이팜탄 폭격과 지포 라이터[13]를 벗 삼은 베트남 세대에게는 이 소설이 그들 나름대로 겪었던 공포와 광기가 그들만이 시달린 고통이 아니었음을 알려 주는 실존주의적 위안이 되었다. 『캐치-22』에서 요사리안이 탈영해 스웨덴으로 떠나는 마지막 장면 또한 의미심장하니, 훗날 베트남 시대의 병역 기피자들에게는 아직 이케아 가구와 용의 문신을 한 아가씨들로 유명해지기 이전의 스웨덴이 중요한 피난처 노릇을 했다.

최근 『캐치-22』 독자들의 경우에는, 용감하면서도 좌절감에 빠진 미국의 해병대 병사들이 아프가니스탄 개인호 속에 웅크리고 앉아, 석기 시대 광신자들과 맞서 승리가 불가능한

---

12) 영화 「뜨거운 것이 좋아」에서 여자로 변장하고 도피 중인 잭 레몬을 사랑한다며 주책없이 쫓아다니는 재벌 노인 브라운을 떼어 버리려고 아무리 설득해도 막무가내를 부리자, 레몬이 마지막 장면에서 가발을 벗어 버리고 자신이 남자라고 정체를 밝힌다. 그러자 주책 늙은이가 남긴 유명한 대사가 "Nobody's perfect"다.
13) 파월 장병들에게 지급되었던 보급품인 지포 라이터(Zippo lighter)는 한국군 병사들에게도 인기가 높았다.

전쟁을 치르는 절망 속에서 이 소설로부터 생명을 지탱할 힘과 위안을 구하는 모습을 상상하기가 어렵지 않다.

도허티는 헬러가 잡지사에 취업하기 위해 필수적으로 받아야 했던 갖가지 심리 검사의 내용이 어떠했는지를 소개한다. 가히 「미친 남자들」[14]에서 기꺼이 차용할 만한 일화다. 그에게 보여 준 알록달록한 그림의 형상들은 헬러의 머릿속에서 잘려나간 팔다리와 낭자한 선혈의 끔찍한 기억을 불러일으켰다. 시험관에게 결국 그는 소설을 집필 중인 작가 지망생이라는 사실까지 밝혀야 했다. 어느 시험관은 "그래요? 무슨 소설인데요?"라고 묻기도 했다. 조는 사십 년 후 회고록에서 "그 질문이 머리에 떠오르면 지금까지도 속이 오글거린다."라고 밝혔다.

『캐치-22』에는 은밀한 숫자놀이가 숨어 있어서, 요사리안은 귀국할 조건을 채우기 위한 출격 횟수를 상관들이 자꾸 올리는 바람에 분노와 좌절감에 빠진다. 그는 시시포스와 같은 운명에 처하는데, 그렇다고 해서 당하기만 하진 않는다. 제목 자체도 나름의 셈법이 따로 있으니, 그것은 무자비한 군대식 고지식함에 맞서야 하는 군인의 역경을 서술하는 표현이다. 우리들 민간인의 경우에는 22 셈법이, "존재하지 않는" 서류를 제출하기 전에는 차량 등록이 불가능하다고 착하디착한 표정으로 설명하는 말단 공무원의 논리에 무기력해지는 민원인처럼, 훨씬 답답하고 난해한 수수께끼의 장벽으로 앞을 가로막

---

14) 1960년대 뉴욕의 광고업계를 배경으로 예리하게 시대상을 반영한 텔레비전 연속극.

는다. 한나 아렌트[15]의 말마따나, 관료 체제는 '존재하지 않는 사람들의 통치(rule of nobody)'다.

　맡은 바 역할에 얽힌 공적을 따져 보기로 하자.『캐치-22』는 헬러의 소설이지만, 작품 자체의 가치만으로 세상의 빛을 보지는 않았다. 그의 출판 대리인 캔디다 도나디오는 소설의 1장을《미국의 현대 문학》편집장 애러벨 포터가 관심을 갖도록 다리를 놓아 주었고, 그런 다음에는 사이먼 앤 슈스터 출판사에서 보물 같은 존재였던 로버트 고틀립[16]까지 공략했다. 당대 최고 편집자들 가운데 한 사람이었으며 훗날 알프레드 A. 놉프 출판사 사장을 지낸 고틀립은 소설의 문맥을 바로잡는 데 있어서 결정적인 역할을 했다. 고틀립과 헬러 두 사람이 아홉 벌이나 되는 다른 형태의 원고를 조각 그림 맞추기를 하듯 어떻게 꿰어 맞춰 조립했는지에 대해 도허티가 서술한 바에 따르면,『캐치-22』는 조밀하게 한 땀 한 땀 짜서 맞춘 양탄자 그림처럼 정성스럽게 공들여 완성한 제품이었다. 그들의 공동 작업은 이상할 정도로 마찰을 전혀 일으키지 않으면서 진행되었다. 고틀립은 천재였지만, 헬러는 편집자가 꿈에도 그리워할 만한 그런 희귀한 존재여서 ― 잘난 체하며 까다롭게 구는 작가가 전혀 아니었기 때문에, (스콧 피르제럴드의 절묘한 표현을 빌리자면) "애지중지하는 어떤 보물을 박살 내건 말건" 그의 원고를 어떻게 수정하더라도 기꺼이 받아들였다. 작업이

---

15) Hannah Arendt(1906~1975). 독일 출신의 미국 정치 이론가.
16) Robert Gottlieb(1931~). 미국의 작가이자 편집자.

진행되는 동안에는 그래서 사이먼 앤 슈스터 출판사 편집실의
분위기가 "원자폭탄을 개발하는 흥분감에 휩싸였다."

사이먼 앤 슈스터의 홍보부장인 니나 본은 이 작품에 대단
한 열정을 쏟아부어 출간 초기에 판매가 부진했음에도 불구
하고 수많은 작가의 마음속에서 부러움의 한숨을 자아낼 정
도로 불굴의 정신을 발휘하며 판매 촉진 전략에 매진했다. 파
란색 바탕에 꼭두각시처럼 허공에 매달린 빨간 병사의 모습
을 담은 표지 그림은 성상(聖像)처럼 유명해졌다. 표지 장정
은 역시 2차 세계 대전에 참전했던 폴 베이컨[17]의 솜씨였는
데, 『제5 도살장』,[18] 『악마의 씨』,[19] 『뻐꾸기 둥지 위로 날아간
새』,[20] 『래그타임』,[21] 그리고 『장군』[22]의 초판 표지 또한 베이컨
의 걸작들이었다.

이 무렵은 문인들에게 풍요의 시절이었다. 헬러가 요사리

<hr />

17) Paul Bacon(1923~2015). 미국의 책과 앨범 표지 디자이너이자 재즈 뮤
지션.
18) 커트 보니것(Kurt Vonnegut(Jr.), 1922~)이 1969년에 쓴 작품. 2차 세계
대전 시기 드레스텐 폭격을 소재로 쓴 문제작.
19) 1967년에 아이라 레빈이 쓴 공포 소설. 로만 폴란스키와 이그네츠카 홀
란드 감독이 영화화했다.
20) 켄 키지(Kenneth Elton Kesey, 1935~2001)가 1962년에 쓴 소설로 정신
병동의 삶을 조명하며 억압된 행동과 강요된 삶이 가져오는 개인의 희생을
조명했다. 1977년에 밀로스 포먼 감독이 영화화하여 큰 인기를 끌었다.
21) 에드가 로런스 닥터로(E. L. Doctorow, 1931~2015)가 20세기 초 뉴욕
을 무대로 한 역사물 베스트셀러.
22) 일본 도쿠가와 이에야스 시대를 배경으로 한 제임스 클라벨의 소설로
1500만 부가 팔렸으며, 텔레비전 연속물로 제작되어 대단한 인기를 끌었다.

안과 메이저 메이저 메이저 메이저와 마일로 마인더바인더와 군목 태프먼을 비롯해 488 비행대대의 여러 인물을 상상해 내는 동안. J. P. 돈리비[23]는 『환상 속에서 사는 남자』[24]를 집 필 중이었고, 켄 키지는 『뻐꾸기 둥지』를 틀고, 토마스 핀천은 『V』를 써 냈다. 헬러의 친한 친구 커트 보니것은 『실뜨기』를 짜느라 타자기를 두들겨 댔다.

조지프 헬러는 『캐치-22』의 작가로 영원히 기억될 것이 고 — 그런 영광을 과연 누가 마다하겠는가? 하지만 로버트 고틀립을 포함한 몇몇 사람의 견해로는 그것이 헬러의 가장 훌륭한 소설은 아니었다. 그들의 관점에서는 최고의 영광은 1974년에 출간된 『무슨 일이 있었지』가 차지했는데, 음울하게 찬란한 이 소설의 비극적인 주인공은 가정적인 회사원 밥 슬 로컴이다. 《뉴욕 타임스》에 실린 비평에서 짓궂게 꼬집은 바에 의하면 마이크 니콜스 감독은 『캐치-22』를 촬영하기 위해 열 여덟 대의 B-25 폭격기를 동원했는데 — 그 정도라면 세계에 서 열두 번째 가는 공군 병력이라고 했다. 비평가는 한술 더 떠서, 『무슨 일이 있었지』를 촬영하려면 땡전 한 푼 들지 않으 리라는 소리까지 덧붙였다.

언젠가 마티니 한두 잔을 걸친 다음 나는 조에게 넌지시 물었다. 혹시 그가 『무슨 일이 있었지』를 보다 훌륭한 작품이 라고 생각하진 않는지를.

---

23) James Patrick Donleavy(1926~2017). 아일랜드계 미국 소설가.
24) Ginger Man. 처음에는 음란물로 아일랜드와 미국에서 출판 금지 처분 을 받았다가 지금까지 4500만 부가 팔려 나간 소설.

그는 애매한 표정으로 미소를 지으며 말했다. "그런 순서는 누가 정하는데?"

미국 문학에서는 작가에게 상당한 명성을 안겨 주긴 했지만 경제적으로 별로 도움이 되지 않았던 책들이 개탄스러울 정도로 넘쳐 난다. 멜빌이 하이픈까지 집어넣은[25] 명작 『모비-딕(Moby-Dick)』을 발표한 보상으로 평생 500달러 정도의 수입밖에 챙기지 못해 세관 검사관으로 근무하다 노년에 맨해튼 길거리를 처량하게 헤매고 다녔을 초라한 모습을 생각해 보라.

조는 훨씬 사정이 좋았다. 사이먼 앤 슈스터는 그에게 (현재 시세로 1만 1000달러가량 되는) 1500달러를 선금으로 제공했다. 보급판 인세가 그를 부자로 만들지는 못했을지 모르겠지만, 그 수입으로 그는 분명히 넉넉한 생활을 즐겼다. 영화 원작료는 짭짤한 액수였으며, 그 이후에도 더 많은 돈이 줄지어 들어왔다. 코니아일랜드에서 가난한 성장기를 보낸 청년에겐 그만하면 괜찮은 처지였다. 솔직히 말해서 "그 catch(비결)가 무엇이었을까?"라며 사람들이 궁금해할 만한 결과였다.

우리 두 사람은 그의 삶에서 말년에 친구가 되었다. 나는 그를 좋아했다. 세계 대전에서 예순 회의 출격을 감행했고, 끔찍한 길랭·바레 증후군[26]으로 사경을 헤맸고, 얼마쯤은 떠

---

25) 서양 이름에서는 하이픈이 들어간 이름이 흔히 위대한 사물이나 명문 집안임을 나타낸다.

26) 프랑스 신경병 학자 길랭(Guillain, G.)과 바레(Barré, J.)가 최초로 보고한 급성 다발성 신경염으로, 말초 신경에 염증이 생겨 신경 세포의 수초가 벗겨져 발생하는 마비성 질환이다.

들썩한 힘겨운 이혼 과정을 거친 사람치고 내가 보기에 그는 이상할 정도로 쾌활한 인물이었다. 그는 즐거움을 추구했으며 — 헌신적인 수많은 친구들에게서, 맛 좋은 음식과 독한 술에서, 그의 아내 발레리와 아들 테드에게서, 그리고 맨해튼의 앱소프 공동주택에서 엘로이즈[27]처럼 성장한 나날을 솔직하고도 감동적인 글로 회상한 딸 에리카에게서 충분히 많은 기쁨을 찾아 누렸다.

「요사리안이 살았던 곳」에서 에리카는 이렇게 술회했다. "『캐치-22』가 드디어 진짜로 이름을 날리기 시작할 무렵에 (……) 아버지와 어머니는 시도 때도 없이 한밤중에 택시를 잡아타고 뉴욕의 유명한 책방들을 찾아다니며, 모든 야간 진열창에 피라미드나 탑처럼 높다랗게 쌓아 올린 '필독서'의 표지에 빨갛고 하얗고 파란 빛깔로 요란하게 그려 놓은 삐뚤빼뚤한 작은 남자를 구경하곤 했다. 그들 두 사람에게 그때만큼 즐거운 시절이 언젠가 또 있었을지, 나로서는 정말 알 길이 없다."

조가 세상을 떠나기 몇 달 전에, 상당히 울적한 마음으로 부담스럽게 긴 작품 홍보 여행을 다니던 그에게 나는 편지 한 통을 보냈다. 꺾일 줄 모르는 그의 우정과 정곡을 찌르는 농담은 무기력한 권태에 빠진 나로 하여금 항상 생동감을 되찾게 해 주곤 했었다. 그런데 이번에는 농담이란 찾아볼 길이 없었고, 자포자기 비슷한 반응뿐이었다.

---

27) 1950년대 연작 동화에서 몽환적인 어린 시절을 보낸 여주인공.

그는 이런 답장을 보냈다. "소설가의 삶이란 거의 필연적으로 고뇌와 수치심과 실망으로 끝날 운명인 모양인데 — 방금 완성한 나의 최신작에서 두 장(章)만 읽어 보면 자네도 아마 그 이유를 깨닫게 되겠지."

그가 언급한 책 『늙은 예술가의 초상』은 일찌감치 굉장한 성공을 거두고는 세월이 흘러갈수록 점점 더 쇠락해 가기만 하는 소설가에 대한 슬픈 이야기다. 이 책은 조가 세상을 떠난 다음에 출판되었다.

이렇듯 아마도 세상만사의 마지막에는 누구에게나 캐치(catch, 함정)가 기다리고 있는 모양이다. 그러나 조가 우리에게 남긴 유산은, 이토록 오랜 세월이 지난 다음이라고 할지라도, 최고의 캐치(catch, 전리품, 횡재)로서의 자리를 지킬 것이다.

크리스토퍼 버클리[28]
2010년 12월

---

28) Christopher Buckley(1952~). 미국의 유명 작가이자 정치 풍자가.

차례

역사와 배경과 비평 2부: 다른 목소리들

함정이 하나 있다면

그것은 캐치-22였는데……

피아노사섬은 지중해에서 엘바로부터 남쪽으로 13킬로미터 떨어진 지점에 위치했다. 그곳은 아주 적은 섬이기 때문에 여기에 서술한 모든 사건들이 벌어지기엔 턱없이 부족한 장소다. 이 소설의 배경과 마찬가지로 등장인물들 역시 상상의 산물이다.

1
텍사스인

첫눈에 반해 버렸다.

요사리안은 군목을 보자마자 미친 듯이 그를 사랑하게 되었다.

요사리안은 황달이 될락 말락 한 상태로 간에 탈이 생겨 입원해 있던 중이었다. 군의관들은 그 병이 본격적인 황달이 아니어서 난처했다. 아예 황달이라면 병을 고칠 수가 있었다. 황달이 아니고 별 탈이 없다면 퇴원을 시킬 수도 있었다. 하지만 황달이 될락 말락 한 상태는 항상 난처했다.

입만 살았고 눈은 멍청하며 심각하고도 씩씩한 세 군의관이, 요사리안을 싫어하던 병동 간호사들 가운데 한 사람이며 역시 심각하고도 씩씩한 더케트를 데리고 아침마다 나타났다. 그들은 침대 발치에 걸린 차트를 보고는 신경질을 내면서 그의 병에 대해 물었다. 조금도 차도가 없다고 그가 대답하면 그들은 화가 나서 어쩔 줄을 몰라 했다.

"아직도 안 마려워?" 대령이 물었다.

그가 머리를 저으면 군의관들은 서로 얼굴만 마주 보았다.

"약 한 알 더 줘."

더케트 간호사가 요사리안에게 약을 더 주라고 기록하고 나서 네 사람은 다음 침대로 갔다. 요사리안을 좋아하는 간호사는 하나도 없었다. 사실 통증은 벌써 사라졌지만 요사리안은 솔직하게 그 얘기를 하지 않았고 의사들은 그를 전혀 의심하지 않았다. 뱃속이 꾸물거리는데도 얘기를 하지 않는 모양이라고만 생각했다.

병원에는 요사리안이 원하는 모든 것이 있었다. 음식도 괜찮았고 침대에서 식사를 할 수도 있었다. 싱싱한 고기도 배급되었고 한창 더운 오후면 다른 환자들과 함께 냉동 과일즙이나 차가운 초콜릿 우유를 얻어먹었다. 군의관과 간호사 들 말고는 귀찮게 구는 사람도 없었다. 아침에 얼마 동안은 편지 검열을 해야 했지만 그다음은 양심의 가책도 느낄 필요 없이 마음대로 누워서 빈둥거려도 좋았다. 병원 생활은 편했고, 체온이 항상 38.3도까지 올라가 있어서 눌러 있기도 간단했다. 식사를 받아먹으려다가 걸핏하면 침대에서 굴러떨어지던 던바보다도 그는 편했다.

전쟁이 끝날 때까지 병원에서 지내기로 작정한 요사리안은 자기가 알고 있는 모든 사람들에게 그가 입원했다는 편지를 썼는데, 그 이유는 밝히지 않았다. 그러다가 묘안이 떠올랐다. 그는 위험한 임무를 맡아 떠난다고 사방에 편지를 보냈다. "지원자를 뽑았지. 위험하지만 누군가 해야만 할 일이었어. 돌아오자마자 편지 쓰지." 그러고는 아무에게도 다시는 편지를 쓰지 않았다.

장교 환자들은 누구나 같은 병동의 사병들이 쓴 편지를 검열하는 일을 해야 했다. 그 일은 지루했고, 요사리안은 사병 생활이 장교 생활보다 별로 재미있는 것 같지가 않아서 실망했다. 하루가 지나자 호기심이 싹 가셨다. 단조로움을 벗어나려고 그는 재미있는 놀이를 하나 생각해 냈다. 어느 날 그는 수식어를 사형에 처하기로 해서, 그의 손을 거친 편지에서는 형용사와 부사가 모두 날아갔다. 다음 날은 관사와의 전쟁을 벌였다. 그다음 날은 좀 더 높은 수준의 창의력을 발휘해서 a와 the만 남겨 두고 편지 내용을 몽땅 새까맣게 지워 버렸다. 그는 그렇게 하면 행간의 묘미가 더욱 강해져 무척 심오한 의미를 전달하리라고 느꼈다. 얼마 뒤에 그는 본문은 그대로 두고 인사말과 발신인 서명만 제거하기도 했다. 한번은 "사랑하는 메리"라는 말만 남겨 두고 편지를 몽땅 지운 다음에 끝에다 "당신을 비극적으로 그리워하오. 미 육군 군목 A. T. 태프먼."이라고 써넣기도 했다. A. T. 태프먼은 부대의 군목 이름이었다.

편지 내용으로 할 수 있는 모든 가능성을 실험한 다음 그는 봉투의 주소와 이름에 대한 공격을 개시했다. 그는 마치 신이라도 된 듯 마구 손목을 놀려 주소와 동네, 또는 도시를 없애고 말살시켰다. 캐치-22[1]를 보면 검열한 모든 편지에는 검열

---

1) 22항.

한 장교가 서명을 해야 한다고 밝혔다. 거의 모든 편지를 그는 아예 읽어 보지도 않았다. 그는 읽지 않은 편지에는 자신의 이름을 서명했다. 읽은 편지에는 '워싱턴 어빙'이라고 적어 넣었다. 그러다가 싫증이 나면 그는 '어빙 워싱턴'이라고 적었다. 겉봉 검열은 심각한 반발을 불러일으켜, 어떤 정체불명의 군부대에서는 걱정이 되어서인지 범죄 수사대 요원을 환자로 가장하여 병동에 침투시켰다. 그 요원은 어빙이나 워싱턴이라는 장교에 대해서 자꾸만 물어 댔을 뿐 아니라 그 또한 하루가 지나자 편지 검열을 하지 않으려고 했기 때문에 곧 신분이 탄로 나고 말았다. 그는 편지 검열이 너무 지루한 일이어서 하기가 싫었던 것이다.

이 병동은 그와 던바가 여태까지 거친 곳들 가운데 가장 좋았다. 이번에 그들과 함께 지내게 된, 스물네 살에 노란 콧수염이 듬성듬성한 전폭기 기장은 한겨울에 아드리아해에 격추되었다면서도 감기조차 걸리지 않았다. 그러다가 여름이 되자 그는 격추된 것이 아니라 유행성 감기에 걸렸기 때문에 입원했노라고 고백했다. 요사리안의 오른쪽 침대에는 볼기짝을 모기한테 물리고 학질에 걸려 놀란 대위가 아직도 엎드려 있었다. 통로 건너편에 던바가 있었고, 던바 옆은 요사리안이 이제는 체스를 같이 안 두기로 결심한 포병 대위의 자리였다. 대위는 체스 솜씨가 좋아 같이 두면 언제나 재미있었다. 요사리안은 그와 체스를 두면 너무 재미있어 넋이 빠지기 때문에 그만두기로 했다. 그리고 총천연색 영화에 나오는 사람 같은, 학력이 좋은 텍사스 출신도 있었는데, 그는 애국적인 견지에서 돈 많고 고상한 사람들에게는 빈털터리, 떠돌이, 갈보, 죄인, 타락한 놈팡이, 무신론자, 그리고 고상하지 못한 자 들보다는 투표권을 더 많이 주어야 한다고 믿었다.

텍사스인이 들어오던 날 요사리안은 편지에서 한창 운율을 뿌리 뽑던 참이었다. 그날도 조용하고, 덥고, 탈 없는 하루였다. 열기에 무겁게 눌린 지붕에서는 숨 막히는 소리가 났다. 던바는 인형 같은 눈으로 천장을 응시하며 누워 있었다. 그는 수명을 연장하려고 애를 썼다. 그에게는 권태를 누리는 것이 수명 연장의 방법이었다. 던바가 수명 연장에 어찌나 열심이었던지 요사리안은 그가 죽은 줄 알았다. 텍사스인은 병동 한가운데 자리를 차지했는데, 머지않아 그의 철학을 토로하기 시작했다.

던바가 벌떡 일어나 앉았다. "맞아요." 그는 흥분해서 소리를 질렀다. "뭔가 모자라는 것 같았어요. 항상 뭔가 모자란다고 생각했는데 이제야 그것이 무엇인지 알았어요." 그는 주먹으로 손바닥을 쳤다. "애국심이 없었던 거예요." 그는 말했다.

"아무렴." 요사리안이 마주 소리를 질렀다. "아무렴, 아무렴, 아무렴. 핫도그와 브루클린 다저스 야구팀, 엄마가 만든 사과파이, 모두들 그런 걸 위해서 싸우지. 하지만 고상한 사람들을 위해선 누가 싸우지? 고상한 사람에게 투표권을 더 주기 위해서 누가 투쟁을 하지? 애국심이 없어. 그래, 애국심은커녕 어른국심도 없지."

요사리안의 왼쪽에 있던 준위는 흥미 없어 했다. "왜들 야단이에요?" 그는 피곤한 듯 한마디 하고 모로 누워서 잠이 들었다.

　나중에 알고 보니 텍사스인은 천성이 좋고, 너그럽고, 호감이 가는 사람이었다. 사흘이 지나자 모두들 그를 증오하게 되었다.

　그는 환장할 정도로 약이 오르게 만드는 친구여서 모두들 그를 피했지만, 온통 하얗게 몸을 감싸서 꼼짝을 할 수 없었던 군인은 피하고 싶어도 그럴 수가 없었다. 하얀 군인은 머리 끝부터 발끝까지 붕대와 석고에 싸인 몸이었다. 그에게는 쓸모없는 팔이 두 개에 쓸모없는 다리가 둘이었다. 그는 한밤중에 남몰래 병동으로 옮겨졌으며, 사람들은 아침에 눈을 뜨자 두 다리를 이상하게 들어 올리고 두 팔도 수직으로 올린 채 음산하게 공중에 꼼짝없이 납덩이로 묘하게 고정된 그를 처음 보게 되었다. 양쪽 팔꿈치 안쪽에는 붕대에 지퍼를 달았는데 그는 그 구멍으로 말간 병에 든 말간 액체를 빨아 먹었다. 아연 대롱이 말없이 그의 시멘트 사타구니에서 뻗어 올라 가느다란 고무호스로 연결되어 신장의 배설물을 능률적으로 땅바닥의, 깨끗하고 뚜껑이 달린 병에 받아 넣었다. 마룻바닥의 병이 가득 차면 팔꿈치의 음식 병이 텅 비게 되고, 그러면 두 병을 재빨리 서로 바꿔 놓아 다시 계속해서 물이 떨어지게 했다. 하얀 군인의 몸에서 그들이 볼 수 있는 것이라고는 너덜너덜해진, 입 언저리 붕대의 구멍뿐이었다.

　하얀 군인은 텍사스인과 자리를 나란히 했는데, 텍사스인은 자기 침대에 비스듬히 누워서 아침, 오후, 저녁 내내 느릿느릿한 목소리로 유쾌하면서도 처량맞은 얘기를 계속했다. 아무런 반응이 없어도 텍사스인은 개의치 않았다.

병동에서는 체온을 하루에 두 번 재었다. 아침 일찍, 그리고 오후 늦게 체온계를 가득 담은 병을 들고 크레이머 간호사가 들어와 환자들에게 체온계를 나눠 주며 한쪽 줄을 거슬러 올라갔다가 다른 쪽 줄을 따라 다시 내려왔다. 그녀는 하얀 군인의 입 구멍에 체온계를 넣어 아래쪽 언저리에 걸쳐 놓았다. 그러고는 첫 번째 침대로 돌아와 체온을 기록하며 차례로 병동을 돌았다. 어느 날 오후, 두 바퀴째 돌다가 그녀가 하얀 군인의 체온계를 뽑아 들었을 때 그는 죽어 있었다.

"살인자." 던바가 나지막이 말했다.

텍사스인은 불안한 미소를 띠고 그를 올려다보았다.

"살인자." 요사리안이 말했다.

"자네들 무슨 소릴 하는 거야?" 텍사스인이 불안하게 물었다.

"네가 죽였어." 던바가 말했다.

"네가 죽였어." 요사리안이 말했다.

텍사스인은 몸을 도사렸다. "자네들 미쳤군. 난 저 친구 건드리지도 않았어."

"네가 죽였어." 던바가 말했다.

"네가 죽이는 소리를 들었어." 요사리안이 말했다.

"깜둥이기 때문에 네가 죽였지." 던바가 말했다.

"자네들 돌았군." 텍사스인이 소리를 질렀다. "여긴 깜둥이들은 출입 금지야. 깜둥이들을 수용하는 곳은 따로 있어."

"하사관이 몰래 들여놨어." 던바가 말했다.

"빨갱이 하사관이 말이야." 요사리안이 말했다.

"그리고 넌 그걸 알고 있었지."

요사리안의 왼쪽에 있던 준위는 하얀 군인에 대한 사건에는 조금도 흥미가 없었다. 준위는 어떤 일에도 흥미가 없어서 화를 낼 때 외에는 얘기하는 일이 없었다.

요사리안이 군목을 만나기 전날에는 식당의 난로가 폭발해 취사장 한쪽에서 불이 났다. 심한 열기가 주변을 덮었다. 300미터나 떨어진 요사리안의 병동에서도 불길이 타오르는 소리와 나무가 타면서 튀는 소리가 들렸다. 벌건 불빛이 비친 창문 밖에서 연기가 날아갔다. 십오 분쯤 지나자 불을 끄려고 구조 트럭들이 비행장에서 달려왔다. 반시간쯤은 무척 힘이 들었다. 그러다가 위쪽 불길이 잡혔다. 갑자기 임무를 끝내고 돌아오는 폭격기들의 단조로운 울림 소리가 들려왔고, 불을 끄던 사람들은 호스를 말아 쥐고 비행기가 추락해 불이 붙을 경우에 대비하려고 비행장으로 달려갔다. 비행기들은 무사히 착륙했다. 마지막 비행기까지 착륙하자 그들은 트럭을 돌려 다시 병원의 불을 끄려고 곧장 언덕을 올라왔다. 그들이 도착했을 때 불은 이미 꺼져 있었다. 물을 뿌릴 불씨 하나 남기지 않고 말끔히 태워 버린 후에야 불은 저절로 꺼졌고, 실망한 소방대원들은 미지근한 커피를 마시고는 간호사라도 꾀어 보려고 빈둥거렸다.

불이 난 다음 날 군목이 도착했다. 군목이 침대 사이의 의자에 앉아 좀 어떠냐고 물었을 때 요사리안은 편지에서 달콤한 말만 남기고는 나머지 단어들을 모조리 축출하느라고 한창 바쁘던 참이었다. 군목은 약간 모로 앉아 있었기 때문에 요사리안의 눈에는 셔츠 옷깃에 달린 대위 계급장밖에 보이지 않았다. 요사리안은 그가 누구인지 몰라서 당연히 군의관이거나 새로 온 미친 사람이겠거니 생각했다.

"아, 좋은 편이죠." 그는 대답했다. "간에 통증이 좀 있지만 나야 별로 정상적이진 못한 편이니까, 뭐 사실은 상당히 좋은 편이죠."

"다행이군요." 군목이 말했다.

"그래요." 요사리안이 맞장구를 쳤다. "그래요, 다행이에요."

"좀 더 일찍 올 생각이었지만 사실은 몸이 좋지 않았어요." 군목이 말했다.

"저런." 요사리안이 말했다.

"단순한 두통 감기였죠." 군목이 재빨리 덧붙였다.

"난 열이 38.3도입니다." 요사리안도 그에 못지않게 재빨리 말을 덧붙였다.

"안됐군요." 군목이 말했다.

"그래요." 요사리안이 맞장구를 쳤다. "그래요, 정말 안됐죠."

군목이 초조해했다. "내가 뭐 도와줄 거 없나요?" 얼마 있다가 그가 물었다.

"아뇨. 없어요." 요사리안이 한숨을 쉬었다. "인간으로서 할 수 있는 건 군의관들이 다 해 주니까요."

"아니, 그게 아니고요." 군목이 조금 얼굴을 붉혔다. "그런 얘기가 아니죠. 내 얘기는 담배라든가…… 책이나…… 아니면 장난감 같은 거."

"아뇨. 싫어요." 요사리안이 대답했다. "고맙긴 하지만, 필요한 건 다 있는 것 같아요, 건강 말고는."

"그것 안됐군요."

"그래요." 요사리안은 여전히 대수롭지 않다는 듯 맞받아쳤다. "그래요, 정말 안됐어요."

군목이 다시 움직였다. 그는 좌우를 둘러보더니 천장을, 그러고는 마룻바닥을 보았다. 그는 한숨을 깊이 쉬었다.

"네이틀리 중위가 안부 전하더군요." 그가 말했다.

요사리안은 그들 두 사람이 같이 아는 친구가 존재한다는 사실이 섭섭했다. 그들이 대화를 나눠야 할 근거가 생겼기 때문이다.

"네이틀리 중위 알아요?" 그는 서운해서 물었다.

"그래요. 네이틀리 중위를 잘 알죠."

"그 친구 좀 돌았죠. 안 그래요?"

군목은 어정쩡한 미소를 지었다. "글쎄요, 그건 모르겠어요. 그렇게까지 가까운 사이는 아니니까요."

"내 말은 믿어도 좋아요." 요사리안이 말했다. "그 친구 멍청해요."

군목은 무겁게 침묵을 지키다가 갑작스런 질문을 던졌다. "당신 요사리안 대위죠? 아녜요?"

"네이틀리는 시작이 잘못되었죠. 집안은 좋은 친구인데."

"실례를 해야겠는데요." 군목이 고집스레 말했다. "내가 큰 실수를 범했는지도 모르겠군요. 당신, 요사리안 대위 맞아요?"

"예." 요사리안이 고백했다. "나, 요사리안 대위입니다."

"256 비행 중대 소속인가요?"

"256 비행 중대 소속이죠." 요사리안이 대답했다. "요사리안 대위라고는 나뿐일 텐데요. 내가 알기에는 요사리안 대위는 나뿐이었고 내가 알고 있는 건 그것뿐입니다."

"알겠습니다." 군목이 섭섭한 듯 말했다.

"우리 비행 중대에 대해서 상징적인 시를 쓰실 생각이라면, 2의 8제곱이 제값이라고 하세요." 요사리안이 말했다.[2]

"아닙니다." 군목이 중얼거렸다. "당신 비행 중대에 대해서 상징적인 시를 쓸 생각은 없어요."

요사리안은 군목의 다른 쪽 옷깃에 달린 은십자가를 흘깃 보고는 허리를 폈다. 그는 여태껏 군목과는 얘기를 해 본 일이 없어서 정말 놀라고 말았다.

"당신, 군목이군요." 그는 황홀한 듯 감탄했다. "당신이 군목인 줄은 몰랐습니다."

"아, 그래요?" 군목이 대답했다. "내가 군목인 줄을 몰랐나요?"

"그래요, 전혀 몰랐어요." 요사리안은 신기해서 벌쭉 웃으며 그를 쳐다보았다. "아직 진짜 군목을 본 일이 없으니까요."

군목은 다시 얼굴을 붉히고 자기 손을 내려다보았다. 그는 서른둘쯤 된 자그마한 사람으로 머리는 황갈색이었고 갈색 눈에는 숫기가 있었다. 얼굴은 갸름하고 창백한 편이었다. 양쪽 뺨에는 옛날에 났던 여드름 자국이 솔직하게 남아 있었다. 요사리안은 그를 돕고 싶었다.

"뭐 도와줄 일이 없을까요?" 군목이 물었다.

---

2) 2의 8제곱은 256.

요사리안은 여전히 웃으면서 머리를 저었다. "없어요, 미안하게도요. 필요한 건 다 있고, 아주 편해요. 솔직히 얘기하면 난 아프지도 않아요."

"그것 다행이네요." 그 말이 입에서 떨어지자마자 군목은 실수했다는 생각에 손가락 마디를 입에 쳐넣고 놀라서 킬킬거렸지만 요사리안은 멋쩍게도 대꾸가 없었다. "난 다른 사람들도 만나 봐야 합니다." 마지막으로 그는 미안하다는 듯 말했다. "아마 내일쯤 다시 만나러 올지 모르겠군요."

"그래 주십시오." 요사리안이 말했다.

"내가 찾아오기를 진정으로 원하신다면 오겠습니다." 군목이 수줍게 고개를 떨어뜨리며 말했다. "병사들은 내가 나타나면 거북해하는 눈치더군요."

요사리안의 얼굴이 사랑으로 환해졌다. "오시길 바랍니다. 전 불편할 것이 없으니까요."

군목은 고맙다는 듯 미소를 짓고는 여태껏 손아귀에 감추고 있던 종잇조각을 내려다보았다. 그는 입술을 오물거리며 병동의 침대를 헤아리더니 긴가민가한 표정으로 던바의 침대에 시선을 고정시켰다.

"저 사람이 던바 중위인지 알고 싶은데요." 그는 조심스럽게 입을 열었다.

"예, 저 친구가 던바 중위입니다." 요사리안이 커다란 목소리로 대답했다.

"고마워요." 군목이 속삭였다. "정말 고마워요. 저 사람을 만나야겠어요. 병원에 있는 사람들은 모두 만나 봐야 하니까요."

"다른 병동 사람들도요?" 요사리안이 물었다.

"다른 병동 사람들도요."

"다른 병동에서는 조심하세요, 신부님." 요사리안이 경고했다. "거긴 정신병자들이 있어요. 미친놈들이 잔뜩 있죠."

"나더러 신부님이라고 그럴 필요는 없습니다." 군목이 설명했다. "나는 재침례교인[3]입니다."

"다른 병동 얘기 진짜랍니다." 요사리안이 심각한 표정을 지으며 말했다. "헌병도 당신을 보호해 줄 수가 없어요. 헌병들이 가장 미친놈들이니까요. 같이 가 드리고 싶지만 난 무서워요. 정신 이상은 전염이 됩니다. 이 병원에서 온전한 병동이라고는 여기뿐이죠. 우리들 말고는 몽땅 다 미쳤어요. 이 세상에서 온전한 병동이라고는 여기뿐일지도 몰라요."

군목은 얼른 일어나 요사리안의 침대에서 물러서며 달래는 듯한 미소를 짓고는 꼭 조심하겠다고 약속했다. "이젠 던바 중위를 만나야겠어요."라고 말하고 그는 아직도 양심의 가책을 받기라도 하는 듯 미적거렸다. "던바 중위는 어때요?" 마침내 그가 물었다.

"아주 좋아요." 요사리안이 그를 안심시켰다. "진짜 양반이죠. 세상에서 가장 훌륭하고, 가장 불성실한 사람이에요."

"그걸 묻는 게 아닙니다." 군목이 다시 나지막한 목소리로 물었다. "병이 심한가요?"

"아뇨. 심하진 않아요. 사실은 조금도 아프지 않죠."

---

3) 재침례파는 16세기 생겨난 급진적 기독교도. 재세례파라고도 한다.

"잘됐군요." 군목이 안도의 한숨을 쉬었다.

"그래요." 요사리안이 말했다. "잘된 일이죠."

"군목이라." 군목이 그를 보고 간 다음에 던바가 말했다. "봤어요? 군목이라고요."

"싹싹한 친구지?" 요사리안이 말했다. "투표권을 셋은 줘야 할 것 같아."

"투표권을 누가 더 준단 말예요?" 던바가 의심스럽다는 듯 물었다.

병동의 끝 좁은 구석의 침대에서는 엄숙한 중년의 대령 한 사람이 초록빛 합판 칸막이 뒤에서 끊임없이 일을 하고 있었는데, 간호사도 아니고 여군도 아니고 적십자 대원도 아니면서 피아노사(Pianosa) 병원을 매일 오후마다 열심히 찾아와 그를 방문하는 여자가 있었다. 그녀는 예쁜 파란색 여름 드레스를 멋지게 입고, 굽 높은 흰색 가죽 신발을 신었으며, 나일론 스타킹을 신은 다리는 쭉 뻗어 내렸다. 그녀는 상냥하고 부드럽게 생긴 얼굴에 밝은 금발은 곱슬머리였다. 대령은 통신 병과였고, 뱃속에서 나온 걸쭉한 내용물을 꼼꼼하게 봉한 사각형 거즈에 받아 침대 옆 탁자 위에 둔 뚜껑 달린 흰 통에 넣느라고 밤낮으로 바빴다. 대령은 볼 만했다. 그의 입은 동굴처럼 움푹했고, 뺨도 움푹했고, 스산하고 구슬프고 눈곱이 낀 눈도 움푹했다. 그의 안색은 변색된 은빛이었다. 그는 조심스레 조용히 기침을 하고는 이제는 버릇이 된 찌푸린 표정을 짓고 헝겊으로 천천히 입술을 찍어 내곤 했다.

대령은 그의 어디가 잘못되었는지를 밝히는 일을 전담한

전문의들의 소용돌이 속에서 살았다. 그들은 그가 물체를 볼 수 있는지 시력을 검사하려고 그의 눈에다 불빛을 비추었고, 그가 감각을 느낄 수 있는지 소리를 들어 보려고 신경을 바늘로 쑤셔 댔다. 그의 소변을 담당한 비뇨기 전문의, 그의 림프를 담당한 림프 전문의, 그의 내분비물을 담당한 호르몬 전문의, 그의 정신을 담당한 정신 분석가, 그의 피부를 담당한 피부병 전문의가 있었으며, 그의 비애를 담당하는 병리학자, 그의 포낭을 담당한 방광 전문의, 그리고 IBM 기계의 양극(陽極)이 고장 난 바람에 무자비하게 군의관으로 붙잡혀 와서는 곧 죽을 것 같은 대령과 『모비 딕』에 대해서 토론하려고 애를 쓰며 그와 회진 시간을 함께하는, 하버드 대학교 동물학과 출신의 해박하고 대머리가 까진 고래 전문가도 있었다.

대령은 정말로 철저한 조사를 받는 처지였다. 그의 몸에는 약물을 주입해 저하시켰거나, 털고 닦았거나, 손가락으로 눌러 보고 사진을 찍었거나, 제거했거나, 없애고는 새로 바꿔 넣지 않은 기관이 하나도 없었다. 날마다 그를 방문하는 말끔하고, 날씬하고, 꼿꼿한 그 여인은 그의 침대 옆에 앉을 때면 자주 그를 어루만져 주었는데, 그녀가 미소를 지을 때마다 그 모습은 웅장한 슬픔의 축도(縮圖) 같았다. 대령은 키가 크고 야위고 허리가 굽었다. 걸어 보려고 일어서면 그는 허리가 더욱 굽어져 몸이 잔뜩 휘었고, 무릎 아래쪽을 조금씩만 움직이며 조심스럽게 발을 내디뎠다. 푸르딩딩한 그의 눈자위는 질퍽했다. 여인은 조용하게, 대령의 기침 소리보다도 조용하게 얘기를 했고, 병동에서는 그녀의 목소리를 들어 본 사람이 아무도 없었다.

열흘 이내에 텍사스인은 병동에서 사람들을 말끔히 몰아냈다. 포병 대위가 제일 먼저 달아났고, 그다음에 대탈출이 시작되었다. 던바, 요사리안, 그리고 폭격기 기장이 같은 날 아침에 모두 뺑소니를 쳤다. 던바는 현기증이 가셨다고 했으며, 폭격기 기장은 코를 풀었다. 요사리안은 의사들에게 간의 통증이 가셨다고 말했다. 정말 간단한 일이었다. 준위까지도 도망쳤다. 열흘도 안 되어서 텍사스인은 병동에 있던 모든 사람들을 부대로 돌아가게 했는데 남은 사람이라고는 폭격기 기장에게서 감기가 옮아 폐렴에 걸린 군 범죄 수사대 요원뿐이었다.

2
클레빈저

병원 밖에서는 아직도 전쟁이 계속되고 있던 터여서 어떻게 보면 범죄 수사대 요원은 오히려 재수가 좋은 셈이었다. 사람들은 머리가 돌아 버린 덕택에 훈장이라는 보답을 받았다. 폭탄이 떨어지는 전 세계의 모든 곳에서 국가라고 일컬어지는 것을 위해 아이들이 목숨을 저버렸고, 어느 누구도, 특히 자신들의 젊은 생명을 바치는 아이들은 그것을 조금도 개의치 않는 듯싶었다. 끝이 날 가능성은 보이지 않았다. 끝장의 가능성이 있다면 그것은 요사리안의 끝장뿐이었고, 만일 턱이 깔때기 같고, 카우보이모자의 테두리처럼 큼직하고 시커먼 얼굴에 영원히 굳어 버려 지울 수 없을 듯싶은 투실투실한 미소를 짓는 애국적인 텍사스인만 없었더라면 그는 마지막 심판의 날까지 병원에 눌어붙었을 것이다. 텍사스인은 요사리안과 던바만 제외하고는 병동의 모든 사람이 행복하기를 바랐다. 그는 정말로 심한 병자였다.

그가 그렇게 되기를 텍사스인이 바라지 않았을지는 몰라도 요사리안은 즐거울 수가 없었다. 병원 밖을 나가면 재미있는 일이 하나도 없기 때문이었다. 계속되는 일이라고는 전쟁뿐이었는데, 요사리안과 던바 이외에는 아무도 그 사실을 의식하지 못하는 듯싶었다. 그리고 요사리안이 사람들에게 그것을 깨우쳐 주려고 하면 그들은 그를 미쳤다고 생각해서 피하곤 했다. 머리가 깨었음 직하면서도 그러지 못했던 클레빈저까지도 그들이 마지막으로 만났을 때, 그러니까 요사리안이 병원으로 도망치기 직전에 만났을 때 그에게 미쳤다고 말했다.

클레빈저는 발작적인 분노를 느끼며 그를 노려보고는 두 손으로 탁자를 움켜쥐고 고함을 쳤다. "자넨 미쳤어!"

"클레빈저, 자넨 사람들에게서 무엇을 기대하나?" 장교 클럽의 소음보다 더 큰 목소리로 던바가 짜증스럽게 반박했다.

"난 농담을 하는 게 아냐." 클레빈저가 고집스럽게 말했다.

"그들이 날 죽이려고 해." 요사리안이 그에게 차분하게 말했다.

"자넬 죽이려고 하는 사람은 아무도 없어." 클레빈저가 소리쳤다.

"그럼 그들은 왜 나한테 포를 쏘지?" 요사리안이 물었다.

"그들은 누구에게나 포를 쏴." 클레빈저가 말했다. "그들은 누구나 다 죽이려고 해."

"그래도 어쨌든 마찬가지야."

클레빈저는 이미 열이 올라서, 감정이 격한 나머지 의자에서 반쯤 일어섰고, 눈에는 눈물이 글썽거렸으며, 파랗게 질린 입술이 떨렸다. 그가 정열적으로 신봉하는 원칙에 대해서 언쟁을 벌일 때면 언제나 그렇듯이, 그는 끝판에 가서는 격분하여 숨도 제대로 못 쉬고 신념의 눈물을 감추려고 눈을 깜박였다. 클레빈저가 정열적으로 신봉하던 원칙은 많았다. 그는 제정신이 아니었다.

"그들이란 누구를 의미하는 거야?" 그는 알고 싶어 했다. "자네를 죽이려고 한다는 자들이 구체적으로 누구냐고?"

"그들 모두지." 요사리안이 시큰둥하게 대답했다.

"그들 모두라니?"

"그들 모두가 누군지 자넨 모르겠어?"

"통 모르겠어."

"그렇다면 그들이 아니라는 걸 자네는 어떻게 알지?"

"그건……." 클레빈저는 침을 튀기더니 좌절감에 휩싸여 말문이 막혔다.

클레빈저는 정말 자기가 옳다고 생각했지만, 요사리안은 누구인지도 모르는 사람들에게 폭탄을 투하하려고 하늘로 날아오를 때마다 그가 모르는 그들이 그에게 대포를 쏘는 짓은 조금도 재미있는 일이 아니라는 증거를 가지고 있었다. 그리고 그것이 재미있는 일이 아니기는 했지만, 그보다 더 심한 일들도 얼마든지 있었다. 쥐가 난 사람을 눈 깜짝할 사이에 집어삼켜서는 사흘 후에 물을 잔뜩 먹이고 부풀려 푸르뎅뎅하게 썩히고, 차가운 콧구멍에서 물을 줄줄 흘리는 시체로 만들어 해안으로 돌려보내는 잔잔한 푸른 바다를 앞에 놓고, 우람한

산들을 등지고 피아노사의 천막에서 건달처럼 살아간다면 재미있을 까닭이 조금도 없었다.

그가 기거하던 천막은 그의 비행 중대와 던바의 비행 중대를 갈라놓은, 칙칙한 빛깔의 수풀이 야트막한 벽을 이루는 곳의 정면에 있었다. 바로 옆에는 비행장의 연료 트럭으로 항공유를 운반하는 파이프가 설치된, 폐기한 철도 배수로가 뻗어 나갔다. 그와 함께 기거하는 오르 덕분에 천막은 비행 중대 전체에서 가장 사치스러웠다. 병원에서의 휴일이나 로마에서의 휴가에서 돌아올 때마다 요사리안은 그가 없는 사이에 오르가 새로 갖추어 놓은 수도 시설이나, 장작을 때는 벽난로나, 시멘트 바닥 따위를 보고 놀라곤 했다. 장소는 요사리안이 골랐고, 천막은 그와 오르가 함께 세웠다. 조종사 휘장을 달고, 숱이 많은 갈색 곱슬머리를 가운데서 가르고, 언제나 히죽거리던 꼬마 오르가 모든 지식을 제공하는 한편, 키가 더 크고, 힘이 세고, 덩치가 크고, 몸이 빠른 요사리안은 일을 거의 다 도맡아서 했다. 천막은 여섯 사람이 쓸 만큼 넓었지만 그들 두 사람만이 그곳에서 살았다. 여름이 오자 오르는 산들바람이 들어오게 천막의 옆 자락들을 말아 올렸지만, 천막 안의 찌는 듯한 더위는 가시지 않았다.

요사리안의 바로 옆 이인용 천막에서는 땅콩 과자를 좋아하고, 요사리안의 천막에서 죽은 사람에게서 훔친 45구경 권총의 커다란 총알로 밤마다 조그만 들쥐에게 총질을 해 대는 하버마이어가 혼자 살았다. 하버마이어의 천막 저쪽에는 요사리안이 병원에서 나왔을 때까지도 클레빈저가 돌아오지 않았기 때문에 다시는 그와 천막을 같이 쓰지 않겠다던 맥워트의 막사가 서 있었다. 맥워트는 요즈음 네이틀리와 천막을 같이 썼는데, 네이틀리는 항상 로마에서 지내면서 자신의 직업에도 싫증을 느끼고 그에게도 싫증을 느끼던 게슴츠레한 창녀에게 홀딱 빠져 그녀의 뒤만 졸졸 따라다녔다. 맥워트는 제정신이 아니었다. 그는 조종사였는데, 요사리안에게 얼마나 겁을 줄 수 있는지 알아보겠다는 단순한 이유에서 기회만 있으면 요사리안의 천막 위로 가능한 한, 그리고 배짱이 허락하는 한 나지막이 저공비행을 하곤 했으며, 사람들이 나체로 수영을 하는 깨끗한 바닷가의 하얀 모래톱 너머, 빈 휘발유 드럼통으로 만들어 띄운 뗏목 위로 마구 폭음을 내며 비행하는 것을 즐겼다. 미친 사람하고 같은 천막을 사용하는 것은 쉬운 일이 아니었지만, 네이틀리는 개의치 않았다. 그도 역시 미쳤고, 쉬는 날이면 그는 언제나 요사리안의 도움을 받지 않고 건축된 장교 클럽으로 일을 하러 갔다.

사실 요사리안의 도움을 받지 않고 건축된 장교 클럽이 많기는 했지만, 그는 피아노사에 있는 것을 가장 큰 자랑거리로 여겼다. 그 건물은 그의 결단력을 과시하는 튼튼하고 복잡한 기념비였다. 요사리안은 그 건물이 완성될 때까지 도우러 가지 않았으며, 후에 그는 자주 그곳으로 찾아가 크고, 멋지고, 얼기설기 널빤지로 엮은 건물을 보면서 무척 흐뭇한 기분을 느끼곤 했다. 그것은 정말로 대단한 건물이었고, 요사리안은 건물을 둘러볼 때마다 자신의 공이 하나도 들지 않았다는 사실에 대한 굉장한 자부심으로 가슴이 뛰었다.

그와 클레빈저가 서로 미쳤다고 마지막으로 싸웠을 때는 장교 클럽의 식탁에 네 사람이 앉아 있었다. 그들은 애플비가 항상 이기는 크랩 테이블 근처의 뒤편에 자리를 잡았다. 애플비는 탁구와 마찬가지로 크랩 솜씨가 훌륭했고, 그의 탁구 실력은 누구도 따라오지 못했다. 애플비는 뭐든지 다 잘했다. 애플비는 아이오와 출신의 금발 청년이었고, 아무런 생각도 없이 신과 모성(母性)과 미국 생활 방식을 신봉했고, 그를 아는 사람은 누구나 다 그를 좋아했다.

"난 그 개새끼가 싫어." 요사리안이 으르렁거렸다.

클레빈저와의 언쟁은 몇 분 전에, 요사리안이 기관총을 찾지 못했을 때부터 시작되었다. 그날 밤은 바빴다. 바도 분주했고, 크랩 테이블도 분주했고, 탁구대도 분주했다. 요사리안이 기관총으로 날려 버리고 싶은 사람들이 바에서 아무도 싫증을 내지 않는 감상적인 흘러간 옛 노래들을 부지런히 불러 댔다. 그들에게 기관총을 쏘는 대신에, 그는 탁구를 치던 장교가 받아친 공이 그에게로 굴러오자 발뒤꿈치로 그것을 짓이겨 버렸다.

"요사리안 저 친구." 머리를 저으면서 두 장교는 웃어넘기고 선반의 상자에서 새 공을 하나 꺼냈다.

"요사리안 저 친구라니." 요사리안이 그들에게 대들었다.

"요사리안." 네이틀리가 귓속말로 주의를 주었다.

"내 얘기가 무슨 소린지 알겠지?" 클레빈저가 물었다.

장교들은 요사리안이 그들의 말을 흉내 내는 것을 듣고는 다시 웃었다. "요사리안 저 친구." 그들은 더 큰 목소리로 말했다.

"요사리안 저 친구라니." 요사리안이 되풀이했다.

"요사리안, 그러지 말아요." 네이틀리가 애원했다.

"내 얘기가 무슨 얘긴지 알겠지?" 클레빈저가 말했다. "저 친구는 비사교적인 기질이 있어."

"이봐, 시끄러워." 던바가 클레빈저에게 말했다. 던바는 클레빈저가 비위에 맞지 않았고, 그래서 시간이 더디게 가도록 만들기 때문에 클레빈저를 좋아했다.

"애플비는 여기에 오지도 않았단 말야." 클레빈저가 의기양양하게 요사리안을 일깨워 주었다.

"누가 애플비 얘기를 했어?" 요사리안이 물었다.

"캐스카트 대령도 역시 오지 않았고."

"누가 캐스카트 대령 얘기를 했어?"

"그럼 자네가 싫어한다는 그 개새끼가 누구야?"

"여기 어디 개새끼가 있나?"

"자네하곤 다투지 않겠어." 클레빈저가 선언했다. "자넨 자신이 누굴 미워하는지조차도 몰라."

"날 독살하려는 놈은 누구라도 미워." 요사리안이 그에게 말했다.

"자넬 독살하려는 사람은 없어."

"그놈들이 내 음식에 두 차례나 독을 넣었어, 안 그래? 페라라하고 볼로냐 대공방전 때 그놈들이 내 음식에 독을 넣지 않았단 말야?"

"그들은 모든 사람들의 음식에다 독을 넣었어." 클레빈저가 설명했다.

"그래서 어쨌단 말이지?"

"그리고 그건 독약도 아니었어!" 점점 더 혼란을 느끼자 계속 물고 늘어지면서 클레빈저가 열을 올려 소리쳤다.

요사리안은 자기가 기억하는 바로는 지금까지 항상 누군가 그를 죽이려고 일을 꾸미고 있었노라고 클레빈저에게 참을성 있는 미소를 지어 보이며 설명했다. 그를 염려해 주는 사람들과 관심이 없는 사람들, 그를 미워하지 않는 사람들과 그를 없애 버리겠다고 작정을 하고 나선 사람들이 있었다. 사람들이 그를 미워한 까닭은 그가 아시리아 사람이기 때문이었다. 그러나 그는 마음이 건전하고 몸이 깨끗하고 황소처럼 튼튼하기 때문에 남들이 자기를 건드리지 못한다고 클레빈저에게 말했다. 그는 타잔이었고, 맨드레이크나 플래시 고든[4]이었기 때문에 그들은 그를 건드릴 수가 없었다. 그는 빌[5] 셰익스피어였다. 그는 카인이었고, 오디세우스였고, 방랑하는 네덜란드인이었으며, 소돔의 롯[6]이었고, 슬픔의 데어드레[7]였으며, 숲속 나이팅게일들의 스위니[8]였다. 그는 기적의 합성물 Z-247이었다. 그는······.

"미쳤지!" 클레빈저가 고함을 지르며 말을 막았다. "자넨 미

---

4) 미국 활극 만화의 주인공들.

5) 윌리엄의 애칭.

6) 아브라함의 조카. 소돔의 멸망에서 피신했지만, 그의 아내는 뒤를 돌아다봤기 때문에 소금 기둥이 되었다. 창세기 11장 31절과 12장 5절 참조.

7) 트리스탄과 이졸데 이야기와 비슷한 내용의 에이레 전설의 여주인공.

8) T. S. 엘리엇의 시에 등장하는 남자.

친 사람이라 이거야! 미쳤어!"

"……굉장하지. 나는 마구 쳐부수고, 선하고 정직하며, 주먹이 셋인 진짜 위인이야. 나는 진짜 슈프라맨(超人)이야."

"슈퍼맨 말이지?" 클레빈저가 소리쳤다. "슈퍼맨?"

"슈프라맨이라니까." 요사리안이 바로잡아 주었다.

"이봐요, 그만들 해요." 난처해진 네이틀리가 부탁했다. "모두들 우릴 쳐다보고 있어요."

"자넨 미쳤어." 클레빈저가 눈물을 글썽거리며 들뜬 목소리로 외쳤다. "자넨 여호와 콤플렉스에 걸렸어."

"난 모든 사람이 다 너새니얼이라고 생각해."

클레빈저는 궁금하다는 듯이 중간에서 열변을 멈추었다. "너새니얼이 누구야?"

"무슨 너새니얼 말이야?" 요사리안이 순진하게 물었다.

클레빈저는 멋지게 함정을 피했다. "자넨 모든 사람이 다 여호와라고 생각하지. 자넨 겨우 라스콜리니코프 정도……."

"누구?"

"라스콜리니코프라고!"

"……늙은 여자의 살해를 정당하다고 생각했던 그 친구……."

"겨우 그 정도야?"

"……그래, 정당화했지, 맞았어……. 도끼로! 그리고 난 자네한테 그걸 증명할 수도 있어!" 클레빈저는 격분해서 숨을 몰아쉬며 요사리안의 증상들을 열거했는데, 주변의 모든 사람들이 미쳤다고 믿는 그의 가당찮은 생각들과, 알지도 못하는 사람들을 기관총으로 쏘아 버리려는 살인적인 충동과, 과거에 대한 왜곡과, 사람들이 그를 미워해서 죽이려고 흉계를 꾸미고 있다는 근거 없는 의심을 지적했다.

그렇지만 요사리안은 스스로 클레빈저에게 설명했듯이, 자신이 기억하는 한 한 번도 틀린 적이 없었으므로 지금도 자기가 옳다고 생각했다. 그의 눈에 띄는 모든 사람은 미친놈들이었으며, 자기처럼 지각 있고 젊은 분들만이 그 어마어마한 광기의 와중에서 균형을 부여할 수가 있었다. 그리고 그의 목숨이 위태함을 알고 있었으므로 그는 곧 손을 써서 그 일을 완수해야 했다.

요사리안은 병원에서 비행 중대로 돌아온 다음 예리한 눈으로 모든 사람을 관찰했다. 마일로도 무화과를 거두러 스미르나로 가고 없었다. 마일로가 없으니까 취사장이 잘 돌아갔다. 요사리안은 병원과 비행 중대 사이로 끊어진 바지 멜빵처럼 뻗어 나간 울퉁불퉁한 길을 따라 구급차를 타고 털럭거리며 가면서 벌써부터 양념이 잘된 양고기의 푸짐한 냄새를 맡고는 게걸스러운 반응을 보였다. 점심으로는 시시 케바브[9]가 나왔는데, 마일로가 레반트의 사기꾼 장사치한테서 훔친 비밀의 범벅에다 일흔두 시간 동안 담가 둔 다음에 꼬챙이에 꿰어 숯불 위에서 악마처럼 지글거리며 구운 쇠고기의 큼직하고 입맛 당기는 살점들은 이란의 쌀밥, 아스파라거스 꼬투리, 파르메산 치즈와 함께 나왔으며, 디저트는 구운 버찌였고, 다음에는 프랑스산 리큐어인 베네딕틴과 브랜디를 친 김이 무럭무럭

---

9) 터키식 불고기.

나는 신선한 커피 한 잔으로 이어졌다. 다마스쿠스의 천으로 만든 식탁보 위에다 음식을 차리는 데 커다란 도움을 준 솜씨 좋은 웨이터들은 ——드 커벌리 소령이 내륙 지방에서 납치해 마일로에게 넘겨준 이탈리아 사람들이었다.

요사리안은 배가 터져 버릴 듯한 생각이 들 때까지 식당에서 포식을 하고 난 다음에, 번들거리는 찌꺼기를 입가에 묻히고는 만족한 식곤증을 느끼며 뒤로 축 늘어졌다. 마일로의 식당에서 줄곧 식사를 하는 비행 중대의 다른 장교들은 그토록 실컷 먹어 본 사람이 없었고, 요사리안은 그렇게까지 열심히 먹어 댈 필요는 없었지 않나 하는 생각이 얼핏 들었다. 그는 트림을 하고는 그들이 자기를 죽이려고 한다는 생각이 머리에 떠오르자 미친 듯이 식당에서 뛰어나와서는 전투지 근무에서 벗어나 고향으로 갈 수 있는 길을 알아보려고 다네카 군의관을 찾아 뛰어다녔다. 그는 천막 앞 높직한 동글의자에 앉아서 햇볕을 쬐는 다네카 군의관을 보았다.

"오십 회 출격이라니." 머리를 저으면서 다네카 군의관이 그에게 말했다.

"대령님은 오십 회의 출격을 원한다는구먼."

"하지만 난 마흔네 번밖에 안 나갔어!"

다네카 군의관은 그의 얘기를 대수롭지 않게 넘겨 버렸다. 그는 새처럼 생긴 구슬픈 남자였으며, 얼굴은 주걱 같았고, 이목구비는 몸치장을 잘한 쥐처럼 말끔하고 섬세했다.

"오십 회 출격이라니." 그는 아직까지 머리를 저으면서 되풀이했다. "대령님은 오십 회의 출격을 원한대."

3
하버마이어

요사리안이 병원에서 돌아왔을 때 그의 천막에는 오르와 죽은 사람 이외에는 아무도 없었다. 요사리안의 천막에서 사람이 죽었다는 것은 골칫거리였고, 그래서 비록 한 번도 본 적은 없었지만 그는 그 남자를 미워했다. 하루 종일 송장을 옆에 두고 있으려니 짜증이 나서 요사리안은 타우저 병장에게 불평을 하려고 몇 차례나 중대 사무실로 찾아갔지만, 타우저는 죽은 사람이 존재한다는 사실을 믿으려고도 하지 않았는데, 죽은 사람은 사람이 아니니까 사실 그 말에도 일리는 있었다. 낙심했을 때의 모습이 헨리 폰다를 닮았으며, 키가 크고 깡마른 비행 중대장인 메이저 메이저[10]에게 직접 호소를 하기는 더욱 어려운 일이었으니, 그 얘기를 하려고 요사리안이 타

---

10) Major, 소령.

우저 병장을 밀어제치고 사무실로 들이닥치기만 하면 소령이 창문으로 도망을 쳐 버리고는 했기 때문이었다. 천막에서 죽은 남자와 함께 살기란 정말로 쉬운 일이 아니었다. 그는 같이 살기에 역시 쉽지가 않은 오르에게조차 골칫거리였는데, 그가 돌아오던 날 오르는 요사리안이 병원에 있는 동안 공사를 시작한 난로에 휘발유를 넣어 주는 수도꼭지를 땜질하느라고 애를 쓰던 참이었다.

"뭘 하고 있어?" 무엇을 하고 있는지 한눈에 알 수 있었지만 요사리안은 천막에 들어서자 경계심을 가지고 물었다.

"여기서 기름이 새요." 오르가 말했다. "그래서 고치려고 그래요."

"제발 그만둬." 요사리안이 말했다. "자네가 그러는 걸 보면 내 마음이 불안해지니까."

"난 어렸을 때 능금을 볼에다 넣고 하루 종일 걸어서 돌아다니고는 했어요." 오르가 대답했다. "한쪽에 하나씩요."

요사리안은 세면도구들을 꺼내던 작은 잡낭(雜囊)을 옆으로 밀어 놓고는 수상하다는 듯이 몸을 도사렸다. 시간이 조금 흘렀다. "왜 그랬어?" 결국 그는 이렇게 물을 수밖에 없었다.

오르는 신이 나서 킥킥거렸다. "능금이 칠엽수(七葉樹) 열매보다 좋았으니까 그랬죠." 그가 대답했다.

오르는 천막 바닥에 무릎을 꿇고 있었다. 그는 쉬지 않고 일을 계속하면서 수도꼭지를 뜯고, 작은 부품들을 모두 조심스럽게 늘어놓고, 마치 전에는 비슷한 것을 본 적이 없기라도 한 듯 숫자를 헤아리고 한없이 살펴보고, 그런 다음에는 작은 기계를 자꾸자꾸 재조립하면서도 참을성이나 흥미를 조금도 잃지 않고 피로한 기색도 보이지 않았으며, 일을 끝낼 기미가 전혀 없는 듯했다. 요사리안은 땜질을 하는 그를 보고, 만일 그가 그 짓을 당장 그만두지 않는다면 자신이 냉혹하게 그를 살해하지 않고는 견딜 수 없으리라는 확신을 가지게 되었다. 죽은 사람이 도착한 날 모기장 걸이에 걸어 놓았던 사냥용 칼 쪽으로 그의 시선이 옮겨 갔다. 그 칼은 하버마이어가 총을 훔쳐 갔기 때문에 껍질만 남은 죽은 사람의 가죽 권총집 옆에 걸려 있었다.

"능금을 구할 수 없을 때면 난 칠엽수 열매를 사용했어요." 오르가 얘기를 계속했다. "칠엽수 열매는 능금하고 크기가 비슷하고, 모양이야 별로 상관이 없는 일이긴 하지만 사실은 더 멋있어요."

"무엇 때문에 볼에다 능금을 넣고 돌아다녔지?" 요사리안 이 다시 물었다. "내가 물어본 건 그거야."

"칠엽수 열매보다 모양이 훌륭했기 때문이에요." 오르가 대답했다. "지금 그 얘기 했잖아요."

"기계밖에 모르는 쥐눈깔에 후레자식 같으니라고. 왜 볼에 다 능금이건 뭐건 아무것이라도 넣고 돌아다녔느냔 말이야."

"난 볼에다 아무것이나 넣고 돌아다니지는 않았어요." 오르가 말했다. "난 능금을 볼에다 넣고 다녔죠. 능금을 구할 수 없을 때는 칠엽수 열매를 넣고 돌아다녔고요. 볼에다 말예요."

오르가 킬킬거렸다. 요사리안은 차라리 입을 닥치기로 작정하고, 그것을 실천에 옮겼다. 오르는 기다렸다. 요사리안은 더 오래 기다렸다.

"한쪽 뺨에 하나씩요." 오르가 말했다.

"왜?"

오르가 말을 물고 늘어졌다. "뭐가 왜예요?"

요사리안은 미소를 지으면서 머리를 젓고 대꾸하지 않았다.

"이 밸브 정말 웃겨요." 오르가 큰 소리로 혼잣말을 했다.

"뭐가?" 요사리안이 물었다.

"내가 원하던 것은……."

요사리안은 그가 무슨 말을 하려는지 알았다. "맙소사! 도대체 뭐 하려고 그랬는지……."

"…… 뺨이 나오게 하려고 그랬어요."

"…… 뺨이 나오게 하려고?" 요사리안이 물었다.

"난 뺨이 나오기를 원했어요." 오르가 다시 말했다. "어린아이였을 적부터 난 사과처럼 나온 볼따구니를 원했고, 볼이 나올 때까지 노력해야겠다고 결심했고, 그래서 능금을 하루 종일 볼 안에 넣고 다녀서 결국 소원을 성취했죠." 그는 다시 킬킬거렸다. "한쪽에 하나씩요."

"왜 볼을 사과처럼 만들려고 그랬지?"

"사과처럼 만들려고 그러지는 않았어요." 오르가 말했다. "부풀리려고만 했던 거예요. 난 빛깔에는 별로 관심이 없었고, 부풀리고만 싶었을 뿐이니까요. 손에 아귀힘을 키우려고 하루 종일 고무공을 주무르고 다닌다고 잡지에서 얘기하는 그런 미친 사람들과 마찬가지로 난 열심이었죠. 사실은 나도 그 미친 사람들의 하나였어요. 손에 고무공을 하루 종일 쥐고서 돌아다니기도 했으니까요."

"왜?"

"뭐가 왜예요?"

"왜 손에다 고무공을 하루 종일 쥐고 돌아다녔어?"

"그건 고무공이……." 오르가 말했다.

"……능금보다 좋았다 이건가?"

오르는 머리를 저으면서 코웃음을 쳤다. "내가 볼 안에 능금을 넣고 다니는 꼴을 누가 보게 되는 경우에 내 체면을 지키기 위해서 그랬죠. 손에 공을 쥐고 있으면 볼 안에 능금을 넣었다는 사실을 부인할 수 있었으니까요. 왜 볼 안에다 능금을 넣고 돌아다니느냐고 묻는 사람이 있을 때마다 난 손을 펴서 내가 가지고 다니는 것은 능금이 아니라 고무공이라는 것을 보여 주고, 그리고 고무공은 내 볼 안이 아니라 내 손 안에 있다는 사실도 증명할 수가 있어요. 그럴듯한 얘기죠. 하지만 볼 안에다 능금을 두 개 물고서 얘기를 한다면 남을 이해시키기가 꽤 어려운 일이어서 그 얘기가 납득이 갔는지 어쨌는지는 통 알 수가 없었어요."

그 당시에 요사리안은 그의 얘기를 이해하기가 퍽 어렵다고 생각했으며, 혹시 이 친구한테 내가 당한 것은 아닌가 하는 의심까지 들기도 했다.

요사리안은 더 이상 말을 하지 않기로 작정했다. 그래 봐야 소용이 없었다. 그는 오르가 어떤 사람인지를 알았고, 그래서 그때 그가 뭐 하려고 뺨의 살을 늘어뜨리려고 했는지 그 이유를 전혀 알아낼 수 없으리라는 사실도 알았다. 그것을 물어본

다는 것은 어느 날 아침 로마에서 네이틀리의 갈보가 꼬마 여동생 방의 열린 문 앞에 있는 비좁은 현관에서 왜 그의 머리를 구두로 계속해서 때리고 있었는지를 물어보는 것이나 결과가 마찬가지였다. 그 갈보는 키가 크고, 기골이 장대했으며, 머리카락은 길었고, 살이 가장 보드라운 곳의 코코아 빛 피부 밑에는 눈부신 푸른 핏줄들이 총총하게 한군데로 모인 여자였는데, 그녀는 스파이크가 달린 구두의 뒤꿈치로 오르의 머리 꼭대기를 때리기 위해서 맨발로 깡충깡충 뛰며 욕설을 퍼붓고 계속 고함을 질러 댔다. 그들은 둘 다 알몸이었고, 어찌나 야단법석을 부렸던지 아파트의 모든 사람들은 무슨 일인가 해서 구경하려고 현관으로 나왔는데, 앞치마와 스웨터 차림으로 나무라는 듯이 혀를 차던 늙은 여자와, 탐욕스럽고 어른다운 기쁨을 느끼면서 그 사건을 처음부터 끝까지 지켜보며 유쾌하게 큰 소리로 웃어 대던 호색적이고 난봉꾼인 노인을 제외하고는, 저마다 침실 문간에 나와서 구경하던 쌍쌍은 모두가 나체였다. 여자는 고함을 질렀고 오르는 킬킬거렸다. 그녀의 구두 굽에 얻어맞을 때마다 오르는 더 큰 소리로 킬킬거렸고, 그래서 더욱 약이 오른 그녀는 그의 머리통을 후려갈기려고 더 높이 하늘로 날아올랐고, 그때마다 그녀의 풍성하고 큼직한 젖가슴은 강한 바람에 휘날리는 깃발처럼 온통 나부꼈고, 엉덩이와 튼튼한 사타구니는 무슨 어마어마한 풍년의 경치처럼 이리 번쩍 저리 반짝 번득였다. 그녀는 고함을 질렀고, 오르는 끝까지 킬킬거렸고, 급기야는 그녀가 고함을 지르며 그의 관자놀이에 세차게 한 방 먹여서, 결국 그는 킬킬대기를 멈추고는 들것에 실려 병원으로 옮겨졌는데, 그의 머리에 뚫린 구멍은 별로 깊지 않아서 아주 가벼운 뇌진탕을 일으켜 그는 전투에서 겨우 열이틀밖에는 면제되지 못했다.

무슨 일이 있었는지는 아무도 알아낼 수가 없었고, 차양을 친 창문과 하나뿐인 등불이 달린 널따란 휴게실로부터 양쪽으로 뻗어 나간 좁다란 복도를 가운데 두고 마주 보는 수많은 침실들을 갖춘 광활하고도 끝없는 매음굴에서 벌어지는 일이라면 무엇이나 다 알고 있었음 직한 킬킬대던 늙은이와 혀를 차던 늙은 여자까지도 그것을 알아낼 수는 없었다. 그 일이 있은 이후로 그녀는 오르를 볼 때마다 뺑뺑하고 하얗고 탄력 있는 팬티 위까지 치마를 걷어 올리고는 천박하게 놀려 댔고, 자신의 단단하고 통통한 아랫배를 내밀면서 경멸한다는 듯 그에게 욕설을 퍼붓다가는, 그가 겁에 질려 키득거리며 요사리안의 뒤로 몸을 숨기는 꼴을 보고서야 우렁차게 목쉰 소리로 웃어 댔다. 그가 네이틀리의 갈보의 꼬마 여동생 방에서 문을 닫아 놓고 무엇을 했는지, 무엇을 하려고 했는지, 또는 무엇을 하려다가 실패했는지는 아직도 비밀이었다. 그 계집아이는 네이틀리의 갈보 친구나, 다른 어느 갈보나, 네이틀리나 요사리안에게 절대로 얘기를 해 주지 않았다. 오르가 얘기를 털어놓을지도 모를 일이지만, 요사리안은 더 이상 말을 하지 않기로 작정한 터였다.

"내가 왜 뺨을 부풀리려고 그랬는지 알고 싶어요?" 오르가 물었다.

요사리안은 계속 입을 다물고 있었다.

"그때 로마에서 당신이 밥맛없다고 하던 그 여자가 구두 뒤축으로 내 머리를 때렸던 일 생각나죠?" 오르가 물었다. "그 여자가 왜 자꾸만 나를 때렸는지 알고 싶어요?"

그 여자가 십 분 내지 십오 분 동안이나 그의 머리통을 계속해서 두들겨 팰 만큼 화가 났으면서도 그의 발목을 잡고 그의 골이 쏟아져 나갈 정도로 휘둘러 대지는 않을 만큼만 약을 올릴 만한 무슨 짓을 그가 했는지는 아직도 상상하기가 불가능했다. 그를 잡아 휘두르기에 충분할 만큼 그녀는 키가 컸고, 그는 작았다. 오르는 뺨이 늘어졌을 뿐 아니라 뻐드렁니에 눈이 튀어나왔고, 어린 허플보다도 키가 작았는데, 허플은 자리를 잘못 잡아서 헝그리 조가 밤마다 잠결에 비명을 질러 대는 기찻길 저쪽 행정 지역의 천막에서 살았다.

헝그리 조가 실수로 그의 천막을 친 행정 지역은 녹슨 철도와, 경사진 시꺼먼 역청(瀝靑)길과 배수로 사이에 있는 비행 중대의 중앙에 위치했다. 여자들이 가자는 곳으로 데리고 가겠다는 약속만 해 준다면 남자들은 이 길가에서 튼튼하고, 젊고, 가정적이고, 잘 웃고, 이빨이 빠진 소녀들을 얼마든지 유혹해서 차에 태우고 길을 벗어나 잡초 속에서 일을 치를 수가 있었는데, 지프차는 구할 수 있어도 운전은 할 줄 모르는 헝그리 조가 해 보자고 그에게 부탁하는 만큼은 자주 그러지 않았다 해도 요사리안은 기회만 있으면 그곳으로 여자를 유혹하러 나서곤 했다. 비행 중대 사병들의 천막은 길 반대편 노천 영화관 옆에 줄지어 있었다. 그 극장에서는 죽어 가는 병사들에게 즐거움을 주려고 밤마다 쓰러질 듯한 영사막 위에서 무식한 군대들이 싸움을 했는데, 바로 그날 오후에는 USO 위문단이 그 극장을 찾아왔다.

USO 위문단을 보낸 사람은 그의 사령부를 로마로 이동시키고 드리들 장군을 모함하는 틈틈이 따로 할 일도 전혀 없었던 P. P. 페켐 장군이었다. 페켐은 청결함을 대단히 중요하게 여기는 장군이었다. 그는 재빠르고, 상냥하고, 상당히 치밀한 장군이었고, 적도의 둘레 거리를 알고 있었으며 '증가(increase)'라는 단어를 써야 할 때마다 '강화(enhance)'라고 잘못 적었다. 그는 너절한 인간이었는데, 그 사실을 가장 잘 알고 있던 사람은, 지중해 작전 지역의 막사들은 모두 입구를 자랑스럽게 워싱턴 기념비를 향하도록 하고 평행선을 이루게 세워야 한다고 최근에 시달한 페켐 장군 때문에 몹시 골이 난 드리들 장군이었다. 전투 부대를 지휘하는 드리들 장군에게는 그것이 한심한 개수작으로 생각되었다. 더구나 드리들 장군의 비행단이 어떻게 천막을 세우느냐 하는 문제라면 페켐 장군이 왈가왈부할 성질의 일이 아니었다. 그러자 이 거물들의 열띤 관할권에 대한 논쟁이 뒤따랐는데, 그 싸움은 제27 공군 본부에서 우편을 취급하던 전직 일등병 윈터그린이라는 자가 드리들 장군에게 유리한 결론을 내림으로써 일단락이 지어졌다. 윈터그린은 페켐 장군에게서 오는 모든 통신문을 쓰레기통에 처넣음으로써 결말을 지었다. 그는 그 통신문들이 너무 장황하다고 판단했다. 반면 허식적인 문학적 필체로 표현된 드리들 장군의 관점들은 윈터그린 전직 일등병의 마음에 들었고 통신문들은 그가 열성적으로 규칙을 준수하는 바람에 신속하게 처리가 이루어졌다. 그래서 드리들 장군은 부전승을 거두게 된 것이다.

자기가 상실했을 지위를 되찾기 위해서 페켐 장군은 전보다 훨씬 많은 USO 위문단을 파견하기 시작했고, 카르길 대령에게는 직접 나서서 그들에게 활기를 불어넣으라는 책임을 맡겼다.

그러나 요사리안의 부대에는 아무런 활기도 없었다. 요사리안의 부대에서는 하루에 몇 차례씩 타우저 병장에게 엄숙한 표정으로 찾아가서 혹시 그들에게 고향으로 돌아가라는 명령이 내려오지나 않았는지 물어보는 사병과 장교의 숫자만 늘어 갔다. 그들은 오십 회의 출격을 마친 사람들이었다. 그들의 숫자는 요사리안이 병원으로 갔을 때보다도 많았는데, 아직도 그들은 기다리기만 했다. 그들은 걱정을 하면서 손톱을 깨물었다. 그들의 모습은 공황기의 하릴없는 남자들처럼 괴이했다. 그들은 게처럼 옆으로 움직였다. 그들은 이탈리아의 제27 공군 본부에서 안전한 고향으로 돌아가라는 명령이 내려오기만을 기다렸고, 기다리는 동안 그들은 걱정을 하고, 손톱을 깨물고, 하루에 몇 차례씩 타우저 병장에게 엄숙한 표정으로 찾아가서 혹시 그들에게 안전한 고향으로 돌아가라는 명령이 내려오지나 않았는지 물어보는 것 말고는 따로 할 일이 없었다.

그들은 시간과 경주를 벌이고 있었으며, 캐스카트 대령이 또 틀림없이 출격 횟수를 늘리리라는 사실을 그들의 뼈아픈 경험을 통해서 잘 알고 있었다. 그들은 기다리는 수밖에 없었다. 출격을 끝마쳤을 때마다 다른 할 일이 있는 사람은 헝그리 조뿐이었다. 그는 악몽을 꾸며 비명을 질렀고 허플의 고양이와 싸움을 해서 이겼다. 그는 USO 쇼가 있을 때마다 카메라를 가지고 앞줄에 앉아서 언제 터질지 모를 빤짝이 드레스로 큼직한 두 젖가슴을 가린 노랑머리 가수의 스커트 속을 밑에서 찍으려고 열심이었다. 사진은 제대로 나온 적이 없었다.

페켐 장군의 골칫거리를 도맡아 해결하는 카르길 대령은 억지를 잘 부리는 허여멀건 남자였다. 전쟁이 터지기 전에 그는 회사에서 눈치 빠르고, 마구 밀어붙이는 적극적인 시장 개척 담당 간부였다. 그는 형편없는 시장 개척 간부였다. 카르길 대령이 얼마나 솜씨 없는 시장 개척 간부였는가 하면, 세금을 피하려고 어떻게 해서든지 손실을 봐야만 했던 회사들이 그를 고용하려고 쫓아다닐 지경이었다. 배터리 파크에서 풀턴 스트리트에 이르기까지, 모든 문명사회에서 세금 면제를 빨리 받기 위해서는 그가 가장 적절한 인물로 소문이 났다. 실패는 쉽게 얻어지는 업적이 아니어서, 그의 가치는 상당했다. 그는 꼭대기에서 시작해서 노력하는 정도에 따라 줄기차게 아래로 내려갔지만, 불쌍하다고 도와주려는 친구들이 워싱턴에 워낙 많고 보니 돈을 버리기도 생각처럼 쉬운 일이 아니었다. 제대로 손해를 보려면 몇 달에 걸친 고달픈 업무와 치밀한 엉터리 계획이 필요했다. 사람을 잘못 쓰고, 일을 엉망으로 만들고, 계산을 잘못하고, 만사를 게을리하고, 그리고 여기저기 구멍을 내어 이제는 성공이구나 하고 생각할 때가 되면, 정부는 호수나 삼림이나 유전을 그에게 주어서 모든 일을 망쳐 놓곤 했다. 그런 장애물들이 방해가 되기는 했어도 카르길 대령에게라면 최고로 번창하는 회사를 바닥내는 일을 마음 놓고 맡길 수가 있었다. 그는 어느 누구에게도 신세를 지지 않고 실패를 거두면서 자수성가한 입지전적인 인물이었다.

"여러분." 카르길 대령은 말을 쉬어 가면서 요사리안의 비행 중대 대원들에게 조심스럽게 얘기하기 시작했다. "여러분은 미국의 장교입니다. 세계의 어느 다른 나라 군대도 그 말을 할 자격이 없습니다. 그 생각을 해 봐요."

나이트 병장은 그 말을 생각해 보더니 카르길 대령에게 점잖게 지금 연설을 듣는 사람들은 사병들이고 장교들은 비행 중대의 다른 쪽에서 그를 기다리고 있다는 귀띔을 해 주었다. 카르길 대령은 상냥하게 고맙다고 그에게 인사하고는 만족한 표정을 지으며 씩씩하게 다른 쪽으로 걸어갔다. 스물아홉 달 동안 복무를 했어도 무능함이라는 그의 천재성이 조금도 둔해지지 않았다는 사실에 그는 자부심을 느꼈다.

"여러분." 조심스럽게 말을 쉬어 가면서 그는 장교들에게 얘기하기 시작했다. "여러분은 미국의 장교입니다. 세계의 어느 다른 나라 군대도 그 말을 할 자격이 없습니다. 그 생각을 해 봐요." 그는 그들에게 생각할 시간을 주기 위해서 잠깐 동안 기다렸다. "이 사람들은 여러분의 손님입니다!" 그가 갑자기 소리쳤다. "그들은 여러분을 위문하기 위해서 5000킬로미터나 여행해 왔습니다. 나가서 구경을 해 주는 사람이 아무도 없다면 그들의 기분이 어떻겠습니까? 그들의 사기는 어떻게 되겠습니까? 자, 여러분, 똥줄이 타는 건 내가 아닙니다. 하지만 오늘 여러분을 위해서 아코디언을 연주할 여자는 여러분의 어머니뻘이 될 만큼 나이가 많습니다. 만일 여러분의 어머니가 아코디언을 연주하려고 5000킬로미터나 여행을 해서 찾아왔는데 아무도 구경하려고 하지 않는다면 여러분의 기분이 어떻겠습니까? 저 아코디언 연주자처럼 늙은 어머니를 둔 아이가 어른이 되어서 이 사실을 알게 된다면, 그 기분이 어떨까요? 우리는 모두 그 대답을 압니다. 자, 여러분, 내 말을 오해하지 말아요. 이것은 물론 다 자발적인 일입니다. 나는 여러분에게 USO 쇼를 보러 가서 즐기라는 명령을 내리기는 이 세상에서 어느 대령보다도 싫어하는 사람이지만 나는 아파서 병원에 가야 할 사람을 제외하고 여러분이 모두 지금 당장 그 USO 쇼에 가서 재미를 보기를 바라며, 이것은 명령입니다!"

요사리안은 거의 병원으로 다시 돌아가고 싶을 만큼 속이 뒤집히는 기분이었고, 세 차례 출격을 하고 돌아왔을 때 다네카 군의관이 처량하게 머리를 저으면서 그의 비행 근무를 해제시키지 못하겠다고 거부했을 때는 속이 더 답답했다.

"자네만 골칫거리가 있는 줄 아나?" 다네카 군의관이 구슬프게 꾸짖었다. "나는 어쩌고? 난 의사가 되려고 공부하며 팔 년 동안 땅콩만 먹고 살았어. 그리고 겨우 비용을 뽑을 정도로 번듯하게 개업을 할 때까지 난 닭 모이만 먹으면서 내 사무실에서 살았지. 그러다가 겨우 장사가 되나 보다 했더니 징집 영장이 나온 거야. 난 자네 불평은 귀에 들리지도 않아."

다네카 군의관은 요사리안의 친구였고, 그를 도울 수 있는 일이라면 거의 아무것도 해 주지 않았다. 요사리안은 장군이 되고 싶어 하는 캐스카트 대령과, 비행 대대의 드리들 장군과 드리들 장군의 간호사, 그리고 해외 복무를 마치려면 사십 회의 출격만 시켜도 된다고 주장하는 제27 공군 본부의 다른 모든 장군들에 대해서 다네카 군의관이 하는 얘기를 귀담아 들었다.

"그냥 꾹 참고 잘해 보는 것이 어때?" 그는 무뚝뚝하게 요사리안에게 충고했다. "하버마이어처럼 말야."

요사리안은 그 제안에 치를 떨었다. 하버마이어는 선두 폭격수였는데, 목표물에 접근할 때는 조금도 회피 동작[11]을 취하지 않아서 그와 함께 편대를 짜고 날아가는 모든 사람들의 위험을 증가시켰다.

"하버마이어, 왜 자넨 회피 동작을 할 줄 모르지?" 출격에서 돌아오면 그들은 화가 나서 그에게 물었다.

"이봐, 자네들 하버마이어 대위를 가만 내버려 둬." 캐스카트 대령은 걸핏하면 명령했다. "그는 여기서 가장 훌륭한 폭격수니까."

하버마이어는 히죽 웃으면서 머리를 끄덕였다. 그는 밤마다 천막에서 들쥐에게 총을 쏘기 전에 사냥칼로 어떻게 총알을 덤덤탄으로 만들었는지 설명하려고 했다. 하버마이어는 그들 가운데 가장 거지같이 훌륭한 폭격수이기는 했지만 그는 폭격 비행 개시 지점부터 목표물까지 곧장 직선을 그으며 같은 고도로 날아갔고, 거기에서 그치는 것도 아니어서, 떨어지

---

11) 적기나 적의 고사포를 피하는 행동.

는 폭탄이 땅에 닿아서 별안간 터져 버리는 오렌지처럼 줄지어 폭발하고, 거대하고 시커먼 물결을 이루며 산산조각이 난 파편과 휘몰아치는 연기 밑으로 번쩍이는 불빛이 보일 때까지, 목표물을 지나칠 때까지 그대로 날아갔다. 하버마이어는 가만히 앉아 있는 오리들처럼 그대로 꼼짝없이 여섯 대의 비행기에 탄 채 죽을 목숨이 된 사람들은 거들떠보지도 않으면서, 깊은 흥미를 느끼며 비행기 앞머리의 플라스틱 유리를 통해 떨어지는 폭탄을 끝까지 따라 내려감으로써, 밑에 있는 독일 포수들이 얼굴도 모르는 사람들을 죽이고 싶기만 하다면 충분히 시간을 갖고서 조준하고는 방아쇠인지 밧줄인지 무슨 거지발싸개 같은 것을 잡아당길 수 있게 해 주었다.

하버마이어는 목표물을 절대로 놓치지 않는 폭격수였다. 요사리안은 맞거나 말거나 될 대로 되라고 이제는 신경을 쓰지 않아서 강등된 선두 폭격수였다. 그는 노력하다가 죽느니 차라리 얌전하게 끝까지 살기로 작정했으며, 출격 때마다 살아서 착륙하겠다는 목적을 가지고 이륙했다.

다른 사람들은 요사리안의 뒤를 따라서 비행하기를 좋아했다. 그는 목표 지점 상공에서는 전후좌우로 빙글빙글 돌며 뺑소니를 치고, 솟아올랐다가 급강하를 하고 옆으로 빠지고 맴도는 솜씨가 어찌나 심하고 예리했던지, 그와 편대를 유지하기 위해서는 다른 다섯 대의 비행기에 탄 사람들이 다른 데는 전혀 신경을 쓰지 못할 지경이 되었다. 폭탄을 투하하는 이, 삼 초 동안만 평행을 유지하다가 숨 막히게 요란한 엔진 소리를 내며 비행기는 다시 솟아오르고, 그러면 그는 하늘에서 난

폭하게 비행해서 고사포의 지저분한 포화들 사이를 요리조리 피해 나가고, 그러다 보면 곧 여섯 대의 비행기는 기적처럼 푸른 창공으로 빠져나오게 된다. 다음에는 비행기들이 저마다 독일 전투기들을 향해 급강하를 시작하는데, 이때쯤이면 그가 맡아야 할 독일 전투기들이 남아 있지 않게 마련이어서 요사리안은 신경을 쓸 일이 없었다. 슈트룸 운트 드랑(Sturm und Drang)[12]이 저 멀리 뒤로 다 사라진 다음에야 그는 맥이 빠져서, 땀이 흐르는 머리에서 헬멧을 뒤로 젖히고 조종간을 맡은 맥워트에게 소리를 지르며 지시 내리는 것을 중지하는데, 맥워트는 그런 판국에도 기껏해야 폭탄이 어디에 투하되었는지 걱정이나 하는 게 고작이었다.

"폭탄 투하실 이상 없습니다." 뒤에서 나이트 병장이 보고하게 된다.

"교량에 적중시켰나?" 맥워트가 묻게 마련이다.

"전 볼 수 없었습니다. 여기 뒤쪽이 어찌나 튀었는지 이리저리 흔들리느라고 볼 수가 없었어요. 모두 연기에 덮여서 지금도 볼 수 없습니다."

"어이, 알피, 폭탄이 목표물에 적중했나?"

"무슨 목표물 말야?" 파이프를 피우는, 요사리안의 비행기를 조종하는 통통한 아드바르크 대위가 비행기의 앞머리, 요사리안의 옆에 잔뜩 늘어놓은 지도 더미에서 말했다. "우린 아직 목표물에 도착하지도 않은 것 같아, 안 그래?"

---

12) 질풍노도.

"요사리안, 폭탄이 목표물에 적중했어?"

"무슨 폭탄 말야?" 고사포에만 온통 신경을 집중했던 요사리안이 대답했다.

"이런, 제기랄." 맥워트가 콧노래를 했다. "알 게 뭐냐."

하버마이어나 다른 선두 폭격수들이 목표물을 적중시켜서 다시 돌아갈 필요만 없다면, 자기가 목표물을 맞혔거나 말았거나 요사리안은 흥미가 없었다. 누군가가 하버마이어 때문에 자주 화가 나서 그에게 주먹맛을 보여 주는 일이 빈번했다.

"자네들, 하버마이어 대위를 가만히 내버려 두라고 했잖아." 캐스카트 대령이 화를 내며 그들 모두에게 말했다. "그가 여기에선 가장 우수한 폭격수라고 내가 말했잖아, 안 그래?"

하버마이어는 대령이 끼어들자 히죽 웃고는 땅콩 과자를 하나 더 자기 입 속으로 밀어 넣었다.

하버마이어는 요사리안의 천막에서 죽은 남자한테서 훔친 권총으로 밤이면 들쥐를 쏘는 데 제법 숙달되었다. 그가 쓰는 미끼는 사탕이었고, 모기장 틀에서부터 머리 위에 달린 젖빛 전구에 연결한 줄에 달린 고리에다 한쪽 손가락을 넣고 쥐가 쏘아 대기를 어둠 속에서 기다리고 있으면 그가 먼저 상대방을 포착했다. 그 끈은 밴조의 줄처럼 팽팽했고, 조금만 잡아당겨도 갑자기 쏟아지는 불빛에 사냥당할 제물은 눈이 부셔 벌벌 떨었다. 그 왜소한 포유동물이 얼어붙어 겁에 질린 눈알을 굴려 방해자가 누구인가 결사적으로 찾는 꼴을 지켜보면서 하버마이어는 신이 나서 낄낄거리곤 했다. 하버마이어는 쥐의 눈과 자기의 눈이 마주치기를 기다렸다가 큰 소리로 웃는 동시에 방아쇠를 당겨서 귀청을 때리는 총성과 함께 냄새가 고약하고 털투성이인 쥐의 시체를 천막 안에 온통 갈기갈기 찢어 흩어 버리고 초라한 영혼을 그의, 또는 그녀의 창조주에게로 돌려보냈다.

어느 날 밤늦게 하버마이어가 생쥐에게 총을 쏘았을 때 헝그리 조가 맨발로 번개처럼 뛰어나와서는 빽빽거리는 목소리로 헛소리를 지르며 자신의 45구경 권총을 하버마이어의 천막에 마구 쏘아 댔다. 그러고는 배수로의 한쪽을 달려 내려갔다가 다른 쪽으로 뛰어 올라가서는 마일로 마인더바인더가 비행 중대를 폭격한 다음 날 아침에 모든 천막의 옆에 마술처럼 나타난 참호들 가운데 하나 속으로 순식간에 사라졌다. 볼로냐 대공방전 동안의 어느 날 동트기 바로 직전에, 말을 못하는 죽은 자들이 살아 있는 귀신들처럼 밤 시간을 차지하고 헝그리 조는 다시 출격 횟수를 완료해서 비행할 계획이 없었기 때문에 초조해 반쯤 머리가 돌아 버렸을 때였다. 참호의 축축한 밑바닥에서 그들이 헝그리 조를 끌어내자 그는 뱀과 쥐와 거미 들에 대해서 헛소리를 하고 있었다. 다른 사람들은 확인을 해 보려고 조명등으로 아래를 비춰 보았다. 안에는 조금 고인 빗물 말고는 아무것도 없었다.

"맞았지?" 하버마이어가 소리쳤다. "내가 그랬잖아, 그 친구 미쳤다고 말야, 안 그래?"

하버마이어

4
다네카 군의관

헝그리 조는 미쳤고, 그 사실을 가장 잘 알았던 사람은 그를 돕기 위해서 가능한 한 모든 일을 했던 요사리안이었다. 헝그리 조는 막무가내로 요사리안의 얘기를 듣지 않았다. 헝그리 조는 요사리안이 미쳤다고 생각했기 때문에 전혀 그의 말을 듣지 않았다.

"그 사람이 왜 자네 얘기를 들어야 하나?" 다네카 군의관은 요사리안을 쳐다보지도 않으면서 물었다.

"그 친구, 걱정거리들이 있으니까 그렇지."

다네카 군의관은 아니꼽다는 듯이 코웃음을 쳤다. "그 사람이 자기 자신에게 문젯거리들이 있다고 생각한단 말이지? 난 어떻고?" 음울한 냉소를 띠고 다네카 군의관은 천천히 말을 계속했다. "아, 내가 불평을 하자는 건 아냐. 전쟁 중이라는 건 알아. 그 전쟁에서 이기려고 고생하는 사람들이 많다는 것도 알아. 하지만 어째서 내가 그들 가운데 한 사람이 되어야 하지? 의학도들이 어떤 대단한 희생을 치를 각오가 되어 있다면서 사람들 앞에서 주둥아리를 놀리는 그런 늙은 의사들은 왜 입대를 시키지 않느냐 말야? 난 희생을 치르고 싶지 않아. 난 돈을 벌고 싶어."

다네카 군의관은 심통을 부려야 재미를 느끼는, 아주 말끔하고 청결한 사람이었다. 그는 얼굴빛이 거무스레했으며, 작고, 현명하고, 무뚝뚝하고, 눈 밑에는 구슬프게 살점이 축 늘어졌다. 그는 항상 자신의 건강에 대해서 걱정했고, 거의 날마다 막사에 들러 그곳에서 근무하는 두 사병 가운데 한 사람을 시켜 체온을 재어 보곤 했다. 두 사병은 일솜씨가 어찌나 능률적이었던지 자기들끼리 거의 모든 일을 해 나가다시피 했고, 그래서 그는 코가 메어 양지에 앉아 다른 사람들이 무엇 때문에 걱정들을 하는지 궁리하는 것 말고는 별로 할 일이 없었다. 두 사병의 이름은 거스와 웨스였고, 그들은 의학을 정확한 과학으로 향상시키는 데 성공했다. 그들은 아프다고 찾아오는 사람들 가운데 체온이 39도를 넘으면 누구나 다 서둘러 병원으로 보냈다. 39도 미만인 사람들은 요사리안만 제외하고 누구에게나 잇몸과 발가락에 보라색 용담 용액을 발라 주었고, 기껏해야 나중에 숲에 던져 버리게 될 설사약을 주었다. 정확히 39도인 모든 환자들은 한 시간 후에 한 번 더 오라고 해서 체온을 다시 재었다. 요사리안은 그들을 두려워하지 않았고, 체온이 38.3도였기 때문에 언제라도 병원으로 갈 수 있었다.

이 제도는 모든 사람들에게 다 흡족한 것이었으며, 다네카 군의관에게는 특히 그러했다. 여러 달 전에, 휴가를 받은 장교들과 사병들더러 이용하라고 로마에다 숙소를 두 채 얻어 놓은 다음에 각막이 상해서 ——드 커벌리 소령이 돌아왔을 때 메이저 메이저의 중대 사무실에서 창문을 통해 훔친 셀룰로이드 조각으로 그가 솜씨 있게 만들어 준 투명한 눈가리개를 아직도 착용하고, 그의 전용 편자 던지기 놀이터에서 편자를 던지는 ——드 커벌리 소령의 모습을 마음이 내키건 말건 줄곧 보면서 지내야만 했던 다네카 군의관에게는 말이다. 다네카 군의관이 의무실 천막을 찾아가는 것은 그가 아무래도 병이 심하다는 생각이 들기 시작해서 날마다 웨스와 거스에게 진찰을 받으러 들르는 시간뿐이었다. 그들은 그의 어디에서도 이상한 곳을 찾아낼 수 없었다. 그의 체온은 언제나 36도였고, 그것은 그가 걱정만 하지 않는다면 지극히 정상적인 것이었다. 다네카 군의관은 그래도 걱정했다. 그는 거스와 웨스를 믿을 수 없게 되었고, 그래서 그는 그들을 둘 다 다시 수송부로 전출시켜 돌려보내고 자기에게서 이상한 곳을 찾아낼 수 있는 다른 어떤 사람으로 바꿔 칠 생각을 했다.

다네카 군의관은 경험을 통해서 절대적으로 잘못된 수많은 것들을 알고 있었다. 그의 건강은 말할 것도 없고, 그는 태평양과 비행시간에 대해서도 걱정했다. 건강은 어느 누구도 오랜 기간 동안 자신을 가질 수는 없는 것이었다. 태평양은 상피병(象皮病)[13]이나 다른 무서운 질병들로 사방이 에워싸인 바다

---

13) 열대 지방에서 많이 걸리는 풍토병의 하나.

였으며, 만일 언제라도 요사리안을 비행 근무로부터 해제시킴으로써 캐스카트 대령의 비위를 거스른다면 그는 당장 그곳으로 전출될지도 모를 노릇이었다. 그리고 비행시간은 그가 비행 수당을 타기 위해서 매달 비행기 안에서 지내야 하는 시간이었다. 다네카 군의관은 비행을 싫어했다. 그는 비행기 안에서는 갇힌 기분을 느꼈다. 비행기 안에서는 이 세상에서 비행기의 다른 부분 말고는 갈 곳이 없었다. 다네카 군의관은 비행기로 기어 들어가기를 좋아하는 사람들이란 사실 어머니의 뱃속으로 되돌아가려는 잠재적인 욕망을 느끼는 자들뿐이라는 얘기를 들었다. 그는 이 얘기를 요사리안에게서 들었는데, 요사리안은 다네카 군의관이 어머니 뱃속으로 기어 들어가지 않고도 매달 비행 수당을 타 먹게 해 주었다. 요사리안은 맥워트를 설득해서 훈련 비행이나 로마 여행의 항공 일지에 다네카 군의관의 이름을 써넣게 했던 것이다.

"자네 그런 거 잘 알잖아." 꿍꿍이속이 있는 간사한 윙크를 보내며 다네카 군의관이 꾀었다. "그럴 필요가 없는데 쓸데없는 모험을 할 필요는 없겠지?"

"그럼." 요사리안이 동의했다.

"내가 비행기에 탔거나 안 탔거나 그게 다른 사람들에게야 무슨 상관이 있어?"

"상관없지."

"맞아. 내 얘기가 그 얘기야." 다네카 군의관이 말했다. "기름만 조금 치면 이 세상은 아주 잘 돌아간단 말씀이야. 손이 둘이어야 서로 씻어 주지. 무슨 소린지 알겠지? 자네가 내 등을 긁어 주면 내가 자네 등을 긁어 주지."

요사리안은 그가 하는 말을 잘 알아들었다.

"내가 하려던 얘긴 그게 아냐." 요사리안이 그의 등을 긁어 주기 시작하자 다네카 군의관이 말했다. "난 협조에 대한 얘기를 한 거야. 봐주는 거. 자네가 날 봐주면 내가 자넬 봐주지. 알겠나?"

"나 좀 봐줘." 요사리안이 부탁했다.

"못하겠어." 다네카 군의관이 대답했다.

날이면 날마다 세탁을 해서 거의 방부제처럼 하얗게 표백이 되다시피 한, 소매 짧은 여름 셔츠와 카키색의 여름 바지를 입고 틈만 나면 천막 바깥 햇볕에 나가 맥이 빠져 앉아 있는 다네카 군의관에게서는 무섭고도 섬세한 그 무엇이 느껴졌다. 그는 언젠가 공포로 얼어붙었다가 한 번도 완전히 녹지 못한 사람 같았다. 그는 가냘픈 어깨를 반쯤 머리에 올려붙이고는 볕에 그을려 손톱이 은빛으로 빛나는 손으로는 추위라도 느끼는 듯이 굽힌 팔의 맨살을 문지르면서 잔뜩 웅숭그리고 앉아 있곤 했다. 그는 사실 무척 온순하고 자비로운 사람이었고, 자신에 대해서 억울하다는 생각을 그치는 일이 없었다.

"왜 하필이면 내가?"라고 그는 항상 탄식하곤 했는데 그것은 그럴듯한 질문이었다.

요사리안은 그것이 훌륭한 질문임을 알았으며, 그는 훌륭한 질문들의 수집가여서, 언젠가 아마도 파괴 분자일지도 모른다고 모든 사람들이 생각했던 안경을 쓴 상등병과 함께 클레빈저가 일주일에 이틀 밤씩 블랙 대위의 정보실에서 실시했던 교육적인 회합들을 훼방 놓기 위해서 그런 질문들을 써먹기도 했다. 블랙 대위가 그 상등병을 파괴 분자라고 생각했던 까닭은 그가 안경을 썼고, '패너시아'[14]니 '유토피아'니 하는 어려운 어휘를 사용했기 때문이었으며, 그리고 또 독일에서 비미국적인 활동들에 대해 그토록 훌륭한 투쟁을 벌였던 아돌프 히틀러를 부정했기 때문이었다. 요사리안은 어째서 그토록 많은 사람들이 자기를 죽이려고 애를 쓰는지 알아보고 싶어서 그 교육 집회에 참석했다. 다른 사람들도 몇 명 관심을 보였고, 클레빈저와 파괴 분자 상등병이 얘기를 끝내고 나서 혹시 질문이 있느냐고 묻는 실수를 범하자 수많은 훌륭한 질문들이 쏟아져 나왔다.

"스페인이 누구요?"

"왜 히틀러요?"

"우익이 언제요?"

"회전목마가 고장이 났을 때 내가 포파라고 부르던, 허리가 굽고 창백한 노인은 어디 있었나요?"

"뮌헨의 멋쟁이는 어떤가요?"

"호호 각기(脚氣)."

그리고

"불알!"

같은 소리가 순식간에 연달아 터져 나왔고, 그러자 대답하기가 난처한 질문을 요사리안이 맞받아 내놓았다.

------

14) 만병통치약.

"지난날의 스노든 같은 자들은 어디에 있죠?"

스노든은 도브스가 하늘 위에서 정신이 돌아 버려 허플에게서 조종간을 빼앗아 버렸기 때문에 아비뇽 상공에서 죽었는데, 그 질문에 그들은 난처해졌다.

상등병이 멍청한 짓을 했다. "뭐라고요?" 그가 물었다.

"지난날의 스노든 같은 자들은 어디에 있느냐고."

"무슨 소린지 전 이해가 가지 않는데요."

"우 상 레 네게덴 당탕?(작년의 눈사람은 어디에 있나요?)"[15] 요사리안은 그가 알아듣게끔 쉬운 말로 했다.

"제발 파흘레 엉 앙글레.(영어로 말씀하세요.)"[16] 상등병이 말했다. "주 느 파흘레 파 프랑세(저는 프랑스 말을 모릅니다.)"[17]

"그건 나도 마찬가지야." 가능하다면 세상의 모든 어휘를 통해 그에게서 지식을 짜내려고 물고 늘어질 각오가 섰던 요사리안이 대답했지만, 창백하고 야윈 클레빈저가 영양실조인 그의 눈에 축축한 눈물 한 겹을 반짝이면서 숨을 몰아쉬며 말을 막았다.

사람들이 무엇이나 멋대로 질문할 수 있다는 생각을 하게 된다면 그들이 무엇을 알아내게 되는지 안심할 수 없는 일이라 비행 대대 본부는 아연 긴장했다. 캐스카트 대령은 그것을

---

15) Où sont les Neigedens d'antan? 여기에서 쓰인 Neigedens는 영어의 Snowdens를 장난 삼아 프랑스 말로 번역한 것인데 neige는 눈, 즉 영어의 snow와 같다.

16) Parlez en anglais.

17) Je ne parle pas français.

막으려고 콘 중령을 보냈고, 콘 중령은 질문을 통제하는 규칙을 마련하는 데 성공했다. '콘 중령의 규칙'은 천재의 산물이었노라고 콘 중령이 캐스카트 대령에게 설명했다. 콘 중령의 규칙에 의하면, 절대로 질문을 안 하는 사람들에게만 질문하도록 허락되었다. 얼마 안 있어서 절대로 질문을 안 하는 사람들만이 모임에 참석했고, 클레빈저와 상등병과 콘 중령은 질문을 전혀 안 하는 사람들이란 교육을 시킬 필요도 없고 교육이 불가능하다고 동의해서 모임 자체가 완전히 중단되었다.

군목만 제외하고는 본부 요원들이면 누구나 다 그랬듯이 캐스카트 대령과 콘 중령은 비행 대대 본부 건물에서 살았다. 비행 대대 본부 건물은 푸석푸석한 붉은 돌과 덜커덩거리는 배수관 시설로 이루어진, 거대하고 바람이 심하고 낡은 건물이었다. 그 건물의 뒤에는 대대 장교들만을 위한 휴식처로 캐스카트 대령이 건축했지만 드리들 장군 덕택에 이제는 전투에 임하는 모든 장교와 사병이 한 달에 최소한 여덟 시간을 보내야 하는 현대식 스키트 사격장이 있었다.

요사리안은 스키트 사격을 해서 맞히는 적이 없었다. 애플비는 스키트 사격을 해서 빗나가는 적이 없었다. 요사리안은 도박에서 그렇듯이 스키트 사격에는 솜씨가 형편없었다. 그는 도박을 해도 돈을 따는 적이 없었다. 속임수를 쓰더라도 그는 이길 수가 없었는데, 그것은 그가 속이려던 사람들이 언제나 속임수에서도 그보다 솜씨가 훌륭했기 때문이었다. 이 두 가지 한심한 일에 있어서 그는 포기 상태였고, 그래서 그는 스키트 사격수가 될 수도 없었고, 결코 돈을 벌 수도 없는 노릇이었다.

"돈을 못 버는 데도 두뇌가 있어야 한다." 카르길 대령은 페켐 장군의 이름으로 돌리기 위해서 정기적으로 준비하는 교훈적인 전문에다 그렇게 써 넣었다. "요즈음에는 바보라면 누구나 다 돈을 벌 수가 있고, 그러는 사람이 많다. 그러나 재능과 두뇌가 있는 사람들은 어떤가? 예를 들면, 돈을 잘 버는 시인의 이름을 대라."

"T. S. 엘리엇요." 제27 공군 본부의 우편 분류실에서 근무하는 윈터그린 전직 일등병이 한마디 하고는 자신의 이름은 밝히지 않고 전화를 끊어 버렸다.

로마에 있던 카르길 대령은 당황했다.

"누구였지?" 페켐 장군이 물었다.

"모르겠어요." 카르길 대령이 대답했다.

"왜 전화를 걸었대?"

"모르겠습니다."

"좋아, 뭐라고 그러던가?"

"'T. S. 엘리엇요.'라고요." 카르길 대령이 되풀이했다.

"그냥 'T. S. …… '라고?"

"그렇습니다. 그 말만 했습니다. 그냥 'T. S. 엘리엇요.'라고요."

"그게 무슨 뜻인지 모르겠군." 페켐 장군이 생각에 잠겼다.

카르길 대령도 궁리했다.

"T. S. 엘리엇이라." 페켐 장군이 생각했다.

"T. S. 엘리엇이라." 똑같이 음산한 수수께끼에 휩싸여 카르길 대령이 되뇌었다.

페켐 장군은 조금 있다가 기름지고 온화한 미소를 지었다. 그의 표정은 예리하고 이지적이었다. 그의 눈이 흉악하게 번득였다. "누구를 시켜서 나한테 드리들 장군을 대 줘." 그는 카르길 대령에게 말했다. "전화 거는 사람이 누구인지 모르게 해야 해."

카르길 대령이 그에게 전화기를 넘겨 주었다.

"T. S. 엘리엇요."라고 말하고 페켐 장군은 전화를 끊었다.

"누가 전화를 걸었죠?" 무더스 대령이 물었다.

코르시카에 있던 드리들 장군은 대답하지 않았다. 무더스 대령은 드리들 장군의 사위였는데, 드리들 장군은 아내의 고집에다가 자신의 판단 부족으로 그를 군대 일에 끌어들였다. 드리들 장군은 노골적인 증오를 드러내며 무더스 대령을 쳐다보았다. 그는 자기의 부관이어서 항상 곁에 붙어 있는 사위의 꼴만 보아도 혐오감이 앞섰다. 그는 결혼식에 참석하는 일이 지겨워서 무더스 대령과 딸의 결혼을 반대했었다. 위협적이고 선입견에 찬 찡그린 얼굴로 드리들 장군은 사무실에 있는 커다란 거울로 가서 자신의 작달막한 모습을 노려보았다. 백발이 성성한 머리는 이마가 넓었고, 턱은 뭉툭하고 도전적이었으며, 백발 몇 가닥이 두 눈 위로 드리워졌다. 그는 지금 막 받은 난해한 메시지에 대해서 깊이 생각해 보았다. 생각이 떠오르자 그의 얼굴이 천천히 누그러졌고, 엉큼한 쾌감으로 입술이 뒤틀렸다.

"페켐을 대." 그는 무더스 대령에게 말했다. "누가 전화를 거는지 그 새끼가 모르게 하고."

"누가 전화를 걸었죠?" 로마에서 카르길 대령이 물었다.

"아까 그 사람이야." 놀란 빛이 완연한 페켐 장군이 말했다. "날 노리고 있어."

"무엇 때문에 걸었나요?"

"모르겠어."

"뭐라고 하던가요?"

"아까하고 마찬가지야."

"'T. S. 엘리엇'이라고요?"

"그래, 'T. S. 엘리엇'. 그 말만 했어." 페켐 장군은 희망을 가지려고 생각했다. "오늘은 무슨 깃발을 단다는 것처럼, 새 암호거나 뭐 그런 거겠지. 누굴 시켜서 혹시 그것이 새로운 암호거나 오늘의 깃발인지 통신대에 확인을 해 보지그래?"

통신대에서는 T. S. 엘리엇이 새로운 암호나 오늘의 깃발이 아니라고 대답했다.

카르길 대령에게 다른 생각이 또 떠올랐다. "제27 공군 본부에 전화를 걸어서 혹시 그것에 대해 아는 사람이 있는지 알아볼까 하는데요. 거기 저하고 꽤 가까운 윈터그린이라는 직원이 하나 있습니다. 우리가 쓰는 글이 너무 장황하다고 나한테 귀띔해 준 그 친구죠."

윈터그린 전직 일등병은 T. S. 엘리엇에 대한 기록이 제27 공군 본부에는 하나도 없다고 카르길 대령에게 알려 주었다.

"요즈음 우리가 쓰는 글은 어떤가?" 이왕 윈터그린 전직 일등병이 전화를 받은 김에 그는 물어보기로 했다. "이제는 훨씬 좋아졌을 텐데, 안 그래?"

"아직도 너무 장황합니다." 윈터그린 전직 일등병이 대답했다.

"만일 드리들 장군이 뒤에서 이런 모든 수작을 꾸미고 있다고 해도 나로서는 놀랄 일이 못 되지." 결국 페켐 장군은 속을 털어놓았다. "스키트 사격장을 그 친구가 어떻게 했는지 알고 있겠지?"

드리들 장군은 캐스카트 대령의 사설 스키트 사격장을 전투 임무를 띤 모든 장교와 사병들에게 공개하게끔 만들었다. 드리들 장군은 시설과 비행 계획에 차질이 없는 한 그들이 될 수 있는 대로 많은 시간을 스키트 사격장에서 보내기를 바랐다. 한 달에 여덟 시간씩 스키트 사격을 한다는 것은 훌륭한 훈련이 되었다. 스키트를 쏘아 떨어뜨리는 훈련 말이다.

던바가 스키트 사격을 좋아했던 까닭은 그가 그것을 너무나 싫어해서 시간이 그토록 느리게 흘러가기 때문이었다. 그는 하버마이어나 애플비 같은 사람들과 스키트 사격장에서 보내는 단 한 시간이 847시간에 해당한다고 계산해 냈다.

"내 생각에 자네는 미쳤어." 이것이 던바의 발견에 대한 클레빈저의 반응이었다.

"누가 그따위 소리를 해?" 던바가 대꾸했다.

"진담이야." 클레빈저가 고집스럽게 말했다.

"그렇다고 누가 걱정하나?" 던바가 대꾸했다.

"내가 걱정하잖아. 정말이지 내가 하고 싶은 얘기가 있다면 그건 인생이 더 길어질⋯⋯."

"⋯⋯더 길어질⋯⋯."

"⋯⋯더 길어질⋯⋯ 더 길어질? 좋아, 더 길어질 수 있는 길이란, 권태와 불안정의 순간들로 삶이 가득해지는 것이라고 하…….”

“얼마나 빨리 가는지 알아?” 던바가 갑자기 물었다.

“뭐?”

“간다고.”

“누가?”

“세월.”

“세월?”

“세월.” 던바가 말했다. “세월, 세월, 세월.”

“클레빈저, 자네 던바를 가만히 내버려 두지 못하겠어?” 요사리안이 참견했다. “이러면 얼마나 수명이 짧아지는지 자넨 모르겠나?”

“상관없어요.” 던바가 너그럽게 응수했다. “난 몇 십 년쯤은 포기할 수 있으니까요. 한 해가 흘러가려면 얼마나 걸리는지 알아요?”

“그리고 자네도 닥쳐.” 요사리안은 코웃음을 치기 시작한 오르에게 말했다.

“난 그 여자 생각을 하던 참예요.” 오르가 말했다. “시칠리아의 그 여자 말예요. 시칠리아에 있는 그 머리가 벗어진 여자요.”

“자네도 입을 다무는 쪽이 좋겠다니까.” 요사리안이 그에게 경고했다.

“이건 당신 잘못이에요.” 던바가 요사리안에게 말했다. “그 친구 코웃음을 치고 싶어 한다면 마음대로 하라고 왜 내버려 두지 못하나요? 그 친구의 얘기를 듣는 것보다야 그편이 낫죠.”

"좋아. 코웃음을 치고 싶다면 마음대로 쳐."

"한 해가 지나가는 데 얼마나 걸리는지 알아?" 던바가 클레빈저에게 되풀이했다. "이만큼이야." 그는 손가락으로 딱 소리를 냈다. "일 초 전에 자네는 뿌듯하고 의기양양한 기분으로 대학에 들어갔지. 지금 자네는 어느새 늙은이가 되어 있어."

"늙었다니?" 클레빈저가 놀라서 물었다. "무슨 얘기야?"

"늙었어."

"난 안 늙었어."

"자넨 출격을 나갈 때마다 죽음에서 몇 인치밖에 떨어지지 않은 곳에 있어. 자네 나이에 그 이상 더 늙을 수야 없겠지? 그보다 삼십 초 전에 자넨 고등학교에 들어갔고, 브래지어를 끄르는 것이 자네가 바라던 가장 황홀했던 일이지. 그보다 오분의 일 초 전에 자넨 십만 년은 계속되는 듯하면서도 십 주의 여름방학이 너무 빨리 지나가 버린다고 생각하던 꼬마 아이였어. 휙! 그것들이 그렇게 빨리 달아난단 말야. 도대체 어떤 다른 방법으로 자네가 시간을 늦출 수 있겠어?" 말이 끝날 때쯤 되어서 던바는 거의 화가 난 상태였다.

"글쎄, 그 말이 맞는지도 몰라." 클레빈저는 차분한 목소리로 마지못해서 양보했다. "긴 인생이란, 길게 느껴지려면 많은 불쾌한 상황들로 가득 차야 하는지도 모르지. 하지만 그렇다면, 그런 인생을 누가 원하겠어?"

"내가." 던바가 그에게 말했다.

"왜?" 클레빈저가 반문했다.

"그것 말고 뭐가 또 있기나 해?"

5
화이트 하프오트 추장

다네카 군의관은 얼룩진 회색 천막에서 그가 무서워하고 경멸하는 화이트 하프오트 추장과 함께 살았다.

"그 친구 간덩이가 어떤지 쉽게 상상할 수 있어." 다네카 군의관이 투덜거렸다.

"내 간을 좀 상상해 봐." 요사리안이 그에게 권했다.

"자네 간은 이상한 곳이 하나도 없어."

"그걸 보면 자네가 어느 정도 무식한지 알 수 있지." 요사리안은 그렇게 공갈을 치고 나서는 다네카 군의관에게 황달이 되지도 않고 그렇다고 해서 완전히 낫지도 않았기 때문에 더 케트 간호사와 크레이머 간호사와 병원의 모든 군의관들로 하여금 골치를 썩이게 했던, 그의 간에서 오는 말썽 많은 통증에 대해 얘기해 주었다.

다네카 군의관은 흥미를 느끼지 않았다. "자네에게 골칫거리들이 있다, 이 얘긴가?" 그가 캐물었다. "나는 어떻고? 그 신혼 부부가 찾아왔던 날 자네가 내 사무실 꼴을 봤어야 했는데."

"어떤 신혼부부 말인가?"

"어느 날 내 사무실에 들어선 신혼부부 말야. 그 사람들 얘기 내가 자네한테 하지 않았던가? 그 여자 근사했지."

멋있기는 다네카 군의관의 사무실도 마찬가지였다. 그는 응접실에 금붕어를 들여놓고 값싼 가구 가운데 가장 훌륭한 것으로 한 벌을 가져다 장식했다. 그럴 수만 있다면 그는 무엇이나, 심지어는 금붕어까지도 외상으로 샀다. 그는 다른 물건들을 구하기 위해서는 이윤의 배당을 받겠다는 탐욕스러운 친척들로부터 돈을 마련했다. 그의 사무실은 스테이튼섬의 나루터에서 네 구간 떨어졌으며, 슈퍼마켓과 세 곳의 미용실과 부패한 두 약사에게서 한 구간밖에 떨어지지 않은 곳의 화재 비상 시설도 없이 두 식구가 사는 건물에 있었다. 위치는 모퉁이인데도 아무런 도움이 되지 않았다. 인구 변동은 적었고, 사람들은 몇 년 동안 거래를 해 낯이 익은 의사들에게만 매달렸다. 청구서들이 마구 쌓였고, 그는 곧 가장 소중한 의학 기구들을 상실해야 할 처지가 되어서, 할부금을 내지 못한 계산기를, 그리고 타자기를 도로 빼앗겨만 했다. 금붕어는 죽었다. 사태가 이렇듯 참담하던 무렵에, 다행히도 전쟁이 터졌다.

"다 하느님 덕분이었지." 다네카 군의관이 엄숙하게 고백했다. "다른 의사들이 대부분 곧 군대에 끌려가는 바람에 나한테는 하룻밤 사이에 사태가 호전되었어. 모퉁이라는 위치가 곧 그 힘을 발휘하게 되어서, 난 얼마 안 있다가 환자가 너무 많아 그들을 제대로 돌볼 수도 없을 지경이 되었어. 나는 두 약국에서 내는 뒷돈 액수를 인상했지. 미용실들은 일주일에 두어 건씩 낙태 손님을 끌어왔고. 최고의 경기를 누리고 있었는데 내가 어떤 꼴이 되었나 보라고. 징집 위원회에서 나를 찾아 만나 보라고 어떤 작자를 보냈지 뭐야. 난 신체검사 등급이 4F였어. 난 스스로 나 자신을 상당히 철저하게 검사해 보고는 내가 군 복무에 부적당하다는 사실을 알게 되었지. 내가 군(郡) 의학 협회나 지역의 기업 발전 사무소에서 신분을 보장하는 이사니까 자네라면 내 말을 그대로 믿었겠지, 안 그래? 하지만 아냐. 그렇지가 않아서, 그 작자들은 진짜로 내가 한쪽 다리를 엉덩이에서 절단했고, 치료가 불가능한 관절염성 통풍으로 자리에서 일어나지도 못하는지를 확인하기 위해서 그 녀석을 보냈단 말야. 요사리안, 우리는 정신적인 가치관이 붕괴되는 불신의 시대에 있어. 무서운 일이지." 감정이 격해져서 울먹이는 목소리로 다네카 군의관이 항의했다. "면허를 받은 의사의 말조차 그가 사랑하는 조국으로부터 의심을 받는다면, 그건 무서운 일이지."

다네카 군의관은 징집되었고, 비행을 무서워했음에도 불구하고 비행 군의관으로 피아노사에 왔다.

"난 비행기 안에서 걱정거리를 찾아다닐 필요가 없어." 그는 조그맣고, 갈색이고, 기분이 언짢아진 눈을 근시처럼 깜짝거리면서 말했다. "가만히 앉아 있어도 말썽거리가 날 찾아오니까. 아이를 낳을 수 없다고 내가 얘기하려던 그 처녀처럼 말이지."

"무슨 처녀?" 요사리안이 물었다. "난 자네가 어떤 신혼부부 얘기를 하려는 줄 알았는데."

"내가 말하려는 처녀 얘기가 바로 그 얘기야. 미리 약속도 없이 불쑥 내 사무실로 찾아온 그들은 결혼한 지가 그러니까, 일 년이 조금 넘은 애송이 부부나 마찬가지였지. 자네, 그 여자를 봤어야 했는데. 그 여잔 정말 달콤하고, 젊고, 예뻤어. 월경이 언제냐고 내가 물었더니 낯을 다 붉히더군. 난 아마 그 처녀를 영원히 사랑할 거야. 그 여잔 마치 꿈과 같았고, 그녀의 목에 두른 쇠사슬에 달린 성(聖) 안토니[18] 메달은 내가 본 가운데 가장 아름다운 젖가슴 아래로 드리워져 있었어. '성 안토니가 유혹을 굉장히 받겠구먼.' 하고, 왜 알잖아, 그 여자의 긴장을 풀어 주려고 내가 농담을 했어. '성 안토니라고요?' 그 여자의 남편이 말했어. '성 안토니가 누굽니까?' '아내에게 물어봐요.' 내가 그에게 말했지. '아내라면 성 안토니가 누군지 얘기해 줄 수 있을 테니까.' '성 안토니가 누구야?' 그가 그녀에게 묻더군. '누구요?' 그 여자도 궁금하게 생각했어. '성 안토니.' 그가 아내에게 얘기해 주었지. '성 안토니라고요?' 그녀가 말했어. '성 안토니가 누구예요?' 내 진찰실 안에서 그 여자를 자세히 살펴보았더니, 그 여잔 아직도 처녀였어. 난 그 여자가 거들을 끌어 올려서 스타킹에다 채우는 사이에 그녀의 남편하고 단둘이서 얘기했어. '매일 밤 해요.' 그가 자랑을 하데. 정말 똑똑한 녀석이더군. '전 단 하룻밤도 거르지 않습니다.' 그가 자

---

18) 돼지 치는 사람들의 수호성인.

랑을 했어. 그건 진담으로 하는 얘기였지. '전 심지어 아침 식사 전에 아내에게 그것을 해 주기도 하고 아내는 출근하기 전에 나한테 조르기도 합니다.' 그는 자랑을 했어. 설명할 수 있는 방법은 단 하나뿐이었지. 그들을 둘 다 다시 한자리에 앉혀 놓고 나는 그들에게 내 사무실에 비치해 둔 고무 모형으로 성교의 시범을 보여 주었어. 난 남녀의 생식기까지 갖춘 고무 모형을 사무실에 가지고 있었는데, 스캔들을 피하기 위해서 남녀를 다른 캐비닛에 따로따로 넣어 두었어. 내 얘긴, 내가 그런 걸 가지고 있었다 이거야. 요즈음에는 그런 게 다 없어졌고, 난 개업조차 못 하지. 지금 내가 지니고 있는 것이라곤 나로 하여금 정말로 걱정을 하게 만드는 이 낮은 체온뿐이야. 의무실 천막에서 내 일을 도와 달라고 구한 두 녀석들은 진찰 전문 의사만큼도 가치가 없어. 그 친구들이 할 줄 아는 것이라고는 불평뿐이니까. 그 친구들에게 걱정거리들이 있다 이 얘기야? 나는 어떻고? 마치 내 얘기가 전에는 아무도 들어 본 일이 없는 것이라는 듯 그 신혼부부가 나를 쳐다보던 날 내 사무실을 그 녀석들이 봤어야 하는데. 그렇게 흥미진진해하는 사람은 보기가 힘들어. '이렇게 한단 말이죠?'라고 묻더니 그는 스스로 얼마 동안 모형을 다루었지. 자네도 알겠지만, 그것만 해서도 굉장히 재미를 느끼는 묘한 친구들도 있어. '맞아요.' 내가 그에게 말했지. '자, 집으로 가서 내가 일러 준 대로 몇 달 동안만 해 보고, 어떻게 되어 가나 봅시다. 알겠죠?' '알겠어요.'라고 말하더니 그들은 조금도 따지지 않고 현금으로 요금을 내더군. '재미들 많이 봐요.'라고 내가 말했더니 그들은 고맙다고 하고는 함께 걸어 나갔어. 그는 어서 집으로 돌아가 당장 그녀에게 그것을 하고 싶어 참을 수가 없다는 듯이 아내의 허리를 안고 있었지. 며칠 후 그는 혼자서 다시 찾아오더니, 당장 나를 만나야겠다고 간호사에게 말했어. 우리 둘만 남게 되자마자 그는 내 콧등에 주먹을 한 방 먹이더구먼."

"어쩼다고?"

"나더러 까불지 말라면서 콧등에 한 방 먹었어. '당신네 도대체 뭐라고 그렇게 까부는 거요?'라고 말하더니 날 납작하게 때려눕혔어. 픽! 이렇게 말야. 농담이 아냐."

"농담이 아니라는 건 알겠어." 요사리안이 말했다. "하지만 그 친구 왜 그랬을까?"

"그 친구가 왜 그랬는지 내가 어떻게 알아?" 짜증이 난 다네카 군의관이 말을 되받았다.

"성 안토니하고 무슨 관계가 있지 않았을까?"

다네카 군의관이 멍한 눈으로 요사리안을 쳐다보았다. "성 안토니라고?" 그는 의아해서 물었다. "성 안토니가 누구지?"

"그걸 내가 어떻게 알아요?" 막 그 순간에 위스키 한 병을 품에 안고 비틀거리며 천막으로 들어서던 화이트 하프오트 추장이 대답을 하고는 시비를 벌이려는 듯이 두 사람 사이에 자리를 잡았다.

다네카 군의관은 그에게 영원한 부담을 주던 부당한 일들이 힘겨워서인지 잔뜩 등을 굽힌 채로 한마디 말도 없이 몸을 일으키더니 그의 의자를 천막 밖으로 끌어냈다. 그는 그의 동거인이 곁에 있으면 참지 못했다.

화이트 하프오트 추장

화이트 하프오트 추장은 그가 미쳤다고 생각했다. "저 친구 어디가 고장인지 알 수가 없어요." 그는 꾸짖듯이 따졌다. "머릿속이 비었으니까, 탈이라면 그게 탈이죠. 만일 머리가 좀 있다면, 저 친구 삽을 들고 땅을 파기 시작했겠죠. 바로 여기 이 천막 안에서, 바로 내 야전침대 밑을 파 들어가기 시작해야죠. 그러면 당장 석유가 쏟아져 나올 테니까요. 미국에 있을 때 삽질을 하다가 석유를 찾아낸 그 사병 얘기를 저 친구가 모르나요? 그 녀석에게 무슨 일이 있었는지를 그는 통 얘기도 못 들었나……. 뭐야, 콜로라도에 있는 거지 같고 쥐새끼 같은 코흘리개 뚜쟁이 새끼 그 녀석 이름 뭐죠?"

"윈터그린."

"윈터그린이죠."

"그 친구 겁이 났어." 요사리안이 설명했다.

"아, 아녜요. 윈터그린은 안 그래요." 화이트 하프오트 추장은 노골적으로 존경심을 드러내며 머리를 저었다. "그 거지 같은 꼬마 자식 잘난 체하는 개새끼는 누구도 무서워하지 않아요."

"다네카 군의관이 겁을 냈다는 얘기야. 그래서 걱정이지."

"무엇이 무섭대요?"

"자네 때문에 걱정하고 있어." 요사리안이 말했다. "자네가 폐렴으로 죽을까 봐 겁을 내지."

"그 친구 겁을 내는 편이 좋아요." 화이트 하프오트 추장이 말했다. 그의 듬직한 가슴에서 깊고 낮은 웃음소리가 울려 나왔다. "나도 기회만 온다면 겁을 낼 테니까요. 두고 보라고요."

화이트 하프오트 추장은 오클라호마 출신의 가무잡잡하고

미남형의 인디언이었고, 얼굴은 묵직하고 골격이 단단했으며 검은 머리카락은 헝클어졌는데, 이니드 출신의 크리크[19] 종족의 핏줄을 반쯤 이어받아 자기 나름의 신비한 이유들 때문에 폐렴으로 죽기를 결심한 혼혈인이었다. 그는 캐스카트니, 콘이니, 블랙이니, 하버마이어니 하는 이름을 가진 외국인들을 증오하고, 그들 때문에 분노하고, 복수심에 불타고, 환멸을 느끼는 인디언이었고, 그들이 모두 거지 같은 그들의 조상들이 살던 나라로 돌아가기를 바랐다.

"당신은 믿으려고 하지 않을 거예요, 요사리안." 그는 다네카 군의관에게 미끼를 던지느라고 일부러 목청을 돋우면서 회상에 잠겼다. "하지만 그들이 거지 같은 신앙심으로 나라를 어지럽히기 전까지는 우리나라도 상당히 좋은 나라였어요."

화이트 하프오트 추장은 자신이 백인에게 당한 데 대한 복수를 할 각오가 서 있었다. 그는 글을 겨우 쓰고 읽을 줄 알았고, 블랙 대위의 밑에서 정보 장교로 일했다.

"내가 어떻게 글을 쓰고 읽는 걸 배울 수 있었겠어요?" 다네카 군의관에게 들으라고 다시 언성을 높이면서 화이트 하프오트 추장은 짐짓 도전적으로 물었다. "우리가 천막을 세우려는 곳은 어디나 그들이 유전을 팠어요. 그들이 유전을 팔 때마다 석유가 쏟아져 나왔죠. 그리고 석유가 쏟아져 나올 때마다 그들은 우리더러 천막을 거두고 보따리를 싸서 다른 곳으

화이트 하프오트 추장

로 가라고 했어요. 우리는 지팡이로 점치는 인간[20]이 된 셈이었죠. 우리 식구는 모두 매장된 석유에 대해 천부적으로 밀접한 관계가 있었고, 그래서 곧 세계의 모든 석유 회사들은 기술자들을 보내서 우리가 어디에 천막을 치는지 뒤를 쫓아다니게 했어요. 우리는 항상 이사를 다녔죠. 이건 어린아이를 키우기에는 정말이지 한심한 환경이었어요. 아마 난 한군데서 일주일 이상을 보낸 적이 없을 거예요."

그의 기억 가운데 가장 오래된 것은 지질학자에 대한 기억이었다.

"나 같은 아이가 태어날 때마다 증권시장은 대소동을 치렀어요." 그는 얘기를 계속했다. "얼마 안 있어서 시추 작업반이 언제라도 일을 개시할 준비를 갖춰 장비를 모두 휴대하고 우리 뒤를 따라다니기 시작했어요. 회사들은 오직 우리에게 파견할 인원수를 줄이겠다는 이유 하나만으로 합병을 하기 시작했어요. 하지만 우리 뒤를 따르는 떼거리는 점점 더 늘어나기만 했죠. 우린 하룻밤도 편히 잘 수가 없었어요. 우리가 멈추면 그들도 멈추었고, 우리가 이동하면 그들도 포장마차와 불도저와 기중기와 발동기를 끌고 함께 이동했어요. 우리가 가는 곳은 어디나 장사가 잘되었고, 우리는 우리가 어느 도시로라도 이끌고 들어갈 수 있는 상거래의 규모 덕택에 몇몇 최고급 호텔에서 초청도 받았어요. 그들 가운데 어떤 초청은 굉장히 선심을 썼지만, 우리는 인디언이었고 우리를 초청했던 최

---

20) 수맥이나 광맥을 찾는 사람.

고급 호텔은 모두 인디언들을 손님으로 받아들이지 않았기 때문에 우린 그런 초청을 다 물리쳤어요. 인종 차별이라는 건 무서운 일이죠, 요사리안. 고상하고 충성스러운 인디언을 깜둥이나 유대인 놈이나 이탈리아 녀석들이나 스페인 촌놈 취급을 한다는 건 한심한 일이죠." 화이트 하프오트 추장은 신념을 가지고 천천히 머리를 끄덕였다.

"그러더니 요사리안, 드디어 그 일이 벌어지고 말았어요, 종말의 시작이. 그들은 우리를 앞장서서 나가기 시작했죠. 그들은 다음에 우리가 어디에서 멈출지를 미리 따져 보고 우리가 그곳에 도착하기도 전에 시추를 시작해서 우리는 멈출 수도 없어졌죠. 우리가 담요를 펴기 시작하자마자 그들은 우리를 내쫓았어요. 그들은 우리를 믿었으니까요. 그들은 석유가 나오는지 확인하기도 전에 우리를 쫓아 버렸단 말예요. 우리는 어찌나 지쳤던지 당장 그 자리에서 죽는다고 해도 실망조차 하지 않을 정도였어요. 어느 날 아침에 보니 우리가 그쪽으로 오기만 하면 쫓아 버리려고 기다리는 석유업자들에게 둘러싸인 꼴이 되었지 뭐예요. 어디를 봐도 산등성이에는 공격 준비를 끝낸 인디언처럼 석유업자들이 기다리고 있었어요. 끝장이었죠. 우린 당장 쫓겨났기 때문에 그곳에 있을 수가 없었어요. 그리고 우리가 갈 만한 곳은 하나도 남아 있지 않았고요. 나를 구해 줄 곳이라고는 군대뿐이었다니까요. 다행히도 금방 전쟁이 터져서 징집 위원회가 나를 당장 뽑아서는 안전하게 콜로라도주 로워리 필드로 보냈죠. 나 혼자만 살아남았어요."

요사리안은 그가 거짓말을 하고 있음을 알았지만, 화이트 하프오트 추장이 그의 부모들을 다시는 보지 못했다면서 계속하는 얘기를 중단시키지는 않았다. 그들이 그의 부모였다는 근거라고 해야 그들 자신이 한 말이 전부였고, 그들이 그에게 그렇게 거짓말을 많이 했다니까 그의 부모였다는 얘기까지도 거짓말일지 모를 일이므로 요사리안으로서는 별로 마음에 걸릴 일도 없었다. 그는 적으로 하여금 정신이 산란해지게끔 하려고 북쪽으로 몰려갔다가 캐나다로 밀려 들어간 첫 사촌들의 부족이 겪을 운명을 훨씬 더 잘 알고 있었다.[21] 다시 돌아오려고 했을 때 그들은 국경에서 미국 출입국 관리 당국에게 저지를 받았다. 그들은 빨개서 입국이 거부되었다.[22]

그것은 한심한 농담이었지만 다네카 군의관은 웃지 않았고, 그는 요사리안이 출격을 한 번 더 끝내고 와서 성공은 전혀 기대하지도 않으면서 비행 근무를 해제시켜 달라고 다시 애원했을 때에야 웃었다. 다네카 군의관은 한번 코웃음을 치고는 곧 자신의 골칫거리에 정신이 팔렸는데, 그의 골칫거리들 가운데에는 아침 내내 인디언식 씨름을 하자고 그에게 도전해 오던 화이트 하프오트 추장과 당장 그 자리에서 미쳐 버리겠다고 결심한 요사리안이 포함되어 있었다.

"자넨 시간 낭비만 하고 있어." 다네카 군의관은 그렇게 얘기할 수밖에 없었다.

"자넨 미친 사람에게 비행 근무를 해제시킬 수가 없다는

---

21) 리틀 빅 혼 전투에서 커스터 장군을 물리친 후 캐나다로 간 시팅 불 추장의 이야기.
22) 인디언은 홍인종이니까 빨갱이라는 뜻.

말인가?"

"아, 할 수 있지. 그래야만 하니까. 미친 사람은 모두 비행 근무를 해제해야 한다는 규칙이 있어."

"그럼 왜 나는 비행 근무를 해제시키지 않지? 난 미쳤어. 클레빈저에게 물어봐."

"클레빈저? 클레빈저가 어디 있어? 자네가 클레빈저를 데려온다면 내가 그에게 물어보지."

"그럼 아무나 다른 사람한테 물어보라고. 내가 얼마나 미쳤는지 얘기해 줄 테니까."

"그들은 미쳤어."

"그럼 왜 자넨 그들의 비행 근무를 해제시키지 않지?"

"그럼 왜 그들은 비행 근무를 해제시켜 달라고 나한테 요청하지 않지?"

"미쳤으니까 그렇지."

"물론 그들은 미쳤어." 다네카 군의관이 대답했다. "그들이 미쳤다고 내가 그랬지, 안 그랬나? 그리고 자넨 미친 사람들이 스스로 그들이 미쳤는지 안 미쳤는지 판단을 내리게 할 수는 없어, 안 그런가?"

요사리안은 그를 말뚱말뚱 쳐다보고는 다른 방법을 써 보려고 했다. "오르는 미쳤나?"

"확실히 그렇지." 다네카 군의관이 말했다.

"자넨 그에게 비행 근무를 해제시킬 수가 있나?"

"물론 그럴 수 있어. 하지만 우선 그가 신청을 해야지. 그것이 규칙의 일부이니까."

"그럼 왜 그는 신청을 하지 않는 거야?"

"그야 미쳤으니까 그렇지." 다네카 군의관이 말했다. "그렇게 여러 번 죽음의 위기를 당하고도 계속해서 출격을 나간다니 미쳤을 수밖에 없어. 그럼 난 오르의 비행 근무를 면제시킬 수 있어. 하지만 우선 그가 신청을 해야지."

"비행 근무의 면제를 받기 위해서 그가 할 일은 그것뿐인가?"

"그것뿐이야. 나한테 신청을 하라고 해."

"그러면 자네가 그의 비행 근무를 해제시킬 수 있나?" 요사리안이 물었다.

"아니. 그러면 난 그의 비행 근무를 해제할 수가 없어."

"그런 속임수(catch)가 있단 말인가?"

"물론 함정(catch)이 있지." 다네카 군의관이 대답했다. "캐치-22가 있으니까. 전투 임무를 면하기를 바라는 사람은 누구라도 정말로 미치지는 않았어."

함정이 하나 있다면 그것은 캐치-22였는데, 그 규칙은 긴박한 현실적인 위험의 면전에서 자신의 안전을 걱정하는 행위는 합리적인 심리의 전개 과정이라고 정의했다. 오르는 미쳤고 그래서 비행 근무를 해제받을 수 있었다. 그가 할 일이라고는 신청하는 절차뿐이었는데, 그가 신청만 하게 된다면 그는 더 이상 미친 상태가 아니어서 다시 출격을 계속 나가야 한다. 출격을 더 나간다면 오르는 미치게 되며, 그러지 않는다면 정상적인데, 만일 정상적이라면 그는 출격을 나가야 한다. 요사리안은 캐치-22의 이 구절이 내포한 절대적 단순성에 깊은 감동을 느껴서 존경스러운 휘파람 소리를 냈다.

"그 캐치-22라는 거 굉장하구먼." 그가 말했다.

"최고 수준이지." 다네카 군의관이 동의했다.

요사리안은 그 모든 어지러운 합리성을 명확하게 파악할 수 있었다. 완벽하게 조화를 이루는 캐치-22의 부분들이 내포한 모든 함축성이 보여 주는 정밀함은 훌륭한 현대 미술처럼 우아하고 파격적이었으며, 요사리안은 훌륭한 현대 미술 작품이나 애플비의 눈에서 오르가 보았다는 파리에 대해서 전혀 자신이 없었던 것과 마찬가지로 자기가 그것을 완전히 이해했는지는 사실 자신이 없었다.

"아 그래요, 분명히 있어요." 장교 클럽에서 요사리안과 주먹다짐을 벌인 다음에 애플비의 눈에 파리가 끼었다고[23] 오르가 그에게 우겨 댔다. "그 친구는 아마 알지도 못할지 모르지만. 그래서 그 친구는 사물을 있는 그대로 보지 못하는 거예요."

"어째서 그걸 그 친구가 모르지?" 요사리안이 물었다.

"눈에 파리가 끼었으니까 그렇죠." 오르가 인내심을 과장하면서 말했다. "눈에 파리가 낀다면 어떻게 눈에 파리가 끼었다는 걸 보겠어요?"

그 말은 정말로 그럴듯했고, 오르가 뉴욕시 외곽의 황량한 지역 출신이었으며, 요사리안보다 야생 동물에 대해서 더 많이 알고 있었을 뿐 아니라, 요사리안의 어머니나 아버지나 형제나 숙모나 숙부나 처가 식구나 선생님이나 목사나 지역 국

---

23) 너무 사소한 것만 밝히다가 전체적인 양상을 보지 못하게 된다는 영어식 표현.

회의원이나 이웃 사람이나 신문과는 달리 전에 중요한 사실에 대해서 거짓말을 한 번도 한 적이 없었기 때문에, 요사리안으로서는 오르에게 궁금증이라는 혜택을 기꺼이 베풀어 줄 마음이 내켰다. 요사리안은 혼자서 애플비에 대해 새로 알아낸 지식을 하루나 이틀쯤 머릿속에서 정리해 보았고, 다음에는 애플비에게 그 말을 전해 주는 선행을 실천하기로 결심했다.

"애플비, 자네 눈에는 파리가 끼었어." 주말마다 규칙적으로 출격하던 파르마 정기 폭격 비행을 나가던 날, 낙하산 천막의 문간에서 서로 지나치는 사이에 그는 도와준다는 뜻에서 귓속말을 했다.

"뭐라고?" 애플비는 요사리안이 자기에게 말을 걸었다는 사실 그 자체에 놀라움을 느끼면서 날카로운 반응을 보였다.

"자네 눈에는 파리가 끼었어." 요사리안이 되풀이했다. "그래서 아마 자넨 눈에 낀 파리를 보지 못하는 모양이야."

애플비는 짜증스럽고 당황한 표정을 드러내며 요사리안에게서 물러섰다. 그러고는 모든 선두 조종사들과 폭격수들과 항행사들에게 기본적인 브리핑을 하려고 비행 대대 작전 장교인 댄비 소령이 초조해하며 기다리는 상황실로 곧장 뻗어 나간 기다란 길을 따라가려고 하버마이어와 함께 지프차를 탈 때까지 음울하게 침묵을 지켰다. 애플비는 지프차의 앞자리에서 눈을 감고 길게 기대어 앉은 블랙 대위와 운전병에게 들리지 않도록 작은 목소리로 말했다.

"하버마이어." 그는 머뭇거리면서 물었다. "내 눈에 파리가 끼었어?"

하버마이어는 어안이 벙벙해서 눈을 깜박였다. "다래끼 말야?" 그가 물었다.

"아니, 파리 있잖아." 설명을 해 주었다.

하버마이어가 다시 눈을 깜박였다. "파리?"

"내 눈에."

"자네 미쳤나 보군." 하버마이어가 말했다.

"아냐, 난 안 미쳤어. 요사리안이 미쳤지. 내 눈에 파리가 끼었는지 안 끼었는지만 얘기해 줘. 얘기해. 난 각오가 되어 있으니까."

하버마이어는 입에다 땅콩 과자를 하나 더 던져 넣고는 애플비의 눈을 아주 천천히 살펴보았다.

"아무것도 안 보이는데." 그가 말했다.

애플비는 안도의 한숨을 푸욱 내쉬었다. 하버마이어의 입술과 턱과 뺨에는 땅콩 과자 부스러기들이 묻어 있었다.

"자네 얼굴에 땅콩 과자 부스러기들이 붙었어." 애플비가 그에게 말해 주었다.

"눈에 파리가 끼는 것보다 얼굴에 땅콩 과자 부스러기를 묻히는 편이 낫지." 하버마이어가 반박했다.

다른 다섯 대의 비행기에 탈 각 편대의 장교들이 삼십 분 후에 전반적인 브리핑을 들으려고 트럭을 타고 왔다. 각 탑승조에 세 명씩 포함된 사병들은 전혀 브리핑을 받지 않고 곧장 활주로로 나가 그들이 그날 타고 비행할 계획인 비행기에 벌써 저마다 타고 앉아서 지상 근무조와 함께 기다렸고, 그들과 함께 비행하기로 되어 있는 장교들이 트럭을 타고 와 덜커덩거리는 뒷문을 열고 뛰어내려 비행기에 올라 시동을 걸었다. 엔진들은 막대 사탕처럼 생긴 주기장(駐機場) 위에서 처음에는 심술궂게 버티더니 곧 얼마 동안 한가롭게 돌아갔고, 다음에는 비행기들이 묵직하게 기우뚱거리고는 자갈밭 위를 눈멀고 바보 같은 절름발이처럼 절름거리며 앞으로 밀고 나아갔다. 그러더니 활주로의 끄트머리 선으로 안내차에 이끌려 나가서 한 대씩 한 대씩 재빨리 이륙하고 치솟아 올라 폭음을 울리고, 크고 작은 나무들 위에서 천천히 편대를 형성하며, 여섯 대가 완전히 편대를 짤 때까지 일정한 속도로 비행장 위를 맴돌고, 북부 이탈리아나 프랑스의 어느 목적지를 향한 여행의 첫길인 청록빛 바다 위에서 방향을 잡았다. 비행기들은 계속해서 고도를 상승시켰고 그들이 적지로 들어서는 순간에는 3킬로미터 이상에 이르렀다. 비행에 있어서 항상 놀라운 것 한 가지는 평온함과 완전한 침묵을 느끼게 된다는 점이었는데, 기관총의 시험 사격과, 인터콤 장치에서 가끔 들려오는 굴곡이 없고 간략한 말소리와, 드디어 그들이 행동 개시 지점에 이르렀고 목표물을 향해 방향을 바꾼다는 폭격수의 섬뜩한 전달만이 그 침묵을 깨뜨렸다. 언제나 햇살이 맑았고, 희박한 공기 때문에 목구멍은 항상 조금씩 따끔거렸다.

그들이 모는 B-25는 이중 방향타와 엔진과 넓은 날개를 갖춘 안전하고, 믿음직하고, 둔감한 초록빛 비행기였다. 단 한 가지 잘못된 것이 있다면, 폭격수로서 요사리안이 앉아 있는 위치에서 볼 때, 플라스틱 유리로 막힌 선두의 폭격수실에서 가장 가까운 탈출구로 연결된 통로가 좁다는 점이었다. 비행

조종실 밑에 구멍을 뚫어 만든 통로는 좁고, 모가 나고, 차가웠으며, 요사리안처럼 덩치가 큰 사람이 기어 나가려면 힘이 들었다. 파이프를 피우고, 파충류처럼 눈이 작고, 달덩이 같은 얼굴에 살이 투실투실한 항행사 알피 같은 사람도 역시 곤란했기에, 몇 분 후에 도착하게 될 목표물을 향해 방향을 바꾸게 될 때쯤이면 요사리안은 그를 기수에서 뒤쪽으로 미리 쫓아 버렸다. 그러면 긴장의 순간이, 아무것도 듣지 않고 아무것도 하지 않고, 저 아래서 고사포가 가능하다면 그들을 영원히 잠재우려고 겨냥하고 박살 낼 준비를 하는 동안, 그냥 기다리기만 하는 기다림의 순간이 왔다.

기어 나가는 통로라면 비행기가 추락하는 경우에 바깥으로 나가는 요사리안의 생명선이었지만, 요사리안은 그것이 오히려 그를 죽이려는 음모의 일부로 하느님이 그곳에 만들어 놓은 장애물이라고 욕설을 퍼부으면서 화를 냈다. B-25의 기수에는 추가 탈출구를 만들 만한 자리가 있었지만, 그 자리에는 탈출구가 없었다. 기어 나가는 통로만 있을 뿐이어서, 아비뇽 출격에서 난리를 치른 이후로 그는 그 거대한 비행기의 구석구석을 혐오하게 되었다. 그 좁은 통로는 부피가 너무 커서 앞으로 끌고 나갈 수 없었던 낙하산에서 그를 자꾸만 자꾸만 멀어지게 했고, 그다음에는 한 단을 높인 비행갑판의 뒤쪽과 위에 높다랗게 장치한 볼썽사나운 꼭대기 포탑에 들어앉아서 얼굴은 안 보이고 발만 보이는 사수의 발치 사이 바닥에 설치된 탈출구로부터 또 그를 자꾸만 자꾸만 멀어지게 했다. 요사리안은 기수에서 그가 쫓아 버린 알피가 있는 곳에 차라리 자기가 있었으면 하고 바랐으며, 알피 대신 자신이 기꺼이 껴입고 싶어 할 만한 여벌의 대공포 방탄복을 걸치고, 낙하산은 이미 고리를 밴드에 걸고, 한 손으로는 빨간 손잡이가 달린 당김줄을 움켜쥐고, 일련의 무시무시한 폭발의 첫 진동과 더불어 하늘로 튕겨 나가 땅으로 내려갈 수 있게 하려고 다른 손으로는 비상 탈출 개폐기를 움켜잡고, 탈출구의 바로 위에 새우처럼 쪼그리고 앉아 있었으면 하고 간절히 바랐다. 거지 같은 망할 놈의 고사포 포연이 그의 주변과 위와 밑에서 온통 터지고, 폭음을 내고, 바람에 날리면서 떠오르고, 작렬하고, 흔들리고, 귀청을 때리고, 하나의 거대한 불꽃과 더불어 그들을 모두 산산조각으로 찢어 몰살시키겠노라고 위협하고, 꿰뚫고, 덜커덩거리고, 흔들리고, 튀고, 진동하는 변화무쌍하고 우주 철학적인 사악함 속에서, 거지같이 고색창연한 어항 속의 거지같이 고색창연한 금붕어처럼 이 앞에 나와 앉아 있기보다는, 선택할 권리가 그에게 조금이라도 있다면 그는 탈출구 위에 앉아 있고 싶었다.

요사리안에게는 알피가 항행사 역할이나 그 어떤 일에서도 아무 소용이 없었고, 만일 그들이 갑자기 피신을 하려고 서둘러야 할 때 서로 방해나 되지 않도록 하기 위해 기를 쓰며 그를 매번 기수에서 몰아냈다. 일단 요사리안이 그를 기수에서 뒤로 몰아내면, 알피는 요사리안이 쪼그리고 앉아 있고 싶어 하던 바로 그곳에 마음대로 쪼그리고 앉을 수가 있었지만, 대신 그는 손에 파이프를 들고, 조종사와 부조종사의 좌석 위에다 그의 몽땅한 팔뚝을 편안히 얹고 꼿꼿이 서서 맥워트거나 누구거나 부조종사인 사람과 다정한 얘기를 나누면서, 너무나 바빠서 아무런 관심이 없는 두 사람에게 하늘에서 벌어지는 재미있는 광경을 손가락질해 보였다. 요사리안이 비행기를 내리꽂아 폭격 비행을 하고 폭발하는 폭탄들의 탐욕스러운 연기 기둥 주변에 마구 폭탄을 퍼부으면서 어둠 속에서 헝그리 조가 고통스럽게 애걸하는 악몽의 발악과 상당히 비슷한 짤막하고, 날카롭고, 외설적인 명령을 퍼붓는 동안에 조종간 앞의 맥워트는 너무 바빠서 귀에 거슬리는 요사리안의 지시를 도저히 따를 수가 없었다. 이 혼돈스러운 싸움이 계속되는 동안 알피는 줄곧 생각에 잠겨 파이프를 뻐끔거리면서 차분한 호기심을 느꼈고, 맥워트의 창문을 통해 마치 그것이 그에게는 아무런 영향도 주지 않는 강 건너 불이기라도 한 듯이 전쟁을 구경했다. 알피는 응원이나 동창회를 좋아하는 헌신적이고 사교적인 인물이었으며 두려움을 느낄 만한 두뇌가 없었다. 요사리안은 그럴 만한 두뇌가 있어서 겁이 났고, 목표 지점에서 회피 동작을 어느 누구에게도 마음 놓고 남에게 맡길 수 없다는 생각만 하지 않았더라면 당장 자리를 내주고 겁에 질린 쥐새끼처럼 통로로 쪼르르 기어나갔으리라. 이 세상에는 그가 그런 막중한 책임을 맡기는 영광을 베풀어 줄 만한 사람이 하나도 없었다. 그 정도로 대단한 겁쟁이가 이 세상에는 또 없었다. 요사리안은 비행 대대에서 회피 동작이 가장 뛰어났는데, 어째서 그런지는 알지 못했다.

회피 동작에는 체계적인 순서가 없었다. 필요한 것이라고는 공포뿐이었으며, 요사리안에게는 무서움이 충분해 오르나 헝그리 조보다도, 심지어 언젠가는 자기가 꼭 죽으리라고 자포자기한 던바보다도 겁이 많았다. 요사리안은 죽어 버려야 되겠다고 자포자기하지는 않았으며, 폭탄을 다 투하하자마자 맥워트에게 "어서, 어서, 어서, 어서, 이 새끼야, 어서!" 소리를 치며, 마치 얼굴도 모르는 사람들에게 시달림을 받고 하늘에 떠 있는 것이 맥워트의 탓이라는 듯 그를 항상 맹렬히 증오하면서, 임무가 끝나기만 하면 목숨을 건지려고 뺑소니를 쳤다. 그리고 비행기 안의 다른 모든 사람들은 머리가 돌아 버린 도브스가 살려 달라고 애처롭게 흐느껴 울던 아비뇽 출격의 비참한 혼란의 시간 외에는 언제나 요사리안의 아우성 소리를 듣지 않으려고 인터콤을 꺼 버리기 일쑤였다.

"도와줘, 도와줘." 아비뇽 상공에서 도브스가 흐느꼈다. "도와줘, 도와줘."

"누굴 도와줘? 누굴 도와줘?" 요사리안이 마주 소리를 질렀다. 도브스가 허플에게서 강제로 조종간을 낚아채 그들을 태운 비행기가 갑자기 귀를 얼얼하게 마비시킬 정도로 무시무시한 급강하를 하게 되어 요사리안은 꼼짝없이 머리가 비행기의 천장에 달라붙었고, 허플이 겨우 도브스에게서 조종간을 빼앗아 조금 아까 간신히 그들이 성공적으로 벗어났던 고사포의 불협화음 진동의 한가운데서 다시 비행기의 평행을 되찾은 다음에 요사리안이 빠졌던 수화기를 다시 인터콤 장치에다 꽂아 넣은 다음의 일이었다. "오, 하느님! 오, 하느님, 오, 하느님." 요사리안은 움직일 수도 없이 비행기 기수의 천장에 머리가 닿은 채로 매달려 소리 없이 애원하던 참이었다.

"폭격수, 폭격수." 요사리안의 목소리를 듣고는 도브스가 울면서 대답했다. "대답이 없다. 대답이 없다. 폭격수를 도와줘, 폭격수를 도와줘."

"내가 폭격수야." 요사리안이 그에게 소리쳤다. "내가 폭격수다. 난 아무 일 없다. 난 아무 일 없어."

"그럼 그를 도와줘, 그를 도와줘." 도브스가 애원했다. "그를 도와줘. 그를 도와줘."

그리고 뒤쪽에서는 스노든이 쓰러져 죽어 가고 있었다.

6
헝그리 조

헝그리 조는 오십 회의 출격을 마쳤지만 소용이 없었다. 그는 짐을 다 꾸리고 고향으로 돌아갈 날을 기다렸다. 밤이면 그는 무시무시하고 귀가 찢어질 듯한 악몽을 꾸어서 비행 중대의 모든 사람들은, 입대하려고 나이를 속였으며 그의 귀염둥이 고양이와 함께 헝그리 조와 같은 천막에서 사는 열다섯 살 난 허플만 제외하고는, 모두 잠에서 깼다. 허플은 얕은 잠을 잤지만, 헝그리 조가 지르는 비명은 들은 적이 없다고 주장했다. 헝그리 조는 병들었다.

"그래서 어쨌다는 거야?" 다네카 군의관이 기분 나쁘다는 투로 으르렁거렸다. "정말이지 난 성공했어. 난 일 년에 5만 달러씩 거두어들였고, 고객들로 하여금 현금으로 지불하도록 만들어서 거의 모두가 세금 면제를 받을 수 있었지. 세상에서 가장 강력한 상인 협회가 내 뒤를 밀어 주었고. 그런데 어떻게 되었나 보라고. 진짜로 내가 돈을 좀 모을 때가 되니까 어떤 놈들이 파시즘이라는 걸 만들어 내더니 나한테까지도 영향을 줄 만큼 무서운 전쟁을 시작했어. 헝그리 조 같은 친구가 밤에 대갈통이 터지라고 비명을 지르는 꼴을 보면 난 가소로운 생각이 들어. 정말 가소롭다고. 그 친구가 병이 들었다고? 그 친구, 내 기분은 어떻다고 생각할까?"

헝그리 조는 자신의 재난에 너무나 깊이 얽매여서 다네카 군의관의 기분에는 관심이 없었다. 예를 들면, 소음이 문제였다. 작은 소리에도 그는 격분해서, 파이프를 뻐끔거리느라고 쪽쪽 빠는 소리를 내는 알피나, 땜질을 하는 오르나, 블랙잭이나 포커를 하느라고 카드를 나누고 뒤집을 때마다 폭발적인 소리를 내는 맥워트나, 멍청하게 여기저기 부딪치면서 이빨을 덜덜거리는 도브스에게 목이 쉴 정도로 고함을 질러 댔다. 헝그리 조는 반응이 빠른 격노로 인해 숨이 차고 신경이 너덜너덜해졌다. 그의 헐벗은 두뇌는 조용한 방에서 계속 똑딱대는 시계 소리를 고문처럼 괴로워했다.

"야, 이 녀석아." 그는 어느 날 밤늦게 허플에게 날카로운 목소리로 설명했다. "만일 네가 이 천막에서 살고 싶다면 넌 내가 하는 대로 해야 해. 넌 밤마다 손목시계를 털양말로 돌돌 말아서 방의 다른 쪽에 있는 발치 상자의 밑바닥에 숨겨 둬야 한단 말야."

허플은 자기한테 그 어느 누구도 이래라저래라 할 수 없음을 헝그리 조에게 알려 주기 위해서 결사적으로 턱을 치켜들어 보였고, 그러고는 시키는 대로 했다.

헝그리 조는 신경질적이고 깡마른 철면피였고, 뼈가 앙상하게 가죽만 남은 얼굴은 피부가 거무튀튀했다. 눈 뒤쪽 깊고 시커먼 주름살 속에서는 핏줄이 경련을 일으키며 살갗 밑에서 토막 난 뱀처럼 꿈틀거렸다. 그 얼굴은 걱정으로 가득 차서 고적하고 공허했으며 버림받은 광산촌처럼 더러웠다. 헝그리 조는 게걸스럽게 먹어 댔고, 손톱 끝을 끊임없이 잘근잘근 씹었으며, 말을 더듬고, 숨을 헐떡이고, 안달을 하고, 땀을 쏟고, 침을 흘리며, 언제나 복잡하고 까만 카메라를 가지고 나체 여인의 사진을 찍겠다고 여기저기 미친 듯이 줄달음질을 치며 돌아다녔다. 사진은 제대로 나온 적이 없었다. 그는 카메라에 필름을 넣거나 플래시를 켜거나 렌즈의 뚜껑을 벗기는 일을 항상 잊어버렸다. 여자들에게 알몸으로 포즈를 취하라고 설득하기는 쉽지가 않았지만, 헝그리 조는 소질이 있었다.

"나 대단한 사람." 그는 흔히 이렇게 큰 소리로 말했다. "나 《라이프》에서 온 대단한 사진 작가. 무지무지하게 큰 표지에 큰 사진. 시, 시, 시!(그래, 그래, 그래!)[24] 할리우드 배우. 디네로[25] 많아. 이혼 많아. 하루 종일 묘한 일 많아."

이토록 교활한 수작에 넘어가지 않을 여자란 어디에도 거의 없었으며, 창녀들은 기꺼이 벌떡 일어나서 그가 요구하는 대로 온갖 해괴한 포즈를 다 취했다. 헝그리 조는 여자라면 환장을 했다. 성적인 존재로서의 여자들에 대한 그의 반응은

---

24) sì, sì, sì!
25) 돈.

미친 듯한 존경심과 우상 숭배의 형태로 나타났다. 여자는 사랑스럽고, 만족스럽고, 사람 미치게 만드는 기적의 출현이었으며, 측정하기에는 너무나 강렬하고, 참기에는 너무나 예민하고, 너절하고 형편없는 남자에게 고용당하기에는 너무나 오묘한 쾌락의 도구들이었다. 그는 그의 손아귀에 들어온 그들의 발가벗은 모습을 오직 신속하게 바로잡아야 할 거창한 실수로밖에는 해석할 수 없었으며, 그는 자기가 누리고 있는 짤막하고 덧없는 순간 사이에 가능한 한 어떤 분[26]께서 똑똑한 생각이 드셔서 그들을 낚아채 가기 전에 관능적으로 즐겨 보려고 언제나 허둥지둥했다. 그는 그들을 사진으로 찍어야 할지 아니면 주물러 대야 할지 전혀 결단을 내릴 수가 없었고, 동시에 두 가지를 다 한다는 것은 불가능했다. 사실 그는 어느 한 가지라도 제대로 하기엔 거의 불가능함을 알게 되었는데, 그것은 변함없이 그를 사로잡던 서둘러야 한다는 강압적인 필요성 때문에 그의 실천 능력이 와해되기 때문이었다. 사진은 제대로 나오는 일이 없었고, 헝그리 조는 제대로 삽입하는 일이 없었다. 그런데도 참으로 알 수 없는 일은 민간인이었을 때 헝그리 조가 정말로 《라이프》의 사진기자였다는 사실이었다.

그는 이제 영웅이었고, 공군에서 어느 다른 영웅보다 전투지 근무 횟수가 더 많았기 때문에 요사리안은 그가 공군에서 가장 위대한 영웅이라고 생각했다. 그는 여섯 차례나 전투지 근무를 했다. 헝그리 조는 보따리를 꾸리고, 즐거운 편지들을

---

26) 하느님.

고향으로 써 보내고, 본국으로의 교체 명령이 도착했는지를 기분 좋게 타우저 병장한테 뻔질나게 묻기 시작해도 될 스물다섯 차례의 출격을 끝낸 무렵에 겨우 첫 번째 전투지 근무를 끝냈다. 귀국 명령을 기다리는 동안 그는 날마다 작전과 입구에서 규칙적으로 오락가락 서성거리면서 지나가는 사람만 보면 시끄럽게 농담을 던지고 타우저 병장이 중대 사무실에서 불쑥 나타날 때마다 그를 "쫌씨, 쫄짜."라고 익살맞게 놀려 대며 시간을 보내곤 했다.

헝그리 조는 요사리안이 마라케시로 보급품 수송 비행을 하다가 숲속에서 어느 여공에게 저공 공격을 가하던 중에 걸린 임질 때문에 병원에 누워 있던 무렵, 그러니까 살레르노 교두보를 공략하던 주일에 그의 첫 이십오 회 출격을 끝마쳤다. 요사리안은 헝그리 조를 따라가려고 최선을 다했으며 일주일에 여섯 차례나 출격을 나감으로써 거의 따라잡기는 했는데, 그가 이십삼 회 출격을 나간 아레초에서는 네버스 대령이 죽었으며, 그도 잘했으면 죽어서나마 고향에 갈 뻔했다. 다음 날 캐스카트 대령이 나타나서, 그가 새로 맡게 된 부대에 대해서 대단한 자부심을 만끽하며 그의 취임을 축하하는 뜻으로 출격 횟수를 과거의 이십오 회에서 삼십 회로 늘리겠다고 발표했다. 헝그리 조는 싸 놓았던 짐을 풀고 고향으로 보내는 즐거운 편지의 내용을 고쳐 썼다. 그는 유쾌하게 타우저 병장을 괴롭히는 장난을 중지했다. 그는 캐스카트 대령의 출현이나, 일주일 전 또는 다섯 번의 출격 전에 그를 구출할 수도 있었던 전출 명령 처리의 지연과 타우저 병장은 아무런 관계가 없음을 잘 알면서도 악의에 가득 차서 그에게 모든 탓을 집중시키고는 타우저 병장을 증오하기 시작했다.

헝그리 조는 전출 명령을 기다리는 긴장을 다시는 견딜 수가 없게 되었고, 그래서 전투지 근무를 또 한 번 끝낼 때마다 당장 한심한 꼴이 되었다. 전투 임무에서 해제될 때마다 그는 그의 가까운 친구들 몇몇을 모아 놓고 큰 파티를 벌였다. 그는 전령 비행기를 타고 일주일에 나흘씩 순회를 하는 동안 겨우 사 두었던 버번 병들을 따고는 웃고, 노래 부르고, 다리를 질질 끌고 돌아다니면서 더 이상 깨어 있을 수 없어 평화롭게 잠이 들 때까지 술에 빠진 황홀감에 젖어 소리를 질러 댔다. 요사리안과 네이틀리와 던바가 그를 잠자리에 누이자마자 그는 잠결에 비명을 지르기 시작했다. 아침이면 그는 핼쑥하고, 흉측하고, 죄의식에 사로잡힌 모습으로 당장이라도 무너질 듯 위태위태하게 흔들리는, 속을 갉아먹힌 인간 건물의 껍데기처럼 그의 천막에서 나왔다.

그가 전투 비행을 하지 않고, 또다시 기다리기는 하지만 결코 오지 않을 귀국 명령을 기다리며 애태우는 고뇌의 기간 동안, 비행 중대에서 지내는 밤이면 언제나 귀신처럼 정확히 시간을 지키며 악몽이 헝그리 조를 찾아왔다. 도브스나 플룸 대위처럼 반응이 빠른 비행 중대 사람들은 헝그리 조의 비명에 어찌나 깊은 충격을 받았던지 그들도 저마다 악몽을 꾸며 비명을 지르기 시작했고, 밤마다 비행 중대의 여러 곳에서 제각기 하늘에 대고 떠들어 대던 날카롭고 음탕한 욕설은 마음이 추잡한 새들이 교미할 짝을 찾는 지저귐처럼 어둠 속에서 낭만적으로 서로 응답했다. 콘 중령은 메이저 메이저의 비행 중대에서 시작되려는 불건전한 풍조를 제거하기 위해서 단호한 행동을 취하게 되었다. 그가 내놓은 해결 방법은 헝그리 조로 하여금 전령 비행기를 일주일에 한 번씩 조종하게 함으로써 나흘 밤씩 그를 비행 중대에서 쫓아 버린다는 계획이었는데, 이 해결책은 콘 중령의 해결책이 항상 그랬듯이 성공을 거두었다.

캐스카트 대령이 출격 횟수를 늘리고 헝그리 조를 전투 근무로 되돌려 보낼 때마다 악몽은 사라졌고, 헝그리 조는 안도의 미소를 지으며 정상적인 공포의 상태를 되찾았다. 요사리안은 헝그리 조의 쪼그라든 얼굴에서 신문 기사의 제목처럼 표정을 환히 읽을 수 있었다. 헝그리 조가 나빠 보이면 좋았고, 헝그리 조가 좋아 보이면 엉망이었다. 헝그리 조의 뒤집힌 반응은 절대 그렇지 않다고 고집스럽게 우기던 헝그리 조를 제외한 모든 사람에게는 묘한 현상으로 간주되었다.

"누가 꿈을 꿔?" 요사리안이 어떤 꿈을 꾸느냐고 물었더니 그가 되물었다.

"조, 다네카 군의관을 찾아가 보지 그래?" 요사리안이 충고했다.

"뭐 하러 내가 다네카 군의관을 만나러 가? 난 아프지도 않은데."

"악몽을 꾸는 건 어떡하고?"

"난 악몽을 꾸지 않아." 헝그리 조가 거짓말을 했다.

"군의관이 어떻게 고쳐 줄 수 있을지 몰라."

"악몽을 꾼다고 해도 이상할 것은 하나도 없어." 헝그리 조가 대답했다. "악몽은 누구나 다 꾸니까."

요사리안은 이제야 걸려들었구나 하고 생각했다. "밤마다?" 그가 물었다.

"밤마다 꿔서 안 될 이유라도 있어?" 헝그리 조가 다그쳤다.

그러자 갑자기 모든 것이 그럴듯하게 들렸다. 정말이다. 밤마다 꾸어서 안 될 이유라도 있나? 밤마다 고통스럽게 비명을 지른다는 것은 일리가 있는 얘기였다. 그것은 요사리안과 애플비가 서로 말을 안 하게 된 다음에, 외국으로 비행을 나갈 때면 아테브린[27] 정제를 복용하도록 요사리안에게 명령을 내리라고 크라프트에게 명령을 내린 애플비보다는, 까다롭게 규칙을 따지는 사람이었던 애플비의 행동보다는 훨씬 타당성이 있는 얘기였다. 헝그리 조는 또한 요사리안이 여섯 대의 비행기로 이루어진 그의 편대를 이끌고 두 번째로 목표물을 향해 페라라 상공으로 날아간 다음에 엔진이 폭발하자 죽임을 당하고 아무런 예식도 없이 운명에게 버림받은 크라프트보다는 훨씬 합리적이었다. 비행 대대에서는 1킬로미터 상공에서도 짠지통에다 폭탄을 정확히 투입시킬 수 있는 폭격 조준기를 가지고도 계속해서 칠 일째 페라라의 다리를 명중시키지 못했고, 캐스카트 대령이 그의 부하들로 하여금 이십사 시간 안에 그 다리를 파괴하겠다고 자원하게 한 이후로 벌써 일주일이 몽땅 지나갔어도 다리는 멀쩡하게 남아 있었을 무렵이었

---

27) 학질 예방약.

다. 크라프트는 펜실베이니아 출신의 깡마르고 악의 없는 녀석이었는데, 그가 바라는 것이라고는 남들의 호감을 사는 것뿐이었지만, 그토록 겸손하고 굴욕적인 야망조차 그는 이루지 못할 운명이었다. 호감을 받기는커녕 그는 날개가 하나만 남은 비행기가 곤두박질을 치는 사이에, 그 마지막 소중한 순간에 아무도 거들떠보지 않는 동안 흉측하게 다른 사람들과 한덩어리를 이루고 피를 흘리며 시커멓게 타 죽어 버리고 말았다. 그가 잠시 동안 독을 뿜지도 않고 살다가 하느님이 휴식을 취하는 일곱째 날에 불길에 휩싸여 죽어 버렸던 그 순간, 요사리안의 비행기는 알피가 당황하고 요사리안이 첫 번째 시도에서 폭탄을 투하할 수가 없었기 때문에 맥워트가 대신 들어서고 요사리안이 그에게 지시하며 두 번째 폭격을 위해 목표물로 향하고 있었다.

"내 생각엔 우리가 다시 돌아가야만 할 것 같아, 안 그래?" 맥워트가 음울하게 인터콤 통신 장치를 통해서 말했다.

"그런 것 같군." 요사리안이 말했다.

"갈까?" 맥워트가 동의를 구했다.

"그래."

"아, 제기랄." 맥워트가 콧소리를 했다. "알 게 뭐냐."

그래서 다른 편대의 비행기들은 멀리서 안전하게 선회하고 밑에서는 헤르만 괴링 사단의 모든 대포들이 그들에게만 포탄을 부지런히 쏘아 대는 동안에 그들은 목표물로 되돌아갔다.

캐스카트 대령은 용기가 있었고, 목표물만 있으면 닥치는 대로 그의 부하들을 출격시키겠다고 나서기를 주저하는 법이 없었다. 탁구대에서 애플비가 처리하기에 겨울 만큼 힘든 공이 없듯이, 그의 비행 대대가 공격하기에 너무 위험하다 싶은 목표물은 없었다. 애플비는 훌륭한 조종사였고, 눈에 파리는 끼었더라도 점수는 절대로 빼앗기는 일이 없는 초인간적인 탁구 선수였다. 애플비가 상대방의 기를 꺾으려면 서브를 스물한 번만 하면 그만이었다. 탁구대에서 그가 발휘하던 실력은 전설적인 것이었다. 오르의 첫 서브 다섯 번을 애플비가 모조리 후려쳐 버린 다음에, 진과 주스로 약간 해롱해롱해진 오르가 탁구채로 애플비의 이마를 후려쳐서 쪼겠던 어느 날 밤까지 애플비는 시작만 했다 하면 언제나 이겼다. 오르는 탁구채를 내던진 다음에 탁구대 위로 뛰어 올라가서 넓이뛰기식으로 다른 쪽으로 휘익 날아가서는 두 발로 애플비의 얼굴을 걸어찼다. 아수라장이 벌어졌다. 휘둘러 대는 오르의 팔다리에서 애플비가 빠져나와 허우적거리며 겨우 일어서는 데만 거의 일 분이 꼬박 걸렸고, 그러고는 오르가 그의 앞을 가로막고 한 손으로 셔츠 앞자락을 움켜쥐고 다른 주먹으로는 그를 때려죽이려고 뒤로 잔뜩 당겨 겨누었는데, 바로 그 찰나에 요사리안이 앞으로 나서서 오르를 다른 곳으로 끌고 갔다. 애플비로서는 놀랄 일이 많았던 밤이어서, 요사리안만큼이나 덩치도 크고 힘이 세었던 그는 요사리안에게 있는 힘을 다해서 주먹을 휘둘렀고, 그 주먹질을 보고 어찌나 통쾌한 흥분에 휩싸였던지 화이트 하프오트 추장은 돌아서서 주먹을 휘둘러 무더스 대령의 코를 박살 냈고, 그래서 드리들 장군은 무르익은 희열로 어찌나 뿌듯했던지 캐스카트 대령에게 지시해 군목을 장교 클럽에서 쫓아냈고, 화이트 하프오트 추장으로 하여금 다네카 군의관의 천막으로 거처를 옮기게 함으로써 하루에 스물네 시간 의사의 보살핌을 받아 드리들 장군이 원할 때마다 무더스 대령의 코를 다시 박살 낼 수 있을 만한 신체적인 상태를 유지하게끔 했다. 가끔 드리들 장군은 비행단 본부에서 무더스 대령과 간호사를 대동하고 일부러 찾아와, 화이트 하프오트 추장에게 사위의 코를 박살 내게 했다.

화이트 하프오트 추장은 오히려 트레일러에 그냥 남아서, 자기가 만든 보도 자료와 함께 발송하려고 낮에 찍은 사진들을 현상하느라 거의 밤을 꼬박 새우는, 조용하고 귀신에 홀린 듯한 비행 중대의 공보 장교 플룸 대위와 함께 살기를 더 바랐다. 플룸 대위는 저녁마다 오랜 시간을 암실에서 보내고는 손가락을 꼬고 토끼 발을 목에 걸고[28] 야전침대에 누워 있는 힘을 다해 잠들지 않으려고 애를 썼다. 그는 화이트 하프오트 추장에게 생명의 위협을 느끼며 살아갔다. 플룸 대위는 어느 날 밤 그가 깊이 잠들어 있을 때 화이트 하프오트 추장이 발돋움을 하고 그의 야전침대로 다가와서 한쪽 귀에서 다른쪽 귀까지 그의 목을 칼로 자르리라는 상상을 머릿속에서 몰아낼 수가 없었다. 플룸 대위는 이런 얘기를 화이트 하프오트 추장에게서 직접 들었는데, 추장은 어느 날 밤 그가 졸고 있는 사이에 발돋움을 하고 그의 야전침대로 다가와서 플룸 대위가 깊이 잠들면 자기가 그의 목을 귀에서 귀까지 칼로 베어

---

28) 서양에서는 토끼 발이 부적과 같은 역할을 한다.

버리겠다고 음산하게 속삭였다. 플룸 대위는 오싹해져서, 눈을 크게 뜨고는 몇 인치밖에 안 떨어진 곳에서 술에 취해 번뜩이는 화이트 하프오트 추장의 눈을 응시했다.

"왜 그러는 거야?" 플룸 대위가 울먹이는 목소리로 겨우 말했다.

"그러면 안 되나?" 화이트 하프오트 추장의 대답이었다.

그 이후로 매일 밤 플룸 대위는 가능한 한 늦게까지 잠을 자지 않으려고 애썼다. 그는 헝그리 조의 악몽에서 말할 수 없이 많은 도움을 받았다. 밤이면 밤마다 헝그리 조의 광적인 악몽의 소리를 그렇게 열심히 들은 플룸 대위는 그를 점점 증오하게 되었고, 어느 날 밤에 화이트 하프오트 추장이 그의 야전침대로 발돋움을 하고 다가가서 그의 목을 귀에서 귀까지 베어 버리기를 바라기 시작했다. 플룸 대위는 사실 나무토막처럼 깊은 잠을 잤으며, 자기가 깨어 있다고 꿈만 꾸었을 뿐이었다. 깨어서 누워 있다는 그 꿈은 어찌나 실감이 났던지 그는 아침마다 완전히 녹초가 되어 꿈에서 깨어났다가 곧 다시 잠이 들곤 했다.

그의 놀라운 변모 이후로 화이트 하프오트 추장은 플룸 대위를 거의 좋아하게까지 되었다. 플룸 대위는 그날 밤에 들뜬 외향적인 사람으로서 잠자리에 들었다가 다음 날 아침에는 침울한 내향적인 사람이 되어 깨어났고, 화이트 하프오트 추장은 새로운 플룸 대위를 자기가 창조했다고 자랑스럽게 여겼다. 그는 플룸 대위의 목을 귀에서 귀까지 베어 버릴 뜻은 전혀 없었다. 그런 짓을 하겠다는 협박은 폐렴으로 죽는다든가,

무더스 대령의 코를 박살 낸다거나, 다네카 군의관에게 인디언식 씨름을 하자고 도전하는 것이나 마찬가지로 그저 장난에 지나지 않았다. 밤마다 술에 취해서 비틀거릴 때 화이트 화프오트 추장이 바라는 것이라고는 어서 잠을 자고 싶다는 욕심뿐이었고, 그것은 헝그리 조 때문에 불가능하기가 쉬웠다. 헝그리 조의 악몽은 화이트 하프오트 추장의 기분을 어수선하게 만들었고, 그는 걸핏하면 누가 발돋움을 하고 제발 헝그리 조의 천막으로 기어 들어가 그의 얼굴에서 허플의 고양이를 치워 버리고 그의 목을 귀에서 귀까지 잘라 플룸 대위를 제외한 비행 중대의 모든 사람이 잠을 잘 잘 수 있게 해 주기를 바라곤 했다.

비록 드리들 장군을 위해서 무더스 대령의 코를 계속 박살내기는 했어도 화이트 하프오트 추장은 아직도 바깥에서만 돌았다. 밖으로만 돈 사람이 또 있으니, 그는 페루자 상공에서 딜루스 소령이 죽은 다음 날 지프차를 타고 시끄럽게 비행 중대로 들이닥친 캐스카트 대령에게서 자기가 비행 중대장이 되었음을 알게 된 바로 그 순간에 자기가 겉돈다는 사실도 알게 된 메이저 메이저였다. 캐스카트 대령은 나중에 메이저 메이저가 그의 친구가 될 수도 있었을 사람들의 발길질과 주먹질과 돌팔매질에 몰려 결국 쫓겨난, 한쪽으로 기울어진 농구장과 그의 지프차 앞머리를 아슬아슬하게 갈라놓은 철도 배수로에서 몇 인치 안 떨어진 곳에 갑자기 요란하게 끼익 소리를 내며 차를 멈추었다.

"자넨 신임 비행 중대장이 되었어." 배수로 저쪽에서 캐스카트 대령이 그에게 고함쳤다. "하지만 그건 별것이 아니니까 별것이라고 생각하지 말아. 그건 자네가 새 비행 중대장이 되었다는 것 이외에는 아무 의미도 없으니까."

그러고 캐스카트 대령은 올 때와 마찬가지로 갑자기 요란한 소리를 내며 출발해 지프차가 난폭하게 휘몰아 달렸고, 바퀴가 요동을 치며 메이저 메이저의 얼굴에 고운 모래가루를 뿌려 댔다. 메이저 메이저는 그 소식에 얼어붙었다.

얼이 빠지고 기운도 빠져서, 기다란 손으로 농구공을 옮겨 쥐고 그가 말문이 막혀 서 있는 사이에, 캐스카트 대령이 그토록 순식간에 뿌린 증오의 씨앗은 그와 함께 농구를 하고 있었고 과거의 어느 누구보다 그를 가깝게 받아들여서 친구가 될 뻔했던, 그를 둘러싼 군인들 사이에 뿌리를 내렸다. 그는 구슬픈 눈의 흰자위가 커지고 아른해지면서 입은 애타게 움찔거렸고, 숨 막히는 안개처럼 다시금 그의 주위에 떠다니는 낯익고 물리칠 수 없는 고독감에 눈앞이 아득해졌다.

댄비 소령을 제외한 비행 대대 본부의 모든 다른 장교들처럼 캐스카트 대령은 민주주의 정신이 투철했으며, 그는 모든 인간이 평등하다고 믿었고, 따라서 대대 본부 밖의 모든 사람들을 똑같은 감정을 품고 괴롭혔다. 그러면서도 그는 부하들을 신임했다. 상황실에서 그들에게 자주 말했듯이, 그는 그들이 어떤 다른 부대보다 최소한 십 회 정도 출격 횟수가 앞섰으며, 그가 그들에게서 느끼던 자신감을 함께 느끼지 못하는 자가 있으면 당장 다른 곳으로 가 버려야 한다고 생각했다. 그러나 그들이 다른 곳으로 갈 수 있는 길이라고는 요사리안이 원터그린 전직 일등병을 만나러 날아갔을 때 알게 되었듯이 열 차례의 출격을 더 나가야 한다는 것뿐이었다.

"난 아직도 납득할 수 없어." 요사리안이 항의했다. "다네카 군의관 얘기가 옳은 거야, 틀린 거야?"

"몇 번이라고 그러던가요?"

"마흔 번."

"다네카가 맞는 얘기 했어요." 윈터그린 전직 일등병이 수긍 했다. "제27 공군 본부의 관점에서는 사십 회의 출격이면 충 분하죠."

요사리안은 신이 났다. "그럼 난 고향으로 갈 수 있겠군, 안 그래? 난 사십팔 회 출격을 했으니까."

"아뇨, 고향으로 돌아가실 수 없습니다." 윈터그린 전직 일 등병이 그의 얘기를 수정했다. "미쳤거나 뭐 그렇기라도 하십 니까?"

"왜 안 되지?"

"캐치-22요."

"캐치-22?" 요사리안은 어안이 벙벙했다. "캐치-22가 무슨 상관이 있단 말이지?"

"캐치-22에 의하면……." 헝그리 조가 요사리안을 비행기 에 태우고 다시 피아노사로 돌아오자 다네카 군의관이 참을 성 있게 대답했다. "자넨 언제나 자네의 사령관이 내리는 명령 을 따라야 한다고 되어 있어."

"하지만 제27 공군 본부에서는 사십 회 출격을 끝내면 내 가 고향으로 갈 수 있다던데."

"하지만 그들은 자네가 꼭 고향으로 돌아가지 않으면 안 된다고는 하지 않았어. 그리고 자네가 모든 명령에 복종해야 한다는 규칙들이 있지. 그것이 함정이야. 자네로 하여금 출격을 더 많이 하게 함으로써 대령이 제27 공군 본부의 명령에 복종하지 않는다고 하더라도, 자넨 그래도 비행을 해야지, 그러지 않았다가는 자넨 그의 명령을 어겼다는 죄를 범하는 거야. 그렇게 되면 제27 공군 본부에서는 자넬 아주 박살을 내겠지."

요사리안은 실망한 나머지 축 늘어져 버렸다. "그렇다면 난 진짜로 오십 회의 출격을 해야 되겠군, 안 그래?" 그가 우는 소리를 했다.

"쉰다섯 번이지." 다네카 군의관이 그의 말을 수정했다.

"쉰다섯 번이라니?"

"이제 대령은 자네들이 누구나 쉰다섯 번 출격하길 바라."

헝그리 조는 다네카 군의관의 얘기를 듣고는 안도의 한숨을 푹 내쉬고 히죽 웃었다. 요사리안은 헝그리 조의 목을 움켜쥐고는 그를 끌고 당장 윈터그린 전직 일등병에게로 날아갔다.

"만일 내가 비행을 거부한다면 그들이 날 어떻게 할까?" 그가 은근한 목소리로 물었다.

"아마 우린 당신을 총살시키겠죠." 윈터그린 전직 일등병이 대답했다.

"우리?" 요사리안이 놀라서 소리쳤다. "우리라니, 그게 무슨 소리야? 자넨 언제부터 그들 편이지?"

"만일 당신이 총살을 당하게 된다면 그럼 내가 어느 편이 되어야 한다고 생각하시나요?" 윈터그린 전직 일등병이 반문했다.

요사리안은 몸을 도사렸다. 캐스카트 대령이 다시 한번 그를 골탕 먹였기 때문이었다.

7
맥워트

아침마다 그의 천막 밖에서 요란하게 빨갛고 깨끗한 잠옷 바람으로 면도를 하고, 요사리안의 주변 환경에서 가장 묘하고, 역설적이고, 난해한 인물들 가운데 하나인 맥워트는 보통 때에는 요사리안의 조종사였다. 맥워트는 아마도 그들 가운데 가장 심하게 미친 전투원이었는데, 그 이유는 그가 완전히 정상적이면서도 전쟁을 개의치 않았기 때문이었다. 그는 다리가 짧고, 어깨가 넓고, 미소를 잃지 않는 젊은이였고, 블랙잭이나 포커를 할 때면 계속해서 쇼에 나오는 노래들을 흥얼거리며 탁탁 튀기는 소리를 내면서 카드를 뒤집었는데, 헝그리 조는 그 소리의 누적된 충격에 눌려 급기야는 절망에 몸을 부르르 떨고 이제는 카드를 그만 탁탁거리라고 그에게 고래고래 소리를 지르곤 했다.

"야, 이 새끼야. 넌 내가 그걸 싫어하는 걸 알기 때문에 자꾸

그러는 거지." 요사리안이 무마시키려고 그를 한 손으로 밀어내는 사이에 헝그리 조는 광포하게 고함을 질렀다. "내가 소리를 지르는 꼴이 보고 싶어서 저런다고……. 너 이 개새끼야!"

맥워트는 미안하다며 그의 가늘고 주근깨가 앉은 콧등을 쫑긋하고, 앞으로 다시는 카드를 튀기지 않겠다고 맹세하지만, 그 맹세를 항상 잊어버렸다. 맥워트는 털이 푹신한 침실 슬리퍼를 신고 빨간 잠옷을 입었으며, 요사리안한테 빌려 간 쪼글쪼글한 대추야자를 하나도 주지 않고서도 마일로가 썩은 이빨을 드러내며 미소를 짓는 도둑놈에게서 교환해 온 반쪽짜리 물들인 홑이불 따위를 새로 다리미질해서 덮고 잤다. 취사병인 스나크 상등병이 무척 재미있어했듯이 벌써부터 달걀을 한 개에 7센트씩 주고 사서는 5센트씩에 파는 마일로에게서 맥워트는 깊은 인상을 받았다. 그러나 맥워트는 요사리안이 그의 간을 치료하기 위해 다네카 군의관으로부터 받아 낸 편지에서 마일로가 받았던 인상만큼 깊은 인상을 결코 마일로에게서 받을 수는 없었다.

"이 사람 뭐야?"——드 커벌리 소령이 그의 취사장에서 부리려고 납치해 온 이탈리아 노동자 두 명이 요사리안의 천막으로 운반하려고 하는 거대한 합지 상자에 가득 찬 말린 과일과, 과일 주스 깡통들과, 디저트 꾸러미들을 보고 놀란 마일로가 소리쳤다.

"이분은 요사리안 대위님입니다, 중위님." 으쓱한 기분으로 벌쭉 웃으면서 스나크 상등병이 말했다. 스나크 상등병은 자기가 시대보다 이십 년은 앞섰다고 느꼈기 때문에 하찮은 잡것들에게 그가 요리를 해서 나누어 줘야 한다는 사실을 싫어하는 지적인 속물이었다. "이분은 자기가 원하는 대로 얼마든지 과일 주스를 가져가도 좋다는 다네카 군의관의 편지를 가지고 계십니다."

"이 사람 뭐야?" 마일로가 얼굴이 하얘져서 비틀거리기 시작하자 요사리안이 소리쳤다.

"이분은 마일로 마인더바인더 중위입니다, 대위님." 조롱하는 듯 눈을 찡긋하면서 스나크 상등병이 말했다. "새로 오신 조종사들 가운데 한 분입니다. 대위님이 이번에 병원에 가 계신 동안에 취사 담당 장교가 되셨죠."

"이건 뭐야?" 오후 늦게 마일로가 그에게 홑이불 반쪽을 내주었을 때 맥워트가 소리쳤다.

"오늘 아침에 당신 천막에서 도둑맞은 홑이불의 반쪽입니다." 구식 콧수염을 파르르 떨면서 초조한 자만심을 느끼며 마일로가 설명했다. "아마 도둑맞은 줄도 모르고 있었겠지만요."

"도대체 홑이불을 반쪽만 훔치려던 사람은 누구였지?" 요사리안이 물었다.

마일로는 어리둥절해졌다. "이해를 못 하시는군요." 그가 투덜거렸다.

그리고 요사리안은 요점을 간단히 밝힌 다네카 군의관의 편지에 마일로가 그토록 결사적으로 투자할 필요가 있는지 그것 또한 이해하지 못했다. "요사리안이 필요로 하는 말린 과일과 주스를 모두 내주시오." 이것이 다네카 군의관이 편지에 쓴 내용이었다. "간에 이상이 있습니다."

"이런 편지라면 이 세상의 어떤 취사 장교라도 골로 보낼 수가 있어요." 마일로가 넋이 빠져서 중얼거렸다. 마일로는 그 편지를 다시 한번 읽어 보기 위해 잃어버린 보급품 상자를 따라 상주(喪主)처럼 중대를 건너 요사리안의 천막으로 갔다. "대위님이 요구하는 대로 나는 다 내줘야만 합니다. 그런데 이 편지에는 그것을 대위님이 다 먹어야 한다는 얘기는 없네요."

"그러니까 오히려 더 좋지." 요사리안이 그에게 말했다. "난 이런 걸 하나도 안 먹으니까. 난 간에 이상이 있어."

"아 예, 깜빡 잊었습니다." 마일로가 공손하게 목소리를 낮추고서 말했다. "심한가요?"

"겨우 심한 정도지." 요사리안이 유쾌하게 말했다.

"알겠습니다." 마일로가 말했다. "한데 그건 무슨 뜻이죠?"

"무슨 뜻이냐 하면, 최고로 좋은 상태……."

"무슨 얘긴지 모르겠는데요."

"……이고 더 나빠지지도 않는다 이거야. 이젠 알겠나?"

"예, 이젠 알겠어요. 하지만 아직 이해가 안 갑니다."

"좋아, 공연히 골치는 썩이지 마. 속은 내가 썩어야지. 사실은, 난 간에 이상이 있어. 그저 증세만 나타날 뿐이지. 난 가넷-플레이체이커 증후군이 있지."

"알겠어요." 마일로가 말했다. "그런데 가넷-플레이체이커 증후군이 뭡니까?"

"간의 이상이지."

"알겠어요."라고 말하고 마일로는, 마치 어떤 쑤시는 거북함이 가시기를 기다리는 듯, 속에서 통증을 느끼는 듯한 표정으로 짜증스럽게 검은 눈썹을 문지르기 시작했다. "그러시다면……." 그는 얘기를 계속했다. "식사에 대해서 상당히 조심하셔야 되겠군요, 안 그래요?"

"정말 아주 조심해야지." 요사리안이 그에게 말했다. "멋진 가넷 - 플레이체이커 증후군은 흔하게 나타나는 것이 아니니까, 난 내 증후군을 망치고 싶지는 않아. 그래서 난 절대로 과일을 먹지 않을 거야."

"그러니까 이제야 확실히 알겠어요." 마일로가 말했다. "과일은 대위님 간에 나쁘다 이거죠?"

"아냐, 과일은 간에 좋아. 그러니까 난 하나도 안 먹겠어."

"그럼 그걸로 뭘 합니까?" 목까지 올라온 조급한 질문을 내뱉으려는 벅찬 초조감을 느껴서 처량하게 바장이며 마일로가 물었다. "말아먹나요?"

"주어 버리지."

"누구에게요?" 놀라움에 째진 목소리로 마일로가 소리쳤다.

"아무나 원하는 사람에게." 요사리안이 맞받아 소리쳤다.

마일로는 잿빛 얼굴에 갑자기 온통 땀방울이 돋아나면서 비틀거리는 걸음으로 물러서며 길고 울적한 울음소리를 냈다. 그는 온몸을 떨면서 멍하니 그의 재수 없는 콧수염을 잡아당겼다.

"던바에게 상당히 많이 주지." 요사리안이 말을 계속했다.

"던바요?" 얼이 빠진 마일로가 말을 되풀이했다.

"그렇지. 던바는 원하는 대로 얼마든지 과일을 먹을 수 있지만, 그래 봐야 조금도 좋을 것이 없어. 난 아무나 먹고 싶은 사람이 있으면 꺼내 먹으라고 상자를 그냥 바깥에다 내놓지. 알피는 식당에 가 봐도 말린 자두를 실컷 먹을 수가 없다면서 그것을 얻으러 이곳으로 오지. 알피가 여기서 어물쩍거리는 건 기분 좋은 일이 아니니까, 시간이 나면 그 문제는 당신이 해결을 좀 해 줘. 보급품이 모자라기만 하면 난 스나크 상등병을 시켜서 이것을 다시 채우지. 네이틀리는 로마로 갈 때마다 과일을 한 짐씩 가지고 가. 그 친구는 나를 미워하고 그에게는 전혀 관심도 없는 그곳의 어떤 갈보를 사랑하고 있어. 그 여자한테는 그들이 단둘이서 침대에 들어가 있지 못하도록 감시하려고 항상 붙어 다니는 꼬마 여동생이 있고, 그들은 어느 아파트에서 어떤 늙은이 부부하고, 그리고 역시 항상 장난이나 치고 돌아다니는, 허벅지가 멋지고 통통한 다른 아가씨들 한 패거리와 함께 살지. 네이틀리는 그들을 찾아갈 때마다 과일을 한 상자씩 가져다준다는구면."

"파는 건가요?"

"아냐. 주는 거지."

마일로는 얼굴을 찌푸렸다. "마음이 아주 너그러운 사람이군요." 그는 조금도 신이 나지 않은 목소리로 말했다.

"그래, 아주 너그럽지." 요사리안이 동의했다.

"그리고 그건 완전히 합법적이라고 생각되는군요." 마일로가 말했다. "그 식품은 나한테서 일단 받아가기만 하면 그때는 대위님의 소유가 되죠. 내 생각에는 그 사람들의 입장을 보아하니 과일을 얻게 되면 무척 좋아할 것 같군요."

"그래, 무척 좋아하지." 요사리안이 그의 얘기를 수긍했다.

"그 두 아가씨들은 그것을 암시장에 내다 팔아서, 그 돈으로 의상을 번쩍거리게 장식하는 보석이나 값싼 향수를 사지."

마일로는 활기가 돌았다. "의상을 장식하는 보석이라고요!" 그는 감탄했다. "난 그걸 몰랐어요. 값싼 향수는 값이 얼마나 나가죠?"

"영감은 자기 몫으로 독한 위스키하고 추잡한 사진을 사고. 색골이거든."

"색골이요?"

"놀랄 정도지."

"로마에서는 추잡한 사진을 파는 곳이 많은가요?" 마일로 가 물었다.

"놀랄 정도지. 예를 들면, 알피를 보라고. 그 친구를 알면 자 넨 의심은 안 하겠지, 안 그래?"

"그 사람이 색골이라는 거 말예요?"

"아니, 항행사라는 거. 자넨 아드바르크 대위를 알겠지, 안 그래? 자네가 비행 중대에 도착한 첫날 자네를 찾아가서 '아드 바르크가 내 이름이고, 항행이 내 천직이오.'라고 말한 그 근 사한 친구 말이야. 아마 그 친구 파이프를 입에다 물고 자네더 러 어느 대학을 나왔느냐고 물었을 거야. 그 사람 알지?"

마일로는 그 얘기에 신경을 쓰지 않았다. "저도 대위님하고 동업을 하게 해 주세요." 그가 애원하는 목소리로 불쑥 말했다.

요사리안은 비록 다네카 군의관의 편지로 일단 자기가 식 당에 청구만 하면 과일을 몇 트럭이라도 실어다가 마음 내키 는 대로 어떤 방법으로든 처분할 수 있음을 분명히 알고 있기는 해도, 그의 부탁을 거절했다. 마일로는 풀이 죽었지만, 그때부터 그는 사랑하는 국가로부터 아무것도 훔치려고 하지 않는 사람은 어느 누구에게서도 훔치려고 하지 않으리라는 약삭빠른 생각에서, 한 가지만 빼놓고 모든 비밀을 요사리안에게 털어놓았다. 마일로는 스미르나에서 무화과를 비행기로 가득 싣고 돌아온 다음부터 그가 돈을 파묻기 시작한 구덩이가 언덕의 어디에 있는지 그 위치만 제외하고는 모든 비밀을 요사리안에게 털어놓았고, 범죄 수사대 요원이 병원에 왔었다는 얘기를 요사리안에게서 들어 알게 되었다. 그 일을 맡겠다고 나설 만큼 어수룩했던 마일로에게는 취사 장교의 자리가 성스러운 신용을 뜻했다.

"말린 자두가 모자라는지도 난 모르고 있었어요." 첫날에 그는 솔직히 인정했다. "아직 여기 온 지 얼마 안 되어서 그런 것 같아요. 여기 주임 요리사에게 그 문제를 따지겠습니다."

요사리안이 날카로운 눈으로 그를 쳐다보았다. "주임 요리사라니?" 그가 물었다. "여긴 주임 요리사 같은 게 없을 텐데."

"스나크 상등병 말입니다." 약간 미안하다는 듯이 눈길을 피하면서 마일로가 설명했다. "요리사라고는 한 사람뿐이니까 자연히 주임 요리사인 셈이죠. 행정 쪽으로 돌려 줄 생각을 하고 있기는 하지만요. 스나크 상등병은 약간 너무 지나치게 독창적이라는 생각이 드니까요. 그 친구는 취사병의 일이 일종의 예술 활동이라고 생각해서, 자기의 재능을 값싸게 팔아 버려야만 하는 처지에 대해 항상 불평이 심하죠. 아무도 그런 걸 강요하지 않았는데도! 그건 그렇고, 혹시 그 친구가 어떡하다가

변을 당해 사병이 되어서 이제 겨우 상병인지 아십니까?"

"그래." 요사리안이 말했다. "고의적으로 비행 중대 전원을 식중독에 걸리게 했어."

마일로는 얼굴이 하얘졌다. "어떻게 했다고요?"

"사람들이 음식 맛에 대해서 얼마나 교양이 없는지, 좋은 것 나쁜 것조차 가리지 못한다는 사실을 보여 주기 위해서 그 친구는 군용 세숫비누 수백 개를 짓이겨 고구마에다 섞어 넣었지. 비행 중대의 모든 사람이 다 병이 났어. 출격도 취소되고."

"저런!" 한심하다는 듯 입술을 당기면서 마일로가 혀를 찼다. "자기가 얼마나 잘못을 범했는지 톡톡히 알게 되었겠군요, 안 그래요?"

"정반대야." 요사리안이 반박했다. "그는 자기의 생각이 얼마나 옳았는지를 알게 되었어. 우리는 그 음식을 접시째 먹어치우고는 더 달라고 아우성을 쳤으니까. 우린 우리가 모두 아프다는 것을 알았지만, 식중독에 걸렸으리라고는 상상도 못했어."

마일로는 털이 많이 난 갈색 산토끼처럼 걱정스럽게 두 번 코를 훌훌거렸다. "그렇다면 난 그 친구를 꼭 행정병으로 돌려야겠군요. 내가 책임을 맡고 있는 동안에 그런 일이 벌어지기를 바라지 않으니까요." 그는 진지하게 속마음을 털어놓았다. "아시겠지만, 내가 바라는 것은 이 비행 중대 대원들에게 세계에서 가장 훌륭한 식사를 제공하겠다는 것입니다. 그만하면 정말로 훌륭한 목표를 설정한 셈이죠, 안 그렇습니까? 만일 어느 취사 장교라도 그보다 못한 목적의식을 내세운다면, 그 사람은 취사 장교가 될 권리가 조금도 없어요. 그렇다고 생각하지 않아요?"

요사리안은 불신에 찬 눈을 천천히 마일로에게로 돌렸다. 그는 기교나 거짓을 모르는 단순하고 진지한 얼굴을, 커다란 눈은 통일성을 잃고, 불그레한 머리카락에 눈썹은 검고 재수 없는 콧수염은 적갈색인 정직하고 솔직한 얼굴을 쳐다보았다. 콧구멍이 항상 축축하고 킁킁거리는 마일로의 길고 가느다란 코는 심하게 오른쪽으로 휘어서, 그의 다른 부분들이 향한 방향과는 다른 쪽을 향하고 있었다. 그것은 자신의 모습을 흉측한 두꺼비로 변신시킬 수가 없듯이 그의 미덕의 바탕을 이룬 도덕률을 의식적으로 파기할 수 없는, 굳건한 순수함을 지닌 사람의 얼굴이었다. 그 도덕률의 한 가지는 거래가 이루어지기만 한다면 돈은 얼마를 받더라도 죄가 아니라는 원칙이었다. 그에게는 정의의 분노라는 힘찬 발작의 능력이 있었으며, 범죄 수사대 요원이 이 지역에서 그를 찾아다니고 있다는 사실을 알아내고는 한껏 분노했다.

"그 사람은 자네를 찾고 있는 것이 아냐." 그를 달래려고 애쓰면서 요사리안이 말했다. "그 사람은 병원에서 검열한 편지에다 워싱턴 어빙의 이름을 서명한 자를 찾아다니는 거야."

"난 어떤 편지에도 워싱턴 어빙이라고 서명한 적이 없어요." 마일로가 선언했다.

"물론 안 그랬지."

"하지만 그건 내가 암시장에서 돈을 벌었다고 고백하게 만들려는 수작에 지나지 않아요." 마일로는 색이 바래고 엉클어진 콧수염 다발을 난폭하게 잡아당겼다. "난 그런 친구들이 싫어요. 우리 같은 사람을 염탐하며 어슬렁거리고. 보람 있는 일을 할 생각이 조금이라도 있다면 정부에서는 왜 윈터그린 전직 일등병의 뒤를 캐 보지 않을까요? 그 친구는 규칙이나 원칙을 조금도 준수하지 않고 내가 부른 값을 자꾸만 깎죠.”

마일로의 콧수염은 반으로 갈라놓은 양쪽이 전혀 서로 어울리지 않아서 꼴불견이었다. 그것은 동시에 똑같은 물건을 볼 수가 없는 마일로의 통일성이 없는 눈이나 마찬가지였다. 마일로는 어느 누구보다 많이 볼 수 있었지만, 어느 것도 명확하게 볼 수는 없었다. 범죄 수사대 요원에 대한 소식을 듣고 보인 반응과는 정반대로, 그는 캐스카트 대령이 출격 횟수를 쉰다섯 번으로 올렸다는 요사리안의 얘기를 차분한 용기를 보이며 받아들였다.

“우린 전쟁터에 와 있죠.” 그가 말했다. “따라서 우리가 나가야 할 출격 횟수에 대해서 불평을 해 봤자 아무 소용도 없습니다. 만일 우리더러 쉰다섯 번을 비행하라고 대령이 말하면 우린 비행을 해야죠.”

“난 비행을 하지 않겠어.” 요사리안이 맹세했다. “난 메이저 메이저를 만나러 갈 거야.”

“어떻게요? 메이저 메이저는 아무도 만나 주지 않는데요.”

“그럼 난 병원으로 돌아가겠어.”

“대위님은 퇴원한 지 열흘밖에 안 되잖아요.” 마일로가 나무라는 듯이 그에게 일깨워 주었다. “싫어하는 일이 벌어질 때마다 번번이 병원으로 도망만 칠 수야 없는 노릇입니다. 아니죠, 최선의 방법은 출격을 나가는 겁니다. 그것은 우리 의무예요.”

마일로는 맥워트의 홑이불이 도둑을 맞던 그날에도, 식당의 음식은 모두가 아직도 정부의 소유물이기 때문에 식당에서 쪼글쪼글한 대추야자 한 꾸러미조차 슬쩍할 수 없을 만큼 깊은 양심의 가책을 받는 사람이었다.

"하지만 다네카 군의관의 편지로 대위님이 일단 나한테서 가져가면 이 과일이 모두 대위님 소유가 되니까, 내가 대위님에게서 빌릴 수는 있겠죠." 그가 요사리안에게 설명했다. "대위님은 마음이 내키는 대로 이것을 처분할 수 있으므로, 남에게 공짜로 주어 버리는 대신 이윤을 많이 남기며 팔 수도 있습니다. 그 일을 같이하고 싶지 않아요?"

"아니."

마일로는 포기했다. "그럼 쪼글쪼글한 대추야자 한 꾸러미만 나한테 빌려주세요." 그가 부탁했다. "꼭 돌려드릴 테니까요. 돌려드리겠다고 맹세를 하겠으며, 뭔가 개평이 좀 붙을 겁니다."

마일로는 그의 말처럼 신용이 확실한 사람이었고, 뚜껑을 열지 않은 대추야자 꾸러미를 가지고 돌아왔을 때는 맥워트의 천막에서 홑이불을 훔쳐 간, 썩은 이빨을 내보이며 미소를 짓는 도둑까지 끌고 와서 요사리안에게 맥워트의 노란 홑이불 중 사분의 일을 내놓았다. 그 홑이불 조각은 이제 요사리안의 소유였다. 그는 어떻게 된 일인지 영문을 몰랐지만 잠을 자는 사이에 그것을 벌었다. 맥워트도 영문을 몰랐다.

"이게 뭐야?" 어정쩡한 기분으로 찢어진 그의 홑이불 반조각을 노려보며 맥워트가 소리쳤다.

"오늘 아침에 당신 천막에서 도둑맞은 홑이불의 반쪽입니다." 마일로가 설명했다. "아마 도둑맞은 줄도 모르고 있었겠지만요."

"도대체 홑이불을 반쪽만 훔치려던 사람은 누구였지?" 요사리안이 물었다.

마일로는 당황했다. "이해를 못 하시는군요." 그가 투덜거렸다. "그는 홑이불을 통째로 훔쳤고, 난 대위님이 투자했던 쪼글쪼글한 대추야자 한 상자로 그것을 다시 찾았어요. 그래서 홑이불의 4분의 1은 대위님의 소유입니다. 대위님이 주신 쪼글쪼글한 대추야자는 몽땅 그대로 돌려받으셨으니까, 투자에 대해서 이윤이 상당히 난 셈이군요." 다음에 마일로는 맥워트에게 얘기했다. "처음에는 전부가 당신 소유였기 때문에 홑이불의 반은 당신 차지인데, 요사리안 대위님하고 내가 당신을 위해서 중간에 나서지 않았더라면 몽땅 잃어버렸을 테니 당신이 하는 불평을 사실 난 이해할 수 없어요."

"누가 불평을 해?" 맥워트가 소리쳤다. "난 그저 반쪽짜리 홑이불을 어디다 쓸까 궁리하고 있던 참인데."

"반쪽짜리 홑이불로 할 수 있는 것들은 많아요." 마일로가 그를 안심시켰다. "홑이불의 나머지 4분의 1은 내 모험과 일과 창의력에 대한 보답으로 내 몫으로 따로 두겠습니다. 아시겠지만 그것은 내 차지가 아니고 신디케이트를 위한 것입니다. 당신의 반쪽짜리 홑이불을 거기에 써도 좋죠. 신디케이트에 맡겨 두면 그것이 자꾸 불어나는 걸 보실 수 있게 될 테니까요."

"무슨 신디케이트인데?"

"여러분이 마땅히 얻어먹어야 할 훌륭한 음식을 마련하기 위해서 내가 언젠가 조직하고 싶은 신디케이트죠."

"자넨 신디케이트를 조직할 셈인가?"

"예, 그래요. 아뇨, 시장이죠. 시장이 뭔지 아시죠?"

"우리가 물건을 사러 가는 곳이지, 아냐?"

"그리고 팔기도 하고요." 마일로가 설명을 덧붙였다.

"그리고 팔기도 하고."

"난 지금까지 줄곧 시장을 원했어요. 시장을 소유하고 있으면 할 수 있는 일이 많아요. 그러니까 시장을 가지고 있어야 해요."

"자넨 시장이 소원인가?"

"그리고 모두들 배당을 받게 됩니다."

그것은 사업에 대한 일이었고, 사업이라면 항상 그를 어리둥절하게 만드는 일이 많아서, 요사리안은 지금도 어리둥절했다.

"다시 설명을 해 보겠어요." 마일로는 점점 짜증스러움과 답답함을 느끼면서, 아직도 그의 옆에서 히죽 웃고 서 있는 썩은 이빨의 도둑을 엄지손가락으로 가리켰다. "난 이 친구가 홑이불보다 대추야자를 더 원한다는 것을 알았죠. 이 사람이 영어라고는 조금도 모르는 터라, 난 거래를 처음부터 끝까지 영어로 처리하기로 결심했습니다."

"왜 그저 대갈통이나 한 방 후려치고서 홑이불을 빼앗아 버리지 그랬어?" 요사리안이 물었다.

마일로는 근엄하게 입술에 힘을 주면서 머리를 저었다. "그것처럼 불공평한 처사는 또 없겠죠." 그는 준열히 꾸짖었다.

"폭력은 그릇된 일이고, 그릇된 일 둘이 모여서 옳은 일 하나가 되는 법은 절대로 없어요. 내 식으로 해결하는 것이 훨씬 좋았죠. 내가 대추야자를 그에게 내밀고 홑이불로 손을 뻗었을 때, 아마 그는 내가 교환을 하자는 줄 알았을 겁니다."

"그것이 아니었나?"

"사실은 바꾸자고 했지만 이 사람이 영어를 모르니까, 그런 말은 하지 않았다고 언제라도 잡아뗄 수가 있죠."

"그가 화를 내고 대추야자를 내놓으라고 우기면?"

"뭐 그렇다면 대갈통이나 한 방 갈기고 빼앗아 버리죠." 마일로는 서슴지 않고 대답했다. 그는 요사리안에게서 맥워트에게로, 그리고 다시 요사리안에게로 눈을 돌렸다. "왜들 모두 불평을 하는지 난 알 수가 없어요. 우린 모두 전보다 형편이 좋아졌죠. 모두들 기분이 좋고, 이 도둑은 우리말을 할 줄도 모르고 벌을 받아 마땅하니까, 그에 대해서 염려할 필요는 없습니다. 이해가 가나요?"

그러나 요사리안은 마일로가 어떻게 몰타에서 달걀을 한 개에 7센트씩 주고 사서 피아노사에서 5센트씩에 팔면서도 이익을 남기는지, 아직도 이해할 수가 없었다.

8
셰이스코프 중위

마일로가 어떻게 그럴 수 있었는지는 클레빈저도 알 길이 없었지만, 그래도 그는 스나크 상등병은 살아도 좋은데 왜 요사리안은 죽어야만 하는지, 또는 요사리안은 살아도 좋은데 스나크 상등병은 왜 죽어야 하는지, 그것만 빼고는 전쟁에 대해서 무엇이나 다 알고 있었다. 이 전쟁은 더럽고 지저분해서, 요사리안은 이까짓 전쟁쯤은 없어도 얼마든지 영원히 살 자신이 있었다. 그의 동포들 가운데 아주 적은 숫자의 사람들만이 이 전쟁에서 이기려고 목숨을 버릴 터였지만, 그는 그러고 싶은 야심은 없었다. 죽느냐 죽지 않느냐, 그것이 문제였으며, 그 문제의 해답을 찾으려고 하다가 클레빈저는 맥이 빠지기 일쑤였다. 요사리안의 때 아닌 서거를 역사는 요구하지 않았고, 그가 죽지 않아도 정의는 실현되었고, 발전은 이룩되었고, 승리는 달성되었다. 사람들이 죽으리라는 것은 필연성이었지만, 어떤 사람들이 죽느냐 하는 것은 상황이 결정했는데, 요사리안은 상황의 제물이 될 생각이 추호도 없었다. 그러나 전쟁은 그런 것이었다. 그가 찾아낼 수 있는 전쟁의 장점이라고는 봉급이 많이 나오고, 부모들의 악독한 영향에서 아이들을 해방시켜 준다는 사실뿐이었다.

클레빈저가 그토록 많이 알았던 까닭은 그가 심장이 뛰고 얼굴이 하얘지는 천재였기 때문이었다. 그는 키가 후리후리하고 얼빠지고 분주하고 굶주린 듯한 표정의 똘똘이였다. 하버드 재학 시절에 그는 거의 모든 분야에서 장학금을 받았으며, 다른 모든 분야에서 장학금을 받지 못했던 까닭이라고는 오직 그가 진정서에 서명을 하고, 진정서를 돌리고, 그리고 진정서를 반대하고, 토론 단체에 가입하고, 그리고 토론 단체에서 탈퇴하고, 젊은이들의 회합에 참여하고, 다른 젊은이들의 회합을 반대하는 시위를 벌이고, 파면된 교수들을 옹호하는 학생 위원회들을 조직하느라고 너무 바빴기 때문이었다. 거의 모든 사람들이 클레빈저는 틀림없이 학계에서 꽤 출세하리라고 인정했다. 간단히 얘기하면, 클레빈저는 지성은 풍부하지만 두뇌가 없는 그런 사람이었고, 곧 그 사실을 누구나 다 알게 되었다.

간단히 얘기하면, 그는 멍청이였다. 그는 현대 박물관에서 어물쩍거리는 사람들처럼 양쪽 눈을 한쪽으로 몰고 요사리안을 자주 쳐다보았다. 그것은 물론 어떤 문제의 한쪽만을 뚫어져라 응시하는 바람에 다른 쪽은 전혀 보지 못하는 클레빈저의 편견에서 연유하는 착각이었다. 정치적으로 그는 옳은 쪽과 그른 쪽도 구별을 못 하고 그 둘 사이에 엉거주춤하게 발이 묶인 인도주의자였다. 그는 우익인 적들 앞에서는 공산주의자 친구들을, 그리고 공산주의자 적들 앞에서는 우익 친구들을 항상 옹호했지만, 그를 멍청이라고 생각했던 양쪽 패거리들은 누구 앞에서도 그를 옹호하는 일이 없었고, 철저하게 미워했다.

그는 무척 진지하고, 무척 극성맞고, 무척 양심적인 멍청이였다. 그와 함께 영화 구경이라도 가는 날이면 꼭 나중에 감정 이입이니, 아리스토텔레스니, 보편성이니, 물질문명 사회에서 예술 형태로서의 영화가 지니는 의무와 전달하는 내용 따위의 토론에 얽혀 들게 된다. 그가 극장으로 데리고 가는 여자들은 그들이 보고 있는 연극이 훌륭한 것인지 형편없는 것인지를 알려면 첫 막간이 되어야 했고, 그러면 그의 얘기를 듣고 당장 판단할 수 있게 된다. 그는 인종에 대한 편견에 반대하며 개혁 운동을 벌이는 투쟁적인 이상주의자였지만, 그런 편견에 직접 맞부딪히면 흐지부지했다. 그는 문학이라면 어떻게 즐기느냐 하는 것만 제외하고는 무엇이나 다 알았다.

요사리안은 그를 도와주려고 했다. "멍청이 노릇 그만해." 그들이 둘 다 캘리포니아주의 산타아나 후보생 학교에 적을 두었을 때 그는 클레빈저에게 충고했다.

"내가 얘기를 해 줘야 되겠어." 수염이 없는 리어 왕처럼 셰이스코프 소위가 미친 듯이 왔다 갔다 하는 보조 연병장이 내려다보이는 사열대에 두 사람이 높이 올라앉아 있는 동안 클레빈저가 나섰다.

"내가 어쨌다고 그러지?" 셰이스코프 소위가 징징거렸다.

"가만히 있어, 이 병신아." 아저씨라도 되는 듯이 요사리안은 클레빈저에게 충고했다.

"자넨 알지도 못하면서 왜 그런 소릴 하는 거야?" 클레빈저가 말대꾸를 했다.

"난 가만히 있을 만큼은 알고 있어, 이 병신아."

셰이스코프 소위는 머리카락을 쥐어뜯고 이를 악물었다. 흐물흐물한 그의 뺨은 고민스럽게 떨렸다. 일요일 오후마다 열리는 열병식 시합에서 한심하게 행군을 한, 사기가 저하된 공군 후보생 중대가 그의 골칫거리였다. 그들의 사기가 저하된 까닭은 일요일 오후마다 열병식을 하고 싶지 않았던 데다가, 후보생 반장을 그들이 스스로 선출하는 대신 셰이스코프 소위가 임명했기 때문이었다.

"아무라도 나한테 얘기해 주기를 바란다." 셰이스코프 소위는 기도라도 드리듯이 그들 모두에게 애원했다. "만일 그것이 조금이라도 내 잘못이라면, 누가 그렇게 얘기해 주기 바란다."

"누가 얘기해 주기를 바라잖아." 클레빈저가 말했다.

"모두들 가만히 있기를 바라는 거야, 이 병신아." 요사리안이 반박했다.

"저 친구 얘기 못 들었어?" 클레빈저가 따졌다.

"얘기 들었어." 요사리안이 대답했다. "머리가 제대로 돌아가는 놈들이라면 모두 입 닥치기를 바란다고 아주 큰 소리로 분명하게 얘기하는 소리를 들었단 말야."

"처벌은 하지 않겠다." 셰이스코프 소위가 맹세했다.

"우릴 처벌하지 않겠다고 그러는데." 클레빈저가 말했다.

"네 불알을 깔 거야." 요사리안이 말했다.

"처벌을 하지 않겠다고 맹세하지." 셰이스코프 소위가 말했다. "나에게 사실대로 얘기해 줄 사람이 있다면 고맙겠어."

"널 미워할 거야." 요사리안이 못 박았다. "저 친구는 죽는 그날까지 널 미워하게 될 거야."

셰이스코프 소위는 학군단 출신이었는데, 팔 주에 한 번씩 도살장으로 가는 길에 그의 손아귀로 끌려오는 아이들에게 딱딱거리는 군대식 말투로 "제군들." 소리를 하고, 날마다 장교의 군복을 입을 수 있었기 때문에 오히려 전쟁이 터진 것을 반가워하는 편이었다. 셰이스코프 소위는 야망은 많고 재미는 없는 사람이었으며, 긴장된 정신 상태에서 자기 임무들을 수행했고, 산타아나 공군 기지에서 경쟁 상대인 다른 장교가 오래 끄는 병에 걸렸을 때를 제외하고는 웃지도 않았다. 시력이 형편없었으며 만성 치질을 앓아서 해외 복무를 할 위험이 없었기 때문에 그에게는 전쟁이 더욱 신났다. 그에게 있어서 가장 탐탁하게 여길 만한 것이 있다면 그의 아내를 들 수 있었고, 그의 아내에게서 훌륭한 점을 손꼽는다면 남편의 비행 중대에서 누구라도 품에 기어들고 싶어 하는 후보생이 있을 때마다 주말이면 입고 있다가 벗어 버리는 여군 군복의 주인인 여자 친구 도리 더스를 두었다는 점이었다.

도리 더스는 구리 같기도 하고 황금 같기도 한, 아주 분주한 바람둥이였는데, 그것을 하는 장소라면 부속품 창고나, 전화실이나, 체육관이나, 간이 버스 정류장을 가장 좋아했다. 그녀가 시도해 보지 않은 것은 거의 없었고, 앞으로 해 보고 싶은 것은 더욱 많았다. 그녀는 부끄러움을 몰랐고, 날씬했고, 나이는 열아홉이었고, 능동적이었다. 그녀는 무더기로 자아를 파괴시켰고, 남자들로 하여금 그녀에게 발견되고, 이용되고, 결국은 그녀가 밀쳐 버린 자신의 꼴을 발견하고는 아침에 날이 밝으면 스스로 자신을 증오하게끔 만들었다. 요사리안은 그녀를 사랑했다. 그녀는 그를 괜찮다고 판단한 기가 찬 바보였다. 그는 꼭 한 번 그녀가 허락해 만져 볼 수 있었던 그녀의 피부에서 오는 탄력 있는 감촉이 좋았다. 요사리안은 도리 더스를 어찌나 사랑했던지, 클레빈저에게 보복하던 셰이스코프 소위에게 보복하기 위해서 매주 셰이스코프 소위의 아내를 만나 그녀의 몸 위에 정열적으로 그의 몸을 던지지 않을 수 없었다.

셰이스코프 소위의 아내는 기억은 나지 않지만 어떤 잊을 수 없는 죄를 범한 셰이스코프 소위에게 보복하고 있었다. 그녀는 통통하고, 발그레하고, 둔한 여자였는데, 좋은 책들을 골라 읽고, '부주아'라고 발음을 해 가면서[29] 요사리안더러 부르주아처럼 굴지 말라고 항상 얘기했다. 그녀는 언제든지, 심지어는 침대에 도리 더스의 인식표만 걸친 알몸으로 요사리안과 누워 있을 때에도 좋은 책을 항상 옆에 두었다. 그녀는 요사리안을 지루하게 만들었지만, 그는 그녀를 사랑했다. 그녀는

---

29) 영어에서 r 발음을 하지 않으면 영국 귀족풍으로 우아하게 들리기 때문에 그 흉내를 냄으로써 고상한 티를 내려고 한다는 뜻.

와튼 스쿨 경제과 출신으로 미치광이 수학 전공이었으나, 매달 스물여덟을 제대로 헤아리지 못해 말썽을 부렸다.

"나 또 애기 생겼나 봐." 그녀는 매달 요사리안에게 말하곤 했다.

"미친 소리 하는군." 그는 이렇게 대답하곤 했다.

"나 진담이야." 그녀가 우겼다.

"나도 그래."

"나 또 애기 생겼나 봐." 그녀는 남편에게 말하곤 했다.

"나 바빠." 셰이스코프 소위는 성미를 부리며 투덜거리곤 했다. "열병식이 벌어지리라는 거 당신 몰라?"

셰이스코프 소위는 열병식 대회에서의 우승과 셰이스코프 소위가 임명한 후보생 반장들을 몰아내겠다는 음모를 꾸몄다는 죄목으로 클레빈저를 징계 위원회에 회부하려는 일에 무척 열중했다. 클레빈저는 말썽거리였고, 너무 까불었다. 감시를 하지 않는다면 클레빈저가 말썽을 더욱 많이 일으키리라고 셰이스코프 소위는 믿었다. 어제는 후보생 반장들이었지만, 내일 그들은 세계를 말썽으로 몰아넣을지도 모를 노릇이었다. 클레빈저는 머리가 있었고, 머리가 있는 사람이란 때때로 너무 까부는 수가 있음을 셰이스코프 소위는 알았다. 그런 남자들은 위험했고, 클레빈저의 도움을 받아 직책을 얻게 된 후보생 반장들까지도 그를 비난하는 증언을 하겠다고 나서는 판이었다. 클레빈저에 대한 건은 시작이 되었으면서도 끝난 셈이었다. 문제가 있다면 다만, 고발할 근거가 없다는 사실뿐이었다.

셰이스코프 소위 못지않게 클레빈저는 열병식을 진지하게

여기고 있었으므로 그것은 열병식과는 아무런 관계도 없는 일이었다. 일요일 오후만 되면 후보생들은 열병식을 하려고 쏟아져 나와 막사 밖에서 열두 줄로 우왕좌왕하며 늘어섰다. 어제 먹은 술이 아직도 덜 깨어서 그들은 발을 맞춰 비틀거리며 연병장으로 나가서는, 육칠십 명가량의 다른 비행 중대들과 나란히 땡볕에서 두어 시간 꼼짝 않고 서 있다가 흡족할 만큼 많은 사람들이 졸도를 하고 나면 그것이 즉 보람찬 하루였다. 연병장의 언저리에는 구급차들이 줄을 지었고 노련한 들것 운반인들이 휴대용 무전기를 들고 패를 이루었다. 구급차의 꼭대기에는 쌍안경으로 환자를 색출하는 자들이 올라섰다. 성적을 계산하는 사람은 숫자를 계속해서 기록했다. 작전에서 이 분야를 전체적으로 담당하던 자는 경리에 소질이 있는 군의관이었는데, 그는 맥박을 검사하고 성적을 계산한 숫자를 확인했다. 의식을 잃은 사람의 숫자가 구급차마다 가득 차면 군의관은 군악대장에게 신호를 해서 연주와 함께 열병식을 끝냈다. 비행 중대들은 하나씩 하나씩 뒤를 이어 연병장을 행진하며 앞으로 나아가 번거롭게 사열대를 돌아서 다시 연병장을 행진해 내려와서 그들의 막사로 돌아갔다.

비행 중대들은 큼직하고 수북하게 콧수염이 난 퉁퉁 부은 대령이 다른 장교들과 함께 앉아 있는 사열대 앞을 지나갈 때마다 평가 점수를 받게 되는데, 비행단별로 가장 우수한 비행 중대를 뽑아서 막대기에 노란 페넌트를 단, 전혀 아무런 가치가 없는 상을 주었다. 기지에서 최고 성적을 거둔 비행 중대는 더 기다란 막대기에 매단 빨간 페넌트를 받았는데, 그것은 다음 일요일에 어떤 다른 비행 중대가 우승하여 빼앗아 갈 때까지 줄곧 끌고 다녀야 하고 막대기가 더 길어 무겁기만 해서 그만큼 속만 더 썩이므로 더욱 가치가 없는 상이었다. 요사리안은 상으로 페넌트를 주는 일을 한심하게만 생각했다. 그것은 돈이나 지위하고는 전혀 연결이 안 되었다. 올림픽의 메달이나 테니스 시합 트로피처럼, 그것이 지니는 의미란 다만, 그 소유자는 그 어느 누구에게도 조금의 보탬조차 되지 않는 일을 그 어느 누구보다 더 유능하게 해냈음을 뜻할 뿐이었다.

열병식 그 자체도 마찬가지로 한심한 일이었다. 요사리안은 열병식을 증오했다. 열병식은 너무나 군사적이었다. 그는 열병식이라는 말만 들어도 싫었고, 보기도 싫었으며, 그 안에 휩쓸려 밀려다니기도 싫었다. 그는 그것에 참여해야만 하는 자신의 처지도 싫었다. 일요일 오후마다 쨍쨍 쬐는 햇볕 아래 군인처럼 행동을 하지 않더라도 공군 후보생이란 한심한 일이었다. 공군 후보 생도가 되면 어째서 한심한가 하면 훈련이 끝날 때까지도 전쟁은 끝나지 않을 터이기 때문이었다. 뭐니 뭐니 해도 그가 후보생 훈련을 자원한 이유는 전쟁이 끝날 때까지 훈련이 끝나지 않으리라는 오직 그것뿐이었다. 그는 공군 후보생 훈련을 위해 합격한 군인으로서 편성을 받으려고 몇 주일씩이나 기다렸고, 폭격수 및 항행사가 되려고 몇 주일을, 작전 훈련을 더 받기 위해서 몇 주일을, 그러고는 해외 복무 준비를 위해서 또 기다렸다. 그의 생각에는 하느님이 자기 편이었기 때문에 전쟁이 그토록 오래 계속되리라고는 상상조차 할 수 없을 지경이었지만, 듣자 하니 하느님은 무엇이나 다

제멋대로 한다고 말하는 사람들도 있었다. 그래서 전쟁은 거의 끝나 가지 않았어도 그의 훈련은 거의 끝나 가고 있었다.

셰이스코프 소위는 열병식에서 이기기를 결사적으로 원했고, 크라프트 에빙[30]에서 좋아하는 구절들을 뒤적이며 침대에서 아내가 욕정을 느끼면서 기다리는 동안 밤이 반쯤 지나도록 일어나 앉아서 연구를 했다. 그는 행진에 관한 책들을 읽었다. 그는 손에서 다 녹을 때까지 초콜릿 병정 및 상자를 주물럭거리다가 가명을 대고 우편 판매 회사에서 산 플라스틱 카우보이들을 열두 줄로 늘어놓고는 연습을 하다가 낮이면 그것들을 아무도 못 보게 숨겨 두었다. 레오나르도[31]의 해부학 연습 문제들은 필수적이었다. 어느 날 밤 그는 살아 있는 모델이 필요해 아내에게 방 안에서 행진을 하라고 시켰다.

"나체로?" 희망에 부풀어 그녀가 물었다.

셰이스코프 소위는 화가 나서 손으로 이마를 쳤다. 셰이스코프 소위의 인생이 그녀의 추잡한 섹스의 욕망을 넘어서 숭고한 인간이 영웅적으로 참여해야 할, 획득할 수 없는 거창한 투쟁을 의식하지 못하는 여자에게 묶여 있다는 사실은 그에게는 하나의 절망이었다.

"왜 날 채찍으로 치는 일이 한 번도 없지?" 어느 날 밤 그녀는 뾰로통해서 물었다.

"시간이 없어서 그래." 그는 신경질적으로 그녀에게 말했다.

---

30) Kraft Ebbing(1840~1902). 독일 신경학자. 법정 정신의학과 저서 『섹스 심리학』으로 유명하다.
31) 레오나르도 다 빈치.

"난 시간이 없어. 열병식이 있으리라는 거 당신 몰라?"

그리고 그는 정말로 시간이 없었다. 어느새 일요일이었고, 다음 열병식을 위해 준비할 시간이라고는 겨우 칠 일뿐이었다. 시간이 다 어디로 갔는지 그는 알 길이 없었다. 세 차례의 열병식에서 계속 꼴찌를 한 셰이스코프 소위는 달갑지 않은 평판을 받았고, 그는 개선할 수 있는 모든 방법을 연구해서, 줄이 맞도록 하려고 열두 명씩을 잘 마른 참나무 기둥에 못으로 박아 놓을까 하는 생각까지 했다. 그러나 모든 사람의 잔등과 허리 부분에 니켈 합금 회전 고리를 박아 넣지 않고는 90도 방향 전환이 불가능했으며, 셰이스코프 소위는 그토록 수많은 니켈 합금 회전 고리를 병참부에서 타 내고 병원의 군의관들로부터 협조를 청할 만큼 열렬하지는 않았기 때문에 그 계획은 무위로 돌아갔다.

셰이스코프 소위가 클레빈저의 제안을 받아들여 후보생들이 스스로 반장을 선출하도록 허락한 다음 주일에, 그 비행중대는 노란 페넌트를 따 냈다. 셰이스코프 소위는 이 예기치 않았던 성과에 어찌나 의기양양했던지 아내가 서양 문명 세계의 중·하류층 사람들이 즐기는 섹스 풍습에 대한 혐오감을 과시함으로써 축하를 하자고 그를 침대로 끌어들이려고 하자 막대기로 그녀의 머리를 보기 좋게 후려갈겼다. 중대는 빨간 깃발을 연거푸 두 주일이나 수상함으로써 기록을 수립했다! 그러자 셰이스코프 소위는 숨은 잠재력을 발휘할 수 있을 정도로 자신이 지닌 힘에 대해서 확신을 느꼈다. 철저한 연구 끝에 셰이스코프 소위는 행진하는 자들의 손은 널리 알려진 방법대로 마구 휘두르는 대신에, 넓적다리의 중심에서 7센티미터 정도까지, 그러니까 결국은 전혀 움직이지 않아야 좋다는 사실을 알아냈다.

셰이스코프 소위의 준비는 치밀하고 은밀했다. 그의 비행 중대 소속 후보생들 모두는 비밀을 지키겠다는 선서를 하고 보조 연병장에서 한밤중에 연습을 했다. 그들은 칠흑 같은 어둠 속에서 행군을 하고 서로 장님들처럼 부딪쳐 댔지만, 당황하지 않았고, 손을 흔들지 않고 행진하는 방법을 익혔다. 셰이스코프 소위는 처음에 금속판 작업실에 있는 그의 친구를 시켜서 모든 사람의 허벅지 뼈에다 니켈 회전 고리의 고리못을 박아 넣고 그들의 손목에다 정확히 7센티미터의 동작만을 용납하는 구리철사를 연결할 생각도 했지만, 시간이 없었고(시간이야 항상 없어서 그렇다고 하지만), 전쟁 중이라 쓸 만한 구리철사는 구하기도 힘들었다. 그는 또한 그렇게 족쇄를 채워 놓으면 후보생들은 행진이 시작되기 전의 멋진 졸도식(式)에서 제대로 쓰러질 수가 없을 터이고, 적절히 졸도할 능력이 없다면 부대의 전체적인 점수에 영향을 받을지도 모른다는 사실도 알았다.

그리고 일주일 내내 그는 장교 클럽에서 기쁨을 억누르며 킬킬 웃어 댔다. 그와 가장 가까운 친구들 사이에서 억측이 점점 더 나돌았다.

"저 거지 같은 새끼, 왜 저러는지 모르겠군." 엥글 소위가 말했다.

셰이스코프 소위는 동료들의 질문에 혼자만 아는 비밀을

머금은 미소로 대답했다. "자네들도 일요일이 되면 알게 될 거야." 그가 약속했다. "알게 되지."

셰이스코프 소위는 그의 획기적인 비밀을 경험이 풍부한 흥행주처럼 태연자약함을 보이며 한껏 과시했다. 그는 다른 중대들이 전통적인 방법으로 삐뚤삐뚤 사열대 앞을 흐느적거리며 지나가는 동안 아무 말도 하지 않았다. 그는 그의 중대 선두 대열이 손을 흔들지 않고 행진하며 시야에 나타나고 놀란 동료 장교들이 숨죽여 수군대는 소리가 처음 들렸을 때조차 아무런 내색도 하지 않았다. 그런 다음에도 그는 잠자코 있다가, 커다랗고 더부룩한 수염에 몸집이 통통한 대령이 붉으락푸르락한 얼굴로 잡아먹을 듯이 몸을 그에게 돌린 다음에야 자신을 불멸의 존재로 만들어 줄 설명을 시작했다.

"보십시오, 대령님." 그는 말했다. "손이 없습니다."

그리고 놀라서 얼어붙은 관중에게 그는 그의 잊지 못할 승리의 바탕이 된 애매한 법칙을 사진으로 복사한 자료를 배부했다. 이것은 셰이스코프에게는 최고의 순간이었다. 그는 물론 손 하나 까딱하지 않고 사열식 대회에서 이겼으며, 빨간 깃발을 영구히 차지했고, 전시(戰時)에는 빨간 깃발이 훌륭한 구리 철사만큼이나 구하기가 힘들어서 일요일 열병식이 아예 없어져 버리고 말았다. 셰이스코프 소위는 즉석에서 중위가 되었으며 그의 빠른 승진이 시작되었다. 이 중대한 발견 덕분에 그에게 참된 군사적 천재라고 찬사를 보내지 않는 사람이 드물었다.

"그 셰이스코프 중위 말야." 트래버스 소위가 말했다. "진짜 군사적인 천재야."

"그래, 정말 그래." 엥글 소위가 맞장구를 쳤다. "그 멍청이가 아내한테 채찍질을 해 주지 않는다니 한심한 일이야."

"그것하고 이것하고 무슨 관계가 있다는 건지 모르겠군." 트래버스 소위가 냉정하게 대답했다. "베미스 소위는 섹스할 때마다 부인에게 미리 멋지게 채찍질을 하지만, 그 친구 열병식에서는 아무짝에도 쓸모가 없지."

"난 채찍질 얘기를 하고 있어." 엥글 소위가 반박했다. "누가 그 거지 같은 열병식에 관심이 있단 말야?"

사실 셰이스코프 중위를 제외하고는 어느 누구도 열병식에 정말로 관심이 있었던 사람은 없었고, 커다랗고 더부룩한 수염이 났으며 징계 위원회의 회장이어서, 클레빈저가 저질렀노라고 셰이스코프 중위가 고발한 죄를 자기는 범한 일이 없다는 설명을 하려고 우물쭈물 들어서는 클레빈저에게 고함을 지르기 시작한 대령은 더욱 그랬다. 대령은 주먹으로 책상을 내려쳤고, 그랬더니 손이 아파졌고, 그래서 클레빈저 때문에 더 화가 나서 책상을 더 세게 내려쳤고, 그랬더니 손이 더 아파졌다. 셰이스코프 중위는 클레빈저가 대령에게 신통치 않은 인상을 주었기 때문에 굴욕을 느껴 입을 꽉 다문 채로 클레빈저를 노려보았다.

"귀관은 육십 일 후에 빌리 페트롤과 싸우게 될 거야." 기다랗고 더부룩한 수염이 난 대령이 말했다. "그리고 자넨 이걸 상당히 우스운 농담이라고 생각하겠지."

"전 그것이 농담이라고 생각하지 않습니다, 대령님." 클레빈저가 대답했다.

"말을 가로막지 마."

"알겠습니다, 대령님."

"그리고 말을 가로막을 때는 꼭 경칭을 붙이고." 메트캐프 소령이 명령했다.

"알겠습니다, 소령님."

"말을 가로막지 말라고 방금 명령하지 않았나?" 메트캐프 소령이 차갑게 말했다.

"하지만 전 말을 가로막지 않았습니다, 소령님." 클레빈저가 항의했다.

"안 그랬지. 그리고 귀관은 경칭도 빼먹었어. 그것도 죄목에 포함시키도록 해." 메트캐프 소령은 속기를 맡은 상등병에게 지시했다. "상관들의 말을 가로막지 않을 때 경칭을 빼먹었다는 것 말야."

"메트캐프." 대령이 말했다. "귀관은 형편없는 멍텅구리야. 자넨 그걸 알고 있나?"

메트캐프 소령은 겁을 먹고 침을 삼켰다. "예, 대령님."

"그럼 그 거지 같은 입 좀 닥쳐. 자네 얘긴 앞뒤가 안 맞아."

기다랗고 더부룩한 수염이 난 대령과, 셰이스코프 중위와, 차가운 시선을 유지하려고 애쓰는 메트캐프 소령, 징계 위원회는 이렇게 세 사람으로 구성되었다. 징계 위원회의 일원으로서 셰이스코프 중위는 기소자 측에서 제시한 클레빈저 사건의 내용을 검토하도록 되었다. 셰이스코프 중위는 또한 기소자이기도 했다. 클레빈저에게는 그를 변호할 장교가 있었다. 그를 변호하는 장교는 다름 아닌 셰이스코프 중위였다.

클레빈저에게는 이 모든 일이 뒤죽박죽이어서, 그는 대령이 욕설을 마구 퍼부으며 일어서서 그의 형편없고 비겁한 몸에서 사지를 발기발기 찢어 버리겠다고 위협하자 공포에 젖어 떨기 시작했다. 언젠가 그는 강의를 받으려고 행군하는 길에 고꾸라졌는데, 다음 날 그는 "대열을 이루고 행군하다가 이탈했고, 흉악하게 대들었고, 무분별한 행동을 저질렀고, 풀이 죽었고, 반역죄를 범했고, 도발을 했고, 잘난 체했고, 고전 음악을 들었고, 기타 등등."의 이유로 정식 고발되었다. 간단히 얘기해서, 그들은 그에게 원칙을 내세웠으며, 그래서 그는 다시 한번 고함을 지르면서 육십 일 후에 빌리 페트롤과 싸우게 될 것이며, 솔로몬 군도로 밀려나 시체나 묻게 되면 기분이 어떻겠냐고 으름장을 놓는 통통한 대령 앞에 겁에 질려 서 있는 신세가 되었다. 클레빈저는 공손하게, 그렇게 되면 기분이 좋지 않을 터이며, 시체를 묻느니 차라리 시체가 되겠다고 대답했다. 대령은 갑자기 차분하고 조심스럽게, 그리고 환심을 사려는 듯 겸손하게 자리에 앉더니 뒤로 몸을 기대었다.

"우리가 귀관을 처벌할 수 없다고 한 얘기는 무슨 뜻에서 한 소리인가?" 그가 느릿느릿한 말투로 물었다.

"언제 말입니까, 대령님?"

"질문은 내가 하고 있어. 귀관은 대답을 해야지."

"알겠습니다, 대령님. 전⋯⋯."

"귀관은 귀관에게 질문하게 하고 내가 대답하려고 우리가 귀관을 이리로 데려온 줄 아나?"

"아닙니다, 대령님. 전……."

"귀관을 왜 우리가 이곳에 출두시켰나?"

"질문에 대답하라고요."

"말 한번 잘했어." 대령이 소리를 질렀다. "그럼 귀관의 거지 같은 머리통을 내가 부숴 놓기 전에 귀관이 대답을 시작하도록 하지. 이 귀관 새끼, 우리가 귀관을 처벌할 수 없다는 얘기는 무슨 뜻이었지?"

"전 그런 말을 한 적이 없는 것 같습니다, 대령님."

"큰 소리로 말할 수 없겠나? 난 들리지가 않아."

"알겠습니다, 대령님. 전……."

"귀관은 큰 소리로 말할 수 없겠나? 대령님이 얘기를 듣지 못하셨어."

"알겠습니다, 소령님. 전……."

"메트캐프."

"예?"

"그 거지 같은 입 좀 닥치라고 내가 그러지 않았나?"

"알겠습니다, 대령님."

"내가 귀관의 바보 같은 입 좀 닥치라고 하면 귀관의 바보 같은 입 좀 닥치란 말야. 알겠나? 큰 소리로 말하지 않겠어? 난 귀관의 말을 듣지 못했어."

"알겠습니다, 대령님. 전……."

"메트캐프, 내가 밟고 있는 것이 귀관의 발인가?"

"아닙니다, 대령님. 아마 셰이스코프 중위의 발인가 봅니다."

"그건 제 발이 아닌데요." 셰이스코프 중위가 말했다.

"그렇다면 아마 그건 제 발인가 봅니다." 메트캐프 소령이
말했다.

"그럼 그걸 치워."

"알겠습니다, 대령님. 대령님이 먼저 발을 치우셔야 되겠습
니다, 대령님. 그 발이 제 발 위에 있으니까요."

"귀관은 나더러 발을 치우라고 명령하는 건가?"

"아닙니다, 대령님. 아, 아닙니다, 대령님."

"그럼 귀관의 발을 치우고 귀관의 바보 같은 입을 좀 닥쳐.
큰 소리로 얘기해 주겠나? 난 아직도 귀관의 얘기가 들리지
않아."

"그러죠, 대령님. 제가 한 얘기는 대령님이 저를 처벌할 수
없다는 얘기를 하지 않았다는 것입니다."

"도대체 귀관은 무슨 얘기를 하고 있는가?"

"전 대령님의 질문에 대답을 하고 있습니다, 대령님."

"무슨 질문 말야?"

"'이 귀관 새끼, 우리가 귀관을 처벌할 수 없다고 한 얘기는
무슨 뜻에서 한 소리인가?' 말입니다." 속기를 할 줄 아는 상
등병이 기록판을 읽어 주었다.

"좋아." 대령이 말했다. "도대체 자네가 한 말의 뜻이 무엇인
가?"

"전 대령님이 저를 처벌하지 못한다는 얘기를 하지 않았습
니다, 대령님."

"언제 말야?" 대령이 물었다.

"뭐가 언제입니까, 대령님?"

"귀관은 또 질문을 하고 있어."

"죄송합니다, 대령님. 전 대령님의 질문을 이해할 수 없는 것 같습니다."

"언제 귀관은 우리가 자네를 처벌할 수 없다는 얘기를 하지 않았는가? 자넨 내 질문을 알아들을 수가 없단 말인가?"

"그렇습니다, 대령님. 전 이해할 수 없습니다."

"그 얘긴 방금 귀관이 우리에게 했어. 그러니 내 질문에 대답을 하도록 해."

"하지만 어떻게 제가 그것에 대한 대답을 할 수가 있겠습니까?"

"귀관은 또 나한테 질문을 하고 있구면."

"죄송합니다, 대령님. 하지만 전 어떻게 대답을 해야 할지 모르겠습니다. 전 대령님이 절 처벌할 수 없다는 얘기를 한 적이 없으니까요."

"지금 귀관은 귀관이 그 말을 언제 했느냐 하는 얘기를 하고 있어. 난 귀관이 그 얘기를 언제 하지 않았느냐 하는 것을 묻고 있는데."

클레빈저가 심호흡을 했다. "전 대령님이 저를 처벌할 수 없다는 얘기를 항상 하지 않았습니다, 대령님."

"그건 새빨간 거짓말이긴 하지만, 그 얘기가 훨씬 훌륭하구면, 클레빈저. 어젯밤 변소에서 말야, 귀관은 우리가 귀관을 처벌할 수 없다는 얘기를 우리가 싫어하는 또 다른 그 개새끼한테 하지 않았나? 그 자식 이름이 뭐지?"

"요사리안입니다, 대령님." 셰이스코프 중위가 말했다.

"그래, 요사리안이야. 맞았어. 요사리안. 요사리안? 그것이 그 친구 이름이었나? 요사리안? 도대체 무슨 놈의 이름이 요사리안이지?"

셰이스코프 중위는 항상 진리를 알고 있었다. "그건 요사리안의 이름입니다, 대령님." 그가 설명했다.

"그래, 그럴 것 같구면. 귀관은 우리가 귀관을 처벌할 수 없다고 요사리안에게 귓속말을 하지 않았나?"

"아, 아닙니다, 대령님. 전 대령님이 제가 유죄라는 사실을 밝힐 수가 없다고 그에게 귓속말을 했는데……."

"내가 바보인지 모르겠지만, 난 그 차이점을 구별할 수가 없어." 대령이 말했다. "그 차이점을 판단할 수 없는 것을 보니 난 상당히 바보인 모양이야."

"우……."

"귀관은 겁이 많은 녀석이구면, 안 그런가? 귀관더러 자세히 밝히라고 얘기한 사람도 없는데 귀관은 나한테 자세한 설명을 하고 있어. 난 발언을 했지, 설명을 요구하지는 않았어. 귀관은 겁이 많은 녀석이야, 안 그런가?"

"아닙니다, 대령님."

"아닙니다, 대령님이라니? 그럼 귀관은 나를 거짓말쟁이라고 하는 건가?"

"아, 아닙니다, 대령님."

"그럼 귀관은 겁이 많은 녀석이야, 안 그런가?"

"아닙니다, 대령님."

"귀관은 나에게 싸움을 걸어 오는 건가?"

“아닙니다, 대령님.”

“자넨 겁이 많은 녀석인가?”

“아닙니다, 대령님.”

“염병할, 귀관은 나에게 싸움을 걸어 오고 있어. 어떤 일이 있더라도 난 이 커다랗고 거지 같은 책상을 뛰어 넘어가서 귀관의 형편없고 비겁한 몸에서 사지를 갈기갈기 찢어버리겠어.”

“그러십쇼! 그러십쇼!” 메트캐프 소령이 소리쳤다.

“메트캐프, 이 더러운 새끼. 귀관의 더럽고, 비겁하고, 바보 같은 입 좀 닥치라고 내가 그러지 않았나?”

“그랬습니다, 대령님. 죄송합니다, 대령님.”

“그렇다면 그대로 해 보지 그래.”

“전 배우려고 노력했을 따름입니다, 대령님. 사람이 배울 수 있는 길은 노력을 통해서뿐이니까요, 대령님.”

“누가 그래?”

“누구나 다 그러죠. 셰이스코프 중위까지도 그럽니다.”

“자넨 그렇게 생각하나?”

“그렇습니다, 대령님.” 셰이스코프 중위가 말했다. “하지만 누구나 다 그런 말을 합니다.”

“그렇다면 메트캐프, 자네 그 바보 같은 입을 좀 닥치면 뭔가 배울 것이 있을 텐데. 그런데 우린 지금 무슨 얘기를 하던 참이었지? 마지막 말을 다시 읽어 주게.”

“‘마지막 말을 다시 읽어 주게.’” 속기를 할 줄 아는 상등병이 다시 읽었다.

“내가 한 마지막 말 말고, 이 병신아!” 대령이 소리쳤다. “다른 사람의 얘기 말야."

"마지막 말을 다시 읽어 주게.'" 상등병이 다시 읽었다.

"그것도 내가 한 말 아냐!" 화가 나서 얼굴이 붉으락푸르락 해진 대령이 소리쳤다.

"아, 아닙니다, 대령님." 상등병이 말을 바로잡았다. "그건 제가 마지막으로 한 말입니다. 제가 조금 전에 그걸 읽어 드렸죠. 기억이 안 나십니까, 대령님? 조금 아까였는데요."

"이런, 세상에! 저 친구가 한 말을 읽어 달란 말야, 병신아. 이봐, 도대체 귀관 이름은 뭐야?"

"포핀제이입니다, 대령님."

"좋아, 다음은 자네 차례야, 포핀제이. 이 재판이 끝나기만 하면, 자네 재판이 시작되는 거야. 알겠어?"

"알겠습니다, 대령님. 전 무슨 죄목으로 재판을 받나요?"

"그게 무슨 상관이야? 저 친구가 나한테 묻는 얘기 들었나? 귀관은 각오를 해야 할 거야. 클레빈저 건만 끝나면, 자네도 뭔가 혼이 날 일이 생길 테니까. 클레빈저 후보생, 귀관은 뭐라고…… 자넨 클레빈저 후보생이고, 포핀제이가 아니겠지, 안 그런가?"

"맞습니다, 대령님."

"좋아, 그럼 뭐라고……."

"전 포핀제이입니다, 대령님."

"포핀제이, 귀관의 부친은 백만장자이거나 상원 의원인가?"

"아닙니다, 대령님."

"그렇다면 귀관은 똥구덩이 신세야, 포핀제이. 귀관의 아버지는 장군이거나 행정부의 고위층 관리는 아니겠지?"

"아닙니다, 대령님."

"좋았어. 귀관의 아버지는 뭘 하는 분이지?"

"돌아가셨습니다, 대령님."

"그거 아주 잘되었군. 자넨 정말 곤란하게 되었어, 포핀제이.
포핀제이가 진짜 귀관의 이름인가? 도대체 무슨 놈의 이름이
그 꼴이지? 그 이름은 마음에 안 들어."

"그건 포핀제이의 이름입니다, 대령님." 셰이스코프 중위가
설명했다.

"어쨌든 난 그것이 마음에 들지 않아, 포핀제이. 그리고 난
귀관의 더럽고 비겁한 몸에서 사지를 갈기갈기 찢어 버리고
싶어. 클레빈저 후보생, 귀관이 어젯밤 변소에서 요사리안에
게 귓속말로 했거나 또는 하지 않았던 얘기가 도대체 무엇인
지, 다시 해 보지 않겠나?"

"그러죠, 대령님. 전 제가 유죄임을 대령님이 밝힐 수가 없
다고……."

"거기서부터 시작하기로 하지. 귀관이 유죄임을 밝힐 수가
없다고 한 얘기는 정확히 무슨 뜻이었나, 클레빈저 후보생?"

"전 대령님이 제가 유죄임을 밝힐 수가 없다는 얘기를 하지
않았습니다, 대령님."

"언제?"

"뭐가 언제입니까, 대령님?"

"염병할, 또다시 날 닦아세울 셈인가?"

"아닙니다, 대령님. 죄송합니다, 대령님."

"그렇다면 질문에 대답을 하게. 우리가 자네의 죄를 밝힐 수 없다는 얘기를 하지 않은 것이 언제인가?"

"어젯밤 늦게 변소에서였습니다, 대령님."

"그 말을 하지 않은 것은 그때뿐이었나?"

"아닙니다, 대령님. 제가 유죄임을 대령님이 밝힐 수 없다는 얘기를 전 항상 안 했습니다, 대령님. 제가 했던 얘기는 요사리안이……"

"자네가 요사리안에게 한 얘기를 물어본 사람은 없어. 자네가 그 친구한테 무슨 얘기를 하지 않았느냐를 물었단 말야. 자네가 요사리안에게 한 얘기에 대해서는 우린 아무런 흥미도 없어. 그건 분명히 알겠지?"

"알겠습니다, 대령님."

"그렇다면 얘기를 계속하지. 귀관은 요사리안에게 무슨 얘기를 했지?"

"제가 한 얘기는 말입니다, 대령님. 제가 고발을 당한 죄를 대령님이 밝힐 수가 없을 것이며, 그러면서도 그것을 준수하려면……"

"뭘 준수한단 말야? 우물우물하지 마."

"우물우물하지 마."

"알겠습니다, 소령님."

"그리고 우물우물할 때는 존칭도 우물우물해야지."

"메트캐프, 이 새끼!"

"알겠습니다, 대령님." 클레빈저가 우물우물했다. "정의 말입니다, 대령님. 대령님이 밝힐 수 없는 것은……"

"정의?" 대령이 놀랐다. "정의가 뭐야?"

"정의요, 대령님……."

"정의란 그런 것이 아냐." 대령이 코웃음을 치면서 다시 그의 크고 통통한 주먹으로 책상을 치기 시작했다. "그건 칼 마르크스의 정의겠지. 정의가 무엇인지 내가 귀관에게 얘기해 주겠어. 정의란 정식으로 하면 밑에 깔려 자신이 없으니까 경고 한마디 없이 한밤중에 어둠 속에서 무릎으로 사타구니를 찍어 올리고 칼로 턱을 내려찍는 그런 거야. 목을 따는 거 말이지. 우리가 빌리 페트롤과 싸울 만큼 강하고 질겨지려면 그런 정의가 필요해. 맥을 못 쓰게 말야. 알겠나?"

"아뇨, 대령님."

"약 올리지 마!"

"알겠습니다, 대령님."

"그리고 알지 못하겠을 때에는 경칭을 붙여." 메트캐프 소령이 명령했다.

물론 클레빈저는 유죄였고, 그렇지 않았더라면 그는 고발을 당하지 않았을 것이며, 유죄임을 밝히는 방법이란 그것을 증명하는 길이었으며, 그 일은 그들의 애국적인 임무였다. 그는 처벌로 쉰일곱 차례의 행군을 하라는 판결을 받았다. 포핀제이는 버릇을 고치라는 뜻에서 감금되었고, 메트캐프 소령은 시체를 묻으라고 솔로몬 군도로 파견되었다. 클레빈저가 벌을 받느라고 한 행군이란 어깨에 장전하지 않은 소총을 1톤만큼 메고 헌병 사령관 건물 앞에서 주말에 오십 분 동안 오락가락하는 것이었다.

이 모든 일이 클레빈저에게는 알쏭달쏭했다. 많은 이상한 사건들이 벌어지고 있었지만, 클레빈저에게는 징계 위원회 임원들의 증오가 가장 이상했는데, 그것은 꺼지지 않는 숯불처럼 악랄하게 그들의 가늘게 뜬 눈에서 타올랐으며, 딱딱하게 굳고 악의에 찬 표면에 드러난 용서할 줄 모르는 표정에 담긴 잔인하고, 숨김없고, 냉혹한 증오였다. 클레빈저는 그것을 깨닫고 어안이 벙벙했다. 그들은 가능하다면 그에게 린치를 가했을 것이다. 그들 세 사람은 어른들이었고 그는 소년이었으며, 그들은 그를 미워했고, 그곳에 있는 동안에도 그를 미워했으며, 그들이 서로 헤어져서 제각기 그들의 고적함으로 되돌아간 다음에는 그에 대한 그들의 증오를 소중한 보물처럼 악착같이 가지고 가 버렸다.

요사리안은 전날 밤에 그에게 경고하려고 갖은 수단을 다 부렸다. "넌 꼼짝없이 당하는 거야." 그는 음울하게 그에게 말했다. "그 친구들은 유대인을 미워하니까."

"하지만 난 유대인이 아냐." 클레빈저가 대답했다.[32]

"그래도 마찬가지야." 요사리안이 예언했고, 그의 말이 옳았다. "그 친구들은 누구나 다 잡아먹으려고 하니까."

클레빈저는 눈이 부신 빛에서 뒷걸음치듯 그들의 증오에서 뒷걸음질을 쳤다. 그를 미워하는 이 세 남자는 그와 똑같은 언어를 썼고, 그와 똑같은 제복을 입었지만, 그는 사랑이 결핍된 잔혹하고 추악하고 깊은 주름이 영원히 잡힌 그들의 얼굴

---

32) 키신저처럼 유대인의 이름은 '저(ger)'로 끝나는 것이 많다.

을 볼 수 있었다. 이 세상의 그 어느 곳에서도, 파시스트의 모든 전차나 비행기나 잠수함 속에서도, 기관총이나 박격포나 불을 뿜는 화염 방사기의 뒤에 있는 참호 속에서도, 심지어는 정예 부대인 헤르만 괴링 대공 포화 부대의 숙달된 사수들이나, 또는 뮌헨과 모든 곳의 모든 맥주홀의 무시무시한 공모자들 사이에서조차 그를 그들보다 더 미워하는 자가 없으리라는 사실을 그는 당장 깨달았다.

9

메이저 메이저 메이저 메이저

메이저 메이저 메이저 메이저는 처음부터 문제였다.

미니버 치비[33]처럼 그는 너무 늦게 태어났는데, 정확히 서른 여섯 시간이 늦어서, 유순하고 병약한 여인인 그의 어머니는 하루 반 동안 고통을 당하고는 해산의 아픔 속에서 신체적으로 너무나 지쳤기 때문에 새 아이의 이름에 대해 더 이상 신경을 쓰고 따질 수가 없었다. 병원 복도에서 그녀의 남편은 목적의식이 뚜렷한 사람처럼 미소도 짓지 않고 단호하게 앞으로 나아갔다. 메이저 메이저의 아버지는 후리후리하고 깡말랐으며, 묵직한 구두를 신고 검은 모직 양복을 입었다. 그는 조금도 우물쭈물하지 않은 채 출생증명서를 작성하고는 감정을 전혀 내비치지 않으며 작성한 양식을 담당 간호사에게 내주

---

33) 에드윈 알링턴 로빈슨의 시에 등장하는 주인공.

었다. 간호사는 아무런 얘기도 없이 그것을 받아 들고 자리를 떴다. 사라지는 그 여자를 지켜보면서 그는 저 여자가 무슨 속옷을 입었을까 궁리해 보았다.

그가 병동으로 돌아와서 보니, 아내는 건조시킨 시든 채소처럼 쪼글쪼글하고 푸시시하고 창백했고, 힘이 빠진 조직들은 완전히 굳어 버린 상태로 담요 밑에 녹초가 되어 누워 있었다. 그녀의 침대는 병동의 맨 끝, 먼지로 두껍게 덮인 깨진 유리창 근처에 있었다. 하늘에서는 분주하게 비가 쏟아졌고, 날씨는 음산하고 추웠다. 병원의 다른 곳에서는 입술이 시퍼렇고 늙은 백악(白堊) 같은 사람들이 시간을 맞춰 죽어 갔다. 남자는 침대 옆에 우뚝 서서 오랫동안 여자를 내려다보았다.

"아들 이름은 칼렙이라고 지었어." 그는 결국 부드러운 목소리로 그녀에게 알려 주었다. "당신이 바라던 대로 말야." 여자는 아무 대답도 하지 않았고, 남자는 천천히 미소를 지었다. 그의 아내는 잠이 들었고 그의 계획은 모두 완벽했기 때문에, 시골 병원의 초라한 병동에서 침대에 누워 있던 그녀에게 그가 거짓말을 했다는 사실을 절대로 알지 못할 터였다.

이와 같이 누추하게 태어난 그는 무능력한 비행 중대장이 되어서, 근무하는 날이면 대부분의 시간을 피아노사에서 공식 서류에다 워싱턴 어빙의 이름이나 위조하며 보냈다. 메이저 메이저는 발각되지 않도록 왼쪽 손으로 부지런히 위조했고, 그러고도 모자란다는 듯, 바라지도 않았던 그의 권한을 동원해서 타인들로부터 자신을 격려했고, 그리고 어떤 도둑이 한 조각을 잘라 낸 촌스러운 셀룰로이드 창문을 통해서 우연히 들여다볼지도 모르는 사람에게 혹시 들킬지도 모른다는 위험에 대비해서, 가짜 콧수염과 검은 안경으로 위장까지 했다. 그의 출생과 성공을 잇는 두 지점 사이에는 외로움과 좌절감의 음울한 서른한 해가 있었다.

메이저 메이저는 너무 늦게, 그리고 너무 평범하게 태어났다. 어떤 사람들은 평범하게 태어나고, 어떤 사람들은 살아가다 보면 평범해지고, 어떤 사람들은 남들 때문에 하는 수 없이 평범해진다. 메이저 메이저의 경우에는 세 가지가 모두 겹쳤다. 두드러진 점이 전혀 없는 사람들 사이에서도 그는 어쩔 수 없이 나머지 모든 사람들보다도 더욱 두드러진 점이 없는 사람으로 두드러졌으며, 그를 만난 사람들은 그가 너무나 뚜렷한 인상을 주지 못한다는 뚜렷한 인상을 항상 받았다.

메이저 메이저는 애초부터 스트라이크 세 개를 당한 셈이었는데, 그 세 가지는 그의 어머니와 아버지, 그리고 태어난 그 순간부터 역겨울 만큼 그와 닮았던 헨리 폰다였다. 헨리 폰다가 누구일까 궁금해하기 훨씬 전부터 그는 어디를 가거나 자기가 좋지 않은 비유의 대상이 되고 있음을 깨달았다. 전혀 낯선 사람들까지도 서슴지 않고 그를 가엾어 했고, 그 결과로 메이저 메이저는 일찍이 사람들에 대한 죄의식과 두려움을, 그리고 자기는 헨리 폰다가 아니라는 사실에 대해 사회에 사과하고 싶어서 남의 비위를 맞추려는 충동을 느꼈다. 헨리 폰다를 닮은 모습으로 평생을 보내기란 그에게는 쉬운 일이 아니었지만, 그래도 농담을 좋아하는 가냘픈 남자인 아버지에게서 인내심을 이어받은 덕택에 그는 포기할 생각은 한 번도 해 보지 않았다.

　메이저 메이저의 아버지는 건실하고 하느님을 섬기는 남자였는데, 자기의 나이를 속여 먹고는 좋아하는 그런 사람이었다. 그는 팔다리가 길고, 농사를 짓고, 하느님을 섬기고, 자유를 사랑하고, 법을 준수하는, 끈기 있는 개인주의자였으며, 연방 정부의 원조를 농부가 아닌 어느 누구에게라도 준다면 그것은 소름 끼칠 사회주의라고 주장했다. 그는 근면과 힘든 일을 지지했으며, 그를 거절했던 타락한 여자들을 못마땅해했다. 그는 자주개자리[34]가 전문이었는데, 그것을 전혀 재배하지 않기 때문에 득을 보았다. 정부는 그가 기르지 않은 자주개자리의 양에 비례해서 후한 보수를 주었다. 더 많은 자주개자리를 안 기르면 안 기를수록 정부는 그에게 더 많은 돈을 주었고, 그는 벌지 않은 돈을 한 푼도 남김없이 새 땅에 투자해서 그가 재배하지 않은 자주개자리의 양을 늘려 나갔다. 메이저 메이저의 아버지는 자주개자리를 재배하지 않기 위해서 쉬지 않고 일했다. 긴 겨울밤이면 그는 집안에 들어앉아 마구를 손질하지 않았고, 날마다 정오가 다 되어서야 침대에서 벌떡 일어나서는 잡일들을 꼭 끝내지 않았다. 그는 현명하게 땅에다 투자했고, 곧 그는 전국에서 어떤 사람 못지않게 많은 자주개자리를 재배하지 않게 되었다. 그가 돈을 많이 벌었으니까 틀림없이 현명한 사람이라고 생각한 이웃들은 온갖 문제를 그에게 의논하러 왔다. "그대가 씨를 뿌린 만큼 그대는 거두어들일

---

34) 가축에게 먹일 건초를 만드는 데 쓰이는 식물. 알팔파.

것이오."라고 그는 이 사람 저 사람 모두에게 충고했으며, 모두들 "아멘."이라고 말했다.

메이저 메이저의 아버지는, 다른 어느 누구도 원하지 않았지만 생산된 모든 자주개자리와, 또는 전혀 자주개자리를 생산하지 않은 데 대해서 타 낼 수 있는 대로 많은 돈을 농부들에게 지불하려는 정부의 성스러운 의무에 방해가 되지 않는 한도 내에서만 정부의 경제를 열렬히 옹호하는 사람이었다. 그는 자존심과 독립심이 강한 남자였고, 실직 보험을 반대했으며, 누구에게서든지 될 수 있는 대로 많이 짜내기 위해서 울부짖고, 흐느끼고, 감언이설로 속이기를 주저했던 적이 결코 없었다.

"하느님께서는 우리 착한 농부들에게 튼튼한 두 손을 내려 주셨으니, 우린 두 손으로 될 수 있는 대로 많은 것들을 긁어 모아야 합니다." 그는 재판소 층계나 에이 앤드 피(A&P)[35] 앞에서 열을 올려 설교했고, 그러다 보면 그가 기다리던 성미가 고약한 젊은 회계원이 껌을 씹으며 밖으로 나와 그를 째려보곤 했다. "만일 우리가 가져갈 수 있는 만큼 무엇이나 다 집어 가기를 하느님께서 바라지 않으셨더라면, 그것을 집어 가라고 이렇게 두 손을 우리에게 내려 주시지 않았을 것입니다." 그는 설교했다. 그리고 다른 사람들이 중얼거렸다. "아멘."

메이저 메이저의 아버지는 칼뱅주의자처럼 숙명론을 믿었으며, 자기만 빼고 모든 사람들의 불운은 다 신의 뜻을 나타

---

35) 슈퍼마켓 체인의 이름.

낸다는 사실을 분명히 깨닫고 있었다. 그는 담배를 피우고 위스키를 마셨으며, 훌륭한 재치나 자극을 주는 지적인 대화를 무척 즐겼는데, 특히 그의 나이를 속이거나, 하느님과 메이저 메이저를 낳느라고 그의 아내가 겪었던 고생에 대한 멋진 얘기를 할 때면 스스로 자신의 지성에 대해서 감탄했다. 하느님과 그의 아내가 겪었던 고생에 대한 멋진 얘기란 하느님께서 온 세상을 창조하시는 데에는 겨우 엿새밖에 걸리지 않았지만 그의 아내는 메이저 메이저를 생산하느라고 꼬박 하루하고도 한나절의 진통을 겪어야 했다는 내용이었다. 조금 모자라는 사람이었더라면 그날 병원 복도에서 주저했을 터이며, 마음이 약한 사람이었더라면 드럼(Drum) 메이저[36]나, 마이너(Minor) 메이저나, 서전트(Sergeant) 메이저[37] 또는 시 샤프(C#) 메이저[38] 따위의 훌륭한 대용품 정도로 양보했을지도 모를 일이지만, 메이저 메이저의 아버지는 이런 기회를 십사 년 동안이나 기다려 왔고, 그것을 낭비할 사람이 아니었다. 메이저 메이저의 아버지는 기회에 관한 멋진 농담도 알고 있었다. "기회란 이 세상에서 단 한 번만 문을 두드리지." 메이저 메이저의 아버지는 이 훌륭한 농담을 기회가 있을 때마다 꼭 되풀이했다.

역겨울 정도로 헨리 폰다와 닮은 모습을 타고났다는 사실

---

36) 악대장 또는 고수장을 뜻하는데, 성이 메이저인 아들에게 장난 삼아 붙여 주려던 이름.
37) 특무 상사.
38) 올림다장조.

은 즐거움이 없는 그의 한평생 동안 줄곧 메이저 메이저를 불행한 제물로 삼게 될 운명의 장난들이 엮어 낸 기나긴 시리즈에서 그 첫째였다. 메이저 메이저 메이저라는 이름으로 태어났음이 그 둘째였다. 그가 메이저 메이저 메이저라는 이름으로 태어났다는 사실은 그의 아버지만이 알고 있던 비밀이었다. 메이저 메이저가 유치원에 들어갈 때가 되어서야 그의 진짜 이름이 밝혀졌으며, 그 결과는 엄청난 재난이었다. 그 소식을 들은 어머니는 살고자 하는 의욕을 상실하고 시름시름 앓다가 결국 목숨을 잃었는데, 마침 피치 못할 경우 에이 앤드 피의 성미가 고약한 여자와 결혼할 수밖에 없으리라고 결심했으며, 그러려면 돈을 좀 주거나 두들겨 패지 않고는 아내를 쫓아 버릴 가능성이 별로 없었던 아버지에게는 그녀의 죽음이 억울할 까닭도 없었다.

메이저 메이저 자신에게는 그 결과의 심각함이 어머니보다 약간만 덜할 뿐이었다. 그가 항상 믿어 왔듯이 자기가 칼렙 메이저가 아니라, 그 대신에 자기는 전혀 아는 바가 없는 사람이며 다른 어느 누구도 전혀 들어 보지 못했던, 완전히 낯선 사람인 메이저 메이저 메이저였다는 사실을 그토록 연약한 나이에 깨닫게 되니, 그 사실이 놀랍고 아프기만 했다. 그나마 여태까지 그가 사귀었던 얼마 안 되는 친구들은 그에게서 떨어져 나가 다시는 돌아오지 않았는데, 그들은 모든 낯선 사람들에 대해서, 특히 여러 해 동안 서로 알고 지내던 어떤 사람인 척하며 이미 그들을 속였던 사람에게는 불신을 나타내는 경향이 있었다. 그와 어떤 접촉이라도 하려는 사람이 하나도 없었다. 그는 자꾸만 물건을 떨어뜨리거나 발이 걸려 넘어지곤 했다. 그는 새로 사람을 사귈 때마다 수줍어하고 희망에 부풀었지만, 항상 실망으로 끝났다. 그는 절망적으로 친구가 필요했기 때문에 하나도 구하지 못했다. 그는 점점 자라면서 어정쩡하고, 키가 크고, 이상하고, 정신 나간 소년이 되었으며, 가녀린 눈과 섬세한 입은 조심스럽게 은근히 미소를 지으려다가는 새로 욕을 먹을 때마다 당장 무질서하게 괴로워하는 형태로 무너졌다.

그는 어른들에게 공손했는데 그들은 그를 싫어했다. 그는 어른들이 하라는 일은 무엇이나 다 했다. 그들은 돌다리도 두드려 본 다음에야 건너라고 그에게 말했고, 그래서 그는 건너기 전에 항상 돌다리를 두드려 보았다. 그들은 오늘 할 수 있는 일이라면 절대로 내일까지 미루지 말라고 그에게 말했고, 그래서 그는 어떤 일도 뒤로 미룬 적이 없었다. 그는 아버지와 어머니를 공경하라는 가르침을 받았고, 그래서 아버지와 어머니를 공경했다. 군대에 들어올 때까지 그는 살인을 하지 말라는 가르침을 받았고, 그는 살인을 하지 않았다. 다음에 그는 살인하라는 말을 듣고 살인을 했다. 그는 항상 기회만 있으면 다른 쪽 뺨을 내밀었고, 남들이 그에게 해 주기를 바라는 일을 그대로 남들에게 베풀어 주었다. 그가 선행을 할 때면 그의 오른쪽 손이 하는 일을 왼쪽 손이 절대로 알지 못했다. 그는 하느님 아버지의 이름을 헛되게 하거나, 간음을 하거나, 이웃의 엉덩이를 탐했던 적이 단 한 번도 없었다. 정말로 그는 이웃을 사랑했으며, 이웃에 대해 절대로 불리한 얘기를 입에 담지 않았다. 메이저 메이저의 손윗사람들은 그가 그토록 악착같이 줏대가 없었기 때문에 그를 미워했다.

잘할 만한 것이 따로 없었기에, 그는 공부를 열심히 했다. 주립 대학교에서 그가 어찌나 진지하게 공부에 매달렸던지, 동성연애자들은 그를 공산주의자라고, 그리고 공산주의자들은 그를 동성연애자라고 의심했다. 그는 영국 역사를 전공했는데, 그것은 실수였다.

"영국 역사라니!" 그가 살고 있는 주(州)의 출신인 은발의 고참 상원 의원이 화가 나서 고함쳤다. "미국 역사가 뭐가 어때서? 미국 역사는 세계 어느 나라의 역사에 못지않단 말야!"

메이저 메이저는 당장, 그러나 연방 수사국에서 그에 대한 신원 조사를 시작한 다음에야 미국 문학으로 전공을 바꾸었다. 메이저 메이저가 집이라고 불렀던 외딴 농가에는 여섯 사람과 스코틀랜드산(産) 테리어가 같이 기거했는데, 알고 보니 그들 가운데 다섯 사람과 테리어 한 마리는 연방 수사국의 첩자들이었다. 곧 그들은 메이저 메이저를 마음대로 처분할 수 있을 만큼 그에게 불리한 정보를 잔뜩 수집했다. 그러나 그들이 그를 처분할 수 있는 방법이라고는 그를 사병으로 육군에 입대시켰다가 나흘 후 소령으로 승진시키는 것뿐이어서, 결국 머리를 써야 할 일이 따로 없었던 하원 의원들이 수도 워싱턴의 길거리를 오르락내리락하면서 이런 구호만 외치게 만들었을 뿐이었다. "메이저 메이저는 누가 승진시켰는가? 메이저 메이저는 누가 승진시켰는가?"

사실은 그의 아버지만큼이나 농담의 즐거움을 밝히는 어

떤 IBM 기계가 메이저 메이저를 승진시켰다.[39] 전쟁이 터졌을 때에도 그는 여전히 얌전하고 고분고분했다. 입대하라는 명령을 받자 그는 입대했다. 공군 후보생 훈련에 응모하라는 명령을 받고 그는 공군 후보생 훈련에 응모했으며, 바로 그다음 날 새벽 3시에 그는 얼음처럼 차가운 진흙 구덩이에 맨발로 서서, 거칠고 호전적인 남서부 출신 병장이 그곳에 모인 사람들에게 이 부대의 어느 누구에게도 자기가 맛을 보여 줄 수 있으며, 당장이라도 그 사실을 증명하겠다고 큰소리치는 얘기를 듣게 되었다. 그의 비행 중대 소속인 모든 장정은 바로 몇 분 전에, 병장이 보낸 상등병들이 거칠게 흔들어 깨워 행정실 앞에 집합하라는 명령을 전해 들었다. 메이저 메이저는 아직도 제정신이 아니었다. 그들은 사흘 전에 육군으로 입대할 때 입고 들어온 사복을 그대로 입은 채로 열을 지었다. 어물어물하면서 구두와 양말을 신고 나온 자들은 춥고, 축축하고, 어두운 막사로 다시 쫓겨 가 그것들을 벗었고, 그들이 모두 진흙에 맨발로 서자 병장은 차가운 눈으로 그들의 얼굴을 훑어보고는 이 부대의 어떤 놈이라도 덤빌 테면 덤벼 보라고 말했다. 그에게 대들려는 사람은 아무도 없었다.

다음 날 메이저 메이저가 갑작스레 소령으로 승진되자, 도전적인 병장은 이제 자기가 이 부대에서 누구나 다 휘어잡을 수 있다는 자랑을 하지 못하게 되어서 깊고 깊은 참담함에 빠졌다. 그는 풀이 죽은 심복 상등병들로 이루어진 정예 호위병

---

39) 메이저는 '소령'이라는 뜻.

들이 밖에서 보초를 서는 동안, 손님은 하나도 받지 않고 사도 바울처럼 막사 안에서 몇 시간 동안이나 생각에 잠겼다. 새벽 3시에 그는 드디어 해결 방법을 찾았고, 메이저 메이저와 다른 장정들은 다시 흔들어 대는 통에 잠이 깨어 행정실 앞에서 촉촉이 내리며 얼어붙는 빗발 속에 집합하라는 명령을 받았으며, 그곳에 가 보니 병장이 뻐딱하게 주먹을 쥔 채 뒷짐을 쥐고 서서는 그들이 도착하기를 애타게 기다렸다는 듯이 서둘러 말했다.

그는 전날 밤처럼 거칠고 또렷또렷한 말로 으스댔다. "나하고 메이저 메이저는 이 부대의 어떤 놈이라도 때려눕힐 수 있어."

같은 날 나중에, 기지의 장교들은 메이저 메이저 문제를 놓고 행동을 취했다. 그들이 메이저 메이저 같은 소령에게 어떻게 대처할 수 있단 말인가? 개인적으로 그를 무시해 버린다면 그것은 곧 계급이 그와 같거나 그보다 낮은 모든 다른 장교들을 모욕하는 것이나 마찬가지였다. 그렇다고 그를 예절 바르게 대접한다는 일은 상상도 못 할 노릇이었다. 다행히도 메이저 메이저는 공군 후보생 훈련을 받겠다고 신청했다. 오후 늦게, 그의 전출 명령이 등사실로 전해졌고, 새벽 3시에 다시 마구 흔드는 통에 잠이 깬 메이저 메이저는 어서 가라는 병장의 재촉을 받고는 서쪽으로 향하는 비행기에 몸을 실었다.

발가락에 진흙이 더덕더덕 붙은 맨발로 메이저 메이저가 캘리포니아에서 신고를 하자, 셰이스코프 소위의 얼굴은 종잇장처럼 창백해졌다. 메이저 메이저는 진흙 구덩이에 맨발로 집합하라고 다시 거칠게 흔들어 깨우는구나 싶었기 때문에 구두와 양말을 당연히 막사에 남겨 두고 왔던 것이다. 셰이스코프 소위에게 전입 신고를 할 때 그가 입고 있던 사복은 구겨졌고 더러웠다. 그때까지만 해도 아직 열병식으로 명성을 날리기 전이었던 셰이스코프 소위는 다음 일요일에 그의 비행 중대에서 맨발로 행진할 메이저 메이저를 상상하고는 몸을 부르르 요란하게 떨었다.

다시 말을 할 수 있을 만큼 정신을 차린 그는 중얼거렸다. "어서 병원으로 가서 몸이 아프다고 하십쇼. 군복 수당이 나오고 옷을 살 돈이 생길 때까지 그곳에 계세요. 그리고 구두도요, 구두도 사야죠."

"알겠습니다, 소위님."

"저더러 '님'이라고 하실 필요는 없을 것 같습니다, 소령님." 셰이스코프 소위가 지적했다. "저보다 계급이 높으시니까요."

"알겠습니다, 소위님. 계급은 제가 높을지 모르지만, 소위님, 그래도 당신은 제 지휘관이니까요."

"그렇습니다, 소령님. 그 말이 맞습니다." 셰이스코프 소위가 동의했다. "당신이 저보다 계급이 높을지는 모릅니다만, 소령님, 그래도 전 여전히 당신의 지휘관입니다. 그러니까 제가 시키는 대로 잘하셔야죠, 소령님. 그러지 않았다가는 혼이 나실 겁니다. 어서 병원으로 가셔서 아프다고 하십쇼. 군복 수당이 나오고 군복을 살 돈이 마련될 때까지 그곳에 계십시오."

"알겠습니다, 소위님."

"그리고 구두도 사십쇼, 소령님. 될 수 있는 대로 빨리 구두를 사도록 하세요, 소령님."

"알겠습니다, 소위님. 그렇게 하겠습니다, 소위님."

"고맙습니다, 소령님."

메이저 메이저에게는 후보생 학교에서의 생활이 여태껏 그 어느 때의 생활과 조금도 다를 바가 없었다. 그가 어울리기만 하면 어떤 사람이라도 그가 다른 사람과 같이 있기를 바랐다. 그의 교관들은 어떤 과정에서나 그를 빨리 밀어내어 처분해 버리려고 그에게 특별 대우를 했다. 눈 깜짝할 사이에 그는 조종사 휘장을 받고 해외로 나갔으며, 그랬더니 사태가 갑자기 좋아지기 시작했다. 메이저 메이저는 남들과 어울리고 흡수되고 싶은 유일한 꿈을 항상 품고 있었는데 드디어 피아노사에서, 일시적이나마, 그는 흡수되었다. 전투지에서는 사람들이 계급을 별로 의미 없이 여겼고, 장교와 사병들의 관계는 자유스럽고 격식이 필요 없었다. 그가 이름을 모르는 사람들까지도 그에게 "안녕하쇼!" 하고 아는 체했고 같이 수영이나 농구를 하러 가자고 청하곤 했다. 그의 전성기는 아무도 이기고 싶은 생각이 전혀 없는 농구 경기를 하면서 하루 종일 시간을 보내던 때였다. 득점수는 전혀 따지지도 않았고, 선수는 한 명에서 서른다섯 명까지 제멋대로였다. 메이저 메이저는 전에 농구나 어떤 경기도 해 본 적이 없었지만, 그의 천성적인 멍청함과 경험 부족은 출렁거릴 만큼 무척이나 큰 키와 미친 듯한 열성이 해결해 주었다. 메이저 메이저는 하마터면 그의 친구들이 될 뻔했던 장교나 사병들과 함께 지내던, 한쪽이 기울어진 농구장에서 참된 행복을 찾았다. 이긴 쪽이 없으니 진 쪽도 없었고, 메이저 메이저는 덜루스 소령이 죽은 다음에 캐스카트 대령이 지프를 타고 요란하게 나타나서 그가 다시는 그 곳에서 농구를 즐기는 기쁨을 불가능하게 만들었던 바로 그 마지막 순간까지 낄낄거리며 실컷 놀았다.

"자넨 신임 비행 중대장이 되었어." 캐스카트 대령은 철도 배수로 너머로 거칠게 그에게 소리쳤다. "하지만 그건 별것 아니니까 별것이라고 생각하지 마. 그건 자네가 새로 비행 중대장이 되었다는 것 이외에는 아무 의미도 없으니까."

캐스카트 대령은 메이저 메이저에 대해서 오랫동안 깊은 앙심을 품고 있었다. 그의 휘하에 남아돌아가는 소령이 하나 있다는 사실은 짜임새가 없는 조직을 뜻했으니, 캐스카트 대령이 틀림없이 그의 경쟁자이며 적들이라고 생각한 제27 공군 본부 사람들에게 공격 대상을 제공하는 셈이었다. 캐스카트 대령은 덜루스 소령의 죽음 같은 어떤 행운이 찾아오기를 빌고 있던 참이었다. 그는 여분의 소령이 하나 있어서 속을 끓였는데, 이제 그 소령을 쓸 곳이 생겼던 것이다. 그는 메이저 메이저를 비행 중대장에 임명하고는 왔을 때와 마찬가지로 갑작스럽게 지프를 요란히 몰고 가 버렸다.

그것은 메이저 메이저에게는 즐거움의 종말이었다. 어쩔 줄을 모르던 그의 얼굴이 붉어졌으며, 그는 마치 비를 몰고 오는 구름이 머리 위에 다시 뒤덮이기라도 하는 듯, 믿을 수 없다는 듯, 그 자리에 뿌리가 박힌 듯 굳어 버렸다. 같은 편으로 알았던 사람들을 향해 돌아선 그는 갈피를 잡을 수 없는 증오와 무뚝뚝함으로 가득 차고, 무엇인가 깊은 생각에 잠기고, 신기해하는 얼굴들이 절벽처럼 앞을 가로막고 있는 것을 보았다.

그는 창피해서 어찌할 바를 몰랐다. 경기가 다시 시작되었지만 조금도 재미가 없었다. 그가 공을 몰고 가면 그를 막으려는 사람이 아무도 없었고, 공을 던져 달라고 하면 공을 가진 사람은 너도나도 누구나 다 패스를 해 주었고, 그가 골인을 시키지 못하면 그 공을 되받으려고 뛰어가는 사람도 없었다. 그의 귀에 들리는 소리라고는 자신의 목소리뿐이었다. 다음 날도 마찬가지였고, 그다음 날이 되자 그는 나타나지도 않았다.

미리 약속이라도 한 듯이 비행 중대의 모든 사람들은 그가 있는 자리에서는 입을 열지 않고 노려보기만 했다. 어디를 가더라도 그는 경멸과 시기와 의심과 불평과 악의에 찬 빈정거림의 대상이 된 자신을 의식하고는 눈을 내리깔고 뺨을 붉히며 살아갔다. 전에는 그가 헨리 폰다와 닮았음을 거의 인식하지 못했던 사람들이 이제는 줄곧 그 얘기만 했으며, 메이저 메이저가 비행 중대장으로 승진한 까닭이 헨리 폰다와 닮았기 때문이라고 은근히 귀띔하는 사람까지도 있었다. 그 자리를 탐내고 있던 블랙 대위는 메이저 메이저가 진짜로 헨리 폰다였지만, 너무나 겁이 많은 녀석이라 솔직하게 그렇다고 얘기를 못한다고 주장했다.

메이저 메이저는 자꾸만 되풀이되는 재난들 속에서 정신을 못 차리고 허우적거렸다. 타우저 병장은 그에게 물어보지도 않고 그의 소지품들을 덜루스 소령이 혼자 쓰던 널찍한 트레일러로 옮겼으며, 메이저 메이저가 자기 물건들이 도난당했다는 신고를 하려고 중대 사무실로 숨을 헐떡이며 뛰어 들어가자 젊은 상병이 벌떡 일어서며 "차렷!" 하고 고함을 지르는 통에 혼비백산했다. 어떤 높은 사람이 그의 뒤를 따라 들어왔나 보다 생각하면서 그는 중대 사무실의 다른 모든 사람들과 함께 즉시 차려 자세를 취했다. 얼어붙은 듯한 침묵 속에서 몇 분이 흘러갔고, 이십 분 후 메이저 메이저에게 축하를 하려고 비행 대대에서 댄비 소령이 찾아와 그들에게 "쉬어."라는 말을 하지 않았더라면 그들은 모두 마지막 심판의 날까지 차려 자세로 서 있었으리라.

메이저 메이저는 식당에서 더욱 한심하게 지냈으니, 그곳에 가면 미소를 잔뜩 지으며 문간에서 기다리고 있던 마일로가 수를 놓은 식탁보와 분홍빛 유리 꽃병에 담은 꽃다발로 장식해서 앞쪽에 마련한 식탁으로 그를 안내했다. 메이저 메이저는 겁에 질려 우물쭈물했지만, 남들이 모두 지켜보고 있는 동안에 저항할 만큼 용감하지는 못했다. 하버마이어까지도 머리를 접시에서 들고 묵직한 턱을 축 늘어뜨리며 입을 벌리고는 그를 쳐다보았다. 메이저 메이저는 마일로가 이끄는 손길을 얌전히 따라가서는 식사가 다 끝날 때까지 그의 전용 식탁에서 창피함을 느끼며 몸을 도사렸다. 음식은 입 안에서 잿가루같이 깔깔하게 느껴졌지만 그는 그것을 준비하느라고 일한 사람들 가운데 한 명이라도 비위를 상하게 할까 두려워 모두 꿀꺽꿀꺽 삼켰다. 나중에 마일로와 단둘이 남게 되자 메이저 메이저는 처음으로 항의하고 싶은 충동을 느끼고는 앞으로도 다른 장교들과 함께 식사를 하는 편이 좋겠다고 말했다. 그래 봐야 소용이 없으리라고 마일로가 일러 주었다.

"소용이 있어야 할 일은 또 뭐가 있다고 그러나." 메이저 메이저가 따졌다. "전에는 아무 일도 없었는데."

"전에는 비행 중대장이었던 적이 없으셨으니까 그렇죠."

"딜루스 소령도 비행 중대장이었고, 그러면서도 항상 다른 사람들과 같은 식탁에 앉아서 같이 식사를 했잖아."

"딜루스 소령님하고는 상황이 다르죠, 소령님."

"딜루스 소령하고 뭐가 다르다는 얘긴가?"

"그건 묻지 말아 주셨으면 하는데요, 소령님." 마일로가 말했다.

"내가 헨리 폰다를 닮았기 때문에 그런가?" 메이저 메이저는 용기를 내어 물었다.

"어떤 사람들은 소령님이 진짜 헨리 폰다라고 말합니다." 마일로가 대답했다.

"하지만 난 헨리 폰다가 아냐." 화가 나서 떨리는 목소리로 메이저 메이저가 소리쳤다. "그리고 난 그 사람과 조금도 비슷하지 않아. 설령 내가 헨리 폰다와 닮았다손 치더라도 그것이 무슨 상관이 있다는 얘긴가?"

"아무 상관도 없습니다. 제가 말씀드리려는 얘기가 그것입니다, 소령님. 소령님은 딜루스 소령님하고는 같지 않다는 것뿐이죠."

그리고 정말로 메이저 메이저는 딜루스 소령하고는 달라서, 다음 식사 때 음식 카운터에서 보통 탁자로 가 다른 사람들과 함께 앉으려고 시도했다가 그들의 얼굴이 드러낸 적개심의 꿰뚫을 수 없는 벽에 부딪혀 중간에서 얼어붙었고, 떨리는 손으로 쟁반을 들고 굳어 버려 꼼짝 않고 서 있다가 마일로가 아무 말도 없이 그를 구원하려고 미끄러져 오자 그의 전용 식탁으로 얌전히 끌려갔다. 결국 메이저 메이저는 포기했고, 언제나 다른 사람들에게 등을 돌리고 혼자 그의 식탁에 앉아서 식사를 했다. 그는 이제 자기가 비행 중대장이 되었기 때문에 그들과 함께 식사를 하기에는 너무 잘난 것 같아서 그들이 자기를 싫어하게 되었다고 믿었다. 메이저 메이저가 있는 동안이면 식당에서는 어떤 대화도 오가는 법이 없었다. 그는 다른 장교들이 자기와 같은 시간에 식사를 하지 않으려고 피한다는 낌새를 눈치 챘고, 그래서 그가 아예 식당에 나타나지도 않고 트레일러에서 식사를 했더니 모두들 안심하는 모양이었다.

메이저 메이저가 공식 서류에다 워싱턴 어빙의 이름을 가짜로 적어 넣기 시작한 것은 첫 번째 범죄 수사대 요원이 나타나 병원에서 그 짓을 하는 자에 대해 심문했을 때 그에게 묘안이 떠올랐던 날부터였다. 그는 그의 새로운 지위가 싫증이 났고 불만이었다. 그는 비행 중대장에 임명되었지만, 공식 서류들에다 워싱턴 어빙의 이름을 가짜로 적어 넣거나 중대 사무실 막사의 뒤쪽에 있는 그의 작은 사무실 창문 밖 땅바닥으로 떨어지며 쨍그렁거리거나 털썩대는 ——드 커벌리 소령의 편자 소리를 듣는 이외에 비행 중대장으로서 자신이 무슨 일을 해야 하는지 도대체 아무런 짐작도 가지 않았다. 메이저 메이저는 그가 수행하지 못한 중대한 임무들이 끈질기게 뒤를 쫓아다니며 그가 책임감에 압도되기를 헛되이 기다리고 있는 듯한 인상을 받았다. 그는 남의 눈초리를 받는 데 익숙하지 못해서, 절대적으로 필요한 일이 있기 전에는 밖으로 나가지 않았다. 가끔 한 번씩 타우저 병장이 무슨 중요한 일 때문에 꼭 만나 보라고 한 어떤 장교나 사병이 그 단조로움을 깨뜨리곤 했지만, 메이저 메이저는 그런 문제를 처리할 수 없었으므로 적절히 알아서 하라고 곧장 타우저 병장에게 되돌려 보내기 일쑤였다. 비행 중대장으로서 그가 해결해야 할 문제들이란 보아하니 그가 전혀 힘을 보태지 않더라도 저절로 해결되는 그런 것들이 분명했다. 그는 점점 더 우울해지고 풀이 죽었다. 때때로 그는 그의 모든 슬픔을 털어놓고 싶어 군목을 보러 갈까 심각하게 생각도 해 보았지만, 군목은 자기 자신의 비탄만으로도 힘에 겨운 듯싶었기 때문에 메이저 메이저는 자기의 고민거리를 섣불리 그에게 보태지 않기로 했다. 더구나 그는 군목이 비행 중대장들의 상담도 담당하는지 그것도 확실히 알 수 없었다.

그는 어떤 먼 곳으로 가서 숙소를 세내거나 외국 노동자들을 납치해 오지 않을 때면 편자 던지기 외에는 따로 급한 일도 없는 ──드 커벌리 소령에 대해서도 확실히 알지 못했다. 메이저 메이저는 땅바닥으로 가볍게 떨어지거나 땅에 세운 작은 강철 막대기를 타고 내려가는 편자에 자주 신경을 잔뜩 곤두세우곤 했다. 그는 몇 시간씩이나 ──드 커벌리 소령을 내다보면서 그토록 엄숙하게 생긴 남자가 그렇게도 할 일이 없을까 싶어 놀랐다. 그는 가끔 ──드 커벌리 소령과 어울릴까 하는 유혹을 느꼈지만, 하루 종일 편자를 던지기란 공식 서류들에다 '메이저 메이저 메이저'라고 서명하는 일에 못지않게 심심할 듯싶었고, ──드 커벌리 소령의 얼굴이 어쩌나 못마땅해하는 표정이었던지 메이저 메이저는 겁이 나서 그에게 접근도 하지 못했다.

메이저 메이저는 ——드 커벌리 소령에 대한 자기의 관계를, 그리고 자기에 대한 ——드 커벌리 소령의 관계에 대해서 궁리를 해 보았다. 그는 ——드 커벌리 소령이 자기의 부관임을 알았지만, 그것이 무슨 뜻인지는 이해하지 못했으며, ——드 커벌리 소령이 그에게 너그러운 상관인지 아니면 건방진 부하인지 분간할 수가 없었다. 그는 자신이 은근히 무서워하는 타우저 병장에게 물어볼 처지도 아니었으며, 물어볼 만한 다른 사람이 아무도 없었고, 그렇다고 해서 ——드 커벌리 소령에게는 더더욱 물어볼 수가 없었다. ——드 커벌리 소령에게 무슨 얘기를 하려고 감히 접근하려는 사람은 거의 없었고, 어떤 장교가 우둔하게도 그의 편자를 하나라도 던졌다가는 바로 그다음 날 거스나 웨스나 심지어는 다네카 군의관까지도 전혀 보지도 듣지도 못했을 정도로 심한 피아노사의 병에 걸리고 말았다. 비록 그 전염 과정을 확실히 아는 사람은 하나도 없었지만, 그 병은 ——드 커벌리 소령이 내린 응징 때문에 걸린 병이라고 모두들 믿었다.

메이저 메이저의 책상으로 오는 공식 서류들은 거의 다 그에게는 전혀 상관이 없는 것들이었다. 그 대부분은 메이저 메이저가 듣거나 본 적이 없는 과거의 통신문들에 대한 언급으로 이루어졌다. 그 지시 사항들은 한결같이 무엇인가를 무시하라는 내용뿐이어서, 옛날 서류들을 찾아볼 필요조차 없었다. 따라서 그는 다른 모든 서류는 신경을 쓰지 말라는 지시가 저마다 담긴 스무 통의 서류를 잠깐 사이의 생산적인 시간에 처리하기도 했다. 본토에 있는 페켐 장군의 사무실로부터 날마다 "우유부단은 시간의 도둑이다."라거나 "청결함은 신성함의 다음가느니라." 따위의 유쾌한 설교 조의 제목을 붙인 장황한 회보가 왔다.

청결함이나 우유부단에 대한 페켐 장군의 통신문들은 메이저 메이저로 하여금 자기가 너저분하고 우유부단한 자라는 기분이 들게 해서, 그는 언제나 그것들을 될 수 있는 대로 빨리 처분해 버렸다. 그가 흥미를 느꼈던 서류들이라고는 피아노사에 전출 온 지 두 시간도 안 되어서 오르비에토로 출격을 나갔다가 죽었으며, 풀다가 만 그의 소지품들이 아직도 요사리안의 막사에 그대로 있다는 어느 불운한 소위에 관한 것이었다. 그 불운한 소위가 중대 사무실이 아니라 작전실에 신고를 했기 때문에, 타우저 병장은 비행 중대에 그가 전입신고를 전혀 하지 않았다고 보고를 해야 가장 안전하다는 단정을 내렸고, 그래서 그와 관계가 있는 서류들은 마치 그가 흔적도 없이 사라져 버리기라도 한 듯이 취급했는데, 어떻게 보면 그는 사실 그렇게 된 셈이었다. 나중에 가서는 그의 사무실로 오는 공식 서류들을 메이저 메이저가 고맙게 여기게 되었는데, 그 까닭은 하루 종일 사무실에 앉아서 그 서류들에다 서명하는 일이 그런 서명조차 하지 않으면서 가만히 사무실에 종일 앉아 있기보다는 훨씬 좋았기 때문이었다. 그 서류들은 그에게 할 일을 마련해 주었다.

당연한 일이었지만, 그가 서명한 서류는 모두, 이틀에서 열

홀이 지난 다음에 그가 또 서명해야 할 새 서류를 첨가한 채 되돌아왔다. 그것들은 지난번에 그가 결재한 서류와 그가 새로 결재해야 할 서류들 사이에, 똑같은 그 공식 서류에 그들의 이름을 서명하는 업무에 종사하는 여러 부서의 다른 모든 장교들이 최근에 서명한 서류들이 끼어 있어서 언제나 전보다 훨씬 두꺼웠다. 메이저 메이저는 간단한 통신문들이 엄청나게 부풀어 가는 과정을 맥이 빠져서 지켜보았다. 그가 어느 서류에 아무리 여러 번 서명을 해도 그것은 여전히 또 서명을 받으러 되돌아왔고, 그는 그 서류들에서 영원히 풀려날 듯싶지 않아 절망하기 시작했다. (범죄 수사대 요원이 첫 번째 찾아온 다음 날인) 어느 날, 메이저 메이저는 기분이 어떨까 하는 생각에 어느 서류에다 자기 이름 대신 워싱턴 어빙이라고 써넣었다. 기분이 괜찮았다. 그는 기분이 어찌나 좋았던지 그날 오후에는 모든 공식 서류에다 똑같은 서명을 했다. 그런 짓을 하면 나중에 엄한 처벌을 받으리라는 사실을 알고 있으면서도 그는 충동적인 장난기와 반항으로 그런 행동을 했다. 다음 날 아침 그는 전율을 느끼며 사무실에 들어가서 무슨 일이 벌어질까 기다렸다. 아무 일도 없었다.

그는 죄를 범했지만 워싱턴 어빙의 이름을 서명한 서류가 하나도 되돌아오지 않아서 기분이 좋았다! 드디어 이제 발전이 이루어졌고, 메이저 메이저는 이 새로운 일에 전심전력을 다해 자신을 바쳤다. 공식 서류들에다 워싱턴 어빙의 이름을 서명한다는 일은 별로 대단한 것이 아닐지 모르지만, 그것은 '메이저 메이저 메이저'라고 서명할 때보다 덜 단조로웠다. 워싱턴 어빙이라고 쓰기도 지루해지면 그는 다시 단조로움을 느낄 때까지 어빙 워싱턴이라고 서명을 할 수 있었다. 그리고 그두 가지 이름으로 서명한 서류들이 하나도 비행 중대로 되돌아오지 않았으므로 그는 무언가 성취한 일이 있는 셈이었다.

그러나 결국 되돌아온 것은 조종사로 가장한 범죄 수사대의 두 번째 요원이었다. 사람들은 모두들 그가 범죄 수사대 요원이라는 사실을 알게 되었는데, 그 까닭은 그 스스로 범죄 수사대 요원임을 그들에게 몰래 가르쳐 주면서 이미 몰래 가르쳐 준 다른 사람들에게는 자기의 진짜 신분을 밝히지 말아 달라고 부탁하면서 돌아다녔기 때문이었다.

"내가 범죄 수사대 요원이라는 사실은 이 비행 중대에서는 당신만 알고 있습니다." 그는 메이저 메이저에게 비밀을 털어놓았다. "그리고 제가 하는 활동에 방해를 받지 않게끔 그 비밀을 꼭 지켜 줘야 한다는 것은 필수적입니다. 아시겠죠?"

"타우저 병장은 알고 있던데요."

"예, 알고 있습니다. 당신을 만나러 들어오려고 그에게 얘기를 해야만 했으니까요. 하지만 그 사람은 무슨 일이 있어도 그 얘기를 누구한테도 하지 않으리라는 것을 저는 알고 있습니다."

"나한테는 얘기를 하던걸요." 메이저 메이저가 말했다. "날 만나려고 범죄 수사대 요원이 밖에 와 있다고 얘기했죠."

"망할 자식. 그 친구 신원 조사를 시켜 봐야겠어요. 내가 당신이라면 이 근처에는 극비 문서를 놓아두지 않겠습니다. 적어도 내가 보고서를 끝낼 때까지는 말예요."

"난 극비 문서는 하나도 받지 않습니다." 메이저 메이저가 말했다.

"바로 그런 서류 말입니다. 그런 서류는 타우저 병장이 손을 댈 수 없는 당신 서류함에 넣고 채워 두세요."

"서류함 열쇠는 타우저 병장만 가지고 있는데요."

"우린 시간 낭비만 하고 있는 것 같습니다." 약간 뻣뻣한 태도로 두 번째 범죄 수사대 요원이 말했다. 그는 행동이 빠르고 자신만만했으며, 부지런하고, 땅딸막하고, 항상 신경을 곤두세우는 남자였다. 그는 오렌지색 고사포 연기 사이로 비행기들이 날아다니는 그림과 쉰다섯 번의 출격 비행을 상징하느라고 가지런히 줄지어 놓은 작은 폭탄들을 야하게 그려 넣은 가죽 공군 재킷 속에다 눈에 잘 띄게끔 숨겨 가지고 있던 커다랗고 빨갛고 널찍한 봉투에서 복사한 서류를 여러 장 꺼냈다. "이것들을 본 적이 있습니까?"

메이저 메이저는 병원에서 서신 검열 담당 장교가 '워싱턴 어빙'이나 '어빙 워싱턴'이라고 서명한 개인 편지들을 복사한 자료를 멍한 표정으로 쳐다보았다.

"아뇨."

"그럼 이것들은요?"

메이저 메이저는 자기가 수신인으로 되어 있으며 그가 똑같은 이름으로 서명했던 공식 서류들의 사본을 물끄러미 쳐다보았다.

"처음 보는 것인데요."

"이 이름을 서명한 사람이 당신 비행 중대에 있습니까?"

"어떤 것 말이죠? 여긴 이름이 두 가지가 있군요."

"아무 쪽이나요. 우리 생각엔 워싱턴 어빙과 어빙 워싱턴이 한 사람이고 우리에게 갈피를 못 잡게 하기 위해서 두 이름을 사용했을 뿐인 것 같습니다. 잘 아시겠지만 그런 일은 흔히 있답니다."

"내 비행 중대에는 그 이름들 가운데 어느 쪽이라도 지닌 사람이 없는 것 같은데요."

두 번째 범죄 수사대 요원의 얼굴에 실망의 표정이 스쳤다. "그 친구, 우리가 생각했던 것보다는 훨씬 약아요." 그가 판단을 내렸다. "그 사람은 세 번째 이름을 사용하며 다른 사람인 것처럼 신분을 감추고 있습니다. 그리고 제 생각에는…… 예, 그 세 번째 이름이 무엇인지 알 수 있을 듯하군요." 흥분과 영감에 젖은 그는 사본을 또 하나 꺼내서 메이저 메이저에게 살펴보라고 주었다. "이건 어때요?"

메이저 메이저는 몸을 조금 앞으로 수그리고 요사리안이 메리라는 이름만 남겨 놓고는 모두 지워 버린 다음에 "당신을 비극적으로 그리워하오. 미 육군 군목 A. T. 태프먼."이라고 써넣은 군사 엽서를 보았다. 메이저 메이저는 머리를 저었다.

"난 그걸 본 적이 없는데요."

"A. T. 태프먼이 누군지 아십니까?"

"비행 대대의 군목이죠."

"그러니까 문제는 해결입니다." 두 번째 범죄 수사대 요원이 말했다. "워싱턴 어빙은 비행 대대의 군목이에요."

메이저 메이저는 놀라움을 감출 수가 없었다. "비행 대대의 군목은 A. T. 태프먼이죠." 그가 말을 바로잡아 주었다.

"확실합니까?"

"예."

"비행 대대의 군목이 왜 편지에다 이런 걸 썼을까요?"

"아마 다른 사람이 그것을 쓰고 그의 이름을 가짜로 사용했는지도 모릅니다."

"왜 어떤 사람이 비행 대대 군목의 이름을 가짜로 썼을까요?"

"걸리지 않으려고요."

"당신 말이 맞을지도 모릅니다." 잠깐 주저하더니 두 번째 범죄 수사대 요원은 결정을 내리고 입맛을 다셨다. "아마도 성과 이름이 서로 바뀐 두 사람이 함께 일하고 있는 어떤 조직과 우리가 대결을 벌이고 있는지도 모릅니다. 예, 확실히 그렇다고 전 믿습니다. 그들 가운데 한 사람은 이 비행 중대에서, 그리고 한 사람은 병원에서, 그리고 또 한 사람은 군목과 함께 활약하고 있을 것입니다. 그러니까 세 명이죠. 안 그렇습니까? 이 서류들을 정말로 전에 본 적이 없다 이 얘기신가요?"

"보았다면 내가 서명을 했겠죠."

"어떤 이름을 말입니까?" 두 번째 범죄 수사대 요원이 눈치 빠르게 물었다. "당신 이름인가요, 아니면 워싱턴 어빙 말입니까?"

"내 이름이죠." 메이저 메이저가 말했다. "난 워싱턴 어빙의 이름은 알지도 못하는데요."

두 번째 범죄 수사대 요원이 미소를 지었다.

"소령님, 당신의 혐의가 풀려서 전 기분이 좋습니다. 그것은 우리 두 사람이 함께 일할 수 있음을 의미하고, 전 될 수 있는 대로 많은 사람의 손이 필요합니다. 유럽 작전 지역의 어딘가에는 당신에게로 발송된 통신문들에 손을 대는 자가 있습니다. 그것이 누구인지, 짐작이 조금이라도 갑니까?"

"아뇨."

"그렇지만 저한테는 제법 짐작이 가는 곳이 있죠."라고 말하면서 두 번째 범죄 수사대 요원은 은근한 귓속말을 나누려고 몸을 앞으로 수그렸다. "타우저 그 자식 말입니다. 그렇지 않고서야 그 녀석이 어째서 내 얘기를 불고 돌아다니겠습니까? 이제 당신은 두 눈을 똑바로 뜨고 있다가, 누가 워싱턴 어빙에 대한 얘기를 입 밖에 내기만 하면 당장 저한테 알려 주십시오. 전 군목과 이곳에 있는 모든 사람들에 대해서 신원 조사를 시키겠습니다."

그가 자리를 뜨자마자 첫 번째 범죄 수사대 요원이 창문을 통해 뛰어 들어오더니 두 번째 범죄 수사대 요원이 누구였느냐고 물었다. 메이저 메이저는 그를 알아보기가 힘들었다.

"그 사람은 범죄 수사대 요원이었죠." 메이저 메이저가 그에게 알려 주었다.

"어련하시겠어요." 첫 번째 범죄 수사대 요원이 말했다. "이곳 담당 범죄 수사대 요원은 저예요."

메이저 메이저가 그를 알아보기 힘들었던 까닭은 그가 겨드랑이의 실밥이 뜯어진, 빛이 바랜 적갈색 코르덴 욕의(浴衣)에다가 아마사로 짠 잠옷을 걸치고 한쪽은 아랫자락이 철썩거리는 실내화를 신고 있었기 때문이었다. 그것이 병원에서의 정식 옷차림임을 메이저 메이저는 기억해 냈다. 그 요원은 체중이 10킬로그램쯤 늘었고, 터질 듯 건강이 좋아 보였다.

"난 정말로 병이 무척 심한 사람입니다." 그가 앓는 소리를 했다. "병원에서 전투기 조종사에게서 감기가 옮았는데, 아주 심한 폐렴이 되었죠."

"참 안됐군요." 메이저 메이저가 말했다.

"저한테는 오히려 상당히 잘된 일입니다." 범죄 수사대 요원이 코를 훌쩍였다. "당신의 동정은 필요 없습니다. 제가 무슨 일을 겪고 있는지만 아시면 됩니다. 전 워싱턴 어빙이 활동의 근거지를 병원에서 당신의 비행 중대로 옮겼다고 경고해 드리기 위해서 찾아왔을 뿐입니다. 누가 워싱턴 어빙에 대해서 얘기하는 것은 들어 보지 못하셨겠죠, 안 그래요?"

"사실은 들어 봤습니다." 메이저 메이저가 대답했다. "조금 아까 여기 왔던 사람 말예요. 그 사람이 워싱턴 어빙 얘기를 했죠."

"정말 그랬어요?" 첫 번째 범죄 수사대 요원은 기분이 좋아서 소리쳤다. "이 사건을 파헤치는 데 우리가 필요로 하던 단서가 바로 그것인지도 모릅니다. 제가 당장 병원으로 가서 앞으로의 행동에 대한 지시를 내려 달라고 보고할 때까지 그 사람을 하루 이십사 시간 감시해 주십시오." 범죄 수사대 요원은 메이저 메이저의 사무실에서 창문을 통해 뛰어 나가서 사라졌다.

조금 있자 메이저 메이저의 사무실과 중대 사무실 사이에 있는 헝겊 자락이 활짝 열리더니 두 번째 범죄 수사대 요원이 숨이 턱에 차서 나타났다. 그가 숨을 몰아쉬면서 소리쳤다. "조금 아까 사무실 창문에서 튀어나와 길을 달려 올라가는 빨간 잠옷을 입은 남자를 봤습니다! 그 사람 못 보셨어요?"

"그 사람은 여기서 나하고 얘기를 하고 있었죠." 메이저 메이저가 대답했다.

"빨간 잠옷을 입고 창문에서 뛰어나오다니, 정말 수상하다는 생각이 들었습니다." 그 남자는 작은 사무실 안에서 부지런히 오락가락했다. "처음에 저는 그것이 멕시코로 도망치려는 당신인 줄 알았죠. 하지만 이제 알고 보니 당신이 아니었군요. 그 사람, 워싱턴 어빙에 대해선 아무 얘기도 하지 않았겠죠?"

"사실은 했습니다." 메이저 메이저가 대답했다.

"했다고요?" 두 번째 범죄 수사대 요원이 소리쳤다. "그것 잘됐군요! 이 사건을 파헤치는 데 우리가 필요로 했던 단서가 바로 그것일지도 모릅니다. 그 사람 어딜 가면 찾을 수 있을는지 아십니까?"

"병원요. 그 사람은 정말로 병이 심하더군요."

"좋습니다!" 두 번째 범죄 수사대 요원이 소리쳤다. "제가 당장 그곳으로 가서 그 남자를 추적하죠. 내 신분을 숨기고 가는 것이 가장 좋겠죠. 전 의무실에 가서 사정을 설명하고 환자인 것처럼 그곳으로 보내 달라고 해야겠습니다."

"그 사람들은 제가 아프지 않으면 환자라며 병원으로 보내 줄 수 없다고 그러더군요." 그는 다시 메이저 메이저에게 보고했다. "사실 전 병이 상당히 심합니다. 검진을 받으러 갈까 생각하던 참이었는데 마침 좋은 기회가 생겼군요. 전 의무실로 다시 가서 몸이 아프다고 말하고, 그러면 병원으로 보내지겠죠."

"그 사람들이 나한테 무슨 짓을 했는지 보시라고요." 그는 보랏빛 잇몸을 드러내 보이며 메이저 메이저에게 다시 보고했다. 그의 낙심은 위안을 해서 풀어질 정도가 아니었다. 그는 구두와 양말을 손에 들고 있었는데, 발가락도 역시 용담처럼 보랏빛이었다. "잇몸이 보랏빛인 범죄 수사대 요원이 존재한다는 얘기는 아무도 못 들어 봤을 겁니다." 그는 신음 소리를 냈다.

그는 머리를 떨어뜨리고 중대 사무실에서 나가더니 개인호에 빠져 코가 깨졌다. 그의 체온은 여전히 정상이었지만, 거스와 웨스는 그를 위해 예외를 만들어 그를 구급차에 태워 병원으로 보냈다.

메이저 메이저는 거짓말을 했고, 그랬더니 기분이 좋았다. 그는 거짓말을 하는 사람들은 그러지 않는 사람들보다 일반적으로 재주도 많고, 야심이 있고, 성공적임을 늘 보아서 알고 있었으므로 거짓말을 하고 나니 기분이 좋아졌다고 해서 조금도 놀라지 않았다. 만일 그가 두 번째 범죄 수사대 요원에게 사실대로 얘기했더라면 그는 난처한 입장이 되었으리라. 대신에 그는 거짓말을 했고, 그래서 자유롭게 그의 일을 계속할 수 있었다. 그는 두 번째 범죄 수사대 요원이 찾아왔던 결과로 그의 업무에 더욱 신중해졌다. 그는 모든 서명을 왼손으로 했고, 그것도 다시 농구를 하고 싶어서 사용해 봤다가 실패한 검은 안경과 가짜 콧수염을 꼭 착용한 다음에만 했다. 더욱 조심한다는 뜻에서 그는 워싱턴 어빙이라는 이름을 선뜻 존 밀턴으로 바꾸었다. 존 밀턴은 유연하고 압축적이었다. 워싱턴 어빙과 마찬가지로, 단조로움을 느낄 때마다 그 이름은 성과 이름을 바꿔 써도 역시 좋은 효과를 가져왔다. 더구나 존 밀턴은 메이저 메이저라는 자신의 이름이나 워싱턴 어빙보다 훨씬 짧았고 쓰는 데도 시간이 덜 걸려서 메이저 메이저는 생산량을 두 배로 늘릴 수 있었다. 존 밀턴은 또 다른 한 측면에서도 효과적이었다. 그는 다재다능했고, 메이저 메이저는 곧 그 서명에 그가 지어낸 구절들을 첨가해서 쓰게 되었다. 그리하여 공식 서류의 전형적인 결재는 이런 식으로 서명되기도 했다. "존아, 밀턴은 사디스트이더라." 또는 "존아, 밀턴을 보았느냐?" 그가 특별히 자랑스럽게 여긴 구절은 "존[40]에 누가 있더냐, 밀턴아."였다. 존 밀턴은 단조로움을 영원히 축출할 수 있을 정도로 매혹적이고 무진장한 가능성으로 가득 찬 새로운 전망을 열어 주었다. 메이저 메이저는 존 밀턴이 단조롭게 느껴지자 다시 워싱턴 어빙으로 돌아갔다.

메이저 메이저는 그가 자꾸만 빠져 들어가고 있던 헤어날 수 없는 굴욕에서 자신을 구제해 보자는 최후의 헛된 안간힘에서 검은 안경과 가짜 콧수염을 로마에서 가져왔다. 우선 '영광된 충성의 맹세 대운동' 때문에 끔찍한 굴욕감을 느껴야 했는데, 이 경쟁적인 서약서를 회람하던 서른 내지 마흔 명에 이른 사람들 가운데 어느 한 사람도 그의 서명을 허락하려고 하지 않았다. 그리고 그 일이 막 끝나 가려는데, 클레빈저의 비행기가 모든 승무원들과 함께 신비하게 하늘에서 사라져 버린 사태가 벌어졌으며, 이 이상한 사고의 탓은 충성의 서약서에 서명을 하지 않았다는 이유로 슬프게도 그에게 돌아갔다.

---

40) 뒷간이라는 속어.

검은 안경에는 커다란 자홍색 테가 달려 있었다. 가짜 콧수염은 멋쟁이 풍금 연주자의 것이었는데, 메이저 메이저는 외로움을 더 이상 견딜 수 없었던 어느 날 그 두 가지로 변장을 하고는 농구 시합이 벌어지는 곳으로 갔다. 그는 농구장으로 어슬렁거리고 들어가면서 쾌활하게 친한 척하며, 아무도 그를 알아보지 못하도록 소리 없이 빌었다. 다른 사람들은 그를 알아보지 못한 척했고 그는 재미를 느끼기 시작했다. 그는 자신의 순진한 계략을 스스로 칭찬하고 있다가 상대편의 어떤 사람과 심하게 부딪혀서 고꾸라졌다. 그는 곧 다시 부딪혔고, 그러자 다른 사람들이 자기를 알아보고서도 변장 때문에 못 알아본 척하면서 멋대로 팔꿈치로 치고, 다리를 걸고, 뭇매질을하고 있지 않나 하는 의심이 어렴풋이 들었다. 그들은 그를 전혀 원하지 않았다. 그리고 그가 이 사실을 막 깨닫게 되었을 때, 그의 편 선수들은 순식간에 상대편과 어울려 한패가 되어서 고함을 지르며 피에 굶주린 폭도처럼 사방에서 달려들어그에게 더러운 욕설을 퍼붓고 주먹을 휘둘렀다. 그들은 그를 땅바닥에 때려눕히고, 그가 허우적거리며 겨우 일어서자 또한 번 덤벼들었다. 그는 두 손으로 얼굴을 가렸고, 앞을 볼 수 없었다. 그들은 모두 한 덩어리가 되어 몰려들어서 미친 듯이 그를 후려치고, 발로 차고, 눈알을 후벼 내고, 짓밟았다. 그는 휘두르는 주먹에 몰려 배수로의 언저리로 끌려가서는 머리와 어깨부터 거꾸로 미끄러져 떨어졌다. 바닥에서 그는 발 디딜 곳을 찾아 반대쪽 비탈을 기어 올라가, 우박처럼 쏟아지는 돌멩이와 야유 속에서 비틀거리며 달아나 중대 사무실 막사의 모퉁이 뒤로 겨우 몸을 피했다. 이 뭇매가 진행되는 동안 줄곧 그가 한 가장 큰 걱정은, 그가 맡은 직위로 그들과 맞서야 한 다는 무서운 필요성을 벗어나기 위해 계속해서 다른 사람처 럼 가장해야 했기 때문에 검은 안경과 가짜 콧수염을 그대로 착용하고 있어야 한다는 점이었다.

사무실로 돌아온 그는 흐느껴 울었으며, 실컷 울고 난 다음 에는 입과 코에서 피를 씻어 내고, 뺨과 이마의 벗겨진 상처에 서 흙을 닦아 내고, 타우저 병장을 불렀다.

"이제부터는 내가 여기 있는 동안 아무도 만나고 싶지 않 아." 그가 말했다. "알겠지?"

"예, 소령님." 타우저 병장이 말했다. "그런데 저도 그 경우에 포함이 되나요?"

"그래."

"알겠습니다. 그것뿐입니까?"

"그래."

"소령님이 여기 계실 때 소령님을 만나러 오는 사람들에게 는 뭐라고 할까요?"

"내가 안에 있지만, 기다리라고 하더라고 말해."

"그러겠습니다, 소령님. 얼마 동안이나 기다리라고 그럴까요?"

"내가 빠져나갈 때까지."

"그런 다음엔 그 사람들을 어떻게 합니까?"

"자네 마음대로 해."

"나가신 다음에 소령님을 만나 뵈라고 들여보낼까요?"

"그래."

"하지만 그땐 소령님이 안 계실 것 아닙니까."

"없지."

"알겠습니다, 소령님. 그것뿐입니까?"

"그래."

"알겠습니다, 소령님."

"이제부터는 내가 여기 있는 동안 자네가 혹시 도울 일이 없겠냐고 나한테 물어보러 들어오지 않기를 바라." 메이저 메이저는 그의 트레일러를 보살펴 주는 중년 사병에게 말했다. "알겠나?"

"예, 소령님." 당번병이 말했다. "제가 도와드릴 일이 혹시 없는지 알고 싶으면 언제 찾아와야 됩니까?"

"내가 여기 없을 때."

"예, 소령님. 그러면 전 어떻게 하나요?"

"내가 시키는 대로 해야지."

"하지만 소령님은 여기 계시지 않을 테니까 시키실 수도 없을 텐데요. 안 그렇습니까?"

"그래."

"그럼 전 어떻게 합니까?"

"해야 할 일을 해."

"예, 소령님."

"그럼 됐어." 메이저 메이저가 말했다.

"예, 소령님." 당번병이 말했다. "그것뿐입니까?"

"아냐." 메이저 메이저가 말했다. "청소하러 이곳에 들어오지도 말아. 내가 이 안에 없다고 확실히 알기 전에는 무슨 일이 있어도 절대로 들어오면 안 돼."

"예, 소령님. 하지만 제가 어떻게 항상 확실히 알 수 있습니까?"

"확실하지 않으면 내가 안에 있다고 생각하고 확실해질 때까지는 다시 나타나지 마. 알겠나?"

"예, 소령님."

"이런 식으로 얘기해서 미안하지만, 그럴 수밖에 없어. 잘 가."

"안녕히 계십시오, 소령님."

"그리고 고마워, 모든 일이."

"예, 소령님."

메이저 메이저는 마일로 마인더바인더에게 말했다. "이제부터 난 다시는 식당으로 오지 않겠어. 식사는 항상 내 트레일러로 가져다 먹을 테니까."

"그것 참 잘하시는 겁니다, 소령님." 마일로가 대답했다. "이제는 제가 아무도 모르게 특별 요리를 해 드릴 수 있게 되었으니까요. 그 요리들이 소령님 마음에 꼭 들 겁니다. 캐스카트 대령님은 항상 마음에 들어 하시죠."

"난 특별 요리는 하나도 바라지 않아. 난 자네가 다른 모든 장교들에게 마련해 주는 것과 똑같은 식사를 원하니까. 누가 그 음식을 가져오든지 간에 문을 한 번만 두드리고 쟁반을 계단 위에다 놓고 가라고 해. 알겠나?"

"예, 소령님." 마일로가 말했다. "잘 알겠습니다. 제가 숨겨 둔 살아 있는 멘의 바닷가재가 있는데, 오늘 밤엔 그것을 프랑스의 중요한 저항 운동가와 함께 몰래 파리에서 어제 들여온

냉동 에클레르[41] 두 개와 훌륭한 로크포르 샐러드와 함께 마련해 드리겠습니다. 처음엔 그 정도면 되겠죠?"

"아니."

"예, 소령님. 알겠습니다."

그날 저녁 식사로 마일로는 구운 멘 바닷가재와 훌륭한 로크포르 샐러드와 에클레르 두 개를 그에게 차려다 주었다. 메이저 메이저는 짜증이 났다. 그러나 만일 그것을 돌려보낸다면, 그것은 쓰레기통으로 가거나 다른 사람이 먹어 버릴 터였고, 메이저 메이저는 구운 바닷가재에는 사족을 못 썼다. 그는 죄의식을 느끼면서 그것을 먹었다. 다음 날 점심에는 메릴랜드 자라와, 1937년에 담근 돔 페리뇽 한 병이 통째로 나왔고 메이저 메이저는 그것을 생각도 해 보지 않고 꿀꺽꿀꺽 마셔 버렸다.

마일로 다음에는 중대 사무실에 있는 사람들만 남았는데, 메이저 메이저는 그의 사무실을 언제나 셀룰로이드 창문으로 드나들어서 그들을 피할 수 있었다. 창문은 잠기지 않았고, 커다랗고 나지막했으며, 안팎으로 다 뛰어내리기가 쉬웠다. 그는 중대 사무실에서 그의 트레일러까지 지나다니는 문제를 사람들이 눈에 띄지 않을 때 모퉁이를 돌아 달음박질을 쳐서 철도 배수로로 뛰어내려 숲의 안전지대에 도달할 때까지 머리를 숙이고 달림으로써 해결했다. 트레일러와 일직선상의 위치에 다다르면 그는 배수로에서 나와 집을 향해 무성한 잡목들 사

---

41) 크림이 든 기다란 양과자.

이로 재빨리 나아갔는데, 그곳에서 만난 사람이라고는 화이트하프오트 추장이 칼로 귀에서 귀까지 목을 자르겠다고 협박했다는 진정을 하려고 예고도 없이 나무딸기 숲에서 어느 날 저물 녘에 반쯤 죽을 정도로 겁이 나서 유령처럼 잔뜩 긴장한 얼굴로 불쑥 나타난 플룸 대위뿐이었다.

"만일 자네가 다시 한번 나를 이런 식으로 놀라게 하면 내가 자네의 목을 칼로 귀에서 귀까지 자르겠어." 메이저 메이저가 그에게 말했다.

플룸 대위는 숨을 멈추더니 다시 나무딸기 숲속으로 당장 사라졌고, 메이저 메이저는 다시는 그를 보지 못했다.

그가 이룩해 놓은 일들을 돌이켜 보고 메이저 메이저는 기분이 좋아졌다. 200명 이상의 사람들이 우글거리는 외국 땅 몇 제곱미터 안에서 그는 은둔자가 되는 데 성공했던 것이다. 약간의 지략과 통찰력으로 그는 비행 중대의 그 어느 누구도 자기와 얘기하지 못하도록 만들었는데, 하기야 그에게 얘기하고 싶어 하던 사람은 하나도 없던 터여서 어쨌든 모두들 개의치 않는 듯싶다고 그는 믿게 되었다. 그러나 어느 날 점심을 먹으려고 배수로의 밑바닥을 따라 줄달음질을 치는 도중에 그에게 몸을 날려 태클을 걸어 넘어뜨린 미친놈 요사리안은 달랐다.

메이저 메이저는 비행 중대의 어느 누구보다도 요사리안에게 태클당하는 것을 원하지 않았다. 요사리안은 어딘가 천성적으로 수치스러운 면이 있어서, 지금은 그의 막사에 있지도 않은 그 죽은 남자에 대해서 항상 취하는 아름답지 못한 태도라든가, 아비뇽 출격 이후로는 옷을 홀랑 벗어 버리고 그냥 돌아다니다가 드리들 장군이 페라라에서 그가 보여 준 영웅적인 행동에 대해 그에게 훈장을 달아 주려고 앞으로 나섰을 때 완전히 알몸으로 서 있었던 사건도 그런 것이었다. 그 죽은 남자가 요사리안의 막사에 끼친 무질서한 영향을 제거할 힘을 지닌 사람은 이 세상에 아무도 없었다. 비행 중대에 도착한 지 두 시간도 안 되어서 오르비에토 상공에서 죽어 버린 소위에 대해서 타우저 병장이 비행 중대에는 애당초 도착조차 하지 않았다고 보고하도록 내버려 두었을 때, 메이저 메이저는 자기의 권위를 포기한 셈이었다. 요사리안의 막사에서 그의 소지품을 치울 권리가 조금이라도 있을 만한 사람은 요사리안뿐이라고 메이저 메이저는 생각했고, 요사리안에게는 그럴 권리가 없다는 생각도 들었다.

요사리안이 몸을 날려 태클로 자기를 쓰러뜨린 후 메이저 메이저는 투덜거리면서 발을 움직여 보려고 애를 썼다. 요사리안은 그러도록 가만 내버려 두지 않았다.

"요사리안 대위가 생사가 걸린 문제를 당장 소령님에게 얘기할 수 있도록 허락해 주시기 바랍니다." 요사리안이 말했다.

"나 좀 일어나게 해 줘." 불편해서 짜증을 내며 메이저 메이저가 그에게 말했다. "내가 이렇게 팔로 버티고 엎드려 있으면 자네 경례에 답례를 할 수가 없잖아."

요사리안은 그를 풀어 주었다. 그들은 천천히 일어섰다. 요사리안은 다시 경례를 하고 요구 사항을 되풀이했다.

"내 사무실로 가지." 메이저 메이저가 말했다. "여긴 얘기를 나누기에 적당한 곳이라고는 볼 수 없으니까."

"예, 소령님." 요사리안이 대답했다.

그들은 옷에서 돌멩이 부스러기들을 털고는 긴장된 침묵을 지키며 중대 사무실의 입구로 갔다.

"이 상처에 머큐로크롬을 바를 수 있는 시간을 좀 주게. 그런 다음에 타우저 병장이 자네를 들여보내 줄 테니까."

"예, 소령님."

메이저 메이저는 책상이나 서류함 앞에서 일을 하고 있던 타자수들이나 서무병들을 한 사람도 거들떠보지 않으면서 위엄을 부리며 중대 사무실 뒤쪽으로 뚜벅뚜벅 걸어갔다. 그는 자기 사무실로 통하는 천막 자락을 내려 닫았다. 사무실 안으로 들어와 혼자 있게 되자마자 그는 방을 건너 창문으로 달려가서 밖으로 뛰어내려 도망치려고 했다. 그는 앞을 가로막는 요사리안과 마주쳤다. 요사리안은 차려 자세로 기다리고 있다가 다시 경례를 했다.

"요사리안 대위가 생사가 달린 문제를 당장 소령님께 말씀드릴 수 있도록 허락해 주시길 요청합니다." 그는 단호하게 말을 되풀이했다.

"그 허락은 못 해." 메이저 메이저가 잘라 말했다.

"그러면 안 됩니다."

메이저 메이저는 포기했다. "좋아." 그는 짜증스럽게 양보했다. "자네하고 얘기를 하지. 내 사무실 안으로 뛰어넘어 가게."

"먼저 들어가시죠."

그들은 사무실 안으로 뛰어넘어 들어갔다. 메이저 메이저가 자리에 앉았고, 요사리안은 그의 책상 앞에서 왔다 갔다

하면서 이제는 더 이상 비행을 나가고 싶지 않다고 말했다. '내가 무엇을 할 수 있단 말인가?' 메이저 메이저는 자신에게 물어보았다. 그가 할 수 있는 일이라고는 콘 중령의 지시대로 따르는 도리밖에 없었다.

"왜 못 나가지?" 그가 물었다.

"전 겁이 납니다."

"그건 조금도 부끄러워할 일이 아니야." 메이저 메이저가 친절하게 그를 타일렀다. "우린 모두 두려워하고 있으니까."

"전 부끄럽지 않습니다." 요사리안이 말했다. "그저 겁이 날 뿐이죠."

"전혀 겁을 내지 않는다면 자넨 정상이 아니겠지. 아무리 용감한 사람이라도 공포를 겪게 마련이니까. 우리 모두가 전투에서 직면하고 치러 내야 할 가장 큰 일의 하나는 공포의 극복이야."

"아, 이러지 마십쇼, 소령님. 그런 헛소리는 뺄 수 없을까요?"

메이저 메이저는 우물쭈물 눈을 내리깔고는 손가락으로 장단을 맞추었다. "자네한테 내가 무슨 말을 해야 되겠나?"

"출격은 할 만큼 했으니까 고향으로 돌아가라고요."

"출격은 몇 번이나 했지?"

"쉰한 번요."

"자넨 네 차례만 더 나가면 되겠구먼."

"횟수는 또 늘어날 겁니다. 제가 거의 다 숫자를 채우기만 하면, 또 늘어납니다."

"이번에는 안 그러겠지."

"어쨌든 고향으로 돌아가는 사람은 하나도 없습니다. 승무원의 숫자가 모자랄 때까지 모두 교대 명령이 떨어지기만 기다리게 했다가 출격 횟수를 늘리고는 다시 전투지 복무로 되돌려 보내죠. 캐스카트 대령님은 이곳에 부임한 이후 줄곧 그래 왔습니다."

"귀국 명령이 늦는다고 해서 캐스카트 대령을 탓해서는 안 되지." 메이저 메이저가 충고했다. "우리를 내보내는 명령을 신속히 처리하는 일은 제27 공군의 책임이니까."

"그래도 교체 병력을 요청해서 명령이 도착하면 우리를 고향으로 보내 줄 수는 있습니다. 아무튼 제가 들은 얘기로는 제27 공군 본부에서는 마흔 번의 출격만을 요구하는데, 우리가 쉰다섯 번 비행을 해야 한다는 건 대령님의 생각이었다는 겁니다."

"그런 건 난 전혀 모르겠어." 메이저 메이저가 대답했다. "캐스카트 대령은 우리 지휘관이니까 우린 그에게 복종해야지. 자네 네 번 더 출격을 하고 어떻게 되는지 두고 보지 그러나?"

"그러고 싶지 않습니다."

'어떻게 해야 된단 말인가?' 메이저 메이저는 다시 자신에게 물어보았다. 적어도 너만큼은 성숙하고 지적이지만, 그렇지 않다는 듯 그의 앞에서는 네가 딴전을 부려야 할 어떤 남자를, 너를 빤히 쳐다보면서 전투에서 죽느니보다 차라리 죽어 버리겠다고 말하는 사람을 너는 어쩌겠느냐?

"만일 자네가 마음대로 골라서 정기 폭격 비행에만 나가도록 해 준다면 어떨까?" 메이저 메이저가 말했다. "그러면 자네는 네 차례의 출격을 더 나가도 위험은 조금도 당하지 않을 테니까."

"전 폭격 비행을 나가고 싶지 않습니다. 전 더 이상 전쟁에 끼어들고 싶지 않아요."

"자넨 조국이 패배하는 꼴을 보고 싶은가?" 메이저 메이저가 물었다.

"우린 패배하지 않습니다. 우린 사람과 돈과 물자가 더 많으니까. 저하고 교체해 줄 만한 군인은 1000만 명이나 됩니다. 어떤 사람들은 목숨을 잃지만, 훨씬 더 많은 사람들은 돈을 벌고 재미를 보죠. 그러니까 다른 사람들더러 죽으라고 합시다."

"하지만 우리 편이 모두 그런 식으로 생각하고 있다면 어떻게 되겠나?"

"그런 경우에 제가 다른 생각을 한다면 전 분명히 정신 나간 멍텅구리죠. 그렇지 않습니까?"

'그에게 도대체 무슨 말을 할 수 있겠는가?' 메이저 메이저는 멍하니 생각했다. 그가 해서는 안 될 얘기가 있다면 자기가 아무런 힘도 쓸 수 없다는 말이었다. 그가 할 수 있는 일이 하나도 없다는 말은 가능한 일이 있다면 그가 그렇게 해 보겠다는 뜻이 될 터였고, 따라서 콘 중령의 결정이 잘못되고 불공평함을 암시했다. 콘 중령은 그 점에 있어서 아주 노골적이었다. 그는 자기가 할 수 있는 일이 하나도 없다는 얘기를 절대로 할 수 없었다.

"미안하군." 그가 말했다. "하지만 내가 할 수 있는 일은 하나도 없어."

10

윈터그린

클레빈저가 죽었다. 그것은 그의 철학에서 커다란 오점을 이루었다. 어느 날 오후에 파르마로 폭격 비행을 나갔다 돌아오는 길에 엘바 해안 지역에서 열여덟 대의 비행기가 눈부시게 하얀 구름 밑으로 내려갔는데 다 나와서 보니까 열일곱 대뿐이었다. 한 대는 하늘에서도, 아래의 푸르고 잔잔한 수면 어디에서도 흔적조차 찾아볼 수 없었다. 파편도 없었다. 해가 질 때까지 헬리콥터들이 흰 구름 주변에서 맴돌았다. 밤사이 구름이 바람에 밀려 사라졌고, 아침이 되자 클레빈저는 아주 없어졌다.

이 실종은 놀라운 사건이었으며, 어느 봉급날, 같은 막사에 있는 예순네 명이 모두 함께 사라져서 다시는 나타나지 않았던 '로워리 필드의 대음모'만큼이나 놀라웠다. 그토록 교묘하게 클레빈저의 존재가 없어져 버릴 때까지 요사리안은 장병들 사이에 같은 날 탈영을 하자고 철석같이 합의가 이루어져 있었던 모양이라고만 간단히 생각했다. 사실 그는 성스러운 의무에서 단체 탈영이라도 한 듯이 여겨지던 그 사건에서 어찌나 용기를 얻었던지, 신이 나서 밖으로 뛰어나가 이 기막힌 소식을 윈터그린 전직 일등병에게 전하러 갔다.

"그것이 뭐가 그렇게 신이 납니까?" 더러운 군화를 삽에 걸치고는 깊숙한 정사각형 구덩이의 한쪽 벽에 퉁명스럽게 기대면서 윈터그린 전직 일등병이 비위에 거슬리는 코웃음을 쳤다. 땅을 파는 일이 그의 주특기였다.

윈터그린 전직 일등병은 상치(相馳)에서 즐거움을 느끼는 괴팍한 녀석이었다. 그는 탈영을 할 때마다 붙잡혀 왔고, 상당한 시간이 걸리는 넓고 기다란 여섯 자 깊이의 구덩이들을 팠다가 메우는 처벌을 받았다. 처벌을 다 받고 나자마자 그는 다시 탈영을 시도했다. 윈터그린 전직 일등병은 참된 애국자답게 불평도 없이 헌신적으로 구덩이들을 팠다가 메우는 그의 역할을 받아들였다.

"형편없는 인생은 아니지." 그는 철학적으로 말하곤 했다. "그리고 누군가 그 일을 해야만 하고."

그는 콜로라도에서 구덩이를 파는 일이 전쟁 중에는 별로 나쁜 직책도 아님을 이해할 만큼의 지혜는 있었다. 구덩이들이 많이 필요하지는 않았으므로 그는 한가하게 그것을 팠다가 다시 메웠고, 과로하는 일은 별로 없었다. 그런가 하면 그는 군사재판에 회부될 때마다 이등병으로 미끄러졌다. 그는 강등이 되면 무척 섭섭해했다.

"일등병 시절이 그래도 좋았지." 그는 그리움에 젖어 회고했다. "나에게는 신분이 있었고—그게 무슨 뜻인지는 알겠지?—그리고 난 훌륭한 사람들과 어울려 다녔어." 그의 얼굴은 자포자기로 어두웠다. "하지만 이젠 다 과거지사로만 남겠지." 그의 추측이었다. "다시 일을 저지르게 된다면 난 이등병 신세니까, 옛날하고는 다르리라고 믿어." 구덩이를 파는 일이란 장래성이 없었다. "일이 항상 있는 직책도 아니니까. 내가 처벌을 마칠 때마다 난 그 일자리를 잃게 되지. 그러면 나는 그 일을 되찾으려고 또 사고를 치는 거야. 그리고 난 그 짓도 항상 계속하지 못해. 캐치-22 때문에 곤란하거든. 다음에 또 사고를 치면, 그건 영창행을 의미하지. 내가 어떤 꼴을 당할지 난 모르겠어. 조심하지 않았다가는 난 해외 복무로 끝장을 볼지도 몰라." 그는 땅을 파는 동안 아직 전쟁이 계속되고 그 일이 전쟁을 수행하는 과업의 일부라면 그래도 불만이 없었지만, 평생 구덩이만 파면서 보내기는 원하지 않았다. "그건 의무에 관한 문제인데, 우린 저마다 따로 수행해야 할 일이 있어." 그가 말했다. "내 임무는 구덩이를 파는 일이고, 난 그 일을 어찌나 훌륭하게 해냈던지, 얼마 전 선행상 추천까지 받았어. 자네 임무는 사관 후보생 학교에서 어물쩍거리고 돌아다니며 자네가 여기서 나가기 전에 전쟁이 끝나기나 바라는 거겠지. 전투 재원들의 임무는 전쟁에서 이기는 것이고, 난 그들이 나만큼이나 그들의 임무를 잘 수행하기만 바라. 내가 해외로 가서 그들의 일까지 다 해 버린다면 공평하지 않겠지, 안 그런가?"

어느 날 윈터그린 전직 일등병은 구덩이를 파다가 수도관을 터뜨려 물에 빠져 거의 죽을 뻔했다가 의식을 잃을 정도가 되었을 때 남들이 건져 주었다. 그것이 석유라는 소문이 퍼졌고 화이트 하프오트 추장은 기지에서 쫓겨났다. 삽자루를 구한 사람이면 누구나 곧 밖으로 나와 석유를 찾으려고 미친 듯이 땅을 파헤치기 시작했다. 사방에 흙더미가 쌓였고, 그 광경은 일곱 달이 지난 다음 피아노사에서 마일로가 엠 앤드 엠 신디케이트와 활주로와 폭탄 처리장과 수리 격납고와 비행 중대의 모든 비행기들을 폭격하고, 생존자들은 모두 밖으로 나와서 단단한 땅에다 정신없이 피신할 구덩이를 파고 그 위에다 들판의 수리 작업실에서 훔쳐 온 장갑 철판과 서로 남의 막사에서 뜯어 온 너덜너덜한 방수 천막 기지 옆자락으로 지붕을 씌우던 밤이 지난 다음과 흡사했다. 화이트 하프오트 추장은 콜로라도에서 석유에 대한 첫 소문이 퍼지자 전출 명령을 받았고, 전투가 어떤 것인지 구경하려고 어느 날 손님으로서 비행기를 타고 출격했다가 크라프트와 함께 페라라 상공에서 죽은 쿰스 소위의 후임으로 드디어 피아노사에 와서 쉬게 되었다. 요사리안은 크라프트가 생각날 때마다 죄의식을 느꼈는데, 그 까닭은 요사리안의 두 번째 폭격 비행 때 그가 죽었기 때문이었고, 그리고 또 그들의 해외 비행 중 첫 기착지였던 푸에르토리코에서 시작되었으며 열흘 후 피아노사에서 애플비가 도착하자마자 즉시 아테브린[42]을 먹는 것을 거절한 요사리

---

42) 말라리아 약.

안을 일러바치려고 중대 사무실로 씩씩하고 책임감 있게 찾아갔을 때 끝장이 난 '찬란한 아테브린 반란'에도 크라프트가 죄 없이 얽혀 들었기 때문이었다. 중대 사무실의 병장이 애플비더러 앉으라고 권했다.

"고마워, 병장. 나 자리에 앉겠어." 애플비가 말했다. "얼마 동안이나 기다려야 하지? 난 내일 아침에 일찍 명령을 받기만 하면 당장 경쾌하게 전투에 임할 준비를 완전히 갖추기 위해서 오늘 처리해야 할 일이 아직 많아."

"예?"

"뭐라고 그랬지, 병장?"

"뭐라고 물으셨죠?"

"소령님을 만나러 들어가려면 난 얼마나 기다려야 하지?"

"소령님이 점심 식사를 하러 나갈 때까지요." 타우저 병장이 대답했다. "그다음에는 안으로 들어가셔도 좋습니다."

"하지만 그땐 소령님이 안 계실 것 아냐, 안 그래?"

"그렇습니다. 메이저 소령님은 점심 식사가 끝날 때까지는 돌아오시지 않습니다."

"알겠어." 애플비는 알쏭달쏭한 기분으로 말했다. "그렇다면 점심 식사 후에 다시 오지."

당황한 기색을 감추며 애플비는 중대 사무실에서 돌아섰다. 밖으로 나서는 순간에 그는, 헨리 폰다를 조금 닮았고 키가 크며 얼굴이 검은 장교가 중대 사무실 막사의 창문을 뛰어넘어 모퉁이를 돌아 줄달음쳐 도망치는 모습을 얼핏 보았다. 애플비는 걸음을 멈추고 눈을 가늘게 떴다. 불안한 의심이 그를 괴롭혔다. 그는 자기가 말라리아나 아니면 그보다 더 난처하게 아테브린의 과다 복용으로 병이 나지나 않았을까 하고 의심했다. 애플비는 누구보다 네 곱절이나 훌륭한 조종사가 되기를 원했기 때문에 처방보다 네 곱절이나 많은 아테브린을 복용했다. 그가 아직도 눈을 감고 있는 사이에 타우저 병장이 그의 어깨를 가볍게 두드리고는 메이저 메이저가 방금 사무실에서 나갔으니까 들어가 보고 싶으면 들어가라고 했다. 애플비는 자신감을 되찾았다.

"고마워, 병장. 소령님은 곧 돌아오실까?"

"점심 식사를 끝내면 곧 돌아오실 겁니다. 그러면 당장 밖으로 다시 나오셔서 소령님이 저녁 식사를 하러 가실 때까지 앞에서 기다리셔야 합니다. 메이저 소령님은 사무실에 계신 동안에는 사무실에서 아무도 만나지 않으시니까요."

"병장, 지금 자네 뭐라고 그랬지?"

"메이저 소령님은 사무실에 계신 동안에는 아무도 사무실에서 만나지 않으신다고 말씀드렸습니다."

애플비는 타우저 병장을 빤히 노려보고는 엄한 말투로 얘기를 하려고 애썼다. "병장, 자넨 내가 비행 중대에 새로 전입 왔고, 자네는 해외 복무를 오래 했다고 해서 날 바보로 취급할 셈인가?"

"아, 아닙니다." 병장은 공손하게 대답했다. "그건 제가 받은 명령입니다. 메이저 소령님을 만나시면 물어보세요."

"내가 바라는 바가 바로 그것이야, 병장. 난 언제 소령님을 만나 볼 수 있지?"

"그럴 수 없습니다."

모욕을 당해서 얼굴이 새빨개진 애플비는 병장이 그에게 내준 종이쪽지에다 요사리안과 아테브린에 대한 보고서를 써 놓고는, 장교의 군복을 입어도 좋다는 특혜를 받은 미친 사람이 요사리안 말고 또 있는지도 모르겠다고 의혹을 느끼면서 곧 자리를 떴다.

캐스카트 대령이 출격 횟수를 쉰다섯 번으로 올렸을 때쯤 군복을 입은 사람들이란 아마도 모조리 미쳤는지도 모르겠다고 타우저 병장은 의심하기 시작했다. 타우저 병장은 가냘프고, 얼굴의 윤곽이 뚜렷하고, 머리카락은 빛깔이 없는 듯 보일 정도로 엷은 금발이었고, 뺨이 움푹 들어갔고, 이빨은 커다랗고 하얀 양아욱 같았다. 그는 비행 중대를 지휘했고, 그 일은 즐겁지 않았다. 헝그리 조 같은 사람들은 네 탓이라는 듯 미워하며 그에게 눈을 부라렸고, 애플비는 훌륭한 조종사에다가 한 점도 뺏기지 않는 탁구 선수로서의 지반을 굳힌 다음 그를 악의에 찬 무례함으로 대했다. 비행 중대를 지휘할 다른 사람이 아무도 없었기 때문에 타우저 병장은 비행 중대를 지휘했다. 그는 전쟁이나 진급에는 흥미가 없었다. 그는 사금파리와 헤플화이트[43]풍의 가구에 관심이 있었다.

거의 의식하지도 못하는 사이에, 타우저 병장은 요사리안의 천막에서 죽은 남자를 (요사리안의 표현 그대로) 요사리안의

---

43) George Hepplewhite(?~1786). 18세기 말에 섬세하고 우아한 선을 구사한 가구를 제작했던 영국 공예가.

천막에서 죽은 남자로서 생각하는 버릇이 들게 되었다. 현실적으로 그는 전혀 그런 존재가 아니었다. 그는 다만 정식으로 전입신고를 하기 전에 죽어 버린 교체 조종사일 따름이었다. 그는 어디로 가야 중대 사무실 천막이 있느냐고 물어보기 위해서 작전과로 들어갔는데, 당시 책임량인 서른다섯 번의 출격을 마친 사람들이 너무나 많아 비행 대대에서 요구하는 승무원의 머릿수를 채우기가 힘들었던 필트차드 대위와 렌 대위는 그를 보더니 곧장 전투에 임하라는 명령을 내렸던 것이다. 그는 정식으로 비행 중대에 전입된 적이 없었기 때문에 정식으로 출격했을 가능성이 절대로 없었고, 그래서 타우저 병장은 그 가련한 남자에 관한 통신문이 계속해서 자꾸 늘어나면서 영원히 잠음을 일으키리라고 느꼈다.

그의 이름은 머드였다. 폭력과 낭비를 똑같이 기피하면서 탄식하던 타우저 병장에게는 머드[44]를 기껏 바다를 건너 싣고 와서는 도착한 지 두 시간도 안 되어 오르비에토 상공에서 산산조각을 내어 날려 버렸다는 사실이 무서운 사치처럼 여겨졌다. 그가 누구였으며 어떻게 생겼는지 기억하는 사람은 아무도 없었고, 새로운 장교가 죽어야 할 시간을 제대로 맞춰 작전과에 느닷없이 나타났다는 사실만 기억하고 있으면서 요사리안의 천막에서 죽은 사람의 얘기가 나오기만 하면 불안하게 낯빛을 붉히는 필트차드 대위와 렌 대위는 더욱 그랬다. 머드를 실제로 보았을 모든 사람은 그와 같은 비행기를 타고

---

44) Mudd, 진흙을 뜻하는 mud와 발음이 같다.

함께 산산조각이 나 버렸다.

그렇지만 요사리안은 머드가 누구인지 정확히 알고 있었다. 모든 무명용사에 대해서 사람들이 알고 있는 사실이라고는 그들이 철저하게 재수가 없었다는 것뿐이었는데, 머드 역시 철저히 재수가 없었던 무명용사였다. 무명용사들은 죽은 사람이었다. 그리고 이 죽은 자는 석 달 전 그가 전혀 도착하지 않았던 날에 요사리안의 천막 야전침대에 그가 놓아두었던 거의 그대로 아직도 그의 소지품들이 마구 흩어져 있었지만 정말로 무명의 인물이었고, 볼로냐의 대공방전이 벌어지던 바로 그다음 주일에 모든 것이 죽음으로 물들었고, 유황의 안개가 덮인 하늘에도 우중충한 죽음의 악취가 스몄고, 비행할 예정이던 모든 사람들이 벌써 죽음에 물들었을 때나 마찬가지로, 그의 짐들은 모두 두 시간도 안 되어서 죽음으로 물들었다.

이탈리아 본토의 중폭격기들이 높은 고도에서 파괴할 수가 없었던 탄약고를 그의 비행 대대가 맡겠다고 캐스카트 대령이 일단 자원하고 나선 다음에는 볼로냐 출격을 피할 길이 없었다. 하루씩 지연될 때마다 불안감과 암담함만 깊어졌다. 계속되는 비와 함께 끈질기게 기를 죽이는 죽음에 대한 확신은 끊임없이 퍼져 나가서, 그 확신은 모든 사람의 병든 얼굴로 스며드는 어떤 질병의 부식성 흠집처럼 속속들이 파고 들어갔다. 모든 사람이 방부제의 냄새를 풍겼다. 도움을 청할 곳은 어디에도 없었으며, 어느 맑은 날 사람들이 알 수 없는 전염성 설사를 앓아 아프다고 핑계를 대어 또다시 출격을 불가피하게 연기했던 다음에 아프다고 신고하는 자들을 없애기 위해서 콘 중령의 명령에 따라 폐쇄해 버린 의무실도 피신처가 되지는 못했다. 환자를 받는 일이 중단되고 못질을 해서 의무실의 문이 닫힌 다음에, 다네카 군의관은 비가 내리는 틈틈이 높다란 둥글의자에 쪼그리고 앉아서 구슬픈 중립을 지키며 암담한 두려움의 시작을 말없이 응시하며, 블랙 대위가 농담 삼아 달아 놓았지만 전혀 농담이 아니라고 생각해서 다네카 군의관이 그대로 걸어 둔, 손으로 쓴 불길한 팻말 밑에서 우울한 말똥가리처럼 몸을 도사리고 있었다. 검은 크레용으로 테를 두른 그 팻말에는 이렇게 적혀 있었다. "추후 통지가 있을 때까지 폐쇄함. 상중(喪中)임."

공포는 사방으로 퍼져 나갔고, 던바의 비행 중대로도 번졌으며, 어느 날 황혼 녘에 던바는 궁금해서 의무실 천막에 머리를 디밀고는, 위스키 한 병과 소독한 식수가 담긴 종 모양의 병을 앞에 놓고 짙은 그림자들 가운데 앉아 있는 스터브스 군의관의 어슴푸레한 모습을 향해 조심스럽게 말을 걸었다.

"별일 없습니까?" 그가 눈치를 살피며 물었다.

"기분이 아주 나빠요." 스터브스 군의관이 대답했다.

"여기서 뭘 하고 계시죠?"

"앉아 있어요."

"이제는 환자들을 받지 않으시는 줄 알았는데요."

"환자는 없어요."

"그렇다면 어째서 여기 앉아 계시나요?"

"그럼 어디에 앉아 있어야 하나요? 캐스카트 대령하고 콘하고 같이 거지 같은 장교 클럽에요? 내가 여기서 뭘 하고 있는지 알아요?"

"앉아 있죠."

"내 얘긴, 이 비행 중대에서 말입니다. 이 천막 안에서가 아니고요. 그렇게 아는 척하지 말아요. 여기 이 비행 중대에서 군의관이 할 일이 무엇인지 알아요?"

"다른 비행 중대에서는 의무실 천막의 문에 못을 박아 달아 버렸죠." 던바가 말했다.

"만일 누구라도 이곳 문을 들어서기만 하면 난 그를 비행을 못 하게 만들어 주겠어요." 스터브스 군의관이 맹세했다. "남들이 뭐라고 하건 난 알 바 없어요."

"당신은 누구도 비행 임무를 면제시켜 줄 수 없어요." 던바가 일러 주었다. "명령을 잊으셨나요?"

"난 엉덩이에다 주사를 놔서 정말로 비행을 못 하게 만들겠어요." 스터브스 군의관은 자기가 할 일을 상상하고는 비꼬인 웃음을 지었다. "명령만 하면 환자라고는 씨를 말려 버릴 수 있다고 생각들 하죠. 개새끼들. 이런, 또 시작이군." 비가 처음에는 나무들 위로, 그러고는 진흙 구덩이에, 그러더니 타이르는 속삭임처럼 천막 지붕에 다시 내리기 시작했다. "모두가 젖었어요." 스터브스는 변덕스러운 감정을 내보이며 말했다. "변소하고 소변기들까지도 불평을 하는 것 같아요. 염병할 놈의 세상, 온통 납골당 냄새가 납니다."

그가 말을 멈추자 침묵은 한없이 깊어만 갔다. 밤이 되었다. 삭막한 고적감이 느껴졌다.

"불을 켜죠." 던바가 제안했다.

"불은 없어요. 난 발전기를 틀고 싶은 기분이 안 나요. 난 사람들의 생명을 건지는 일에서 굉장한 즐거움을 얻곤 했죠. 그들이 모두 죽어야만 할 처지니까 이제는 발버둥을 쳐 봐야 다 무슨 소용이 있을까 하는 생각이 듭니다."

"아, 소용이야 있죠." 던바가 그를 위로했다.

"그래요? 어떤 점에서요?"

"당신이 힘을 쓸 수 있는 한도 내에서 그들이 죽지 않도록 하면 됩니다."

"그렇겠죠. 하지만 그래 봤자 모두 죽을 텐데 무슨 소용이 있나요?"

"그런 생각을 하지 않으면 될 겁니다."

"그런 소리 말아요. 도대체 그래서 무슨 소용이 있나요?"

던바는 얼마 동안 말없이 생각에 잠겼다. "혹시 누가 알아요?"

던바는 알지 못했다. 볼로냐는 던바로 하여금 황홀감을 느끼게 했어야 마땅할 노릇인데, 분(分)과 시간이 100년처럼 느릿느릿 흐르게 했기 때문이었다. 하지만 자기가 죽으리라는 것을 알았던 까닭에 그것은 고문이나 마찬가지였다.

"정말로 진통제가 더 필요한가요?" 스터브스 군의관이 물었다.

"그건 내 친구 요사리안에게 줄 겁니다. 그 친구는 자기가 정말로 죽으리라고 믿고 있어요."

"요사리안요? 도대체 요사리안이 누구죠? 아무튼 요사리안이라니 도대체 무슨 이름이 그래요? 혹시 지난번 밤에 술에 취해 장교 클럽에서 콘 중령과 싸움을 벌였던 그 사람 아녜요?"

"그래요. 아시리아 사람이죠."

"그 미친 새끼."

"별로 미치지도 않았어요." 던바가 말했다. "자기는 볼로냐로 출격을 나가지 않겠다고 맹세를 했으니까요."

"내 말이 바로 그거예요." 스터브스 군의관이 대답했다. "그 미친 새끼는 이제 이곳에서 정신이 온전한 유일한 놈인지도 모르죠."

11

블랙 대위

콜로드니 상등병은 처음에 대대에서 온 전화를 통해 그 소식을 알고 나서 너무나 놀라 발돋움을 하고 살금살금 정보실을 건너가, 책상에 종아리를 올려 놓고 졸면서 쉬고 있던 블랙 대위에게 그 정보를 귓속말로 전해 주었다.

블랙 대위는 당장 얼굴이 환해졌다. "볼로냐라고?" 그는 즐거워서 소리를 질렀다. "세상에 이럴 줄 누가 알았나?" 그는 요란하게 웃음을 터뜨렸다. "볼로냐라, 이거지?" 그는 다시 웃더니 못 믿겠다는 듯 유쾌하게 머리를 저었다. "아, 세상에! 그 녀석들 볼로냐에 가게 된다는 얘기를 들었을 때의 얼굴을 어서 보고 싶어 죽겠구먼. 하, 하, 하!"

그것은 메이저 메이저가 자기보다 머리를 더 잘 써서 비행 중대장이 된 이후로 블랙 대위가 처음으로 속 시원히 웃어 본 진짜 웃음이었으며, 폭격수들이 지도 꾸러미들을 가지러 왔을 때 그는 이 순간의 기쁨을 최대한으로 만끽하기 위해서 느릿느릿 몸을 일으켜 카운터 뒤에 자리를 잡고 섰다.

"맞았어, 이 녀석들아, 볼로냐라고." 정말로 볼로냐로 가야 되느냐고 못 믿어 하며 질문하는 폭격수들 누구에게나 그는 똑같은 말을 되풀이했다. "하! 하! 하! 간이 콩알만 해졌을 거다, 이 녀석들아. 이번엔 진짜 맛을 보게 될 테니까."

블랙 대위는 그들 가운데 마지막 사람을 따라 밖으로 나가서 비행 중대 지역의 중앙에 세워 둔 네 대의 트럭 주변에 헬멧과 낙하산과 방탄복을 들고 모여드는 다른 모든 장교들과 사병들에게 그 소식이 어떤 영향을 끼쳤는지를 기분 좋게 관찰했다. 그는 키가 크고, 편협하고, 기분을 맞추기가 불가능한 남자였고, 심술을 부리며 맥이 빠져 돌아다니는 사람이었다. 그는 야위고 창백한 얼굴을 사나흘에 한 번씩 면도를 해서, 보통 때 보면 얇은 윗입술 위에 불그레하고 노란 콧수염을 기르는 것처럼 보였다. 그는 바깥에서 벌어지는 광경을 보고 실망하지 않았다. 모든 사람의 표정에는 걱정스러운 어둠이 덮였고, 블랙 대위는 입맛을 다시며 하품을 하고 눈에서 마지막 피로를 비벼 쫓고는, 간이 콩알만 해지지 않았느냐고 누구에게나 말할 때마다 엉큼하게 웃었다.

따지고 보면 볼로냐는 블랙 대위의 생애에 있어서 딜루스 소령이 페루자 상공에서 죽고 자기가 그의 후임으로 거의 발탁될 뻔했던 날 이후로 가장 보람찬 사건이었다. 딜루스 소령의 죽음이 무전기를 통해서 비행장에 전해지자 블랙 대위는 넘치는 기쁨을 나타냈다. 비록 전에는 그런 가능성을 염두에 두었던 적이 없었지만, 블랙 대위는 순간적으로 자기가 딜루스 소령의 뒤를 이어 비행 중대장이 되기에 가장 적임자임을 깨달았다. 처음부터 얘기를 하자면, 그는 비행 중대의 정보 장교였으므로 중대의 어느 누구보다도 아는 것이 많다고 할 수 있었다. 그가 딜루스 소령이나 다른 비행 중대장들처럼 전투 병과가 아니었음은 사실이었지만, 이것은 그의 생명이 위험에 처할 염려가 없기 때문에 국가가 그에게 요구하는 만큼 언제까지라도 그 직책을 맡을 수 있는 셈이니 역시 그에게 유리한 쪽에서 강력한 근거가 되었다. 생각을 하면 할수록 블랙 대위는 그것을 점점 더 필연적으로 여겼다. 남은 일이라고는 재빨리 적재적소에 적절한 얘기를 하는 것뿐이었다. 그는 어떤 일련의 행동을 취해야 할지 결정하려고 서둘러 그의 사무실로 돌아갔다. 회전의자에 자리를 잡고 앉아서 발은 책상 위에 올려놓고 눈을 감고는, 일단 자기가 비행 중대장이 되면 모든 일이 얼마나 아름다울까부터 상상하기 시작했다.

블랙 대위가 상상하고 있는 사이에 캐스카트 대령은 행동하고 있었으며, 블랙 대위는 메이저 메이저가 자기보다 얼마나 재빨리 머리를 썼느냐 하는 결론을 내리고는 혼자 아연실색했다. 메이저 메이저가 비행 중대장에 임명되었다는 발표에 그는 굉장히 놀라서 뼈아픈 고통을 숨기려고 조금도 애를 쓰지 않았다. 캐스카트 대령이 메이저 메이저를 선택한 데 대해서 다른 행정 장교들이 놀라움을 나타내자 블랙 대위는 뭔가 묘한 일이 벌어지고 있는 모양이라고 불평했으며, 메이저 메이저가 헨리 폰다를 닮았다는 사실이 지니는 정치적인 의미에 대해서 그들이 억측을 하자 블랙 대위는 메이저 메이저가 진짜로 헨리 폰다라고 주장했으며, 그리고 메이저 메이저가 어쩐지 좀 수상하다고 그들이 말을 내자 블랙 대위는 그가 공산주의자라고 발표했다.

"그들은 어디나 다 손을 뻗치고 있어." 그가 반항적으로 말했다. "좋아, 자네들은 그들이 하는 짓을 멍하니 구경만 하고 있을지 모르지만, 난 그러지 않겠어. 난 그것을 어떻게 해서든지 막도록 해 볼 테야. 난 이제부터 내 정보과 막사에 들어서는 놈은 모조리 충성의 서약을 시키겠어. 그리고 난 메이저 메이저 그 새끼는 하겠다고 나서도 서명을 안 시키겠어."

거의 하룻밤 사이에 '영광된 충성의 맹세 대운동'이 활짝 꽃을 피웠으며 블랙 대위는 자기가 그 일의 선두에 나섰다는 사실에 황홀했다. 그는 정말로 거창한 일을 벌인 셈이었다. 전투 병과의 모든 사병들과 장교들은 정보과에서 지도 꾸러미를 타 가려면 충성의 서약서에 서명을 해야만 했으며, 낙하산 천막에서 낙하산을 받아 가려면 두 번째 충성의 서약을, 그리고 비행 중대에서 비행장까지 트럭을 얻어 타고 가기 위해서는 수송 장교인 볼킹턴 중위에게 세 번째 충성의 서약을 해야 했다. 몸을 돌렸다 하면 언제나 또 다른 충성의 서약이 그들을 기다리고 있었다. 그들은 경리 장교에게 봉급을 받기 위해서, PX 보급품을 받기 위해서, 이탈리아인 이발사에게 머리를 깎기 위해서도 충성의 서약서에 서명을 했다. 블랙 대위에게는 '영광된 충성의 맹세 대운동'을 지지하는 모든 장교들이 경쟁자여서, 그는 한걸음 남보다 앞서기 위해 계획을 세우고 머리를 짜느라고 하루에 스물네 시간을 보냈다. 그는 국가에 대한 헌신에 있어서는 누구에게도 뒤지고 싶지 않았다. 다른 장교들이 그의 권고를 따르고 그들 나름대로 충성의 서약을 만들어 내자, 그는 그들을 이기기 위해서 정보과로 찾아오는 모든 녀석들에게 충성의 서약서를 두 개, 그러고는 세 개, 그러고는 네 개씩 서명하도록 시켰으며, 그다음에 그는 충의의 선서를 지어냈고, 그러고는 미국의 국가를 한 번, 두 번, 세 번, 네 번씩 합창하게 했다. 경쟁자들보다 앞장을 서서 앞으로 밀고 나갈 때마다, 그는 그의 본보기를 따르는 데 실패한 그들에게 경멸을 퍼부었다. 그리고 그들이 그의 본보기를 따를 때마다 그는 걱정이 되어 뒤로 물러나서 다시 그들을 경멸할 수 있을 만한 새로운 작전을 생각해 내려고 머리를 쥐어짰다.

무슨 일이 벌어지고 있는지 미처 깨닫지도 못하는 사이에 비행 중대의 전투원들은 그들에게 봉사해야 할 행정인들의 지배를 받게 되었다. 그들은 이 사람 저 사람에게 하루 종일 윽박지름을 당하고, 모욕을 당하고, 위협을 받고, 밀려다녔다. 그들이 반발심을 나타내자 블랙 대위는 충성스러운 사람들이라면 필요한 모든 충성의 맹세에 서명하는 일쯤은 개의치 않아야 한다고 그들에게 맞섰다. 충성의 서약서가 지니는 효과를 의심하는 모든 사람에게 그는 국가에 정말로 충의를 빚지고 있는 사람들은 강요받을 때마다 그 선서를 얼마든지 해야 함을 오히려 자랑으로 삼아야 된다고 말했다. 그리고 정당성에 대해서 의심을 품은 모든 사람에게 그는 미국의 국가 「찬란한 성조기」가 여태껏 작곡된 모든 음악 가운데 가장 위대한 작품이라고 대답했다. 충성의 서약서에 서명을 많이 한 사람일수록 그만큼 충성이 깊었으니, 블랙 대위는 그것처럼 빤하고 분명한 사실도 또 없다고 생각했으며, 콜로드니 상등병은 자신이 누구보다도 더 충성스러움을 증명하기 위해서 날마다 수백 번씩 서명했다.

"그들이 계속해서 서약을 한다는 것이야말로 중요한 일이지." 그는 그의 휘하 장졸들에게 설명했다. "그것이 진심이냐 아니냐 하는 것은 상관이 없어. 그래서 '선서'니 '충의'니 하는 말의 뜻도 아직 모르는 어린아이들에게 충의의 선서를 시키는 거지."

필트차드 대위와 렌 대위에게 '영광된 충성의 맹세 대운동'이란 출격할 때마다 승무원들을 모으는 일을 복잡하게 만드는 영광되고 짜증스러운 고통이었다. 병사들은 비행 중대의 여기저기서 서명하고 선서하고 노래를 부르느라고 바빠서 출격할 준비를 맞추려면 몇 시간씩이나 더 걸렸다. 능률적인 비상 임무는 불가능해졌지만, 필트차드 대위와 렌 대위는 둘 다 너무 소심해서 '계속적인 재확인'이라는 블랙 대위가 만들어 낸 이론을, 하루 전 충성의 서약서에 서명을 한 사람이란 그 이후 지금까지 충성이 모자란 상태로 지내 온 셈이라면서 모든 사람을 궁지에 몰아넣는 재확인 이론을 날마다 철저하게 시행하는 블랙 대위에게 전혀 항변하지 못했다. 필트차드 대위와 렌 대위가 정신없이 곤경에 빠져 있는 동안에 그들에게 충고하러 온 사람은 블랙 대위였다. 그는 대표단을 대동하고 와서, 무뚝뚝하게 장병들에게 출격 비행을 나가도록 허락하기 전에 그들로 하여금 충성의 서약서에 서명을 시켜야 한다고 충고했다.

"물론 그건 자네들 마음대로 처리해도 좋아." 블랙 대위가 밝혔다. "자네들에게 압력을 넣으려는 사람은 아무도 없으니까. 하지만 다른 사람들은 모두 충성의 서약서에 서명을 시키고 있고, 자네 두 사람만 그들에게 서명을 시키지 않을 정도로 국가에 충성스럽지 못하다면 연방 수사국에서 보기에는 좀 수상하겠지. 만일 자네들이 나쁜 평판을 받고 싶다면, 그건 자네들이 결정할 문제이지 남들하고는 아무런 상관도 없어. 우린 그저 자네들을 돕고 싶은 생각뿐이니까."

메이저 메이저가 공산주의자라는 얘기를 믿을 수가 없어서 그에게 음식을 제공하지 말라는 요구를 마일로는 단호하게 거절했는데, 그럴 리야 없겠지만 혹시 메이저 메이저가 공산주의자라고 해도 마찬가지였으리라. 마일로는 천성적으로 정상적인 사태에 역행하는 어떠한 새로운 개혁에도 반대했다. 마일로는 굳은 도덕적 입장을 고수했으며 블랙 대위가 대표단과 함께 그를 찾아가서 요구할 때까지 '영광된 충성의 맹세 대운동'에 참여하기를 딱 잘라 거절했다.

"국방은 모든 사람의 임무야." 마일로가 반대하자 블랙 대위가 말했다. "그리고 이 운동은 모두 자발적인 거라고. 마일로, 그걸 알아 둬야 해. 원하지 않는다면 어떤 장병도 필트차드와 렌의 충성의 서약서에 서명할 필요가 없어. 하지만 만일 그들이 거역한다면, 우린 자네가 그들을 굶겨 죽이기를 바라. 그것은 캐치-22하고 똑같아. 알아듣겠어? 자넨 캐치-22에 반대하지는 않겠지, 안 그런가?"

다네카 군의관은 꿋꿋했다.

"어째서 자넨 메이저 메이저가 공산주의자라고 그토록 확실하게 믿지?"

"우리가 그를 공격할 때까지는 그가 부인하는 소리를 들어 본 적이 없을 거야, 안 그런가? 그리고 자넨 그 친구가 충성의 서약서에 서명하는 것을 본 적이 없지."

"자넨 서명을 하게 해 주지 않았잖아."

"물론 그랬지." 블랙 대위가 설명했다. "그랬다간 우리 대운동이 모두 허사가 되니까. 이봐, 자넨 마음이 안 내키면 우리하고 놀지 않아도 상관없어. 하지만 마일로가 그를 굶겨 죽이려고 하는데 자네가 메이저 메이저에게 치료를 해 준다면, 우리 모두가 그렇게 열심히 해 봤자 무슨 소용이 있겠어? 우리의 보안 계획 전체를 우습게 여기는 사람에 대해서 비행 대대의 높은 사람들이 뭐라고 생각할지 궁금하군. 아마 그들은 자넬 태평양으로 전출시키겠지."

다네카 군의관은 재빨리 항복했다. "난 거스와 웨스한테 가서 자네가 바라는 일은 무엇이나 다 하라고 전하겠어."

비행 대대에서는 캐스카트 대령이 벌써부터 무슨 일이 벌어지고 있는지 궁금하게 여기고 있던 참이었다.

"그 병신 같은 블랙이 애국심 장난을 치고 있습니다." 콘 중령이 미소를 지으며 보고했다. "제 생각엔 대령님이 메이저 메이저를 비행 중대장에 임명했으니까, 당분간 그 친구에게 맞장구를 쳐야 할 것 같습니다."

"그건 자네가 결정했지." 캐스카트 대령이 성미를 부리며 그를 비난했다. "내가 자네한테 절대로 설득을 당하지 않았어야 하는데."

"하지만 그 결정이야 아주 훌륭한 것이었습니다." 콘 중령이 반박했다. "행정을 맡은 대령님의 속을 그토록 썩이던, 남아돌아가는 소령을 그렇게 함으로써 제거했으니까요. 걱정은 마십쇼. 이 일은 곧 끝장이 날 테니까요. 지금 취할 수 있는 최선의 방법은 전적인 지원을 하겠으니 너무 말썽이 생기기 전에 나가 죽으라고 블랙 대위에게 편지를 쓰는 일입니다." 콘 중령의 머리에 갑자기 희한한 생각이 떠올랐다. "어떻습니까! 그 병신 같은 자식이 메이저 메이저를 트레일러에서 몰아내려고 한다는 생각은 들지 않아요?"

"우리들이 다음에 해야 할 일은 메이저 메이저 그 자식을 트레일러에서 몰아내는 일이지." 블랙 대위는 결심했다. "난 그의 아내와 자식들도 들판으로 쫓아내고 싶어. 하지만 그럴 수는 없지. 그 친구는 아내와 자식들이 없으니까. 그러니 우린 있는 것이나마 어떻게 해야 하겠고, 그래서 그 친구만이라도 몰아내야지. 막사를 관리하는 사람은 누구지?"

"메이저 메이저요."

"내가 뭐랬어?" 블랙 대위가 소리쳤다. "그들은 어디에나 손을 뻗쳤어. 그래, 난 그건 더 못 참겠어. 난 그럴 필요가 있다면 이 문제를 직접 ──드 커벌리 소령에게 제기하겠어. 난 그가 로마에서 돌아오기만 하면, 마일로를 보내서 얘기를 전하겠어."

블랙 대위는 여태껏 그에게 얘기를 해 본 적도 없고 아직도 그럴 용기가 없음을 의식하고 있기는 했지만, ——드 커벌리 소령의 지혜와 능력과 정의감에 대해서 한없는 신뢰를 지니고 있었다. 그는 ——드 커벌리 소령에게 자기 대신 얘기하도록 마일로를 대리로 임명하고는, 키가 큰 부관이 돌아오기를 기다리며 초조하게 우왕좌왕했다. 비행 중대의 다른 모든 사람들과 마찬가지로, 그는 드디어 로마에서 새 셀룰로이드 눈가리개 속에 다친 눈을 감추고 돌아와서 그의 '영광된 충성의 맹세 대운동'을 단숨에 박살 내게 될, 엄숙하고, 머리가 백발이고, 날카로운 얼굴에 여호와적인 품위를 지닌 소령에 대한 심오한 존경과 두려움을 느끼면서 나날을 보냈다.

——드 커벌리 소령이 무시무시하고 근엄한 위엄을 보이며 돌아와 식당으로 들어서던 날, 충성의 서약서에 서명을 하려고 늘어선 사람들의 벽에 그의 앞길이 막혔을 때, 마일로는 조심스럽게 아무 얘기도 하지 않았다. 음식 카운터의 저쪽 끝에는 먼저 도착한 사람들이 식탁에 앉도록 허락을 받기 위해 한쪽 손에 음식 쟁반을 받쳐 들고 국기에 대한 충의의 맹세를 하고 있었다. 더욱 일찍 도착해 이미 식탁을 차지한 패거리는 소금과 후추와 케첩을 사용할 수 있는 허락을 받기 위해 국가를 부르고 있었다. ——드 커벌리 소령이 마치 무슨 괴이한 광경이라도 둘러보듯이 놀라고 못마땅해서 얼굴을 찌푸리며 문간에서 발을 멈추자 웅성거리는 소리가 잠잠해지기 시작했다. 그는 일직선으로 곧장 앞으로 나아갔고, 장교들의 벽은 홍해처럼 갈라졌다. 왼쪽 오른쪽 어디도 쳐다보지 않으면서 그는

당당하게 음식 카운터로 뚜벅뚜벅 걸어가더니, 나이가 들어 칼칼하고 예스러운 권위와 덕망을 지닌, 뱃속에서 우러나오는 낭랑한 목소리로 말했다.

"먹을 거 줘."

먹을 것 대신에 스나크 상등병은 ──드 커벌리 소령에게 서명을 하라고 충성의 서약서를 내놓았다. ──드 커벌리 소령은 그것이 무엇인지 알게 되자 순간 성한 한쪽 눈에 혐오감이 마구 타올랐고, 커다랗고 쪼글쪼글한 얼굴이 거창한 분노로 어두워지면서, 무척 불쾌하다는 듯이 그것을 쓸어 버렸다.

"먹을 거 달라고 했잖아." 그는 멀리서 우르르 치는 천둥처럼 조용한 천막 안에서 음산하게 되울리는 날카로운 말투로 커다랗게 명령했다.

스나크 상등병은 얼굴이 창백해지며 떨기 시작했다. 그는 지시를 바란다는 듯이 애원하는 눈초리로 마일로를 쳐다보았다. 몇 초 동안 무시무시한 침묵의 순간이 흘러갔다. 그러더니 마일로가 머리를 끄덕였다.

"먹을 거 드려." 그가 말했다.

스나크 상등병이 ──드 커벌리 소령에게 먹을 것을 퍼 주기 시작했다. ──드 커벌리 소령은 먹을 것이 수북한 쟁반을 들고 카운터에서 몸을 돌리고는 문득 걸음을 멈추었다. 그는 말 없이 애원하는 눈초리로 자기를 쳐다보는 다른 장교들을 둘러보고는, 당당한 도전 의식을 보이며 우렁차게 소리쳤다.

"모두에게 먹을 거 줘!"

"모두에게 먹을 거 줘!" 마일로는 유쾌한 안도감을 느끼며 되풀이했고, '영광된 충성의 맹세 대운동'은 여기서 끝장이 났다.

블랙 대위는 그토록 자신 있게 지지해 주리라고 믿었던 높은 사람에게 등을 찔리고 나자 심한 환멸을 느꼈다. ──드 커벌리 소령은 그를 저버렸다.

"아, 뭐 난 조금도 섭섭하게 생각하지 않아." 그를 동정해서 찾아오는 모든 사람에게 그는 유쾌하게 대답했다. "우린 우리의 과업을 완수했으니까. 우리의 목적은 우리가 싫어하는 모든 자에게 겁을 주고 사람들에게 메이저 메이저의 위험에 대해서 경고하는 것이었는데, 우린 분명히 그 일은 성공했어. 어쨌든 우린 그 양반한테는 충성의 서약서에 서명을 시키지 않을 작정이었으니까, 서명을 받았건 못 받았건 상관없어."

무시무시한 볼로냐 대공방전에 대해서 그가 싫어했던 비행대대의 모든 사람들이 한없는 공포에 시달리는 꼴을 보자 블랙 대위는, 마일로 마인더바인더나, 다네카 군의관이나, 필트차드와 렌 같은 거물들조차 그가 다가가기만 하면 벌벌 떨고 발밑에서 설설 기는 꼴을 보였고 자기가 정말로 대단한 인물로 대두되었던 '영광된 충성의 맹세 대운동'의 찬란했던 옛날을 향수를 느끼며 회고했다. 자기가 정말로 대단한 인물이었음을 새로 오는 사람들에게 증명하기 위해서, 그는 아직도 캐스카트 대령에게서 받은 표창장을 간직하고 있었다.

12
볼로냐

볼로냐에 대해서 음산한 공포를 처음 퍼뜨린 사람은 블랙 대위가 아니라 사실은 나이트 병장이었는데, 그는 목표물을 알게 되자마자 소리 없이 트럭에서 빠져나가 방탄복을 여벌로 두 벌 빼냈으며, 마치 그것이 신호라도 된 것처럼 모두들 음산한 분위기 속에서 미친 듯 낙하산 공급계로 몰려들어 여분의 방탄복이 모두 없어지고 말았다.

"이봐, 왜 이러는 거야?" 키드 샘슨이 초조하게 물었다. "볼로냐가 그렇게 심한 곳은 아니겠지, 안 그래?"

트럭 바닥에 얼이 빠져 앉아 있던 네이틀리는 엄숙하고 어린 얼굴을 두 손으로 괴고는 그에게 아무 대답도 하지 않았다.

나이트 병장만 문제가 아니라 거듭되는 잔인한 출격 지연도 탈이어서, 첫날 그들이 비행기로 올라가고 있으려니까 지프가 달려오더니 볼로냐에는 비가 내리고 있어서 출격이 연기

된다는 말을 전했다. 그들이 비행 중대로 되돌아갔을 때쯤에는 피아노사에도 비가 내렸으며, 그다음 하루 종일 그들은 정보와 천막의 차양 밑에서 지도의 폭격 목표 지점들을 굳은 표정으로 노려보면서 도피할 수 없는 현실을 얼빠진 정신으로 되씹어 보았다. 본토를 가로질러 꽂힌 좁다란 빨간 리본에서 생생하게 그 증거를 볼 수 있었듯이, 이탈리아의 지상군은 목표 지점에서 무려 68킬로미터나 남쪽에 발이 묶여 가까운 시일 안에 그 도시를 점령할 가능성은 보이지 않았다. 볼로냐 출격에서 피아노사의 장병들을 구해 줄 수 있는 것은 하나도 없었다. 그들은 꼼짝달싹 못하게 되었다.

그들에게 남은 유일한 희망이라고는 비가 영원히 그치지 않는 것이었는데, 비는 언젠가 그칠 터였으니 그들에게는 아무 희망도 없는 셈이었다. 피아노사에서 비가 멎었을 때, 볼로냐는 비가 왔다. 볼로냐에서 비가 멎었을 때는 피아노사에 다시 내리기 시작했다. 전혀 비가 내리지 않을 때에는 이질이 퍼지거나 폭격선(爆擊線)이 이동하는 따위의 기묘하고 난해한 사태들이 벌어졌다. 처음 엿새 동안, 그들은 네 차례나 집합을 하고, 브리핑을 받고, 그러고는 되돌아갔다. 한번은 이륙해서 편대를 짜고 비행까지 했지만, 관제탑의 호출을 받아 다시 내려왔다. 비가 내리면 내릴수록 그들의 고통은 더욱 심해졌다. 고통을 받으면 받을수록 그들은 비가 더 내리기를 기도했다. 밤새도록 장병들은 하늘을 쳐다보고, 별이 보이면 슬퍼했다. 낮이면 그들은 바람이 불면 날아가 버리고 비가 내리기 시작할 때마다 정보과 천막으로 끌고 들어가던, 커다랗고 흔들거리는 다리를 받친 이탈리아 지도에서 하루 종일 폭격선을 쳐다보았다. 폭격선은 이탈리아 본토의 모든 지역에서 연합군 지상 병력의 최전방을 나타내는 좁다란 비단 리본으로 이루어진 주홍빛 선이었다.

허플의 고양이와 헝그리 조가 주먹 싸움을 벌이고 난 다음 날 아침에, 양쪽에서 다 비가 멎었다. 활주로가 마르기 시작했다. 땅이 단단하게 굳으려면 꼬박 하루가 걸리겠지만, 어쨌든 하늘에는 구름이 없었다. 모든 사람들이 잉태하고 있던 서글픔은 증오를 낳았다. 처음에 그들은 볼로냐를 점령하지 못했다고 해서 본토의 보병들을 증오했다. 다음에 그들은 폭격선 그 자체를 증오하기 시작했다. 몇 시간씩이나 그들은 지도의 주홍빛 리본을 마구 노려보고는 그것이 그 도시를 장악할 만큼 위로 올라가지 않았기 때문에 증오했다. 밤이 되자 그들은 손전등을 들고 어둠 속에 모여서 마치 그들이 드리는 음울한 기도의 집합적인 압력으로 리본을 위로 밀어 올리기라도 하려는 듯 마음속 깊이 애원하면서 으스스한 감시를 계속했다.

"난 정말 믿을 수가 없어."

불평과 놀라움에 따라 오르락내리락하는 목소리로 클레빈저는 요사리안에게 탄성을 올렸다. "이건 완전히 원시적인 미신으로의 복귀야. 사람들은 원인과 결과를 혼동하고 있지. 나무를 두드린다거나 손가락을 꼬아 붙이는 행위[45]도 그 나름의 의미를 지니고. 그들은 만일 누가 한밤중에 발돋움을 하고 지

---

45) 무엇인가를 기원할 때 서양 사람들이 하는 행동.

도로 가서 폭격선을 볼로냐 위로 이동시켜 놓으면 우리가 내일 출격을 나갈 필요가 정말로 없어지리라고 믿어. 그런 거 상상이나 할 수 있어? 아직도 제정신인 사람이라고는 자네하고 나뿐이야."

한밤중에 요사리안은 나무를 두드리고 손가락을 꼬아 붙이고 발돋움을 하고는 살금살금 그의 천막에서 빠져나가 폭격선을 볼로냐 위로 옮겨 놓아 보았다.

콜로드니 상등병은 다음 날 아침 일찍 발돋움을 하고 살금살금 블랙 대위의 천막으로 들어가서는 모기장에 손을 뻗어 블랙 대위가 눈을 뜰 때까지 그의 축축한 어깻죽지를 조심스럽게 흔들었다.

"무엇 때문에 날 깨우는 거야?" 블랙 대위가 툴툴거렸다.

"볼로냐가 점령되었습니다, 대위님." 콜로드니 상등병이 말했다. "알려 드리는 것이 좋을 듯해서요. 출격은 취소됩니까?"

블랙 대위는 몸을 일으키고는 능숙한 솜씨로 그의 앙상하고 기다란 허벅지를 긁었다. 잠시 후 그는 옷을 입고 천막에서 나와 면도도 하지 않은 뚱한 표정으로 눈살을 찌푸렸다. 하늘은 맑고 따뜻했다. 그는 아무런 감정도 없이 지도를 쳐다보았다. 틀림없이 볼로냐는 점령되어 있었다. 정보과 천막 안에서 콜로드니 상등병은 벌써부터 항행 장구에서 볼로냐의 지도를 치우던 참이었다. 블랙 대위는 요란하게 하품을 하고는 자리에 앉아서 책상 위에 발을 올려놓고 콘 중령에게 전화를 걸었다.

"무엇 때문에 날 깨우는 거야?" 콘 중령이 툴툴거렸다.

"밤사이에 볼로냐가 점령되었습니다, 중령님. 출격은 취소됩니까?"

"도대체 무슨 소리를 하고 있어, 블랙?" 콘 중령이 고함을 쳤다. "어째서 출격을 취소해야 한다는 얘기야?"

"볼로냐를 점령했으니까 그렇죠, 중령님. 출격은 취소되는 거 아닙니까?"

"물론 출격은 취소되지. 자넨 우리가 우리 편 군대를 폭격하리라고 생각하나?"

"무엇 때문에 날 깨운 거야?" 캐스카트 대령이 콘 중령에게 툴툴거렸다.

"볼로냐가 점령되었습니다." 콘 중령이 그에게 알려 주었다. "말씀드리는 것이 좋을 듯해서요."

"누가 볼로냐를 점령했어?"

"우리가요."

캐스카트 대령은 그의 부하들이 해내리라고 자원함으로써 얻어 낸 용맹성에 대한 평판에 오점을 남기지 않고 볼로냐를 폭격하겠다는 난처한 약속에서 벗어날 수 있었기 때문에 뛸 듯이 기뻤다. 드리들 장군도 그 소식을 전하려고 자기의 잠을 깨운 무더스 대령에게 화를 내기는 했어도, 볼로냐가 점령되었다는 말에 기분이 좋아졌다. 본부도 기분이 좋아져서 그 도시를 점령한 장교에게 훈장을 수여하기로 결정했다. 그 도시를 점령한 장교가 아무도 없었기 때문에 그들은 페켐 장군에게 대신 훈장을 주었는데, 그것을 받겠다고 요구하며 나섰던 장교는 그 사람 하나뿐이어서 그랬다.

페켐 장군은 훈장을 받자마자 더 높은 지위를 달라고 요구하기 시작했다. 페켐 장군의 견해에 따르자면 작전 지역의 모든 전투 부대들은 특수 임무 군단의 통솔하에 들어가야 하며 그 군단의 사령관으로는 페켐 장군 자신을 임명해야 한다는 얘기였다. 적에게 폭탄을 투하하는 일이 특수 임무가 아니라면 이 세상에서 무엇이 특수 임무겠냐고 그는 논쟁을 벌일 때마다 항상 충실히 동원하는 온화하고 친근하고 순교자적인 미소를 머금고 자주 큰소리로 따지곤 했다. 그는 드리들 장군 밑에서 전투 직위를 맡으라는 제안을 받자 친근하고도 섭섭한 마음을 표하면서 거절했다.

"드리들 장군을 위한 비행 전투 임무를 내가 마음에 두고 있었던 것은 사실 아니지." 그는 거침없이 웃어 대면서 열심히 설명했다. "그보다는 난 드리들 장군의 자리를 대신 차지한다거나, 아니면 무언가 드리들 장군보다 높은 자리에 앉아서 수많은 다른 장군들을 거느리고 감독하는 그런 자리를 염두에 두고 있었으니까. 자네도 알지만, 나에게서 가장 뛰어난 자질이란 주로 행정적인 면들이지. 난 여러 사람들로 하여금 기꺼이 합의에 도달하게 하는 능력이 있어."

"그 친구는 자기가 얼마나 뻔뻔스러운 작자인가 하는 데 대해서 여러 사람들로 하여금 기꺼이 합의에 도달하게 하는 능력이 있지." 카르길 대령은 윈터그린 전직 일등병이 제27 공군 본부에다 불리한 소문을 퍼뜨리기를 바라고서 특별히 윈터그린 전직 일등병을 골라 은근히 말을 전했다. "그 지휘관 직책에 적절한 사람이 하나라도 있다면, 그건 바로 나야. 훈장을 신청하자는 제안도 나한테서 나온 것이니까 말야."

"대령님은 정말로 전투에 임하고 싶으신가요?" 윈터그린 전직 일등병이 물었다.

"전투라고?" 카르길 대령은 기가 질렸다. "아, 아냐⋯⋯. 자넨 오해를 하고 있구먼. 물론 난 사실 전투에 임한다는 건 개의치 않지만, 내 능력에서는 행정력이 가장 빼어나지. 나도 역시 여러 사람들로 하여금 기꺼이 합의에 도달하게 하는 능력이 있으니까."

"그 사람은 자기가 얼마나 뻔뻔스러운 작자인가 하는 데 대해서 여러 사람들로 하여금 기꺼이 합의에 도달하게 하는 능력이 있어요." 윈터그린 전직 일등병은 웃음을 터뜨리며, 이집트산 솜과 마일로의 얘기가 진짜로 정말인지 알아보려고 피아노사로 돌아온 요사리안에게 털어놓았다. "만일 승진할 자격이 있는 사람이 하나라도 있다면, 그건 바로 접니다." 사실 그는 우편 담당원으로 제27 공군 본부로 전출된 지 얼마 안 있다가 계급이 승진되기는 했지만, 그가 섬기는 장교들에 대해서 불쾌한 비교를 떠벌리다가 남이 들었기 때문에 당장 이등병으로 미끄러졌으므로 벌써 전직 상등병의 경력을 거쳤다. 성공의 맛에 당장 취해 버렸던 그는 더욱 흥취가 나서 더 숭고한 목표를 향한 야심을 품게 되었다. "지포 라이터를 좀 사고 싶지 않으십니까?" 그는 요사리안에게 물었다. "보급 장교한테서 직접 훔쳐 온 건데요."

"자네가 라이터 장사를 하는 걸 마일로가 아나?"

"그 사람하고 그게 무슨 상관이 있나요? 마일로는 지금 라이터에는 손대지 않아요, 그렇죠?"

"분명히 손대고 있지." 요사리안이 그에게 말했다. "그리고 훔친 라이터도 아니고."

"그건 대위님 생각이죠." 딱딱 끊어지는 말투로 코웃음 치면서 윈터그린 전직 일등병이 말했다. "내 것은 한 개에 1달러씩 받아요. 그 사람은 얼마씩 받나요?"

"1달러 1센트."

윈터그린 전직 일등병이 승리감에 젖어 비웃었다. "난 항상 그 사람을 이깁니다." 그는 벙긋 웃었다. "참, 이집트산 솜 때문에 난처한 꼴을 당하는 모양인데, 그건 어떻게 되었나요? 얼마나 샀죠?"

"몽땅."

"온 세상 것을 다요? 세상에, 기가 막히군요!" 악질적인 쾌재를 부르며 윈터그린 전직 일등병이 키득거렸다. "별 멍텅구리가 다 있군요! 대위님은 그 사람하고 같이 카이로에 가셨죠. 왜 그런 짓을 하게 그냥 내버려 두셨어요?"

"내가?" 요사리안은 어깨를 추스르면서 대답했다. "난 그 친구한테 아무 영향력도 없어. 그곳의 훌륭한 식당마다 갖추고 있는 그놈의 텔레타이프 기계들 탓이지. 마일로는 증권 시세 표시를 본 적이 한 번도 없었는데, 수석 웨이터에게 그것이 뭔지 설명해 달라고 했을 때 마침 이집트의 목화 시세가 나오던 참이었어. '이집트 목화요?' 마일로가 그 친구 특유의 표정을 지으면서 말했지. '이집트의 목화는 가격이 얼마인데요?' 아차 하는 순간에 그 친구는 수확량을 몽땅 사 버렸어. 그런데 이젠 그것을 조금도 처분할 길이 없어."

"머리를 쓸 줄 몰라서 그래요. 만일 그 사람이 거래를 붙여 보고 싶다면 난 그걸 상당히 많이 암시장에서 처분할 수 있습니다."

"마일로는 암시장 사정도 잘 알아. 목화의 구매자가 전혀 없지."

"하지만 의약품의 수요는 있어요. 난 솜을 나무 이쑤시개에 말아서, 약솜으로 팔 수 있습니다. 그 사람, 적당한 가격으로 그걸 나한테 팔려고 할까요?"

"값을 얼마를 준다고 해도 자네한테는 팔지 않을 거야." 요사리안이 대답했다. "자네가 경쟁자로 등장해서 무척 화가 나 있으니까. 사실 그 친구는 지난 주말에 모두들 설사를 해서 그의 식당이 나쁜 평판을 받아 굉장히 약이 올랐어. 이봐, 자네가 우릴 도와줄 수 있겠어?" 요사리안이 갑자기 그의 팔을 움켜잡았다. "자네 등사기로 공식 명령서를 좀 위조해 우리가 볼로냐 비행에서 빠지게 할 수 없겠나?"

윈터그린 전직 일등병은 아니꼽다는 표정으로 천천히 팔을 잡아 뺐다. "물론 할 수야 있죠." 그는 자랑스럽게 설명했다. "하지만 전 그따위 짓은 생각조차 하기 싫어요."

"왜 못 해?"

"그건 대위님이 할 일이니까요. 우리는 모두 저마다 따로 할 일이 있습니다. 내 일은 가능하다면 이윤을 남기면서 이 지포 라이터들을 처분하고 마일로에게서 솜을 좀 사는 겁니다. 대위님이 할 일은 볼로냐의 탄약고를 폭격하는 것이고요."

"하지만 난 볼로냐에서 죽게 될 거야." 요사리안이 애원했다. "우린 모두 죽게 되지."

"그렇다면 가서 죽어야 합니다." 윈터그린 전직 일등병이 대답했다. "어째서 대위님은 나처럼 그 일에 숙명론자가 되지 못하죠? 만일 내가 이 라이터들을 이윤을 남기며 처분하고 마일로에게서 이집트 목화를 싼값으로 좀 사야 할 운명이라면, 난 그 운명을 따르겠습니다. 그리고 만일 대위님이 볼로냐 상공에서 죽음을 당할 운명이라면, 대위님은 죽어야 할 것이며, 그러니 차라리 떳떳하게 나가 사나이답게 죽어야죠. 이 말을 하기는 싫습니다만, 요사리안 대위님은 만성적 불평분자가 되어 가고 있어요."

클레빈저는 볼로냐 상공에서 죽는 것이 요사리안의 운명이라는 윈터그린 전직 일등병의 말에 동의했고, 폭격선을 이동시켜 출격을 취소시킨 사람이 바로 자기라고 요사리안이 고백하자 마구 화를 내며 욕설을 퍼부었다.

"그러면 안 될 건 또 뭐야?" 요사리안은 자기가 잘못했다는 생각이 들어 더욱 열을 올려 따지면서 고함을 질렀다. "대령이 장군이 되고 싶다는 이유 하나 때문에 내가 똥구멍에 총알을 맞아야 해?"

"본토에 있는 장병들은 어떻고?" 그에 못지않은 감정을 나타내며 클레빈저가 물었다. "자네가 가기 싫다고 그 친구들이 대신 똥구멍에 총을 맞아야 되겠나? 그들은 공중 지원을 받을 권리가 있어!"

"하지만 꼭 내가 나서야 할 이유는 없지. 이봐, 그들은 그 탄약고를 때려 부수는 사람이 누구냐 하는 건 관심이 없어.

우리가 가게 된 이유는 오직 캐스카트 그 새끼가 자원했기 때문이야."

"아, 나도 그건 다 알아." 클레빈저의 앙상한 얼굴이 창백해졌고, 당황한 갈색 눈은 진심으로 허덕이며 그를 타일렀다. "하지만 탄약고가 아직도 그대로 남아 있다는 사실만은 어쩔 수 없어. 내가 자네 못지않게 캐스카트 대령을 못마땅하게 여긴다는 건 자네도 잘 알고 있지." 클레빈저는 강조하는 뜻에서 말을 잠깐 멈추고는 입술을 파르르 떨더니 슬리핑 백을 주먹으로 가볍게 쳤다. "하지만 파괴해야 할 목표물이 무엇이며, 누가 그것을 파괴하느냐 하는 건 우리가 결정할 일이 아니고……."

"그리고 그 일을 하느라고 누가 죽느냐 하는 것도 마찬가지지? 그리고 그 이유도?"

"그래, 그것 역시 그렇지. 우린 질문할 권리도 없어서……."

"자네 미쳤어?"

"질문할 권리도 없고……."

"내가 왜 어떻게 죽느냐 하는 것이 내 문제가 아니라 캐스카트 대령의 일이라는 말이 자네 진심에서 나온 소리야? 자네 그 말이 진담이야?"

"그래, 진담이지." 자신이 없어 보이는 듯하면서도 클레빈저가 우겼다. "어떤 목표물들을 폭격하느냐를 결정함에 있어서 우리보다 훨씬 유리한 위치를 차지하고, 전쟁에서 이겨야 하는 책임을 맡은 사람들은 따로 있지."

"우린 두 가지 다른 얘기를 하고 있어." 짜증스러움을 과장하며 요사리안이 반박했다. "자넨 보병에 대한 공군의 얘기를 하고 있고, 나는 캐스카트 대령에 대한 내 관계를 얘기하고 있지. 자네는 전쟁에서 이기는 얘기를 하고, 난 전쟁에 이기면서도 살아남는 얘기를 하는 거야."

"바로 그거야." 클레빈저가 은근한 어투로 딱 잘라 말했다. "그러면 자네 생각엔 어떤 것이 더 중요하지?"

"누구에게 말인가?" 요사리안이 말을 되받았다. "눈을 똑바로 떠, 클레빈저. 죽은 사람에게는 누가 전쟁에 이기느냐 하는 건 쥐뿔만 한 의미도 없어."

클레빈저는 뺨이라도 맞은 듯 얼마 동안 잠자코 앉아 있었다. "잘 노는군!" 얇은 입술을 차갑게 악물어 하얀 이빨을 약간 드러내면서 그는 고통스럽게 말했다. "적을 그보다 더 안심시킬 만한 태도는 생각해 낼 수도 없겠어."

"적이란 어느 쪽 편이건 간에 자네를 죽이려고 하는 모든 사람들을 뜻하고, 캐스카트 대령도 거기에 포함되지." 요사리안은 빈틈없이 정밀하게 반박했다. "그리고 그걸 오래 기억하면 기억할수록 자넨 더 오래 살지 모르니까, 그 사실을 잊지 말아야 해."

그러나 클레빈저는 그 사실을 잊었고, 이제 그는 죽어 버렸다. 그 당시에 클레빈저는 필요 없이 다시금 출격을 지연시켰던 설사병 사건으로 어찌나 언짢아했던지, 요사리안은 자기도 그 사건에 관여했다는 얘기를 차마 그에게 할 수 없었다. 마일로는 누가 그의 비행 중대 사람들에게 다시 식중독을 일으켰으리라는 가능성에 훨씬 더 기분이 상했고, 그래서 그는 도움을 청하려고 법석을 부리며 초조하게 요사리안에게로 달려왔다.

"스나크 상등병이 또다시 고구마에다 빨랫비누를 넣은 것이나 아닌지 좀 사실을 밝혀 주세요." 그는 은밀하게 부탁했다. "스나크 상등병은 당신을 믿으니까, 다른 사람에게는 얘기하지 않겠다고 약속만 해 주면 사실대로 다 털어놓을 겁니다."

"물론 내가 고구마에다 빨랫비누를 버무렸죠." 스나크 상등병은 요사리안에게 시인했다. "대위님이 그렇게 해 달라고 부탁을 했으니까요, 안 그렇습니까? 빨랫비누가 가장 훌륭한 방법입니다."

"자기는 그 일하고 전혀 관계가 없다고 하느님 이름으로 맹세를 하더구먼." 요사리안이 마일로에게 알려 주었다.

마일로는 못 미더워서 입을 빼물었다. "던바는 하느님이 없다고 하던데요."

남은 희망이라고는 없었다. 두 번째 주일 중간쯤 되자, 비행 중대의 모든 사람은 비행할 계획이 없어서 잠결에 무시무시한 비명을 지르는 헝그리 조를 닮아 가기 시작했다. 그는 잠이 들 수 있는 유일한 사람이었다. 밤이 새도록 사람들은 천막 밖으로 나와 어둠 속에서 헛바닥 없이 담배를 피우는 유령들처럼 돌아다녔다. 낮이면 그들은 공연히 무리를 지어 축 늘어져서 폭격선을 물끄러미 쳐다보거나, 무시무시한 내용을 손으로 쓴 간판 밑의, 닫혀 있는 의무실 문 앞에 앉아 꼼짝도 하지 않는 다네카 군의관을 노려보았다. 그들은 볼로냐에서 그들을 기다리고 있는 파멸에 대해 재수 없는 헛소문이나 재미없고 음울한 농담들을 지어내기 시작했다.

어느 날 밤 요사리안은 장교 클럽에서 술에 취해 독일 사람들이 끌어다 놓은 새로운 레파게 포에 대해서 허튼소리를 해 대려고 콘 중령에게로 비실비실 다가갔다.

"레파게 포라니?" 호기심이 생겨서 콘 중령이 물었다.

"새로운 344밀리미터 레파게 아교 포 말입니다." 요사리안 이 대답했다. "그건 비행기 편대를 몽땅 공중에다 아교로 붙여 버리죠."

놀란 콘 중령은 요사리안이 움켜쥔 손아귀에서 몸을 빼려고 팔꿈치를 잡아챘다. "이거 놓지 못해, 이 멍청이!" 그는 화가 나서 소리를 질렀고, 네이틀리가 요사리안의 등 뒤에서 달려들어 그를 끌고 가자 잘했다는 듯이 독살스럽게 눈을 흘겼다. "한데 저 미친 작자는 누구지?"

캐스카트 대령은 즐거워서 키득거렸다. "페라라 이후에 나더러 훈장을 주라고 자네가 추천한 사람이지. 자네가 나더러 그를 대위로 승진시키라는 말도 했어. 생각나나? 이제야 그 값을 치르는구먼."

네이틀리는 요사리안보다 몸이 가벼웠기 때문에 방을 가로 질러 빈 식탁으로 요사리안의 흐느적거리는 덩치를 끌고 가느라고 무척 고생했다. "정신 나갔어요?" 네이틀리는 전율을 느끼며 나지막한 목소리로 되풀이했다. "저 사람은 콘 중령이에요. 정신이 나갔어요?"

요사리안은 술을 더 마시고 싶다면서 네이틀리가 한 잔만 가져다주면 얌전히 자리를 뜨겠다고 약속했다. 그러더니 그는 네이틀리로 하여금 두 잔을 더 가져오게 했다. 마침내 네이틀리가 설득해서 그를 문까지 데리고 갔을 때, 블랙 대위가 발소리도 요란하게 밖에서 들어오더니 마룻바닥에다 질퍽한 구두를 쾅쾅 털고는 높다란 지붕처럼 머리에서 물을 쏟았다.

"이봐! 너희 새끼들 이제 맛을 보게 되었어……." 발밑에 고인 물웅덩이에서 철벅거리며 벗어나면서 그는 신이 나서 떠들었다. "나 조금 아까 콘 중령에게서 전화를 받았단 말야. 볼로냐에서 무엇이 자네를 기다리고 있는지 알겠나? 하! 하! 새로운 레파게 아교 포를 갖다 놓았대. 그건 비행기 편대를 몽땅 공중에다 아교로 붙여 버린단 말씀이야."

"하느님 맙소사, 그럼 그 얘기가 진짜구나!" 요사리안은 비명을 지르고는 겁에 질려 네이틀리에게로 쓰러졌다.

"하느님은 없어요." 조금 비틀거리는 걸음으로 다가오면서 던바가 차분하게 말했다.

"이봐요, 누구 좀 도와주지 않겠어요? 이 사람을 천막으로 데려가 줘야 되겠어요."

"그런 소리 하는 거 누구야?"

"그런 소리 하는 거 납니다. 히야, 저 비 좀 봐."

"차를 구해야겠어."

"블랙 대위의 차를 훔쳐." 요사리안이 말했다. "난 항상 그러니까."

"우린 누구의 차도 훔칠 수 없어요. 차가 필요하기만 하면 닥치는 대로 당신이 훔치기 시작한 다음부터는 차에 시동을 걸어 두는 사람이 없어졌어요."

"여기 타." 덮개를 씌운 지프를 술에 취해서 몰고 온 화이트 하프오트 추장이 말했다. 그는 사람들이 잔뜩 안으로 들어오기를 기다렸다가 갑자기 차를 앞으로 몰고 나가서 모두를 뒤로 나둥그러지게 했다. 그들이 욕설을 퍼붓자 그는 요란하게 웃어 댔다. 그는 주차장에서 나오자 곧장 앞으로 차를 몰아 길의 반대편에 있는 둑을 들이받았다. 다른 사람들은 맥없이 앞으로 쏠려 무더기를 이루었고, 그들은 다시 그에게 욕설을 퍼붓기 시작했다. "옆으로 돌아야 하는 걸 잊어버렸어." 그가 설명했다.

"조심해요, 알겠어요?" 네이틀리가 주의를 시켰다. "전조등을 켜야 되겠어요."

화이트 하프오트 추장은 뒤로 차를 빼더니 옆으로 방향을 바꾸고는 전속력으로 길을 달려 올라갔다. 시꺼먼 표면 위에서 바퀴들이 쉭쉭 소리를 냈다.

"그렇게 빨리 몰지 말아요." 네이틀리가 부탁했다.

"이 친구가 잠자리에 드는 걸 도와주도록 날 당신 비행 중대로 먼저 데려다 줘요. 그다음에는 우리 비행 중대로 태워다 주세요."

"도대체 자넨 누구야?"

"던바요."

"이봐요, 전조등을 켜요." 네이틀리가 소리를 질렀다. "그리고 길도 살펴보고요!"

"불은 켰어. 요사리안이 이 차에 탔지? 너희 새끼들 다 태워 준 이유는 그것뿐이었어." 화이트 하프오트 추장은 뒷좌석을 보려고 몸을 완전히 돌렸다.

"앞을 봐요!"

"요사리안? 요사리안이 안에 있어?"

"나 여기 있어, 추장. 집으로 가세. 자넨 어떻게 잘 알지? 자넨 내 질문에 대답하지 않았어."

"내가 뭐랬어? 이 안에 탔으리라고 내가 그랬잖아."

"무슨 질문 말야?"

"뭔지는 모르지만 우리가 하던 얘기 있잖아."

"그거 중요한 얘기였나?"

"그것이 중요한 것이었는지 아닌지 난 생각이 나지 않아. 하느님께 맹세하는데, 정말로 난 생각이 나지 않아."

"하느님은 없어요."

"우리가 하던 얘기가 바로 그거야." 요사리안이 소리쳤다. "자넨 어떻게 그렇게 잘 알지?"

"이봐요, 정말 전조등을 분명히 켰나요?" 네이틀리가 소리를 질렀다.

"켜 있어, 켜 있어. 나더러 어떡하라고 저 친구 이러는 거야? 그 뒤에서 그렇게 깜깜해 보이는 이유는 창에 쏟아지는 이 비 때문이야."

"아름답고, 아름다운 비."

"아, 비여, 그치지 말아 다오. 비여, 비여, 멀⋯⋯."

"⋯⋯리 가거라. 다시 오⋯⋯."

"⋯⋯거라, 어느⋯⋯."

"⋯⋯날. 어린 요요[46]가 놀고 싶어⋯⋯."

---

46) 요사리안의 이름 첫 글자를 따서 지은 별명.

"……하는구나. 들……."

"……판에서, 들판에서……."

화이트 하프오트는 다음 길목을 지나쳐 가파른 둑의 끝까지 곧장 차를 몰고 갔다. 뒤로 방향을 바꾸다가 지프는 옆으로 쓰러져 진흙 속에 폭 파묻혔다. 겁에 질린 침묵이 흘렀다.

"모두들 다 괜찮아?" 숨죽인 목소리로 화이트 하프오트 추장이 물었다. 다친 사람은 아무도 없었고, 그는 길게 안도의 한숨을 쉬었다. "알다시피, 난 이게 탈이야." 그는 신음 소리를 냈다. "난 누구의 말대로 귀를 기울이지 않거든. 누군가 나더러 전조등을 켜라고 자꾸만 얘기를 했어도 난 그냥 그 말을 흘려 버리기만 했단 말야."

"전조등을 켜라고 내가 자꾸 얘기했어요."

"알아, 안다고. 그런데 난 통 말을 안 들었지, 안 그래? 술을 마셨으면 좋겠어. 참, 나한테 술이 있지. 이봐, 병이 깨지지 않았어."

"비가 안으로 들이쳐요." 네이틀리가 뒤늦게나마 깨달았다. "난 몸이 젖어 와요."

화이트 하프오트 추장은 위스키 병을 열어서 마시고는 넘겨 주었다. 그들은 서로 포개져 뒤섞인 채, 공연히 문의 손잡이를 찾으려고 자꾸만 더듬거리는 네이틀리만 제외하고는 모두들 술을 마셨다. 병이 땡강 소리를 내며 그의 머리 위로 떨어졌고 위스키가 그의 목으로 쏟아져 내렸다. 그는 발작적으로 몸부림을 치기 시작했다.

"이봐요, 우린 여기서 빠져나가야 해요!" 그가 소리쳤다. "우린 물에 빠져 죽을 겁니다."

"그 안에 누구 있어?" 꼭대기에서 손전등을 내리비추면서 클레빈저가 걱정스럽게 물었다.

"클레빈저!" 그들은 소리를 질러 댔고, 그들을 도와주려고 그가 밑으로 손을 뻗자 그를 창문으로 끌어들이려고 했다.

"저 꼴들 좀 봐!" 클레빈저는 화가 나서 차의 운전대에 앉아 히죽거리는 맥워트에게 소리쳤다. "술 취한 짐승들처럼 한 덩어리가 되어 널브러졌어. 자네도 한몫 끼었나, 네이틀리? 부끄러운 줄을 알아야지! 이리 와, 모두들 폐렴에 걸려 죽기 전에 꺼내 주도록 할 테니까."

"그렇군, 그거 별로 나쁜 얘기가 아니겠어." 화이트 하프오트 추장이 생각해 보았다. "난 차라리 폐렴으로 죽는 것이 어떨까 모르겠어."

"왜?"

"뭐가 왜야?" 라고 대답하고서 화이트 하프오트 추장은 위스키 병을 품 안에서 어루만지며 만족한 채 진흙 속에 누웠다.

"세상에, 저 친구 뭘 하나 보라고!" 클레빈저가 흥분해서 소리쳤다. "자네가 일어나서 차에 타야 우리 모두 비행 중대로 돌아갈 것 아니겠어?"

"우리 모두 돌아갈 수는 없어. 누군가 여기 남아서, 추장이 서명을 하고 주차장에서 끌고 온 이 차를 어떻게 해봐야지."

화이트 하프오트 추장은 자랑스럽고 용솟음치는 웃음을 킬킬대며 차 안에서 느긋하게 자리를 잡았다. "저건 블랙 대위의 차야." 그는 유쾌하게 그들에게 알려 주었다. "그 친구가 오늘 아침에 잃어버린 줄 알고 있는 다른 열쇠로 조금 아까 내가 장교 클럽에서 훔쳐 냈어."

"이런, 누가 그런 줄이야 알았나! 그렇다면 한잔 들어야겠어."

"술은 실컷 마시지 않았어?" 맥워트가 차에 시동을 걸자마자 클레빈저가 꾸짖기 시작했다. "자네들 꼴 좀 보게. 술을 마시다 죽거나 술독에 빠져 죽어도 눈 하나 깜짝하지 않겠다는 식이군, 안 그래?"

"죽을 때까지 비행하는 것보다야 좋겠지."

"어이, 병을 따라고, 병을 따." 화이트 하프오트 추장이 맥워트를 부추겼다. "그리고 전조등을 꺼. 그래야만 제대로 되니까."

"다네카 군의관의 말이 맞아." 클레빈저가 말을 계속했다. "사람들은 제 몸 하나 제대로 돌볼 줄 모른단 말야. 난 정말 자네들 모두에 대해서 구역질이 나."

"좋아, 떠버리야, 차에서 내려." 화이트 하프오트 추장이 명령했다. "요사리안만 남고 모두 차에서 내려. 요사리안 어디 있지?"

"내 몸 위에서 내려." 그를 밀치면서 요사리안이 웃었다. "자네 온통 진흙을 뒤덮어썼구먼."

클레빈저는 네이틀리에게 초점을 두었다. "내가 정말 놀란 것은 자네 때문이야. 자네한테서 어떤 냄새가 나는지 알겠나? 저 친구가 말썽을 부리지 않게 돌봐 주기는커녕, 자네도 똑같이 취해 버렸어. 저 친구가 애플비하고 다시 싸움이 붙으면 어떻게 되겠어?" 그는 요사리안이 킬킬대는 소리를 듣고는 놀라서 눈을 크게 떴다. "저 친구 애플비하고 또 한판 벌인 건 아니겠지?"

"이번에는 아녜요." 던바가 말했다.

"아니, 이번에는 아냐. 이번에는 더 멋진 일을 했지."

"이번에는 콘 중령하고 싸움을 벌였어요."

"거짓말이겠지!" 클레빈저가 숨을 몰아쉬었다.

"그랬어?" 화이트 하프오트 추장은 즐거워서 소리쳤다. "그럼 한잔 마셔야겠군."

"하지만 그건 곤란해!" 클레빈저가 걱정스럽다는 듯이 말했다. "도대체 뭣 하러 콘 중령에게 시비를 걸었어? 말해 봐, 전조등은 어떻게 되었지? 왜 이렇게 온통 깜깜해?"

"내가 껐어." 맥워트가 대답했다. "듣고 보니 화이트 하프오트 추장 말이 맞아. 불을 끄니까 훨씬 좋아."

"자네 미쳤나?" 클레빈저가 고함을 지르고는 전조등을 켜려고 앞으로 덤벼들었다. 그는 거의 발작을 일으키며 요사리안에게로 몸을 돌렸다. "자네 지금 무슨 짓을 하고 있는지 알겠나? 자넨 모든 사람들로 하여금 자네처럼 행동하게 만들었어! 비가 그쳐서 내일 우리가 볼로냐로 출격하게 된다면 어쩌겠어? 자네들 몸 상태가 볼만하겠지."

"비는 절대로 그치지 않아. 아니, 비라면 영원히 계속될지도 모르지."

"비가 정말 그쳤어!" 누군가 말했고, 차 안은 모두 잠잠해졌다.

"이 가련한 녀석들아." 시간이 조금 지난 다음에 화이트 하프오트 추장이 동정 어린 말투로 중얼거렸다.

"정말로 비가 그쳤어?" 요사리안이 얌전하게 물었다.

맥워트가 확인하려고 창닦이의 스위치를 껐다. 비는 그쳤다. 하늘이 개기 시작했다. 엷은 갈색 안개 속에서 달이 선명했다.

"이런, 세상에." 맥워트가 정신이 들어 탄식했다. "염병할."

"이 친구들아, 걱정은 말아." 화이트 하프오트 추장이 말했다. "내일은 활주로가 너무 질어서 사용할 수 없을 테니까. 비행장이 마르기 전에 아마 다시 비가 내릴 거야."

"이 거지발싸개 같은 개새끼들아." 그들이 비행 중대로 달려 들어가자 헝그리 조가 그의 천막에서 소리를 질렀다.

"맙소사, 이 친구 오늘 밤 여기에 와 있나? 난 아직도 전령 비행기를 타고 로마에 가 있는 줄 알았는데."

"오! 오오! 오오오오오오!" 헝그리 조가 비명을 질렀다.

화이트 하프오트 추장이 몸을 부르르 떨었다. "난 저 친구가 무서워!" 그는 지르퉁한 목소리를 나지막이 낮춰서 고백했다. "어이, 플룸 대위는 도대체 어떻게 되었지?"

"내가 무서워하는 녀석이 바로 저놈이야. 난 저 친구가 지난주에 숲에서 야생 딸기를 먹는 걸 보았어. 이제는 절대로 트레일러에서 자지 않지. 꼴이 엉망이더군."

"환자가 나올 수 없는 상황인데도 헝그리 조는 환자가 생겨서 자기가 그 일을 맡을까 봐 겁을 내지. 지난번 밤에 저 친구가 하버마이어를 죽이려고 하다가 요사리안의 참호에 떨어지는 걸 봤어?"

"우우우우!" 헝그리 조가 비명을 질렀다. "오! 우우우! 우우우우우!"

"플룸이 식당에 나타나지 않게 되니까 정말 좋더군. '소금 좀 줘, 월트.[47]' 소리도 이제는 안 듣게 되고."

"'사탕무 좀 던져 줘, 피트.[48]'도 그렇고."

"'빵 좀 이리 줘, 프레드.[49]'도 그렇고."

"저리 비켜, 저리 비켜." 헝그리 조가 비명을 질렀다. "저리 비키라고 그랬잖아, 이 거지 같은 개새끼야."

"우린 적어도 저 친구가 무슨 꿈을 꾸는지는 알아낸 셈이야." 던바가 심술궂게 말했다. "거지 같은 개새끼들에 대한 꿈을 꾸는군."

그날 밤늦게, 헝그리 조는 허플의 고양이가 그의 얼굴 위에서 잠이 들어 그를 질식시키는 꿈을 꾸었고, 잠에서 깨어 보니 허플의 고양이가 정말로 그의 얼굴 위에서 잠을 자고 있었다. 그의 놀라움은 무시무시할 지경이어서, 찢어지는 듯한 저세상의 고함을 지르니, 달빛이 어린 어둠은 곧 황막한 충격으로 진동했다. 어리둥절한 침묵이 뒤따랐고, 그러더니 요란한 소음이 그의 천막 안에서 들려왔다.

가장 먼저 그곳에 나타난 사람들 가운데 요사리안이 있었다. 그가 문으로 들이닥쳤을 때, 헝그리 조는 권총을 뽑아 들고서, 허플을 쏘지 못하게 그의 신경을 어지럽히려고 표독스럽게 혀를 날름거리고 몸을 피하는 고양이를 쏘려고 허플에게 잡힌 팔을 비틀어 빼기 위해 몸부림을 치던 중이었다. 두 사람 다 미군 내복 바람이었다. 머리 위의 젖빛 전구는 늘어진

---

47) 소금인 salt와 Walt는 운이 맞는다.
48) 사탕무인 beet와 Pete도 운이 맞는다.
49) 빵인 bread와 fred도 운이 맞는다.

전깃줄에 매달려 미친 듯이 흔들렸고, 뒤엉킨 검은 그림자들은 무질서하게 맴을 돌고 출렁여서 천막 안에서는 온갖 것이 온통 비틀거리는 듯했다. 요사리안은 본능적으로 몸의 균형을 잡으려고 팔을 뻗으면서 엄청난 추진력을 발휘하여 덤벼들었고, 싸움을 벌이던 세 전투원이 함께 뒤로 자빠졌다. 그는 혼전 속에서 양쪽 손에 하나씩 목덜미를 움켜쥐고 빠져나왔는데, 하나는 헝그리 조의 목이었고 다른 하나는 고양이의 목이었다. 헝그리 조와 고양이는 독기를 품고 서로 노려보았다. 고양이는 헝그리 조에게 악착같이 혀를 날름거렸고, 헝그리 조는 한 방에 고양이를 때려눕히려고 기를 썼다.

"싸움은 정정당당하게 해야지." 요사리안이 선언했고, 공포를 느끼며 난장판으로 달려왔던 다른 사람들은 안도감에 흠뻑 젖어서 열광적으로 환호성을 올렸다. "우린 정정당당한 싸움이 되도록 해야 해." 그는 여전히 양쪽 손에 그들의 목덜미를 잡고 밖으로 헝그리 조와 고양이를 끌고 나온 다음에 그들에게 정식으로 설명했다. "주먹과 발톱과 손으로. 하지만 권총은 안 돼." 그는 헝그리 조에게 경고했다. "그리고 침을 뱉어도 안 되고." 그는 엄격하게 고양이에게 경고했다. "내가 둘 다 놓아주면, 시작해도 좋아. 엉겨 붙으면 다시 떨어졌다가 싸움을 계속하고. 시이작!"

여흥이라면 무엇이건 몹시 기다리던 사람들이 어지러울 만큼 많이 모였지만 고양이는 요사리안이 놓아주자마자 겁을 집어먹고 겁쟁이 개처럼 헝그리 조에게서 볼썽사납게 도망쳤다. 헝그리 조가 승자로 판명이 났다. 그는 쪼그라진 머리를 높이 치켜들고, 야윈 가슴을 내밀고, 챔피언답게 자랑스러운 미소를 머금고는 기분이 좋아서 으쓱거렸다. 그는 승리에 도취되어 침대로 돌아가서, 또다시 허플의 고양이가 그의 얼굴 위에서 잠을 자며 그를 질식시키는 꿈을 꾸었다.

13
──드 커벌리 소령

폭격선을 이동시켰더니 독일인들은 속지 않았지만 ──드 커벌리 소령은 속아서, 그는 잡낭을 꾸리고 비행기를 징발하였으며, 피렌체 역시 연합군에게 점령되었다고 추측하고는 휴가를 받은 비행 중대의 장교와 사병들을 위해서 숙소 두 채를 세내려고 그 도시로 날아갔다. 그는 요사리안이 메이저 메이저의 사무실 창문을 뛰어넘어 밖으로 나와 누구에게 도움을 청할까 궁리하고 있을 때까지도 돌아오지 않았다.

 ──드 커벌리 소령은 멋지고 존경심을 자아내는 엄숙한 노인이었으며, 사자처럼 커다란 머리에 거칠고 성난 백발이 그의 엄하고 어른스러운 얼굴 주위에서 눈보라처럼 흩날렸다. 다네카와 메이저 메이저 두 사람이 생각하기에는 비행 중대 부관으로서 그가 지닌 임무란 편자를 던지고, 이탈리아 노무자들을 납치하고, 휴가 때 사병과 장교들이 사용할 숙소를 세내는

일이 고작이었는데, 그는 이 세 가지에서 다 탁월했다.

　나폴리나 로마, 피렌체 같은 도시의 함락이 가까운 듯싶을 때마다 ——드 커벌리 소령은 잠낭을 꾸리고 비행기와 조종사를 징발해서 날아가 버렸는데, 이 모든 일을 그는 말 한마디 꺼내지도 않고 그냥 그의 근엄하고 위압적인 안면과 주름진 손가락의 안하무인격인 시늉의 힘만으로 해냈다. 어느 도시가 함락된 다음 하루나 이틀이 지나면 그는 이미 노련하고 유쾌한 요리사와 하녀들을 갖춘 숙소를 사병과 장교들을 위해서 각각 하나씩 장만해 놓고 돌아오게 된다. 그 후 며칠이 지난 다음, 산산이 무너진 도시의 폐허와 연기 속으로 총을 겨누며 헤치고 들어가는 첫 미군들의 사진이 전 세계의 신문에 게재된다. ——드 커벌리 소령은 틀림없이 그들 사이에 끼어 있게 마련인데, 그는 어디에선가 구한 지프에 꼿꼿이 앉아서, 그의 머리 근처에서 터지는 포화나, 불타는 건물들에 몸을 숨기며 길을 따라 뛰어가거나 문간에서 죽어 자빠지는, 카빈총을 든 유연하고 젊은 보병들을 아랑곳하지도 않으면서 꼿꼿이 곧장 앞만 쳐다보고 있었다. 그가 비행 중대의 모든 사람들에게 낯이 익어 존경을 받는 바로 그 사납고, 당당하고 정정당당하며, 위압하는 표정을 짓고 위험에 둘러싸여 그렇게 앉아 있으면 아무도 영원히 무찌를 수 없을 듯이 보였다.

　독일의 정보 당국에서는 ——드 커벌리 소령의 존재란 신경질이 나게 하는 신비였으니, 미군 포로가 수백 명이 되어도 그 가운데 어떤 사람도 나이가 많고 머리는 백발에 이마는 위협적으로 찌푸리고, 힘찬 눈은 불타는 듯하고, 모든 중요한 공격을 그토록 용감하게, 그리고 성공적으로 이끌어 가고 있는 듯한 이 장교에 대해서 구체적인 정보를 전혀 제공하지 못했다. 미군 당국에도 그의 신분은 똑같이 난처한 문제로 대두되어서, 그가 누구인지 밝혀내기 위해서 우수한 범죄 수사대 요원 연대 병력을 전선에 투입했으며, 전투로 단련된 대대 병력의 공보 장교들은 그를 발견하는 즉시 선전을 시작하라는 명령을 받고 하루 이십사 시간씩 적색경보 상태에 돌입했다.

로마에서도 ──드 커벌리 소령은 숙소를 세내는 솜씨를 한껏 발휘했다. 단체로 오거나 네댓 명씩 무리를 지어 도착하는 장교들을 위해서는 널찍한 목욕탕이 세 개에다, 벽에는 남옥(藍玉) 타일이 반짝거리고, 이름이 미카엘라라는 하녀가 아무것이나 보고 킬킬거리며 구석구석 말끔히 치워 두는 하얀 새 석조 건물의 거대한 더블 룸을 하나씩 내주었다. 아래층에는 알랑거리기를 잘하는 주인들이 살았다. 위층에는 아름답고 숱이 많은 검은 머리의 백작 부인과 아름답고 숱이 많은 검은 머리의 며느리가 살고 있었는데, 그들은 너무나 수줍어서 그들을 차지하려고 하지 않는 네이틀리와 너무 고지식해서 그녀들에게 남편 이외에는 누구에게도 몸을 주지 말라고 설득하기나 하면서 건드리려고도 하지 않는 알피 이외에는 어느 누구에게도 몸을 허락하려고 하지 않았는데, 그녀들의 남편은 집안일 때문에 북부에 머물고 있었다.

"정말 멋진 여자들이야." 알피가 진심을 털어놓았는데, 요사리안은 이 아름답고 숱이 많은 검은 머리 여자들의 우윳빛 하얀 몸을 발가벗겨서 에로틱하게 양쪽에 하나씩 누이고 잠자리에 드는 꿈을 자꾸만 꾸었다.

사병들은 엘리베이터가 삐걱거리는 빨간 벽돌 건물 6층에 있는 그들의 숙소 식당에서 먹을 수 있도록 여자들이 요리할 통조림 음식으로 가득 찬 무거운 나무 상자를 챙겨가지고 가르강튀아[50] 못지않은 식욕을 느끼며 십여 명씩 무리를 지어 로마에 도착했다. 사병들이 있는 곳은 항상 활기찼다. 뭐니 뭐니 해도 사병들이 더 많았고, 요리해서 식사를 대접하고 쓸고 닦는 여자들도 항상 더 많았으며, 또한 요사리안이 찾아내어 그곳으로 데리고 오는 쾌활하고 바보 같고 육감적인 젊은 여자들이나, 기운 빠지는 일주일 동안의 방탕한 생활 끝에 졸린 눈으로 피아노사로 돌아가는 사병들이 그곳으로 끌고 와서 생각이 있으면 아무나 물려받으라고 남겨 놓고 가는 여자들도 항상 있었다. 여자들은 마음만 내키면 언제까지라도 숙소와 음식을 공짜로 제공받을 수 있었다. 그들이 보답할 일이라고는 그들에게 요구하는 어떤 남자에게나 몸으로 봉사해 주는 것이었고, 그러면 모든 일이 다 완전해지는 듯싶었다.

나흘쯤만 지나면 언제나, 재수가 없어 출격을 완료하지 못하고 우편 비행을 하고 있던 헝그리 조가 난폭하고, 거칠고, 미친 듯이 고통을 겪는 남자처럼 요란하게 뛰어 들어왔다. 그는 대부분의 경우 사병들의 숙소에서 잠을 잤다. 어느 누구도, 심지어는 그에게 세를 주고 1층에서 사는, 검정 조끼에 코르셋을 찬 건장한 여자까지도, ──드 커벌리 소령이 방을 몇

50) 라블레의 작품에 등장하는 식욕이 굉장한 거인.

개나 세내었는지 정확히 알지 못했다. 세낸 방들은 꼭대기 층을 모두 차지했으며, 요사리안은 그 방들이 아래 5층과 연결되어 있음을 알았는데, 볼로냐 다음 날 그가 장교들의 숙소에서 아침에 루치아나와 함께 침대에 들어 있는 것을 보고 헝그리 조가 미친 듯이 카메라를 찾아 나선 바로 그날, 뽀얀 빛깔의 팬티를 입고 먼지를 떨던 하녀를 요사리안이 마침내 찾아낸 것은 스노든의 방이 있던 5층에서였다.

뽀얀 빛깔의 팬티를 입은 하녀는 삼십 대의 쾌활하고, 살지고, 말을 잘 듣는 여자였고, 허벅지는 흐물흐물했으며, 그녀를 원하는 남자가 있기만 하면 휘적거리는 궁둥이가 담긴 뽀얀 빛깔의 팬티를 언제나 서슴지 않고 말아 내렸다. 그녀는 평범하고 넓적한 얼굴에, 마음이 후하기는 세상에서 제일가는 여자였기 때문에 인종과 이념과 피부 빛깔과 민족적 기원을 가리지 않고 어떤 남자를 위해서도 발랑 누웠고, 친절의 행위로서 자신을 사교적으로 제공했으며, 누구의 손이 그녀의 몸에 닿을 때면 쥐고 있던 걸레나 빗자루나 먼지떨이를 잠시도 주저하지 않고 던져 버리곤 했다. 그녀의 매력은 누구라도 항상 차지할 수 있다는 가능성이었는데, 에베레스트산처럼 그녀는 언제나 기다리고 있었으며, 남자들은 충동을 느낄 때마다 그녀의 위로 올라가면 되었다. 요사리안이 뽀얀 빛깔의 팬티를 입은 하녀를 사랑했던 까닭은 사랑에 빠지지 않으면서도 일을 볼 수 있는 여자라고는 이제 그녀 하나만 남은 듯싶었기 때문이었다. 시칠리아의 대머리 여자까지도 그에게서 연민과 정(情)과 회한의 감정을 자아냈다.

숙소를 세낼 때마다 ──드 커벌리 소령이 스스로 노출시켰던 수많은 위험에도 불구하고, 그가 입은 부상이라고는 묘하게도 그가 길이 트인 로마의 시가(市街)로 승리의 행렬을 이끌고 들어가는 동안에 사탄처럼 술에 취해 키득거리는, 기분 좋지 않은 노인이 가까운 거리에서 그에게 발사한 꽃이 눈에 입힌 상처뿐이었다. 노인은 거기에서 그치지 않고 악질적인 환희에 들떠서 ──드 커벌리 소령의 차로 뛰어올라, 존경스러운 백발을 거칠고 경멸하는 듯이 움켜잡더니, 포도주와 치즈와 마늘의 시큼한 냄새가 풍기는 입으로 양쪽 뺨에 조롱하듯 키스를 하고는 텅 비고 메마르고 통렬히 비난하는 듯한 웃음을 터뜨리며 즐겁게 환호성을 울리는 군중 속으로 되돌아갔다. 역경에 처해서도 스파르타 기질을 보이던 ──드 커벌리 소령은 이 무시무시한 시련이 벌어지는 동안 조금도 겁을 내지 않았다. 그리고 로마의 일이 끝나고 피아노사로 돌아온 다음에서야 그는 상처를 치료했다.

그는 이탈리아 노무자들을 납치하거나 숙소를 빌리거나 편자를 던질 때 시력의 장애를 받기가 싫어서 양쪽 눈으로 다 볼 수 있도록 다네카 군의관에게 투명한 눈가리개를 만들어 달라고 특별히 부탁했다. 비행 중대의 장병들에게는, 비록 그들이 대놓고 그렇게 말하지는 않았어도, ──드 커벌리 소령은 대단한 거물이었다. 그에게 감히 말을 걸었던 사람이라고는 마일로 마인더바인더뿐이었는데, 그는 비행 중대로 온 지 두 주일째 되던 어느 날, 푹 삶은 달걀을 가지고 편자 던지기를 하는 곳으로 가서 그것을 ──드 커벌리 소령더러 한번 보라고 내밀었다. ——드 커벌리 소령은 마일로의 뻔뻔스러움에 놀라 몸을 꼿꼿이 세우더니, 빅텐[51]이 풀백처럼 분노하며 돌격한 것 같은, 바위처럼 거대한 코의 꼽추처럼 구부러진 커다란 콧등과 고랑이 팬 이마 위로 텁수룩한 머리카락이 늘어진 폭풍 같은 얼굴을 터질 듯한 분노로 이글거리며 그에게 들이댔다. 마일로는 마술적 부적이기라도 한 듯이 그의 얼굴 앞에다 치켜든 푹 삶은 달걀 뒤로 피신하면서 자리를 지켰다. 시간이 흐름에 따라 태풍은 잔잔해지고, 위험은 사라졌다.

"그게 뭐야?"——드 커벌리 소령이 마침내 물었다.

"달걀요." 마일로가 대답했다.

"무슨 달걀?"——드 커벌리 소령이 물었다.

"푹 삶은 달걀요." 마일로가 대답했다.

"무슨 푹 삶은 달걀?"——드 커벌리 소령이 물었다.

"푹 삶은 신선한 달걀요." 마일로가 대답했다.

"그 신선한 달걀은 어디서 났지?"——드 커벌리 소령이 물었다.

"닭한테서요." 마일로가 대답했다.

"그 닭은 어디 있나?"——드 커벌리 소령이 물었다.

"닭은 몰타에 있습니다." 마일로가 대답했다.

"몰타에는 닭이 몇 마리나 있지?"

"식당 경비에서 하나에 5센트씩 내고 비행 중대의 모든 장교들이 모두 먹을 수 있을 만큼 달걀을 낳아 줄 많은 닭이 있

---

51) 미국 중서부에서 손꼽히는 주립 대학의 축구팀들.

죠." 마일로가 대답했다.

"난 신선한 달걀이라면 사족을 못 써." ──드 커벌리 소령이 고백했다.

"만일 누가 저한테 비행기 한 대만 내준다면, 전 중대의 비행기로 매주 한 번씩 그곳으로 날아가서 우리에게 필요한 달걀을 다 실어 오겠습니다." 마일로가 말했다. "따지고 보면 몰타는 그리 멀지도 않아요."

"몰타는 그리 멀지 않지." ──드 커벌리 소령이 말했다. "자넨 매주 한 번씩 중대 비행기를 타고 그곳으로 날아가서 우리에게 필요한 달걀을 다 장만해 올 수도 있겠지."

"예." 마일로가 동의했다. "누가 저에게 그 일을 시키고 비행기 한 대를 내준다면 그 일을 할 수 있으리라는 생각이 듭니다."

"내 신선한 달걀은 프라이를 해 주게." ──드 커벌리 소령은 생각이 난 듯 말했다. "신선한 버터에다가."

"전 신선한 버터를 0.5킬로그램에 25센트씩 주고 시칠리아에서 얼마든지 구할 수 있습니다." 마일로가 대답했다. "신선한 버터 0.5킬로그램에 25센트라면 괜찮은 값이죠. 식비를 가지고 버터도 충분히 살 수가 있고, 우린 이익을 남기고 다른 비행 중대들에 팔아서 밑천을 뽑을 수 있을지도 모릅니다."

"이봐, 자네 이름이 뭔가?" ──드 커벌리 소령이 물었다.

"제 이름은 마일로 마인더바인더입니다, 소령님. 전 스물일곱 살입니다."

"자넨 아주 훌륭한 취사 장교야, 마일로."

"전 취사 장교가 아닙니다, 소령님."

"자넨 훌륭한 취사 장교가 되는 거야, 마일로."

"고맙습니다, 소령님. 전 훌륭한 취사 장교가 되기 위해서 힘자라는 데까지 노력하겠습니다."

"잘해 봐. 편자 하나 집어."

"고맙습니다, 소령님. 그걸로 뭘 해야 하나요?"

"던져."

"버려요?"

"저기 저 말뚝에다. 그러고는 주워서 이 말뚝에다 던지고. 그건 놀이야, 알겠지? 편자를 다시 가져와야지."

"예, 소령님. 알겠습니다. 편자는 값이 얼마나 나가나요?"

신선한 버터의 웅덩이 속에서 감미롭게 부친 신선한 달걀의 냄새는 지중해의 무역풍을 타고 멀리 퍼져 나가, 드리들 장군은 어디를 가나 그를 수행하는 간호사와 그의 사위인 무더스 대령을 데리고 탐욕스러운 식욕과 함께 달려왔다. 처음에 드리들 장군은 모든 식사를 마일로의 식당에서 했다. 그러자 캐스카트의 대대 소속인 다른 세 비행 중대는 그들의 식당을 마일로에게 넘겨주고, 그들에게도 신선한 달걀과 신선한 버터를 사다 달라고 제각기 비행기 한 대와 조종사 한 사람씩을 제공했다. 네 비행 중대의 모든 장교들이 신선한 달걀을 먹어치우기 시작하자 마일로의 비행기들은 일주일에 이레씩 왕래를 계속했다. 드리들 장군은 아침, 점심, 저녁으로, 그리고 간식으로 계속해서 신선한 달걀을 먹어치웠는데, 그러는 사이에 드디어 마일로는 신선한 송아지고기, 쇠고기, 오리고기, 새끼 양고기 토막, 버섯갓, 브로콜리, 남아프리카산 닭새우 꼬리, 새우, 햄, 푸딩, 포도 아이스크림, 딸기, 아티초크를 다량으로 구할 수 있는 곳들을 찾아냈다. 드리들 장군의 전투 비행단에는 폭격 대대가 셋이 또 있었는데, 그들은 저마다 시기심이 생겨 자기들의 비행기를 몰타로 보냈지만, 신선한 달걀 값은 하나에 7센트씩이었다. 그들은 마일로에게서 달걀을 하나에 5센트씩 주고 살 수 있었으므로, 그들의 식당 또한 신디케이트로 넘겨서 그가 조달해 주겠다고 약속한 다른 훌륭한 식품들과 더불어 달걀을 수송해 오도록 그에게 비행기와 조종사를 제공하는 편이 훨씬 현명하다는 사실을 깨달았다.

사태가 이런 방향으로 진전되자 모두들 가슴이 부풀었는데, 특히 자랑거리가 생긴 캐스카트 대령이 더욱 그랬다. 그는 마일로를 만날 때마다 반갑게 인사했고, 뉘우치는 뜻에서 관용을 너무 베풀다가 충동적으로 메이저 메이저의 승진을 추천했다. 그 추천은 제27 공군 본부에서 윈터그린 전직 일등병에게 즉각 거부당했는데, 그는 군대에 메이저 메이저 메이저 메이저[52]는 오직 한 사람뿐이어서, 캐스카트 대령의 기분을 맞춘다는 유일한 이유에서 그를 잃을 수 없다고 냉정하게 편지를 써서 서명을 하지 않고 보냈다. 캐스카트 대령은 그 멋없는 비난에 마음이 찔려, 가슴 아픈 자포자기 속에서 죄의식에 시달리며 방 안에서 왔다 갔다 했다. 그는 이렇게 묵사발을 당한 것을 메이저 메이저의 탓으로 돌리고 그날로 그를 소위로

---

52) 첫 번째 메이저는 소령이라는 계급을 뜻하니까, 중령으로 승진하면 커널 메이저 메이저 메이저가 된다.

강등시키려고 마음먹었다.

"그렇게 마음대로는 안 될 겁니다." 콘 중령은 이런 상황을 즐기면서 얌전한 미소를 머금고 말했다. "승진을 시키지 못하겠다는 것과 똑같은 이유 때문에 말입니다. 더구나 그를 저하고 똑같은 계급으로 승진시키려고 하다가 당장 소위로 강등시키겠다고 나서면 남들이 대령님을 우습게 여길 테죠."

캐스카트 대령은 사면초가를 당한 기분이었다. 그는 포강(江)을 가로지른 다리를 파괴하겠다고 자원한 지 일주일이 지나도록 교량이 피해를 받지 않고 그대로 남아 있던 페라라 붕괴 이후에 요사리안을 위해 훈장을 받아 낼 때도 이런 어려움은 겪지 않았다. 엿새 동안에 그의 장병들은 아홉 차례나 출격했지만, 요사리안이 여섯 대의 비행기에 탄 승무원들을 이끌고 다시 되돌아가서 크라프트를 죽게 만들었던 일곱째 날의 열 번째 출격 비행 때까지 그 다리는 파괴되지 않았다. 두 번째 되돌아갔을 때 요사리안은 용감해져 조심스럽게 폭격에 임했다. 그는 폭탄들이 사라질 때까지 폭격 조준기에 머리를 처박고 있었으며 그가 눈을 들었을 때 비행기 안은 온통 괴이한 오렌지색 불꽃에 휩싸여 있었다. 처음에 그는 자기의 비행기에 불이 붙었다고 생각했다. 다음에 그는 엔진에서 불이 나는 비행기가 바로 그의 위에 있음을 알아채고 인터콤을 통해서 맥워트더러 당장 왼쪽으로 방향을 꺾으라고 소리쳤다. 다음 순간에 크라프트의 비행기에서 날개가 폭발해 떨어져 나갔다. 파괴된 비행기는 불길에 휩싸여 처음에는 기체가, 그리고 다음에는 빙글빙글 도는 날개가 밑으로 떨어졌고, 작은 쇠

—드 커벌리 소령

붙이 파편의 소나기가 요사리안의 비행기 꼭대기에서 탭댄스를 추었고, 고사포의 카충! 카충! 카충! 하는 소리가 아직도 끊임없이 사방에서 튀었다.

기지로 돌아온 다음에 그는 모든 사람이 음산하게 지켜보는 가운데 막연한 좌절감을 느끼며 정보 보고를 하려고 초록빛 널빤지 상황실 밖에 있는 블랙 대위에게 걸어갔으며, 캐스카트 대령과 콘 중령이 그와 얘기를 하고 싶어 초조하게 안에서 기다리고 있음을 알게 되었다. 댄비 소령은 잿빛 침묵 속에서 다른 사람들을 모두 손짓해 쫓으며 문을 막고 서 있었다. 요사리안은 피로로 몸이 납덩이처럼 무거웠으며, 어서 끈적끈적한 옷을 벗어 버리고 싶었다. 그는 자기가 의무와 저주의 흉악하고 괴로운 갈등에 빠져 그들과 똑같은 상황에 처해 있던 순간에 모두 죽어 버린 크라프트와 다른 사람들에 대해서 어떤 감정을 느껴야 마땅한지 확실히 알지 못해서, 뒤섞인 기분을 느끼며 상황실로 들어섰다.

한편 캐스카트 대령은 이 사건으로 잔뜩 흥분했다. "두 번이었지?" 그가 물었다.

"첫 번째에는 목표물을 적중시키지 못했을 겁니다." 머리를 떨어뜨리며 나지막한 목소리로 요사리안이 대답했다.

그들의 목소리는 기다랗고 좁다란 방갈로 안에서 조금 되울렸다.

"하지만 두 번이라니?" 분명히 못 미더워하는 눈치로 캐스카트 대령이 되풀이했다.

"첫 번째에는 목표물을 적중시키지 못했을 겁니다." 요사리안이 거듭 말했다.

"하지만 크라프트는 죽지 않았을 거야."

"그리고 교량도 아직 무사했을 겁니다."

"훈련을 받은 폭격수라면 첫 번째에 폭탄을 투하해야 마땅하지." 캐스카트 대령이 그에게 상기시켰다. "다른 다섯 폭격수들은 첫 번째에 모두 폭탄을 투하했어."

"그리고 목표물을 맞추지 못했죠." 요사리안이 말했다. "우린 다시 그곳으로 출격을 나가야 할 테고 말입니다."

"그리고 자네는 첫 번째에라도 목표를 적중시킬 수 있었을지 모르지."

"전혀 적중시키지 못했을지도 모릅니다."

"하지만 피해는 없었을 거야."

"하지만 교량이 그대로 남아 있다면 피해가 더 클지도 모릅니다. 교량을 폭파하기를 대령님이 바라시는 줄 알았는데요."

"나한테 말대꾸하지 마." 캐스카트 대령이 말했다.

"말대꾸를 하는 것이 아닙니다, 대령님."

"아냐, 말대꾸를 하고 있어. 지금 그 말도 그렇고."

"예, 대령님. 죄송합니다."

캐스카트 대령은 그의 손가락 관절로 요란스럽게 딱딱 소리를 냈다. 작달막하고, 가무잡잡하고, 축 늘어지고, 똥배가 보기 흉한 콘 중령은 앞줄의 긴 의자에 자리를 잡고 아주 편안한 자세로 앉아서, 대머리가 벗어지고 거무스레한 머리 위로 손을 편하게 깍지 끼었다. 반짝거리는 무테안경 너머의 그의 눈은 재미있어하는 듯했다.

—드 커벌리 소령

"우린 이 문제를 아주 객관적으로 따지고 싶어." 갑작스런 영감에 흠뻑 젖으면서 캐스카트 대령이 요사리안에게 말했다. "내가 감정에 치우치거나 뭐 그러자는 게 아냐. 난 장병들이나 비행기에 대해서는 조금도 관심이 없어. 그저 보고서가 영 거지 같아 보이겠으니까 이러는 거지. 이런 걸 보고서에서 어떻게 넘겨 버릴 수 있겠어?"

"저한테 훈장을 주시지 그래요?" 요사리안이 우물우물 제안했다.

"되돌아갔다고 해서 말인가?"

"헝그리 조가 실수로 비행기를 망가뜨렸을 때도 훈장을 주시지 않았습니까?"

캐스카트 대령은 한심하다는 듯 코웃음을 쳤다. "군사재판에 회부되지 않는다면 그나마 다행인 줄로 알아."

"하지만 전 되돌아가서 교량을 없애 버렸습니다." 요사리안이 항의했다. "전 대령님이 교량 폭파를 원하시는 줄 알았는데요."

"아, 내가 바라던 것이 뭔지 난 모르겠구면." 캐스카트 대령은 화가 나서 소리쳤다. "이봐, 난 물론 교량을 폭파하기를 원했어. 난 그 다리를 없애 버리라고 자네들을 내보내기로 결심한 순간부터 줄곧 그 다리 때문에 속이 썩었지. 하지만 왜 첫번째에 그것을 없애지 못했나?"

"시간이 충분치 못했습니다. 우리가 목표한 도시를 제대로 찾아냈는지 항행사는 자신이 없었으니까요."

"목표한 도시라고?" 캐스카트 대령은 아연실색했다. "자넨 그걸 이제 모두 알피 탓으로 돌릴 셈인가?"

"아닙니다, 대령님. 그가 저로 하여금 우왕좌왕하게 한 것은 그의 잘못이 아니었습니다. 제가 하고 싶은 말은 저도 실수를 할 수 있다는 사실뿐입니다."

"완전한 사람이란 없어." 캐스카트 대령이 날카롭게 말했다. 그러고는 무슨 생각이 머리에 떠오르자 다시 막연하게 말을 계속했다. "그리고 없어서는 안 될 사람도 아무도 없지."

아무런 반박도 없었다. 콘 중령은 느릿느릿 기지개를 켰다. "우린 결론을 내려야 되겠군요." 그는 무관심하게 캐스카트 대령을 쳐다보았다.

"우린 결론을 내려야 되겠어." 캐스카트 대령이 요사리안에게 말했다. "그리고 전적으로 자네가 잘못했어. 무엇 하러 다시 돌아가야만 했지? 어째서 다른 사람들처럼 첫 번째에 폭탄을 투하하지 못했어?"

"첫 번째엔 목표를 적중시키지 못했을 겁니다."

"보아하니 우리가 똑같은 얘기로 다시 돌아가는 것 같구먼." 콘 중령이 킬킬 웃으면서 말참견을 했다.

"그럼 우린 어떻게 해야 하지?" 캐스카트 대령은 맥이 빠져서 말했다. "밖에서 모두들 기다리고 있는데."

"저 친구한테 훈장을 주면 어떻겠습니까?" 콘 중령이 제안했다.

"다시 돌아갔다고 해서 말인가? 무엇 때문에 훈장을 주지?"

"다시 돌아갔으니까요." 콘 중령은 혼자 만족해서 미소를 지으며 대답했다. "뭐니 뭐니 해도 고사포 사격을 산개시킬 다른 비행기들이 없는데도 목표물로 다시 돌아가려면 상당한 용

—드 커벌리 소령

기가 필요했으리라고 생각됩니다. 그리고 교량을 파괴했죠. 아시겠죠, 그것이 해답인지도 모릅니다. 부끄러워해야 할 일에 대해서 자랑스럽게 행동하는 것 말입니다. 그런 계략에는 실패가 있을 수 없어요."

"그러면 될 것 같은가?"

"그러리라고 자신합니다. 그리고 확실히 해 두기 위해서 그를 대위로 승진도 시켜 주죠."

"그건 우리가 필요 이상의 행동을 하는 것이 아닐까?"

"아뇨, 전 그렇게 생각하지 않습니다. 안전하게 행동하는 것이 최선이니까요. 그리고 대위라야 별것 아니죠."

"좋아." 캐스카트 대령이 결정했다. "우린 목표물로 되돌아갈 만큼 용감했기에 그에게 훈장을 줄 것이다. 그리고 그를 대위로 승진도 시킨다."

콘 중령이 모자를 집어 들었다.

"미소를 지으면서 퇴장하게." 그는 농담을 하고, 문을 나서면서 요사리안의 어깨에 팔을 얹었다.

14

키드 샘슨

볼로냐 출격에 즈음해서 요사리안은 목표물에는 한 번도 접근하지 않을 정도로 용감해졌으며, 키드 샘슨의 비행기 기수에 높이 앉아 있던 그는 목에 매달린 마이크의 단추를 누르고 물었다.

"그래, 비행기 어디가 잘못되었지?"

키드 샘슨이 비명을 질렀다. "비행기 어디가 잘못되었다고요? 무슨 일입니까?"

키드 샘슨이 지르는 소리에 요사리안은 얼어붙었다. "뭐가 잘못되었나?" 그는 겁에 질려 소리쳤다. "우린 탈출해야 되는 거야?"

"모르겠습니다!" 흥분해서 울부짖으며 키드 샘슨이 고통스럽게 맞받아 고함을 질렀다. "누군가 탈출해야 한다는 얘기를 했어요! 어쨌든 당신은 누구죠? 누구시죠?"

"난 기수의 요사리안이야! 기수의 요사리안. 무슨 일이 있다고 한 자네 얘기를 들었다. 자네가 무슨 일이 있다고 말하지 않았나?"

"전 어디가 잘못되었다고 대위님이 말하는 걸 들었는데요. 아무 일도 없는 것 같습니다. 아무 일도 없어요."

요사리안은 가슴이 철렁했다. 아무 일도 없다면 무언가 무시무시한 일이 있는 셈이고, 그들은 되돌아갈 핑계가 없어졌다. 그는 음울하게 머뭇거렸다.

"자네 얘기가 안 들려." 그가 말했다.

"아무 일도 없다고 했습니다."

저 아래 새파란 물과 반짝이는 다른 비행기들의 모서리들에서 하얀 햇빛이 눈부셨다. 요사리안은 인터콤 장치의 상자에 매달린 알록달록한 줄을 잡아서 뜯어 버렸다.

"난 아직도 자네 말이 들리지 않아." 그가 말했다.

그는 아무 소리도 들을 수 없었다. 그는 천천히 지도 상자와 방탄복 세 벌을 주워 들고 뒤쪽의 가운데 칸으로 기어갔다. 부조종사 자리에 뻣뻣하게 앉아 있던 네이틀리는 키드 샘슨의 뒤에 있는 비행갑판 위로 올라오는 그를 곁눈질하며 살펴보았다. 수화기와 모자와 목에 매달린 마이크와 방탄복과 낙하산의 큼직한 더미 속에 묻힌 네이틀리는 무척이나 어리고 수줍어 보였으며, 요사리안에게 창백한 미소를 지었다. 요사리안은 몸을 굽혀 키드 샘슨의 귀로 입을 가져갔다.

"난 아직도 자네 말이 들리지 않아." 그는 엔진의 단조로운 소음 속에서 소리를 질렀다.

키드 샘슨은 놀라서 그를 힐끗 뒤돌아보았다. 키드 샘슨은 윤곽이 뚜렷하고 우스꽝스러운 얼굴에 눈썹은 곡선을 이루었고 노란 콧수염이 앙상했다.

"뭐라고요?" 그가 어깨 너머로 소리를 질렀다.

"난 아직도 자네 말이 들리지 않아." 요사리안이 거듭 말했다.

"더 큰 소리로 말씀하세요." 키드 샘슨이 말했다. "전 아직도 얘기가 들리지 않습니다."

"아직도 자네 말이 들리지 않는다고 그랬어!" 요사리안이 고함쳤다.

"그렇다면 별 수 없죠." 키드 샘슨이 그에게 맞받아 소리를 질렀다. "저는 있는 힘을 다해서 큰 소리로 말했습니다."

"인터콤에서 자네 얘기를 들을 수가 없었단 말야." 점점 더 기가 막힌다는 듯 요사리안이 소리를 질렀다. "돌아가야겠어."

"인터콤 때문에요?" 믿어지지 않는다는 투로 키드 샘슨이 물었다.

"돌아가." 요사리안이 말했다. "모가지를 분질러 놓기 전에."

키드 샘슨은 정신적인 지원을 바라고 네이틀리를 쳐다보았지만 그는 앙칼지게 눈을 돌려 버렸다. 요사리안은 그들보다 계급이 높았다. 키드 샘슨은 잠깐 더 미심쩍은 저항을 한 다음에 승리에 도취한 함성을 지르며 기꺼이 항복했다.

"그건 저한테는 상관이 없습니다." 그는 즐겁게 말하고는 콧수염 밑에서 날카로운 휘파람을 몇 차례 불었다. "예, 좋습니다. 이 키드 샘슨에게는 아주 좋은 일이죠." 그는 다시 한번 휘파람을 불더니 인터콤에다 대고 소리를 질렀다. " 내 어린 박

새들아, 이 말을 들어라. 난 키드 샘슨 제독이다. 여왕의 해병대가 자랑 삼는 키드 샘슨 제독이 얘기한다. 우리는 돌아간다. 진짜로 우리는 되돌아가는 거다!"

네이틀리는 유쾌한 듯 단숨에 모자와 수화기를 벗어던지고는 높다란 의자 위에 앉은 잘생긴 아이처럼 즐겁게 앞뒤로 몸을 흔들기 시작했다. 나이트 병장은 꼭대기 포탑에서 쏜살같이 달려 내려오더니 그들의 등을 모두 정신없이 열을 올려 두드려 주었다. 키드 샘슨은 커다랗고 우아한 반원을 그리며 편대에서 비행기를 돌려 비행장으로 향했다. 보조 통신기에다 요사리안이 수화기를 꽂았을 때, 비행기 뒤편에 있던 두 포수는 「라 쿠카라차」를 부르고 있었다.

비행장으로 돌아오자 잔치는 갑자기 흐지부지되었다. 대신에 불안한 침묵이 자리를 잡았고, 비행기에서 기어 내려와 지프에 몸을 싣고 벌써부터 그들을 기다리고 있던 요사리안은 정신이 말짱해졌고, 그래서 남의 눈을 의식하게 되었다. 최면을 시킬 만큼 조용하고 무거운 산과 바다와 숲들에 둘러싸여 차를 타고 되돌아오는 사이에 입을 여는 사람은 아무도 없었다. 비행 중대에서 길을 꺾어 들자 암담한 기분이 그들을 끈질기게 사로잡았다. 요사리안이 먼저 차에서 내렸다. 잠시 후에, 텅 빈 천막들 위로 멍하니 걸려 있는 으스스한 고요함 속에서 움직이는 것이라고는 요사리안과 부드럽고 따스한 바람뿐이었다. 의무대의 닫힌 문 옆에 벌벌 떠는 독수리처럼 음침하게 쭈그리고 앉아서 막힌 코를 휘두르며 갈증을 느끼듯 야릇한 햇빛을 킁킁 맡아 대던 다네카 군의관을 제외하고 모든 인간에게서 버림을 받은 비행 중대는 무감각하게 남아 있었다. 요사리안은 다네카 군의관이 자기와 함께 수영을 하러 가지 않으리라고 생각했다. 다네카 군의관은 다시는 절대로 수영을 하러 가지 않으리라고 판단했다. 사람이란 물이 한두 자 깊이만되어도 경미한 관상동맥 혈전증을 일으키거나 졸도를 해서 물에 빠져 죽거나, 역류에 쓸려 바다로 빨려 나가거나, 또는 차가움이나 과로로 척수 회백질염이나 수막종(髓膜腫)에 걸릴지도 모르기 때문이다. 다른 사람들이 느끼는 볼로냐의 위협은 다네카 군의관에게 자기 자신의 안전을 보다 심각하게 의식하도록 만들었다. 이제는 밤마다 그의 귀에 좀도둑들이 돌아다니는 소리가 들려오곤 했다.

작전실 천막의 입구를 감싼 연보랏빛 음울함 속에서 요사리안은 화이트 하프오트 추장의 모습을 얼핏 보았는데, 그는 술을 안 마시는 자들의 서명을 위조해서 부지런히 위스키 배급표를 착복하여, 블랙 대위가 정신을 차리고 일어나서 나머지를 훔쳐 가려고 나태한 모습으로 나타나기 전에 될 수 있는 대로 많이 훔쳐 가기 위해서, 자신을 중독시키던 알코올을 재빨리 병들에 나누어 담았다.

지프에 다시 조심스럽게 시동을 걸었다. 키드 샘슨과 네이틀리와 다른 사람들은 소리를 내지 않는 물결처럼 움직이며 뿔뿔이 흩어졌고, 샛노란 고요함 속으로 빨려 들어갔다. 지프는 쿨럭거리며 사라졌다. 요사리안은 모든 초록빛이 시커멓게 보이고, 다른 모든 것은 고름 색깔로 물든, 육중하고 원시적인 적막함 속에 혼자 남았다. 건조하고 투명한 먼 곳에서 산들바람에 잎사귀들이 바스락거렸다. 그는 초조하고 겁이 났고, 졸 렸다. 그의 눈동자는 피로에 더러워진 듯한 느낌이었다. 완전 히 결백하게 느껴지는 양심 속으로 끈질기게 괴롭히는 의혹이 아무런 고통도 주지 않으면서 파고드는 사이에, 그는 매끄럽 게 다듬은 나무로 만든 기다란 탁자가 놓인 낙하산 천막 안 에서 무료하게 돌아다녔다. 그는 그곳에다 방탄복과 낙하산 을 놓아둔 다음에 급수차를 지나서 지도 꾸러미를 돌려주려 고 정보실 천막으로 갔는데, 앙상하고 기다란 다리를 책상 위 에 올려놓고 의자에서 졸고 있던 블랙 대위는 무관심한 호기 심을 보이며 요사리안의 비행기가 왜 되돌아왔느냐고 물었다. 요사리안은 그를 못 본 체했다. 그는 카운터에다 지도를 놓고 는 밖으로 걸어 나갔다.

자기 천막으로 돌아온 다음에 그는 낙하산 멜빵과 옷을 꿈 지럭거리며 벗었다. 오르는 로마에 있었는데, 제노바 해상에 그의 비행기를 불시착시켰기 때문에 얻어 낸 휴가가 끝나서 바로 그날 오후에 돌아오기로 되어 있었다. 네이틀리는 다음 차례여서 벌써부터 짐을 꾸리며, 로마에 있는 창녀에 대한 가 슴 아프고 소용없는 구애를 어서 다시 시작하려고 틀림없이 조바심을 내고 있을 터였으며 자기가 아직도 살아 있다는 사 실에 황홀감을 느꼈으리라. 옷을 벗은 요사리안은 휴식을 취 하려고 야전침대에 걸터앉았다. 그는 옷을 홀랑 벗기만 하면 언제나 기분이 좋아졌다. 그는 옷을 걸치면 항상 불편했다. 조 금 있다가 그는 속옷을 새것으로 입고 사슴 가죽 신발을 신고 는 카키색 수건을 어깨에 걸치고 바닷가 쪽으로 나갔다.

비행 중대에서 뻗어 나간 길을 따라가던 그는 숲속의 신비한 포상(砲床)을 지나쳤는데, 그곳에 배치된 세 명의 사병들 가운데 두 사람은 원을 그리며 쌓은 모래주머니 위에 누워 있었고 세 번째 사람은 앉아서 자줏빛 석류를 먹고 있었으며, 턱을 벌리고 덥석 잘라서 씹다가는 으깨진 시뻘건 찌꺼기를 덤불에다 뱉어 냈다. 그가 깨물 때마다 빨간 물이 그의 입에서 흘러나왔다. 요사리안은 다시 숲속으로 터벅거리며 나가서 아직도 무사하다는 사실을 자신에게 확인시키기라도 하려는 듯 가끔 한 번씩 벌거벗고 얼얼한 배를 대견스럽게 쓰다듬었다. 그는 배꼽에서 때를 한 가닥 밀었다. 길의 양쪽에 비가 온 다음 생명이 없는 살점들처럼 끈적끈적한 흙을 헤치며, 마디가 굵은 손가락 같은 버섯들이 수십 개 솟아나온 것이 눈에 띄었는데, 어쩌나 많이 어디에나 마구 솟았던지 바로 눈앞에서 번식을 계속하는 듯싶었다. 눈이 닿는 곳이면 어디까지나 수풀 속으로 멀리까지 수천 개가 몰려 있는 그 버섯들은 쳐다보고 있는 사이에 부피가 늘어나고 숫자가 많아지는 듯했다. 그는 으스스한 기분에 몸을 떨면서 그것들에게서 서둘러 달아났고, 마른 모래땅이 나타날 때까지 걸음을 늦추지 않았다. 그는 그 흐물흐물하고 하얀 것들이 앞을 보지도 못하면서 뒤를 쫓아 기어오거나 걷잡을 수 없이 꾸불텅거리며 돌연변이를 하는 덩어리처럼 나무 꼭대기로 타고 올라가겠거니 막연히 상상하며 걱정이 되어 힐끗 뒤를 돌아다보았다.

바닷가는 황량했다. 들려오는 소리라고는 물살이 꾸르륵거리고, 그의 뒤에서 높다란 풀과 덤불 들이 바스락거리며 숨 쉬거나, 둔하고 투명한 파도의 구슬프게 신음하는 숨죽인 소리들뿐이었다. 파도는 항상 작았으며, 물은 맑고 차가웠다. 요사리안은 그의 물건들을 모래 위에 놓고 무릎까지 차는 파도를 지나서 완전히 물에 몸이 잠길 때까지 나아갔다. 바다 건너편에는 검은 땅의 울퉁불퉁한 은빛이 거의 보이지 않을 정도로 아지랑이에 싸여 있었다. 그는 무료하게 뗏목으로 헤엄쳐 갔고, 잠깐 매달려 있다가 다시 무료하게 헤엄쳐서 모래톱이 발에 닿는 곳으로 갔다. 그는 깨끗하고 말짱하게 정신이 들 때까지 초록빛 물속에 머리부터 몸을 여러 차례 담갔고, 모래밭에 길게 엎드려서는, 볼로냐에서 돌아온 비행기들이 거의 머리 위까지 와서 수많은 엔진들이 한꺼번에 요란히 우르르 지축을 흔드는 소리가 그의 졸음을 쫓을 때까지 잠을 잤다.

그는 머리에 약간의 통증을 느껴 눈을 깜박이며 일어났고, 눈을 뜨고 모든 것이 제대로 질서를 지켜 가는 혼돈의 세계를 보았다. 그는 열두 대의 비행기가 차분하게 정확한 편대를 유지하는 기막힌 광경에 놀라서 숨을 멈추었다. 그 광경은 결코 예상하지 못했던 일이라 진짜 같지가 않았다. 부상을 입은 사람들을 태우고 앞에서 갈팡질팡하거나, 피해를 입고 뒤로 처진 비행기는 하나도 없었다. 위험을 알리는 연막탄도 하늘에는 전혀 없었다. 자기의 것만 빼고는 없어진 비행기가 하나도 없었다. 그는 발작적인 감정에 잠깐 동안 마비되었다. 그러자 그는 이해가 갔으며 그 얄궂음에 울음이 나올 지경이었다. 설명은 간단했으니, 비행기들이 폭격을 하기 전에 목표물을 구름들이 덮어 버렸고, 볼로냐 출격은 다시 나가야만 할 터였다.

그의 짐작은 틀렸다. 구름은 덮이지 않았다. 볼로냐는 폭격을 당했다. 볼로냐는 쉬운 정규 폭격 비행이나 마찬가지였다. 거기에는 아무런 거짓이 없었다.

15

필트차드와 렌

필트차드 대위와 렌 대위는 악의가 없는 비행 중대의 합동 작전 장교들이었으며, 두 사람 다 말투가 조심스럽고 부드러웠고, 키는 보통 정도도 안 되었고, 전투 비행을 즐겨서, 계속해서 비행할 기회를 달라는 것 이외에는 인생이나 캐스카트 대령에게서 더 이상 바라는 것이 없었다. 그들은 전투 비행을 수백 번이나 했으며, 앞으로도 수백 번 더 비행하기를 원했다. 그들은 모든 출격에 자원해서 참가했다. 전쟁처럼 멋있는 일은 여태껏 그들에게 없었으며, 전쟁이 다시 일어나지 않을까 봐 그들은 걱정했다. 그들은 최소한의 소란을 일으키며, 묵묵히 착하게 그들의 임무를 수행했고, 누구하고도 다투지 않으려고 무척 고심했다. 그들은 옆을 스쳐 지나가는 사람들에게 재빨리 미소를 지었다. 얘기를 할 때면 그들은 입 속에서 우물우물했다. 그들은 마음이 잘 변하고, 유쾌하고, 아첨할 줄 아는 남자들이었으며, 자기들끼리만 있어야 마음이 편했고, 볼로냐의 출격에서 키드 샘슨으로 하여금 비행기를 돌리게 했기 때문에 공개적으로 꾸짖기 위해 그들이 소집한 노천 회의 때는 요사리안의 눈을 포함해서 모든 사람들의 눈길을 피했다.

"이것들 보라고." 숱이 많이 빠지던 검은 머리카락의 필트차드 대위는 어설프게 웃으면서 말했다. "무슨 중요한 일이 있기 전에는 출격을 나가다 말고 되돌아오는 일은 없어야지, 안 그런가? 뭐랄까…… 고장 난 인터콤이라든가…… 뭐 그런 사소한 이유 때문에는 안 된단 말야. 알았지? 그 문제에 대해선 렌 대위가 할 말이 또 있겠지."

"이것들 보라고. 필트차드 대위의 말이 맞아." 렌 대위가 말했다. "그리고 그 문제에 대해서 내가 하고 싶은 얘기는 그것뿐이야. 어쨌든 우리는 드디어 오늘 볼로냐에 도착했지만, 결과적으로는 정규 폭격 비행이나 마찬가지가 되었어. 우린 모두 조금 불안했고, 피해를 별로 주지 못한 것같이 생각되는군. 그리고 이 얘기를 들어. 캐스카트 대령은 우리가 다시 가도 좋다는 허락을 받아 냈어. 그리고 내일 우린 진짜로 그 무기고들을 쑥밭으로 만들 거야. 그래, 그러면 기분이 어떻겠나?"

그리고 그들은 원한이 없음을 요사리안에게 증명하기 위해서, 다음 날 볼로냐로 다시 갈 때 그에게 맥워트와 함께 첫 편대의 선두 폭격수로 비행할 임무를 부여했다. 그는 하버마이어처럼 회피 동작은 전혀 취하지 않으면서 자신 있게 목표물로 접근했고, 갑자기 그들은 똥줄이 빠질 만큼 쏘아 대기 시작했다.

고사포가 사방에서 터졌다! 그는 달래고 꾀는 통에 함정에 빠졌고, 그저 백치처럼 앉아서는 그를 죽이려고 솟구치는 흉측하고 시꺼먼 연기 자국만 지켜보는 이외에 별 도리가 없었다. 첫 목표물의 기선(基線) 앞에 위치한 위장된 창고들이 무더기를 이룬 마당 안 깊숙이 완벽하게 교차선을 그으며, 그가 위치를 잡은 대로 목표물 위에 그대로 자석처럼 고착된 렌즈 속의 엇갈리는 미세한 검은 선들을 통해 폭격 조준기를 들여다보고 폭탄을 투하할 때까지 그는 아무것도 할 수가 없었다. 비행기가 앞으로 나아가는 사이에 그는 줄곧 떨고 있었다. 그는 넷씩 동시에 그의 주변에서 터지는 고사포의 공허한 "쿵, 쿵, 쿵, 쿵" 하는 소리와, 아주 가까운 곳에서 별안간 터지는 단발 포탄의 째지는 듯 날카로운 "빡!" 하는 소리를 들었다. 그가 폭탄이 떨어지라고 기도를 드리는 동안 그의 머릿속은 수많은 온갖 충동들로 터져 나갈 듯했다. 그는 흐느껴 울고 싶었다. 엔진들은 살지고 게으른 파리들처럼 단조롭게 붕붕거렸다. 드디어 폭격 조준기의 표식이 엇갈렸고, 250킬로그램짜리 폭탄 여덟 개가 줄지어 투하되었다. 무게가 줄어들자 비행기는 둥둥 떠오르듯 위로 솟았다. 요사리안은 그의 왼쪽에 있는 계기를 보려고 폭격 조준기에서 옆으로 몸을 돌렸다. 바늘이 제로를 가리키자 그는 폭탄실 문을 닫고 인터콤에다 대고 있는 힘을 다해 소리쳤다.

"오른쪽으로 콱 돌려!"

맥워트는 즉각 그의 말을 따랐다. 엔진을 갈아 버리듯이 울리며 그는 한쪽 날개를 축으로 삼아 비행기를 뒤집고는 그들을 향하여 솟구치는, 요사리안이 얼핏 본 고사포 한 쌍의 포구로부터 멀리 발악적으로 방향을 바꾸면서 무자비하게 비행기를 비틀었다. 다음에 요사리안은 맥워트로 하여금 점점 더 높이 올라가고 또 올라가게 해서 결국 그들은 자유롭게 벗어나 온통 밝은 햇빛이 가득하고 깨끗하며, 저 멀리 얇은 구름 조각들이 하얗고 길게 베일을 엮은, 고요하고 다이아몬드처럼 파란 하늘로 떠올랐다. 창문의 원통형 유리를 바람이 기분 좋게 두드렸고, 그는 황홀감에 빠져 긴장을 풀었다. 그러나 왼쪽으로 방향을 꺾고 급강하하지 않았더라면 틀림없이 그들이 지나가게 되었을지도 모르는, 그의 훨씬 위쪽과 오른쪽 어깨 너머에 버섯처럼 한 무더기 피어오르는 고사포탄을 순간적인 흥분 속에서 얼핏 알아채고 그들은 속력을 다시 내고 맥워트는 왼쪽으로 방향을 꺾어 곧장 아래로 달려 내려갔다. 그가 투하한 폭탄들이 지상에 떨어지기 시작하자 요사리안은 맥워트에게 또 한 번 날카로운 고함을 질러서 비행기의 균형을 잡고는 위로 솟게 해서 다시 훼손되지 않은 푸른 하늘로 돌아갔다. 첫 폭탄은 그가 겨냥했던 대로 마당에 떨어졌고, 그의 비행기와 편대의 다른 비행기들이 투하한 나머지 폭탄은 지상에서 한꺼번에 터지며 건물들의 지붕 위에서 순식간에 주황색 불꽃을 튀겼으며, 그 순간에 무너지던 건물들에서는 분홍빛이고, 회색이고, 숯처럼 새까맣고 거대하게 몸부림치는 연기의 무늬가 사방으로 요란하게 퍼져 나갔고, 마치 빨갛고 하얗고 황금빛인 번갯불의 거대한 작렬처럼 발작적으로 경련을 일으켰다.

필트차드와 렌

"히야, 저것 좀 보라고." 통통하고 동그란 얼굴이 감격한 듯 환해지면서 알피가 요사리안의 바로 곁에서 큰 소리로 감탄했다. " 저 아래 분명히 탄약고가 있었나 봐."

요사리안은 알피를 잊고 있었다. "나가!" 그는 그에게 소리쳤다. "기수에서 나가라고!"

알피는 얌전하게 미소를 짓고는 요사리안더러 구경을 하라고 너그럽게 청하면서 아래 목표물을 손가락으로 가리켰다. 요사리안은 줄기차게 그의 뺨을 때리면서 기어 나가는 통로의 입구 쪽을 아무렇게나 가리켰다.

"비행기 뒤쪽으로 가라고!" 그는 미친 듯이 고함을 질렀다. "비행기 뒤쪽으로 가!"

알피가 친근하게 어깨를 추슬렀다. "난 자네의 얘기가 들리지 않아." 그가 설명했다.

요사리안이 그의 낙하산 멜빵끈을 움켜쥐고는 통로 쪽을 향해 뒤로 밀치는 찰나에 비행기가 갑작스럽게 진동을 일으켜서 그의 뼈가 우두둑거리고 심장이 멈추었다. 그는 그들이 모두 죽었다고 순간적으로 깨달았다.

"상승!" 그는 자기가 아직도 살아 있음을 알자마자 맥워트에게 인터콤을 통해 소리쳤다. "상승하란 말야, 이 새끼야! 상승, 상승, 상승, 상승!"

비행기는 잔뜩 긴장을 해서 재빨리 쏜살같이 상승했고, 그는 또 한 번 날카롭게 소리를 질러 혼을 내 주어서 맥워트가 다시 비행기의 방향을 바꿔 요란하고 무자비하게 45도 회전을 해 그는 순식간에 창자가 뒤집히는 듯한 기분을 느끼며 공중에 둥둥 떴다가, 다시 맥워트에게 욕설을 퍼부었더니 그의 몸이 오른쪽으로 내동댕이쳐졌고, 비행기는 쇳소리를 내며 급강하했다. 유령처럼 검은 연기의 끝없는 얼룩들 사이로 도망을 치려니까 기수의 매끄러운 플라스틱 유리에 부딪치는, 공중에 떠 있던 검댕들이 사악하고 축축하고 검은 수증기처럼 그의 뺨에 달라붙었다. 쓰라린 공포를 느끼면서 그의 가슴이 다시 방망이질을 하는 동안 그는 위로 솟아올랐다가 밑으로 내려가면서, 하늘에 뜬 그를 죽이려고 살인적으로 폭발하고 둔감하게 축 늘어지는 고사포의 눈먼 포탄 사이를 누볐다. 땀이 그의 목덜미에서 폭포처럼 솟아 미지근한 점액이 되어 가슴과 허리로 흘러내렸다. 잠깐 동안 그는 같은 편대의 다른 비행기들이 그의 주변에 없음을 막연히 의식했고, 그러자 그는 자기만을 의식했다. 맥워트에게 고함을 질러 명령을 내릴 때마다 숨 막힐 정도로 기를 써서, 그의 목구멍은 갓 생긴 상처처럼 쑤셨다. 맥워트가 방향을 바꿀 때마다 엔진들은 귀가 먹먹하게 고통스럽고 울부짖는 소리를 냈다. 그리고 저쪽 앞에서는 그가 날아오기를 사디스트처럼 기다리며 정확한 고도를 측정하려고 새로운 포대에서 쏘아 대는 고사포의 포화가 아직도 무더기로 터지고 있었다.

비행기는 또다시 요란한 폭발에 갑작스럽게 진동을 일으키며 흔들렸고, 기수는 곧 파란 연기의 들척지근한 구름으로 가득 찼다. 어딘가 불이 붙었구나! 요사리안은 몸을 획 돌리다가, 성냥을 긋고 차분하게 파이프에 불을 붙이던 알피와 부딪혔다. 요사리안은 둥그런 얼굴로 히죽 웃는 항행사를 보고는 충격과 혼란으로 입이 벌어졌다. 그는 두 사람 가운데 하나는 미쳤다는 생각이 들었다.

"맙소사!" 그는 고통스러운 놀라움에서 알피에게 고함쳤다. "기수에서 나가란 말야. 자네 미쳤나? 나가!"

"뭐라고?" 알피가 말했다.

"나가!" 요사리안은 발작적으로 소리를 지르고, 그를 몰아내기 위해서 두 주먹으로 알피를 때리기 시작했다. "나가!"

"난 아직도 자네 얘기가 들리지 않아." 왜 이러냐는 듯이 당황한 표정으로 알피는 태연하게 마주 소리쳤다. "조금 더 큰 소리로 얘기를 해 줘야 되겠어."

"기수에서 나가!" 요사리안은 황급하게 소리쳤다. "우리를 죽이려고 한단 말야! 모르겠어? 저놈들이 우릴 죽일 거야!"

"염병할, 나더러 어디로 가란 말이지?" 맥워트는 고통스럽고 칼칼한 목소리로 화가 나서 인터콤을 통해 소리쳤다. "어느 쪽으로 가야 해?"

"왼쪽으로 돌아! 왼쪽 말야, 이 개새끼야! 왼쪽으로 콱 꺾어!"

알피는 요사리안의 바로 뒤로 다가와서, 파이프로 그의 옆구리를 힘껏 찔렀다. 요사리안은 숨 막힌 비명을 지르면서 천장으로 뛰어올랐다가는, 화가 나서 백지장처럼 하얀 얼굴로 파르르 떨면서 무릎을 굽혀 깡충깡충 뛰었다. 알피는 안심을 시키려는 듯이 윙크를 하고는 엄지손가락으로 뒤쪽에 있는 맥워트를 가리키며 우스꽝스럽게 뾰로통한 표정을 지었다.

"저 친구 왜 야단이지?" 그는 웃으면서 말했다.

요사리안은 괴이한 뒤틀림을 갑자기 의식했다. "여기서 나가 줄 수 없어?" 그는 애원하듯 징징거리면서 있는 힘을 다해 알피를 밀쳐 버렸다. "자네 뭐 귀가 먹기라도 했어? 비행기 뒤쪽으로 가라고!" 그리고 그는 맥워트에게 소리쳤다. "급강하! 급강하!"

그들은 또 한 번 작렬하는 고사포의 빠지직거리고 덜컹거리는 무수한 포화 속으로 내려갔고, 알피는 요사리안의 뒤로 기어와서는 다시 옆구리를 세차게 찔렀다. 요사리안은 숨이 막혀 비명을 지르며 뛰어올랐다.

"난 아직도 자네 얘기가 들리지 않아." 알피가 말했다.

"여기서 나가라고 그랬잖아!" 요사리안은 소리를 지르고 울음을 터뜨렸다. 그는 있는 힘을 다해서 두 손으로 알피의 몸뚱이를 때리기 시작했다. "저리 가라고! 가!"

알피를 때리는 것은 바람을 불어넣은 흐물흐물한 고무 자루에 주먹질을 하는 것이나 마찬가지였다. 부드럽고 무감각한 그의 몸에는 전혀 저항이나 반응이 없었고, 잠시 후 요사리안은 맥이 빠져 힘없이 두 팔을 떨어뜨렸다. 그는 수치스럽고 무능한 감정에 사로잡혔고, 자신이 부끄러워서 당장이라도 울고 싶었다.

"뭐라고 그랬지?" 알피가 물었다.

"저리 가라고." 이제는 애걸을 하다시피 요사리안이 대답했다. "비행기 안으로 들어가."

"난 아직도 자네 얘기가 안 들려."

"상관없어." 요사리안이 울부짖었다. "상관없어. 날 가만 내버려 두기만 해."

"뭐가 상관없어?"

요사리안은 자신의 이마를 치기 시작했다. 그는 알피의 셔츠 앞자락을 움켜잡고는, 힘을 쓰려고 몸을 일으켜서 그를 기수의 뒤쪽 방으로 끌고 가 부풀고 다루기 힘든 가방처럼 통로 입구에다 집어던졌다. 그가 앞으로 기어 나오는 동안에 바로 그의 귓전에서 포탄이 맹렬하게 터졌지만, 파괴되지 않은 그의 지능 한쪽에서는 그것이 그들을 모두 죽이지는 않았으리라고 막연히 생각했다. 그들은 다시 상승하는 중이었다. 엔진들은 고통스러운 듯 다시 소란스러웠고, 비행기 안의 공기는 기계 냄새로 메슥메슥하고 휘발유 냄새로 구린내가 났다. 다음 순간에 그는 눈이 내리고 있음을 알았다.

하얀 종이 수천 조각이 비행기 안에서 눈송이처럼 나부끼며 그의 머리 근처에서 어찌나 많이 날아다녔던지, 그가 놀라서 깜박이던 눈썹에 달라붙고, 숨을 쉬는 콧구멍과 입술에도 붙어 펄럭거렸다. 당황해서 그가 몸을 돌려 보니 알피가 요사리안더러 보라고 갈기갈기 찢어진 종이 지도를 쳐들고는 비인간적인 어떤 존재처럼 입이 찢어질 정도로 자랑스럽게 웃고 있었다. 고사포탄의 커다란 파편 조각이 바닥을 찢고 들어와 알피의 엄청난 지도 더미를 꿰뚫고는 그들의 머리에서 몇 인치 떨어진 천장에 구멍을 낸 것이었다. 알피의 기쁨은 대단했다.

"이것 좀 봐." 그는 지도에 뚫린 구멍에 뭉툭한 손가락 두 개를 끼워 장난스럽게 요사리안의 얼굴에 대고 흔들면서 중얼거렸다. "이것 좀 보라니까."

요사리안은 그가 황홀할 정도로 즐거워하는 것을 보고는

어안이 벙벙해졌다. 알피는 상처를 줄 수도 없고 피할 수도 없는 꿈속의 괴이한, 사람을 잡아먹는 도깨비 같았고, 요사리안은 너무 놀라 넋이 빠져 갈피조차 잡을 수 없는 여러 가지 이유로 그를 무서워했다. 바닥의 예리하게 찢어진 구멍으로 쌩쌩 들이치는 바람 때문에 수없이 많은 종잇조각들이 서진(書鎭)의 석고 가루처럼 흩날려 옻칠을 한 듯 침수된 비현실감을 더욱 북돋웠다. 모든 것이 이상하고, 야하고, 괴이했다. 그의 머리는 양쪽 귀를 무자비하게 찌르는 날카로운 소음으로 진동했다. 그것은 당황해서 방향을 알려 달라고 두서없이 내지르는 맥위트의 소리였다. 요사리안은 고통스러운 환상 속에서 하얀 종잇조각들이 떠돌아다니는 소용돌이 너머 차분하고 공허한 눈으로 그를 쳐다보며 미소 짓는 알피의 둥그런 얼굴을 계속해서 노려보고는 그가 헛소리를 하는 정신병자라는 결론을 내렸고, 그 순간에 오른쪽 눈높이에서 고사포 여덟 발이 줄지어 터졌고, 그러더니 또다시 여덟 개가, 그러고는 또 여덟 개가, 그러더니 마지막에는 왼쪽으로 옮겨 와서 거의 코앞에서 터졌다.

"왼쪽으로 잔뜩 꺾어!" 알피가 계속해서 히죽거리고 있는 사이에 그는 맥위트에게 소리를 질렀고, 맥위트는 왼쪽으로 잔뜩 방향을 돌렸지만 고사포도 왼쪽으로 잔뜩 꺾어서 재빨리 그들을 쫓아왔고, 요사리안은 고함을 쳤다. "잔뜩이라고 했잖아, 잔뜩, 잔뜩, 잔뜩. 이 새끼야, 잔뜩!"

맥위트는 방향을 더욱 심하게 돌렸고, 갑자기 기적적으로 그들은 사격권을 벗어났다. 고사포가 멎었다. 그들에게 쏘아 대던 대포들이 잠잠해졌다. 그리고 그들은 살아났다.

그들 뒤에서 사람들이 죽어 갔다. 비행기들은 몇 마일에 걸쳐 흩어져 겁에 질리고 고통을 당하고 꿈틀대면서 목표물 상공에서 똑같이 위태로운 여행을 하며, 자기들이 싼 똥들 사이로 달음박질치는 쥐들처럼 아까나 지금 새로 터진 고사포 포연의 두터운 무더기 속을 재빨리 꼬불꼬불 빠져나갔다. 한 대는 불이 붙어서, 괴물 같은 시뻘건 별처럼 엄청난 연기를 뿜으며 기우뚱거렸다. 요사리안이 지켜보는 가운데 불붙은 비행기는 옆으로 기울어 떠가다가 천천히 커다랗고, 흐느적거리고, 좁다란 원을 그리면서 매암을 돌며 내려갔고, 뒤쪽에서는 거대한 불덩이가 펄럭이는 긴 망토처럼 불과 연기를 뿜어내며 주황빛으로 타올랐다. 낙하산이 하나, 둘, 셋…… 넷 보였고, 그러더니 비행기는 물감을 들인 휴지 조각처럼 정신없이 회전하며 땅으로 떨어졌다. 다른 중대의 비행 소대 하나가 몽땅 폭발해서 흩어져 없어졌다.

하루의 일을 끝낸 요사리안은 무미건조한 한숨을 지었다. 그는 맥이 빠지고 몸이 끈끈했다. 맥워트가 감속을 해서 다른 비행기들이 따라오도록 천천히 날아가자 엔진들은 매끄럽게 콧노래를 불렀다. 갑작스런 고요함은 낯설고, 인위적이며, 조금쯤은 음흉하게 느껴졌다. 요사리안은 방탄복을 벗고 헬멧도 벗었다. 그는 초조하게 다시 한숨을 짓고는 눈을 감고 휴식을 취하려고 애썼다.

"오르는 어디 있죠?" 누가 갑자기 인터콤을 통해서 물었다.

요사리안은 불안을 머금은 짤막한 비명을 지르며 벌떡 일어섰고, 볼로냐의 믿지 못할 고사포 공격을 모두 설명할 유일한 논리적인 이유가 생각났다. 오르! 그는 자석처럼 고사포를 끌어 모으는 힘을 지닌 오르를, 그가 아직 로마에 있었던 어제만 해도 도대체 어디 있었는지 모르겠던 헤르만 괴링 사단의 정예 포대들을 하룻밤 사이에 틀림없이 모두 볼로냐로 오게 만든 오르의 자취를 찾으려고 플라스틱 유리를 통해 아래쪽을 보기 위해서 폭격 조준기로 몸을 수그렸다. 알피도 다음 순간에 앞으로 달려와 그의 헬멧의 예리한 테두리로 요사리안의 콧등을 쳤다. 눈물을 철철 흘리면서 요사리안은 그에게 욕설을 퍼부었다.

"저기 있어." 회색빛 돌집 농가의 헛간 앞에 서 있는 말 두 마리와 건초 마차를 요란한 몸짓으로 가리키며 알피는 장례식에서처럼 웅변을 토했다. "산산조각이 났어. 내 생각엔 그 친구들 끗발이 다했구먼."

요사리안은 다시 알피에게 욕을 하고는 애플비의 이마를 탁구채로 깨뜨린 적이 있고, 이제 다시 요사리안으로 하여금 정신이 나갈 만큼 겁을 먹게 한, 자그맣고 탄력이 있으며 기괴하게 뻐드렁니가 난, 천막을 같이 쓰는 자에 대한 동정 어린 두려움으로 등골이 오싹해져서, 계속 열심히 찾아보았다. 마침내 요사리안은 초록빛 숲에서 노란 농토의 들판 위로 날아나오는 쌍발기를 찾아냈다. 프로펠러 하나는 너덜너덜해지고 완전히 멈추었지만, 비행기는 고도를 유지하고 제대로 방향을 따라왔다. 요사리안은 무의식적으로 고마움의 기도를 입 속에서 우물거리고는 분함과 안도감이 뒤섞인 감정으로 무자비하게 오르에 대해서 화를 냈다.

"저 새끼!" 그는 시작했다. "저 거지 같고, 자라다 말고, 얼굴 빨갛고, 뺨만 크고, 곱슬머리에 뻐드렁니가 난 쥐새끼 자식 개새끼!"

"뭐라고?" 알피가 물었다.

"저 더럽고, 거지 같고, 난쟁이 같고, 뺨이 늘어지고, 눈깔이 튀어나오고, 왜소하고, 뻐드렁니가 나고, 히죽거리는 미친 개새끼!" 요사리안이 침을 튀겼다.

"뭐라고?"

"그만둬!"

"난 아직도 자네 말이 들리지 않아." 알피가 대답했다.

요사리안은 알피를 향해서 잽싸게 몸을 돌렸다. "너 망할 자식." 그가 욕설을 시작했다.

"나?"

"너 건방지고, 뚱뚱하고, 말참견 좋아하고, 속이 비고, 잘난 체하는⋯⋯."

알피는 꿈쩍도 하지 않았다. 그는 태연하게 성냥을 그어, 유순하고 웅변적인 태도로 너그러운 용서의 뜻을 나타내며 요란하게 파이프를 뻐끔거렸다. 그는 친근하게 미소를 짓고는 말을 하려고 입을 열었다. 요사리안은 손으로 그의 입을 막고 짜증스럽게 밀쳐 버렸다. 그는 눈을 감고는 알피를 보거나 그의 얘기를 듣지 않으려고 비행장으로 되돌아갈 때까지 줄곧 잠든 척하고 있었다.

상황실에서 요사리안은 블랙 대위에게 정보 보고를 하고,

한쪽 엔진이 아직 그를 용감하게 싣고 오는 오르의 비행기가 덜컹거리며 머리 위에 나타날 때까지 투덜거리며 모든 다른 사람들과 함께 초조하게 기다렸다. 숨을 멈추지 않은 사람이 없었다. 오르의 비행기에서 바퀴가 나오려고 하지를 않았다. 요사리안은 오르가 안전하게 불시착을 할 때까지만 기다리다가는 열쇠가 꽂힌 지프를 하나 닥치는 대로 훔쳐서 그의 천막으로 달려가 로마에서 긴급 휴가를 보내기로 결심하고 정신 없이 짐을 꾸렸고, 로마에서 그는 그날 밤 루치아나를, 그리고 그녀의 보이지 않는 상처를 발견했다.

16
루치아나

그는 연합군 장교들의 나이트클럽에서 탁자에 혼자 앉아 있던 루치아나를 발견했는데, 그녀를 그곳으로 데리고 왔던 술 취한 앤잭[53] 소속의 소령은 어리석게도 그녀를 팽개치고 바에서 노래를 부르던 몇 명의 음란한 동지들과 어울렸다.

"좋아요, 당신하고 춤을 춰 드리죠." 요사리안이 미처 말하기도 전에 그녀가 말했다. "하지만 나하고 같이 자지는 못해요."

"누가 청하기나 했어?" 요사리안이 그녀에게 물었다.

"당신 나하고 자고 싶지 않아요?" 그녀는 놀라서 소리쳤다.

"난 아가씨하고 춤을 추고 싶지 않아."

그녀는 요사리안의 손을 붙잡고는 춤추는 곳으로 끌고 나갔다. 요사리안보다도 춤이 훨씬 엉망이었지만, 그녀는 걷잡

---

53) 오스트레일리아와 뉴질랜드의 연합 군단.

을 수 없는 쾌감을 느끼며 지터버그 음악에 온몸을 내맡겼고, 결국 그는 지루해진 두 다리에서 힘이 빠져, 그가 절단을 냈어야 할 여자가 아직도 해롱해롱하며 앉아서 한 손으로 알피의 목을 감고, 주황빛 비단 블라우스는 그대로 하얀 레이스 브래지어의 훨씬 아래까지 풀어헤치고, 허플과 오르가 키드 샘슨과 헝그리 조에게 지저분한 섹스 얘기를 하고 있는 탁자로 그녀를 밀어냈다. 그들이 있는 곳에 다다르자 루치아나는 갑자기 세차게 그를 밀어서 그들은 둘 다 탁자를 훨씬 지나쳐 여전히 단둘이 남게 되었다. 그녀는 키가 크고, 속되고, 유쾌한 여자였으며, 머리카락이 길고, 예쁜 얼굴에, 튼튼하고, 쾌활하고, 바람기가 있었다.

"좋아요." 그녀가 말했다. "나한테 저녁을 사도 돼요. 하지만 나하고 자지는 못해요."

"누가 같이 자자고 하기나 했어?" 요사리안이 놀라서 물었다.

"당신, 나하고 자기 싫어요?"

"난 아가씨한테 저녁을 사고 싶지 않아."

그녀는 그를 나이트클럽 밖으로 끌고 나가 계단을 내려가서 암시장의 식당으로 갔는데, 그곳에 가득 찬 쾌활하고, 재잘거리고, 매력 있는 여자들과, 그들과 자리를 같이한 여러 나라의, 몸을 도사리는 수줍은 장교들은 모두가 서로 아는 사이들인 듯싶었다. 음식은 고급이고 값이 비쌌으며, 통로에는 하나같이 건장하고 대머리가 벗어진 주인들이 얼굴이 벌게져서 잔뜩 줄을 지어 수선을 피웠다. 붐비는 식당 안은 즐거움과 따스함이 넘쳐흘렀다.

그녀가 두 손으로 음식을 모두 집어삼키면서 그를 무시하는 사이에 요사리안은 루치아나의 무례한 활달함에서 굉장한 즐거움을 느꼈다. 그녀는 마지막 접시가 빌 때까지 말처럼 먹어 치우고 결론을 짓는다는 듯이 은식기를 내려놓고 만족한 대식가의 꿈꾸는 듯 몽롱한 표정으로 게으르게 의자에 몸을 기대었다. 그녀는 미소를 지으며 만족스럽게 심호흡을 하더니 녹아내리는 눈길로 그를 다정하게 쳐다보았다.

"좋아요, 조." 반짝이는 검은 눈에 졸음과 고마움을 나타내며 그녀가 흥얼거렸다. "이젠 당신, 나하고 자도록 해 주겠어요."

"내 이름은 요사리안이야."

"좋아요, 요사리안." 그녀는 부드럽게 회개하는 웃음과 함께 대답했다. "이젠 당신, 나하고 자도록 해 주겠어요."

"누가 청하기나 했어?" 요사리안이 물었다.

루치아나는 어안이 벙벙했다. "당신, 나하고 자고 싶지 않아요?"

요사리안은 힘차게 머리를 끄덕이고 웃으면서 재빨리 그녀의 옷 밑으로 손을 밀어 넣었다. 여자는 겁에 질려 몸을 움찔하며 정신이 퍼뜩 들었다. 그녀는 궁둥이를 획 돌려 당장 그에게서 자기 다리를 치웠다. 놀라고 당황해서 얼굴을 붉히며 그녀는 꼿꼿하게 여러 번 곁눈질로 식당을 둘러보고는 스커트를 내렸다.

"이젠 당신, 나하고 자도록 해 주겠어요." 그녀는 걱정스러운 너그러움을 보이는 태도로 조심스럽게 설명했다. "하지만 지금은 안 돼요."

"알아. 내 방으로 같이 간 다음에 하자는 말이겠지."

여자는 못 미더운 눈으로 그를 쳐다보며 무릎을 오므리고는 머리를 저었다. "아뇨, 우리 엄마는 내가 군인들하고 춤을 추거나 저녁을 얻어먹으면 좋아하지 않고, 지금 집으로 돌아가지 않으면 엄마가 무척 화를 낼 테니까, 난 곧장 집에 계신 엄마한테 가야 돼요. 하지만 당신이 사는 곳 주소를 나한테 써 주도록 해 드리겠어요. 그리고 내일 아침 프랑스 사람들의 사무실로 일하러 가기 전에 잠깐 하러 당신 방으로 갈게요. 카피시?(아시겠어요?)"[54]

"엿 먹어라!" 실망해서 화가 난 요사리안이 소리쳤다.

"코사 부올 디레?(엿 먹어라가 무슨 뜻이죠?)"[55] 멍한 표정으로 루치아나가 물었다.

요사리안이 요란한 웃음을 터뜨렸다. 그는 결국 불쌍하다는 듯 유쾌한 말투로 대답했다. "그건 보나마나 그 여자하고 똑같은 숙모나 친구가 있는지 물어볼 기회도 나에게는 안 주고 알피가 그 멋진 몽실몽실한 여자를 끌고 가 버리기 전에 내가 나이트클럽으로 서둘러 갈 수 있도록, 아가씨가 다음에 갈 곳이 도대체 어디인지 몰라도 어서 데려다줘야 되겠다 이 소리야."

"코메?(어떻게요?)"[56]

"수비토, 수비토.(어서, 어서.)"[57] 그는 부드럽게 그녀를 재촉

---

54) Capisci?
55) Cosa vuol dire?
56) Come?
57) Subito, subito.

했다. "엄마가 기다리고 계셔. 잊어버렸어?"

"시, 시, 맘마.(알았어요, 알았어요, 엄마 말이죠.)"[58]

요사리안은 여자에게 질질 끌려 아름다운 로마의 봄 저녁을 거의 2킬로미터나 걸었고, 마침내 그들이 도착한 무질서한 버스 정거장에서는 경적들이 빵빵거렸고, 빨갛고 노란 불빛들이 번쩍거렸고, 수염을 깎지 않은 버스 운전사들이 자기들끼리, 손님들에게, 또는 찻길을 메우고 신경을 쓰지도 않으면서 돌아다니는 보행자들에게 머리가 쭈뼛할 만큼 짜증스럽게 퍼부어 대는 욕설의 무시무시한 발악으로 요란했고, 그 욕설을 못 들은 체하던 보행자들은 버스가 들이받으면 맞받아 욕을 퍼붓기 시작했다. 루치아나는 왜소한 초록빛 차 위로 사라졌고, 요사리안은 풀어헤친 주황빛 비단 블라우스를 입고, 눈부신 금발에 눈동자가 희미한 여자를 찾아 카바레로 부지런히 발길을 서둘렀다. 그녀는 알피에게 홀린 듯싶었지만, 그는 뛰어가면서 그녀에게 음탕한 숙모나 음탕한 여자 친구나 누이나 사촌이나 어머니가 있으며, 그녀와 마찬가지로 퇴폐적이고 육욕적이기를 열심히 기도했다. 그녀라면 요사리안에게는 꼭 맞을 여자여서, 방탕하고, 거칠고, 저속하고, 부도덕하고, 입맛 당기는 화냥년으로, 그는 몇 달 동안이나 그런 여자를 우상화하고 그리워했다. 그녀는 진짜 근사했다. 그녀는 술값도 자기가 냈고, 그녀에게는 자동차와 아파트와, 바위 위의 발가벗은 남녀의 모습을 섬세하게 조각해 헝그리 조로 하여금 완전

---

58) Sì, Sì, Mamma.

히 얼이 빠지게 만든 연어 살빛 카메오[59] 반지가 있었다. 헝그리 조는 힝힝 콧소리를 내고, 왔다 갔다 조바심을 하면서, 솟아오르는 욕망과 비굴한 욕구를 느껴 발을 구르기도 했지만, 그들이 가진 모든 돈에다가 그의 복잡하고 까만 사진기를 얹어 준다고 그가 제안을 해도 여자는 그에게 반지를 팔려고 하지 않았다. 그녀는 돈이나 카메라에는 흥미가 없었다. 그녀는 음란함에만 관심이 있었다.

요사리안이 도착했을 때 그녀는 자리에 없었다. 그들은 모두 자리를 비웠고 그는 곧장 밖으로 나가서, 어둡고 인적이 드물어진 길거리를 생각에 잠겨 돌아다녔다. 요사리안은 혼자 있을 때 외로움을 느끼는 적이 별로 없었지만, 그는 바로 그 순간에 알피가 요사리안에게 꼭 맞을 여자나, 그리고 언제라도 마음만 내킨다면 당장이라도 차지할 수 있으며, 숙소의 위층에 살고, 요사리안이 섹스의 환상을 꿀 때마다 그 환상을 비옥하게 해 주던 날씬하고 기막히고 귀족적인 여자들인, 아름답고 돈이 많고 검은 머리에 입술은 빨갛고 축축하고 초조한 백작 부인과, 아름답고 돈 많고 머리카락이 검은 백작 부인의 며느리 두 사람과 다 아니면 그중 하나와 침대에 들어가 있으리라는 생각을 하자 외로움을 느꼈다. 요사리안은 장교 숙소로 돌아가면서 그들 모두를 미친 듯이 사랑해서, 루치아나를, 단추를 풀어헤친 비단 블라우스를 입은 술 취하고 음란한 여자를, 그리고 그가 건드리거나 수작조차 부리지 못하게

59) 양각으로 아로새긴 보석.

하던 아름답고 돈 많은 백작 부인과 그녀의 아름답고 돈 많은 며느리를 사랑했다. 그들은 고양이처럼 네이틀리에게 흠뻑 빠졌고 알피에게 수동적으로 경의를 표했지만, 요사리안은 미친 사람이라고 생각해서 그가 그들에게 점잖지 못한 제안을 하거나 층계에서 지나치다가 슬쩍 만져 보려고 할 때마다 역겹다고 경멸하며 그에게서 뒷걸음질을 쳤다. 그들은 둘 다 굉장한 물건들이었고, 혓바닥은 통통하고 깨끗하고 뾰족했으며, 입은 약간 달콤하고 끈적끈적하며 조금쯤 썩은 둥글고 따스한 자두 같았다. 그들에게는 품위가 있었는데, 요사리안은 품위가 무엇인지는 확실히 몰랐어도 그것이 그들에게는 있으면서 자기에게는 없고, 또한 그 사실을 그들도 알고 있음을 알았다. 그는 걸어가면서 그들이 오묘한 여성적인 부분에 무슨 속옷을 걸쳤을지 눈에 선했으니, 아주 짙은 검정이나 젖빛 파스텔 광채를 내고, 언저리에는 레이스가 꽃처럼 달리고, 희부연 젖가슴에서 발산하는 향기로운 목욕 비누와 욕망을 가득 머금고 애태우는 육체의 냄새를 풍기는 얇고 매끄럽고 몸에 꼭 달라붙는 옷을 입었으리라. 그는 자기가 알피와 입장이 바뀌어서, 그를 거들떠보지도 않고 다시는 생각도 해 주지 않을 입맛 당기고 술 취한 계집과 추잡하고, 야수적이고, 유쾌한 사랑을 하고 있기를 다시 원했다.

그러나 요사리안이 도착했을 때 알피는 벌써 숙소에 돌아와 있었으며, 요사리안은 바로 그날 아침에 볼로냐 상공에서 비행기의 기수에서 악의에 차 꿈쩍도 않던 불가해한 존재에게 시달렸던 고통스러운 놀라움과 돌 같은 감정을 새삼스럽게 느끼며 그를 보고 입이 벌어졌다.

"자네 여기서 뭐 하고 있어?" 그가 물었다.

"그래, 저 친구한테 얘기를 들어 보라고!" 헝그리 조가 화를 내며 말했다. "여기서 무얼 하고 있는지 얘기를 해 보라고 그래!"

연기를 하듯 길게 한숨을 지으며 키드 샘슨은 엄지손가락과 집게손가락으로 권총을 만들어 그의 머리에 대고 쏘는 시늉을 했다. 허플은 풍선껌을 커다랗게 부풀리면서 열다섯 살난 얼굴에 공허하고 애송이다운 표정을 짓고 닥치는 대로 모두 마셔 댔다. 알피는 파이프의 끝을 손바닥에다 한가하게 두드리면서, 자기 때문에 빚어진 어수선한 분위기에 대해 분명히 즐거움을 음미하며 듬직하게 오락가락했다.

"그 여자하고 같이 집으로 가지 않았어?" 요사리안이 물었다.

"아, 물론 난 그 여자하고 집으로 갔지." 알피가 대답했다. "그 여자가 혼자 집을 찾아가도록 내가 그냥 내버려 두었으리라고는 생각하지 않겠지, 안 그래?"

"그 여자가 자네를 쫓아 버리던가?"

"아, 물론 나더러 같이 있자고 그랬지." 알피가 킬킬 웃었다. "이 착한 알피에 대한 걱정은 하지 말라고. 하지만 난 그 여자가 술을 조금 많이 마셨다고 해서, 그처럼 착한 여자한테 못된 짓을 할 생각은 없었지. 날 어떤 놈이라고 생각하는 거야?"

"누가 못된 짓을 하라고 얘기했어?" 요사리안이 놀라서 화를 냈다. "그 여자가 바랐던 거라고는 누군가하고 자고 싶다는 생각뿐이었어. 그 여자가 밤새도록 한 얘기는 그것뿐이었단 말야."

"그건 그 여자가 정신이 좀 나갔기 때문이야." 알피가 설명했다. "하지만 난 그 여자한테 얘기를 좀 해 주었고, 정말 정신을 차리게 해 주었어."

"망할 자식!" 요사리안이 소리를 지르고는 키드 샘슨 옆의 긴 안락의자에 힘없이 앉았다. "그 여자한테 생각이 없었다면 왜 우리 가운데 한 사람한테 넘겨주지 않았어?"

"알겠지?" 헝그리 조가 말했다. "저 친구 어딘가 잘못되었어."

요사리안은 머리를 끄덕이고 신기한 듯 알피를 쳐다보았다. "알피, 한 가지 묻겠어. 자넨 어떤 여자하고도 하지 않나?"

알피가 음흉하게 재미있어하면서 킬킬거렸다. "아, 물론 쑤시기는 해. 내 걱정은 하지 말라고. 하지만 착한 여자들하고는 절대로 안 해. 난 어떤 여자하고는 하고 어떤 여자하고는 하지 말아야 하는지를 알고, 착한 여자한테는 절대로 안 해. 이 여자는 아주 착한 애였지. 그 여자 집안이 부자라는 건 자네들도 알 수 있었을 거야. 내 얘기를 듣고 그 여자는 반지를 자동차 밖으로 던져 버리기까지 했으니까."

헝그리 조가 참을 수 없는 고통으로 비명을 지르며 벌떡 일어섰다. "뭐가 어쨌다고?" 그는 소리쳤다. "뭐가 어쨌어?" 그는 울음을 터뜨리려고 하면서 두 주먹으로 알피의 어깨와 팔뚝을 두들겨 패기 시작했다. "이 거지 같은 새끼야, 그따위 짓을 했다니 넌 내 손에 죽어 마땅해. 저 자식은 죄인이야, 그래 죄인이야. 저 자식 속이 더러운 놈이야, 안 그래? 저 자식 속이 더러운 놈이지?"

"최고로 더럽지." 요사리안이 동의했다.

"자네들 무슨 얘기를 하고 있어?" 둥그런 어깨 사이로 얼굴을 처박고 피하면서 당황한 알피가 물었다. "어이, 이러지 마, 조." 그는 거북한 미소를 지으며 부탁했다. "주먹질은 그만둬, 알겠어?"

그러나 요사리안이 집어 들어 침실 쪽으로 밀어낼 때까지 헝그리 조는 주먹질을 멈추지 않았다. 요사리안은 풀이 죽어서 그의 침실로 들어가 옷을 벗고 잠이 들었다. 곧 아침이 되었고 누가 그를 흔들어 깨웠다.

"왜 날 깨우는 거야?" 그가 칭얼거렸다.

잠을 깨운 사람은 가정적인 누르스름한 얼굴에 성격이 쾌활하고 깡마른 하녀 미카엘라였으며, 문 밖에 누가 와서 기다리고 있다는 사실을 알려 주었다. 루치아나였다! 그는 믿기 힘들었다. 미카엘라가 나간 다음에 그녀는 방 안에 그와 단둘이 남았고, 비록 한곳에 가만히 서서 화를 내며 그에게 얼굴을 찌푸리고는 있었지만 사랑스럽고, 활기가 있고, 우아하고, 억누를 수 없는 단정한 생명력을 내뿜었다. 그녀는 곧고 멋진 다리에 쐐기 같은 굽이 달린 높직한 하얀 구두를 신고, 예쁜 초록빛 드레스를 입고, 젊은 여자 거인처럼 버티고 서 있다가, 그녀를 움켜잡으려고 그가 침대에서 뛰쳐나가자 들고 있던 커다랗고 납작한 흰 가죽 손가방으로 그의 얼굴을 후려쳤다. 요사리안은 당황해서 쑤시는 뺨을 움켜잡고는 얼이 빠져 비틀거리며 뒷걸음질을 쳤다.

"돼지!" 사나운 혐오감으로 콧구멍을 벌름거리며 그녀는 독살스럽게 그에게 쏘아붙였다. "비베 코문 아니말레!(짐승처럼 사는군요.)"[60]

거세고 굵은 목소리로 역겹다는 듯 비웃는 욕을 하면서 그녀는 뚜벅뚜벅 걸어 방을 가로질러 높다란 붙박이 창문 셋을 활짝 열어젖혔고, 상큼하고 신선한 공기와 눈부신 햇빛이 쏟아져 들어와 힘을 내는 강장제처럼 텁텁한 방 안을 씻어 냈다. 그녀는 손가방을 의자 위에 놓고 방을 정리하기 시작했다. 마룻바닥과 가구 위에 놓아둔 그의 물건들을 치우고, 그의 양말과 손수건과 속옷을 옷장의 빈 서랍에 던져 넣고, 셔츠와 바지 들을 벽장에 걸었다.

요사리안은 침실에서 목욕탕으로 뛰어가 이를 닦았다. 그는 세수를 하고 머리를 빗었다. 그가 다시 돌아오니 방 안은 말끔했고 루치아나는 옷을 거의 다 벗었다. 그녀의 표정은 긴장이 풀린 듯했다. 그녀는 귀고리를 옷장 위에다 놓고, 엉덩이까지 내려오는 분홍빛 레이온 슈미즈만 걸치고 맨발로 침대로 왔다. 청소를 하다가 빠뜨린 것이 없는지 확인하려고 신중하게 방 안을 둘러본 다음에 그녀는 홑이불을 끌어올리고 음흉한 기대를 머금은 표정을 지으며 기분 좋게 몸을 쭉 펴고 누웠다. 그녀는 목쉰 웃음소리를 내면서 애타는 듯 그를 손짓해 불렀다.

"어서요." 두 팔을 열렬히 그에게 내밀면서 그녀가 나지막하게 말했다. "이제는 당신, 나하고 자게 해 주겠어요."

그녀는 이탈리아 군대 소속이었다가 죽은 약혼자와 침대에

---

60) Vive com' un animale!

서 보낸 일주일에 대해서 거짓말을 했는데, 그 거짓말들은 알고 보니 진짜 정말인 모양이어서, 그가 겨우 일을 시작하자마자 그녀는 "피니토!(그만 해요!)"[61]라고 소리를 지르고는 요사리안더러 왜 당신은 피니토하지 않느냐고 물었다. 요사리안은 자신도 피니토를 한 다음에야 왜 피니토를 하지 않았는지 설명했다.

그는 두 사람이 같이 피울 수 있도록 담배 두 개비에 불을 붙였다. 그녀는 햇볕에 검게 탄 그의 온몸에 매혹되었다. 그는 그녀가 벗으려고 하지 않던 분홍빛 슈미즈에 대해서 궁금한 생각이 들었다. 그것은 남자의 속셔츠처럼 재단이 되었고, 어깨 끈은 가느다랗고, 등에 있는 상처를 가렸는데, 상처가 있다고 하면서도 그녀는 그것을 보여 주지 않았다. 그가 손가락 끝으로 어깻죽지에서 거의 척추 아래쪽까지 더듬어 으깨진 윤곽을 훑어 내려가자 그녀는 단단한 강철처럼 긴장했다. 그녀가 마취제와 똥과 소독약과 하얀 제복들이 오가는 사이에서 썩거나 탈저(脫疽)에 걸린 인간의 살점과, 고무로 바닥을 댄 신발과, 새벽빛으로 밝아질 때까지 희미하게 빛나는 괴이한 밤 복도의 불빛에 둘러싸여 마취가 되었거나 고통을 느끼는 상태로 병원에서 지냈을 수많은 밤들을 생각하고 그는 등골이 오싹했다. 그녀는 공습에서 부상을 입었노라고 했다.

"도베?(어디서?)"[62]라고 물어보며 그는 긴장해서 호흡을 멈

---

61) Finito!
62) Dove?

추었다.

"나폴리."

"독일 놈들?"

"아메리카."

그는 가슴이 메어졌고, 사랑을 느끼게 되었다. 그는 그녀가 자기와 결혼을 해 줄까 알고 싶었다.

"투 세이 파초.(당신 미쳤어요.)"[63] 유쾌하게 웃으면서 그녀가 말했다.

"내가 왜 미쳐?" 그가 물었다.

"페르케 논 포소 스토사레.(난 결혼할 수 없으니까요.)"[64]

"아가씨가 왜 결혼을 못 해?"

"난 처녀가 아니니까요." 그녀가 대답했다.

"그것이 무슨 관계가 있어서?"

"누가 나하고 결혼을 하겠어요? 처녀가 아닌 여자를 원할 사람은 아무도 없어요."

"난 달라. 난 아가씨하고 결혼하겠어."

"마 논 포소 스포사르티.(하지만 전 당신하고 결혼할 수 없어요.)"[65]

"왜 나하고 결혼을 못 하지?"

"페르케 세 파초.(당신이 미쳤기 때문에요.)"[66]

---

63) Tu sei pazzo.
64) Perchè non posso sposare.
65) Ma non posso sposarti.
66) Perchè sei pazzo.

"내가 왜 미쳐?"

"페르케 부오이 스포사르미.(나하고 결혼하고 싶어 하기 때문이죠.)"[67]

요사리안은 묘한 즐거움을 느끼며 이맛살을 찌푸렸다. "아가씬 내가 미쳤기 때문에 결혼을 못 하겠다고 그러고, 그리고 내가 아가씨하고 결혼하고 싶어 한다고 해서 나더러 미쳤다 이거 아냐, 안 그래?"

"시.(그래요.)"[68]

"투 세 파초!(아가씨가 미쳤어!)"[69] 그는 큰 소리로 그녀에게 말했다.

"페르케?(왜요?)"[70] 그녀는 화를 내며 그에게 마주 소리를 질렀고, 침대에 일어나 앉은 그녀의 분홍빛 슈미즈 밑에서 동그란 젖가슴이 탐스럽게 오르락내리락했다. "내가 왜 미쳤어요?"

"나하고 결혼하지 않겠다니까 그렇지."

"스투피도!(바보!)"[71] 그녀는 그에게 소리를 지르고는 손등으로 그의 가슴을 요란하게 때렸다. "논 포소 스포사르티!(난 당신하고 결혼할 수 없어요!)[72] 논 카피스치?(아시겠어요?)[73] 논 소

---

67) Perchè vuoi sposarmi.

68) Sì.

69) Tu sei pazz'!

70) Perchè?

71) Stupido!

72) Non posso sposarti!

73) Non capisci?

루치아나

포 스포사르티.(난 당신하고 결혼할 수 없어요.)[74]"

"아, 그럼 알고말고. 그런데 어째서 나하고 결혼을 못 하지?"

"페르케 세 파초!(당신이 미쳤기 때문에요.)[75]"

"그럼 내가 왜 미쳤지?"

"페르케 부오이 스포사르미.(나하고 결혼하고 싶어 하니까 그렇죠.)[76]"

"내가 아가씨하고 결혼하고 싶어 하니까 그렇다 이거지. 카리나, 티 아모.(난 아가씨를 사랑해.)[77]라고 설명하면서 그는 그녀를 얌전히 베개 위에 뉘었다. "티 아모 몰토.(난 당신을 무척 사랑해.)[78]

"투세 파초.(당신은 미쳤어요.)[79] 기분이 좋아진 그녀가 입 속에서 우물거렸다.

"페르케?(왜?)[80]

"날 사랑한다고 그러니까요. 처녀가 아닌 여자를 어떻게 사랑할 수 있나요?"

"난 아가씨하고 결혼할 수 없기 때문이지."

그녀는 위협하듯 화를 내며 다시 벌떡 일어나 앉았다. "왜 나하고 결혼을 못 하죠?" 그가 못마땅한 대답을 하면 다시 그

---

74) Non posso sposarti.

75) Perchè sei pazzo!

76) Perchè vuoi sposarmi.

77) Carina, ti amo.

78) Ti amo molto.

79) Tu sei pazzo.

80) Perchè?

를 후려칠 준비를 하며 그녀가 물었다. "처녀가 아니라는 이유 하나 때문에요?"

"아니, 아냐, 아가씨. 아가씨가 미쳤기 때문이야."

그녀는 잠깐 동안 실망해서 멍한 눈으로 그를 응시하더니 머리를 뒤로 젖히고는 알겠다는 듯 거침없이 웃었다. 웃음을 멈춘 그녀는 다시금 긍정하듯 그를 쳐다보았고, 그녀의 거무스름한 얼굴은 짙은 반응을 보이며 아름답게 혈기가 올라서 더욱 검어졌다. 그녀는 눈을 가늘게 떴다. 그는 두 사람의 담배를 다 짓눌러 껐고, 그들이 아무 말도 없이 서로 마주 보며 점점 깊이 키스를 하고 있는데, 헝그리 조가 문도 두드리지 않고 여자들을 낚으러 가겠냐고 요사리안에게 물으려고 어슬렁거리며 방으로 들어섰다. 헝그리 조는 그들을 보자 멈칫 서더니 방에서 뛰쳐나갔다. 요사리안은 더욱 재빠르게 침대에서 뛰쳐나와 옷을 입으라고 루치아나에게 소리를 지르기 시작했다. 그녀는 영문을 몰라 어리둥절했다. 그는 그녀의 팔을 거칠게 잡아 침대에서 끌어내고 옷이 있는 곳으로 밀쳐 버리더니 헝그리 조가 카메라를 들고 되돌아오는 것을 막으려고 재빨리 문을 닫아 버렸다. 헝그리 조는 문에 발을 끼워 넣고는 물러서려고 하지 않았다.

"나 좀 들어가게 해 줘!" 그는 미친 듯이 몸을 꿈틀대고 비틀면서 조급하게 애원했다. "나 좀 들어가게 해 줘!" 그는 거짓된 미소를 지으며 열린 문틈으로 요사리안의 얼굴을 쳐다보면서 잠깐 몸부림을 멈추었다. "나 헝그리 조 아냐." 그는 열을 올리며 설명했다. "나 《라이프》의 굉장한 사진기자야. 굉장히 큰 표지 위한 굉장한 거물 사진기자야. 나 자네 굉장한 거물 할리우드 스타로 만들어 주겠어, 요사리안. 디네로(돈)[81] 많아. 이혼 많아. 하루 종일 그거 많이 하고. 시, 시, 시!(그래, 그래, 그래.)"

옷을 입는 루치아나의 사진을 찍으려고 헝그리 조가 조금 뒤로 물러서자 요사리안이 문을 쾅 닫아 버렸다. 헝그리 조는 튼튼한 나무 장벽을 미친 듯이 공격하고, 에너지를 재정비하기 위해서 뒤로 물러섰다가는 또다시 미친 듯 몸을 앞으로 던졌다. 공격이 되풀이되는 사이에 요사리안은 잽싸게 옷을 입었다. 루치아나는 하얗고 초록빛인 여름 드레스를 입고는 스커트를 허리 위에 움켜쥐고 있었다. 팬티 속으로 그녀가 영원히 사라지려는 모습을 보자 비참한 기분이 그를 사로잡았다. 그는 손을 뻗어 그녀를 붙잡고는 치켜든 그녀의 종아리를 그에게로 끌어당겼다. 그녀는 앞으로 다가와 그에게 몸을 찰싹 붙였다. 요사리안은 그녀의 귀와 감은 눈에 낭만적으로 키스를 하고는 허벅지 뒤쪽을 쓰다듬었다. 그녀가 육감적으로 신음하는 순간에 헝그리 조가 결사적인 공격을 하느라고 연약한 몸을 문에다 부딪쳐 그들은 둘 다 넘어질 뻔했다. 요사리안이 그녀를 밀쳤다.

"비테 비테!(어서! 어서!)"[82] 그는 그녀를 나무랐다. "옷을 입어!"

---

81) Dinero.
82) Vite! Vite!

"도대체 뭐라고 하는 소리예요?" 그녀는 궁금했다.

"빨리! 빨리! 아가씨는 영어도 몰라? 어서 옷을 입으라고!"

"스투피도(바보!)" 그녀가 그에게 마주 고함쳤다. "비테는 프랑스 말이지 이탈리아 말이 아녜요. 수비토 수비토! 그 소리겠죠. 수비토!"

"시, 시. 바로 그 소리야. 수비토, 수비토!"

"시, 시." 그녀는 협조적으로 대답하고 구두와 귀고리를 가지러 뛰어갔다.

헝그리 조는 닫힌 문틈으로 사진을 찍으려고 공격을 잠깐 멈추었다. 요사리안은 카메라의 셔터가 찰칵거리는 소리를 들었다. 루치아나가 준비를 마치자, 요사리안은 헝그리 조의 다음 번 공격을 기다렸다가 갑자기 문을 왈칵 열었다. 헝그리 조는 허우적거리는 개구리처럼 방 안으로 굴러 들어왔다. 요사리안은 잽싸게 그의 옆을 돌아서 루치아나를 이끌고 아파트 복도로 나갔다. 그들은 야단스럽게 떠들어 대면서 층계를 뛰어 내려갔고, 숨을 돌리려고 멈출 때마다 숨 가쁘게 웃어 대며 머리를 맞대었다. 아래까지 거의 다 내려간 그들은 네이틀리를 만나 웃음을 그쳤다. 네이틀리는 핼쑥하고, 더럽고, 기분이 언짢았다. 그의 넥타이는 뒤틀렸고 셔츠는 구겨졌으며, 그는 호주머니에 손을 쑤셔 넣고 걸었다. 그는 비굴하고 처참한 표정이었다.

"왜 그래?" 요사리안이 동정적으로 물었다.

"전 완전히 파멸입니다." 어설프고 얼이 빠진 미소를 지으며 네이틀리가 대답했다. "전 어떡하면 좋죠?"

그것은 요사리안도 알 수 없는 노릇이었다. 네이틀리는 지난 서른두 시간을 한 시간에 20달러씩 내고 그가 숭배하던 매정한 창녀와 같이 보냈고, 그가 받은 봉급과 돈 많고 너그러운 아버지가 매달 보내 주던 풍족한 용돈을 몽땅 다 털렸다. 그것은 이제 그녀와 더 이상 같이 지낼 수 없음을 뜻했다. 그녀는 다른 군인들을 끌려고 길거리를 배회하는 동안에 그가 그녀를 따라다니지 못하게 했으며, 그녀를 멀리서 뒤따르던 그를 보자 화를 냈다. 그는 그녀의 아파트에서 빈둥거려도 되었지만, 그녀가 그곳에 오리라는 장담은 할 수 없었다. 그리고 그가 돈을 내지 않는 한 그녀는 아무것도 하지 않았다. 그녀는 섹스에는 흥미가 없었다. 네이틀리는 그녀가 달갑지 않은 남자나 그가 아는 사람하고는 자지 않겠다는 다짐을 받고 싶었다. 블랙 대위는 단순히 그의 애인을 또 한 번 건드렸다는 소식을 알려 줌으로써 네이틀리를 괴롭히고, 그녀에게 자기가 강요한 못된 짓들을 서술함으로써 네이틀리가 간장을 태우는 꼴을 보기 위해서, 로마에 올 때마다 항상 그녀를 사는 버릇이 들었다.

루치아나는 네이틀리의 쓸쓸한 기분에 마음이 아팠지만, 햇빛이 밝은 길거리로 요사리안과 함께 나와서, 헝그리 조가 자기는 정말로 《라이프》의 사진기자니까 돌아와서 옷을 벗으라고 창가에서 그들에게 애걸하는 소리를 듣는 순간에 다시 요란하고 거센 웃음을 터뜨렸다. 루치아나는 굽이 높고 뭉툭한 하얀 구두를 신고 길을 따라 유쾌하게 도망치면서, 어젯밤 댄스홀에서, 그리고 그 이후 줄곧 모든 순간에 보여 주었던 탐

욕스럽고 순수한 정열을 보이며 요사리안을 잡아끌었다. 요
사리안은 뒤따라가서 그녀의 허리를 껴안고 걸었으며, 그들이
길모퉁이에 이르자 그녀는 그에게서 떨어졌다. 그녀는 손가방
에서 꺼낸 거울을 보며 머리카락을 다듬고 립스틱을 발랐다.

"당신이 다시 로마로 오면 날 만날 수 있도록 종이쪽지에
내 이름과 주소를 써 달라는 얘기를 왜 하지 않죠?" 그녀가
말을 꺼냈다.

"종이쪽지에 아가씨 이름하고 주소를 써 주지 않겠어?" 그
는 시키는 대로 말했다.

"뭣 하려요?" 갑자기 열띤 조롱으로 입술을 뒤틀고 눈에서
는 분노를 번득이며 그녀가 싸움이라도 벌이려는 듯이 물었
다. "나하고 헤어지자마자 갈기갈기 찢어 버리려고요?"

"누가 그걸 찢어 버려?" 혼란에 빠진 요사리안이 따졌다.
"도대체 무슨 소리를 하고 있는 거야?"

"당신이 찢죠." 그녀가 우겼다. "당신은 내가 사라지자마자
그것을 갈기갈기 찢어 버리고는, 나 루치아나처럼 늘씬하고,
젊고, 아름다운 여자가 당신하고 자고도 돈을 요구하지 않았
기 때문에 잘난 체하고 뽐내며 걸어가 버리겠죠."

"나더러 돈을 얼마나 달라고 그러는 거야?" 그는 그녀에게
물었다.

"스투피도!(바보!)" 그녀가 격한 감정으로 말했다. "난 당신
한테 돈을 조금도 요구하지 않아요!" 그녀는 발을 구르고 요
란스럽게 팔을 쳐들었으며, 요사리안은 그 동작을 보고 그녀
가 커다란 손가방으로 다시 그의 얼굴을 후려칠까 봐 겁이 났

다. 그러는 대신에 그녀는 종이쪽지에다 그녀의 이름과 주소를 갈겨쓰더니 그에게 내밀었다. "여기 있어요." 섬세한 떨림을 억누르려고 입술을 깨물면서 그녀가 비웃는 말투로 그에게 빈정거렸다. "잊지 말아요. 내가 사라지자마자 그걸 갈기갈기 찢어야 한다는 걸 잊지 말아요."

그러더니 그녀는 차분하게 미소를 짓고, 그의 손을 꼭 잡아 주고는 "아디오.(안녕.)"[83] 라고 서글프게 귓속말을 하고, 잠깐 동안 그에게 몸을 붙였다가는 허리를 펴고, 무의식적인 위엄과 우아함을 보이며 멀어져 갔다.

그녀가 사라지자마자 요사리안은 종이쪽지를 찢어 버리고 다른 방향으로 걸어가면서, 루치아나처럼 아름답고 젊은 여자가 자기와 자고도 돈을 요구하지 않아서 무엇이라도 된 기분을 느꼈다. 그는 무척 즐거운 기분에 젖어 적십자 건물의 식당에서 온갖 멋진 군복들을 입은 다른 군인들 수십 명과 함께 아침 식사를 했으며, 갑자기 그는 옷을 입는 루치아나와 옷을 벗는 루치아나, 그리고 그와 침대에 든 다음에도 입고 있었으며 벗으려고 하지 않았던 분홍빛 슈미즈 바람으로 난폭하게 그에게 소리를 지르거나 그를 애무하던 그녀의 환상에 휩싸였다. 요사리안은 그녀의 길고, 유연하고, 발가벗고, 젊고, 율동하는 팔다리를 그토록 멋대로 갈기갈기 찢어서 길모퉁이의 하수도에 그토록 태연하게 처넣어 버린 자신의 엄청난 실수가 생각나자 토스트와 계란이 목에 걸렸다. 그는 벌써부터 그

---

83) Addio.

녀가 몹시 그리워졌다. 식당에는 군복을 입고 얼굴이 없는 사람들이 너무나 많이 그의 주변에서 주절거리고 있었다. 그는 어서 다시 그녀와 단둘이 있고 싶다는 급박한 욕망을 느꼈고, 식탁에서 충동적으로 벌떡 일어나서 밖으로 나가 아파트 쪽으로 길을 거슬러 달려가 하수도에서 찢어 버린 종잇조각들을 찾으려고 했지만, 길거리 청소부가 호스로 씻어 내려 이미 모두 없어진 다음이었다.

그는 그날 밤 연합군 장교들의 나이트클럽이나, 우아한 음식을 담은 나무 쟁반들이 잔뜩 출렁이며 쾌활하고 사랑스러운 여자들이 재잘거리는 암시장 식당의 무덥고, 윤이 나고, 쾌락적인 광란 속에서도 그녀를 다시는 찾을 수가 없었다. 그는 식당조차 찾아내지 못했다. 혼자 잠자리에 든 그는 꿈속에서 다시 볼로냐의 고사포를 피하느라고 무척 애를 썼고, 통통한 알피는 비열한 곁눈질을 하며 흉측하게 그의 어깨에 매달려 있었다. 아침에 그는 루치아나를 찾으려고 프랑스 사람들의 사무실을 모조리 뒤졌지만, 그가 하는 얘기를 알아듣는 사람은 아무도 없었다. 그러자 그는 공포를 느끼며 뛰었고, 너무나 초조하고 낙심하고 혼란을 느껴서 그는 어디론가 공포에 질려 뛰어야만 했고, 그래서 사병들의 숙소로 가, 칙칙한 갈색 스웨터에 묵직한 검은 스커트를 입고 5층 스노든의 방에서 먼지를 털고 있던, 뽀얀 빛깔의 팬티를 입은 작달막한 하녀를 발견했다. 그 당시에는 스노든이 아직 살아 있었고, 요사리안은 창조적인 절망의 광란 속에서 그녀를 향해 문지방을 넘어 달려들어가다가 그의 발에 걸린 파란 더플 백에 하얀 글자로 새긴 이름을 보고 그곳이 스노든의 방임을 알았다. 그가 곤경에 처해 그녀에게 고꾸라지자 여자는 넘어지기 전에 그의 팔목을 잡고 침대로 자빠지면서 그를 그녀의 위로 끌어올리고, 물렁물렁하고 안도감을 주는 포옹으로 친절하게 그를 감싸면서, 깃발처럼 먼지떨이를 높이 들어 올리며, 넓적하고 야수적이고 친근한 얼굴로 그를 다정하게 쳐다보면서 거짓 없는 우정의 미소를 지었다. 밑에 깔려서도 그에게 방해가 되지 않게 뽀얀 빛깔의 팬티를 그녀가 말아 내려 벗느라고 날카롭게 양말대님이 딸가닥거리는 소리가 났다.

그들이 일을 치르고 나자 그는 그녀의 손에 돈을 쥐여 주었다. 그녀는 고마워서 그를 껴안았다. 그는 그녀를 껴안았다. 그녀는 그를 마주 껴안더니 다시 침대에서 그녀 위로 그를 끌어올렸다. 이번에는 일이 끝나자마자 그는 그녀의 손에 돈을 쥐여 주고는 그녀가 고마워서 그를 다시 껴안기 전에 방에서 도망쳐 나왔다. 자기 숙소로 돌아온 그는 소지품을 될 수 있는 대로 빨리 챙기고는 가지고 있던 돈을 네이틀리를 위해 남겨 두고, 침실에서 쫓아냈던 일에 대해 헝그리 조에게 사과하려고 보급 비행기를 타고 피아노사로 서둘러 돌아갔다. 요사리안이 만나 보니 헝그리 조는 기분이 아주 좋아서, 사과할 필요가 없었다. 헝그리 조는 입이 찢어질 만큼 미소를 지었으며, 왜 그가 그토록 기분이 좋은지 눈치를 채자 요사리안은 그의 꼴이 역겨워졌다.

"출격 횟수가 마흔 번이 되었어." 의기양양하게 안도감을 느끼는 음악적인 목소리로 헝그리 조가 알려 주었다. "대령이 횟수를 또 올렸대."

요사리안은 기가 막혔다. "하지만 난 서른두 번밖에 출격을 안 나갔어, 염병할! 세 번만 더 나갔더라면 난 끝마쳤을 텐데."

헝그리 조는 무관심하게 어깨를 추슬렀다. "대령님은 마흔 번을 요구해." 그가 말을 되풀이했다.

요사리안은 그를 밀쳐 버리고 곧장 병원으로 달려 들어갔다.

17
하얀 군인

요사리안은 이미 끝마친 서른두 번에서 다시는 더 출격을
안 나가기로 결심하고 곧장 병원으로 달려갔다. 열흘 후 그는
마음을 고쳐먹고 나왔지만, 대령은 출격 횟수를 마흔다섯 번
으로 올렸고, 요사리안은 새로 여섯 번을 출격한 것 말고는
다시는 비행을 안 하겠다고 결심하고 영원히 나오지 않을 생
각으로 또다시 병원으로 돌아갔다.

요사리안은 그의 간과 눈 때문에 마음만 내키면 언제라도
병원으로 달려갈 수 있었는데, 의사들은 그의 간을 고칠 수가
없었고, 그래서 그가 간이 이상하다고 말할 때마다 의사들은
그의 눈을 마주 쳐다보지 못했다. 같은 병동에 정말로 아픈
사람이 없는 한 그는 언제까지라도 병원에서 재미있게 지냈다.
그의 체격은 튼튼해서, 다른 사람의 학질이나 독감쯤은 조금
도 불편을 느끼지 않고 견딜 만했다. 그는 수술 후의 좌절감

에 시달리지 않고도 다른 사람들의 편도선을 견디어 냈고, 심지어는 그들의 탈장과 치질까지도 가벼운 구토증과 정신적인 혼란 정도만 느끼며 참아 냈다. 그러나 병이 나지 않고 그가 견딜 수 있는 것은 그 정도뿐이었다. 그다음 단계로 넘어가면 그는 당장 발작을 일으킬 지경이었다. 그는 아무것도 하지 않아도 되었기 때문에 병원에서 마음을 놓아도 좋았다. 병원에서 그가 해야 할 일이라고는 죽거나 병이 낫는 것뿐이었는데, 당초부터 그는 아주 말짱했으므로 병이 낫기는 간단했다.

병원에서 지내기란 허플과 도브스가 조종간을 맡고 스노든이 뒤에서 죽어 가는 사이에 아비뇽이나 볼로냐 상공을 비행하는 것보다는 훨씬 좋았다.

요사리안이 병원 밖에서 보는 것보다 병원 안에는 병든 사람들의 숫자가 훨씬 적은 것이 보통이었고, 병원 안에는 일반적으로 심하게 병든 사람의 숫자가 많지 않았다. 병원 안은 밖보다 사망률이 훨씬 낮았고, 그 사망 상태도 훨씬 건전했다. 필요 없이 죽는 사람은 거의 없었다. 병원 안에서는 사람들이 죽음에 대해서 훨씬 더 많이 알고 있어서 '죽음'을 아주 깨끗하고 질서 있게 처리했다. 그들은 병원 안에서 '죽음'을 지배하지는 못했지만 확실히 잘 다루기는 했다. 그들은 죽음을 길들였다. 그들은 '죽음'을 쫓아내지는 못했지만, 안에 들어와 있는 동안에 죽음은 숙녀처럼 행동해야 했다. 사람들은 병원 안에서는 섬세하게 격식을 갖춰서 영혼을 포기했다. 병원 밖에서 그토록 흔했던 죽음에 대한 조잡하고 추한 허식이 그곳에는 조금도 없었다. 그들은 요사리안의 천막에 들었던 죽은 사람이나 크라프트처럼 공중에서 산산조각이 나지도 않았고, 비행기의 뒤에서 요사리안에게 그의 비밀을 털어놓은 다음에 얼어 죽은 스노든처럼 뜨거운 여름에 얼어 죽지도 않았다.

"난 추워요." 스노든이 칭얼거렸다. "난 추워요."

"어이, 어이." 요사리안은 그를 안심시키려고 했다. "어이, 어이."

그들은 클레빈저가 그랬듯이 구름 속에서 괴이하게 갑자기 당하지는 않았다. 그들은 피와 엉겨 붙은 물질로 폭발하지는 않았다. 그들은 물에 빠져 죽거나 벼락에 맞거나 기계에 으깨지거나 사태(沙汰)에 깔리지도 않았다. 그들은 강도들의 총에 맞아 죽거나, 강간 중에 목이 졸리거나, 술집에서 칼에 찔려 죽거나, 부모나 아이들의 도끼에 맞아 죽거나, 하느님의 다른 행위들 때문에 박살이 나서 죽지는 않았다. 질식해서 죽는 사람은 없었다. 사람들은 수술실에서 신사답게 피를 흘려 죽거나 산소 텐트 안에서 아무 말 없이 숨을 거두었다. 병원 밖에서는 알쏭달쏭하게 보일락 말락 하는 그런 상황이라든가, 살면서도 죽었다는 그런 일은 병원 안에서는 전혀 통용되지 않았다. 기근이나 홍수도 없었다. 아이들은 요람이나 얼음 상자 속에서 질식을 당하거나 전차 밑에 깔리지 않았다. 매를 맞아 죽는 사람도 없었다. 사람들은 가스를 틀어놓고 오븐에 머리를 들이밀거나 지하철 앞으로 뛰어들거나, 호텔의 창문에서 "휘익!" 소리를 내며 무겁게 회전하며 떨어져서는 피를 쏟고, 분홍빛 발가락들은 뒤틀려서, 딸기 아이스크림을 가득 채운 자루처럼 대중 앞에서 꼴사납게 터져 죽지는 않았다.

이것저것 따져 보니 요사리안은 그런대로 문제가 있기는 해도 병원이 더 좋았다. 사람들이 꼬장꼬장하고, 제한이 있고, 규칙이 너무 까다롭기는 했어도, 보살핌은 능률적인 편이었다. 병든 사람들이 함께 있는 것이 보통이어서, 그는 항상 같은 병동의 쾌활하고 젊은 사람들하고만 지낼 수는 없었고, 오락이 항상 마음에 들지는 않았다. 전쟁이 계속되고, 전선에 가까울수록 병원들은 점점 더 형편없다고 그는 인정하지 않을 수 없었는데, 손님들의 질적인 악화는 흥청대는 전시의 상황이 당장 눈에 두드러지는 전투 지역 내에서 가장 역력했다. 전투지로 점점 더 접근할수록 사람들은 점점 더 병이 심해지다가, 맨 마지막에 갔던 병원에서는 죽은 사람들 말고는 제일 병이 심했다가 결국은 죽어 버린 하얀 군인을 보게 되었다.

하얀 군인은 완전히 붕대와 석고와 체온계로 구성되었으며, 체온계는 단순히 장식품처럼 크레이머 간호사와 더케트 간호사가 날마다 아침과 오후 늦게 그의 입을 둘러싼 붕대의 검게 뻥 뚫린 구멍에 걸쳐 놓곤 했는데, 그러던 어느 날 오후에 크레이머 간호사는 체온계를 들여다보고는 그가 죽었음을 알게 되었다. 이제 요사리안이 회고해 보니, 하얀 군인을 죽인 사람은 말 많은 텍사스인이 아니라 크레이머 간호사인 듯싶었다. 만일 그녀가 체온계를 들여다보고 그가 죽었다는 보고를 하지만 않았더라면, 하얀 군인은 머리끝부터 발끝까지 석고와 붕대 속에 파묻힌 채, 이상하고 뻣뻣한 두 다리는 엉덩이에서 위로 치켜올리고 이상한 두 팔은 수직으로 들어 올린, 깁스를 한 두툼한 팔다리 넷 다 모두 이상하고 쓸모없이 팽팽한 철사로 끌어올려 묘하고 기다란 납덩이로 고정된 채로 아직도 그대로 살아서 누워 있을지도 모를 일이었다. 그곳에 그렇게 누워 있다고 해야 그 인생이 별로 신통할 바는 없었겠지만, 그것만이 그의 인생이었고, 요사리안이 생각하기에 그것을 끝낼 만한 결정권이 크레이머 간호사에게는 없는 듯싶었다.

하얀 군인은 붕대를 풀어놓고 구멍을 뚫은 무슨 꾸러미나 꼬부라진 양철 파이프가 비어져 나온 항구의 깨어진 바위 토막 같았다. 텍사스인 이외에는 병동의 모든 사람들이 그를 남몰래 밤에 들여놓은 다음 날 아침에 처음 본 순간부터 마음이 켕겨서 그를 피했다. 그들은 잔뜩 긴장해 병동의 가장 한적한 구석에 모여서는 무시무시한 운명처럼 여겨지던 그의 존재에 대해 반항하고, 그가 뚜렷하게 제시하는 역겨운 진실을 증오하며, 그에 대해 악의에 차고 기분이 상한 어투로 얘기를 주고받았다. 그들은 그가 신음하기 시작할지도 모른다는 공통된 두려움을 함께 나누었다.

"저 친구가 신음하기 시작하면 어째야 할지 모르겠어." 황금빛 콧수염이 난 재빠르고 젊은 전투기 조종사가 구슬프게 한탄했다. "저 친구는 시간을 모르니까 밤에도 신음을 할 테니 말야."

하얀 군인은 그곳에 있는 동안 전혀 아무런 소리도 내지 않았다. 그의 입 위로 뚫린 너덜너덜하고 동그란 구멍은 깊고, 캄캄하고, 입술이나 이나 입천장이나 혀를 찾아볼 수도 없었다. 자세히 볼 수 있을 만큼 그에게 가까이 갔던 사람이라고는 붙임성이 좋은 텍사스인뿐이었는데, 그는 하루에 몇 번씩 그에게 가까이 가서 훌륭한 사람들에게는 투표권을 더 줘야 한다는 얘기를 하려고 항상 변함없는 이런 인사말로 서두를 꺼냈다. "이봐, 어때, 이 친구야? 몸은 어떻지?" 나머지 사람들은 그들의 정복인 적갈색 코르덴 실내복과 실밥이 뜯어지는 플란넬 잠옷을 입은 그들 두 사람을 피하면서 하얀 군인이 누구이고, 왜 그곳으로 왔으며, 속은 어떤지 궁금하게 여겼다.

"괜찮은 친구 같으니까 내 말 믿어." 사교적인 방문을 끝내고 올 때마다 텍사스인은 마음을 놓으라고 그들에게 알려 주었다. "속은 진짜 괜찮은 친구라고. 여기 있는 사람은 아무도 모르는 데다가 말을 할 수 없기 때문에 그저 조금 서먹서먹할 뿐이지. 왜 자네들 그 친구한테 가서 자기소개라도 하지 그러나? 자네들을 해치지는 않을 거야."

"도대체 무슨 뚱딴지같은 소릴 하고 있어?" 던바가 물었다. "자네가 하는 얘기를 저 친구가 알아듣는다는 소린가?"

"물론 내가 하는 얘기를 알아듣지. 바보가 아니니까. 저 사람 아무 이상도 없어."

"저 사람이 자네 목소리를 들을 수 있나?"

"글쎄, 내 말이 들리는지 어떤지는 모르겠지만, 내가 하는 얘기를 틀림없이 알아듣기는 해."

"입 위에 있는 저 구멍이 움직일 때도 있나?"

"이봐, 그건 도대체 무슨 돼먹지 않은 소리야?" 텍사스인이 짜증을 부리며 말했다.

"그것이 전혀 움직이지 않는다면, 저 사람이 호흡을 하고 있는지 어떤지 어떻게 알지?"

"저 사람이 남자인지는 어떻게 알고?"

"얼굴을 싼 저 붕대 밑에 눈가리개가 있어?"

"저 사람, 발가락을 꼼지락거리거나 손가락 끝을 움직일 때도 있나?"

점점 더 혼란을 느끼게 되자 텍사스인은 꽁무니를 뺐다. "이봐, 그게 도대체 무슨 돼먹지 않은 소리야? 자네들 모두 미쳤거나 뭐 그런 모양이군. 왜 자네들이 찾아가서 사귀어 보지 그러나? 진짜 좋은 친구니까, 내 말 믿으라고."

하얀 군인은 진짜 좋은 친구보다는 박제를 하고 살균을 한 미라에 더 가까웠다. 더케트 간호사와 크레이머 간호사가 항상 그를 말끔하게 단장했다. 그들은 옷솔로 그의 붕대를 자주 쓸어 주었고 비눗물로 그의 팔다리와 어깨와 가슴과 음경을 덮은 석고를 문질러 댔다. 금속에 광을 내는 동그란 양철을 사용해서 그들은 그의 사타구니를 덮은 시멘트에서 솟은 아연 파이프에 희미한 윤을 냈다. 접시를 닦는 축축한 걸레로 그들은 그의 몸에서 나와 뚜껑이 달린 커다란 두 병으로 들어가는 가느다랗고 검은 고무 튜브를 하루에 몇 번씩 씻었는데, 한쪽 튜브는 침대 옆의 말뚝에 매달려 붕대의 째진 틈을 통해 끊임없이 그의 팔로 액체를 흘려보냈고, 거의 눈에 띄지 않게 마룻바닥으로 늘어진 다른 쪽 튜브는 그의 사타구니에서 솟은 아연 파이프를 통해 나오는 액체를 뽑아냈다. 두 젊은 간호사들은 쉴 새 없이 유리병을 닦았다. 그들은 자기들의 살림 솜씨를 자랑스럽게 여겼다. 두 사람 가운데 몸매가 좋고, 예쁘고, 섹스와는 거리가 멀고, 완전해서 매력이 없는 얼굴의 소유자인 크레이머 간호사가 애를 더 많이 썼다. 크레이머 간호사는 코가 귀여웠고, 환하게 꽃피는 얼굴은 요사리안이 혐오하던 기가 막힌 주근깨의 매혹적인 물보라로 얼룩졌다. 그녀는 하얀 군인 때문에 굉장히 마음 아파했다. 그녀의 착실하고, 새파랗고, 접시 같은 눈은 걸핏하면 거창한 눈물로 홍수를 이루어서 요사리안을 화나게 했다.

"그 사람이 저 안에 있는지 없는지 어떻게 알지?" 그가 그녀에게 물었다.

"나한테 함부로 그런 식으로 얘기하지 말아요!" 그녀는 화를 내며 대답했다.

"아, 실례. 하지만 당신은 저것이 그 사람인지조차 모르잖아."

"누구요?"

"누구든 저 붕대 속에 있어야 할 사람 말야. 생판 딴사람을 놓고 훌쩍거리고 있는지도 모르지. 그 사람이 살아 있는지조차 어떻게 알 수 있지?"

"정말 한심한 얘기를 하고 있군요!" 크레이머 간호사가 소리를 질렀다. "이젠 어서 침대로 들어가고 그 사람에 대한 허튼소리는 그만해요."

"난 허튼소리를 하고 있는 게 아냐. 저 속에 누가 들어 있는지는 정말 모를 일이지. 우리가 알고 있는 바로는, 머드가 저 속에 있을지도 몰라.[84]"

"무슨 얘기를 하는 거예요?" 크레이머 간호사가 떨리는 목

---

84) 흙이 들어 있다는 뜻도 된다.

소리로 그에게 애원했다.

"그 죽은 친구가 저 안으로 들어갔는지도 몰라."

"어떤 죽은 사람요?"

"내 천막에 죽은 사람이 있는데, 아무도 그를 몰아낼 수가 없어. 그 사람 이름이 머드야."

크레이머 간호사는 얼굴이 하얘져서는 필사적으로 도움을 청하느라고 던바에게로 돌아섰다. "저런 소리 그만하게 하세요." 그녀가 부탁했다.

"속에는 아무도 없는지도 몰라." 던바가 돕는다고 한 말은 이것이었다. "누군가 장난 삼아 이곳으로 붕대만 보냈을 수도 있으니까."

그녀는 놀라서 던바에게서 뒷걸음질을 쳤다. "당신들 미쳤군요." 애걸하는 눈으로 둘러보면서 그녀가 소리를 질렀다. "당신들 둘 다 미쳤어요."

그러자 더케트 간호사가 나타나서는 그들을 모두 침대로 쫓아 버렸고, 그러는 사이에 크레이머 간호사는 하얀 군인에게 달린 뚜껑을 막은 병들을 바꿔 놓았다. 맑은 액체가 조금도 상실되지 않고 똑같이 그대로 거듭거듭 그의 몸 안에서 나왔다가 다시 들어갔으므로 하얀 군인의 유리병들은 자리만 바꿔 놓아도 아무 탈이 없었다. 그의 팔꿈치 안쪽으로 주입되는 유리병이 거의 빌 때가 되면 마룻바닥의 유리병은 거의 가득 찼고, 제각기 호스만 빼서 재빨리 바꿔 놓으면 액체는 당장 그에게로 다시 흘러 들어갔다. 병을 바꾸는 일은 시간마다 그것들이 바뀌는 과정을 보고 당황한 사람들 말고는 누구에게도 걱정거리가 되지 않았다.

"병 두 개를 서로 마주 묶어 놓고 가운데 사람을 아예 없애 버리지 왜들 저러지?" 요사리안과 이제는 같이 체스를 두지 않게 된 포병 장교가 물었다. "저 사람이 무슨 소용이 있다고 말야?"

"저 사람이 뭐기에 저 야단인지 모르겠어요." 말라리아에 걸리고 엉덩이에 모기가 문 자국이 난 준위는 크레이머 간호사가 체온계를 들여다보고 하얀 군인이 죽었음을 알아낸 다음에 탄식했다.

"그 사람은 참전했거든." 황금빛 콧수염이 난 폭격기 조종사가 혀를 찼다.

"우리도 모두 참전했어." 던바가 말대꾸를 했다.

"제 얘기가 그 얘깁니다." 말라리아에 걸린 준위가 말을 계속했다. "어째서 저 사람만 그러죠? 보상과 처벌 제도를 보면 논리가 전혀 없는 것처럼 여겨집니다. 내 꼴을 보세요. 만일 내가 해변에서의 정열적인 오 분간을 위해서 거지같이 이렇게 모기한테 물리지 않고 대신에 매독이나 임질에 걸렸더라면, 전 그런대로 수긍하겠어요. 하지만 말라리아는 어떻죠? 말라리아 말예요. 성교하다가 말라리아에 걸렸다는 얘기를 누가 설명할 수 있겠어요?" 준위가 기가 막히다는 듯 멍청하게 머리를 저었다.

"나는 어떻고?" 요사리안이 말했다. "난 마라케시에서 어느 날 밤 사탕을 구하려고 천막 밖으로 나섰다가, 전에는 본 적도 없는 여군이 나지막한 소리로 나를 숲속으로 불러들이는 통에 자네가 걸렸어야 할 임질에 내가 대신 걸렸지. 내가 바라던 것은 사탕뿐이긴 했지만, 그걸 누가 거절할 수 있었겠나?"

"듣고 보니 내 임질이 정말 그리로 간 모양이군요." 준위가 동의했다. "그러니까 난 다른 사람의 말라리아에 걸린 셈이고요. 단 한 번만이라도 이런 것들이 제대로 돌아가서, 저마다 자기 몫을 제대로 찾아 먹는 걸 볼 수 있었으면 좋겠어요. 그런다면 난 이 우주 조화에 대해서 믿음을 좀 가지겠습니다."

"난 다른 사람의 30만 달러를 차지했어." 황금빛 콧수염이 난 재빠르고 젊은 폭격기 기장이 시인했다. "난 태어난 그날부터 농땡이를 쳤어. 난 예비 학교와 대학을 순전히 속임수로 다녔고, 그 이후로 한 일이라고는 내가 남편 노릇을 잘해 줄 만하다고 생각하는 예쁜 여자들과 동거 생활을 하는 정도였어. 난 야심이라곤 없지. 전쟁이 끝난 다음에 내가 하고 싶은 일이라고는 나보다 부자인 여자하고 결혼해서 훨씬 더 많은 여자들과 동거 생활을 하겠다는 것뿐이야. 내가 태어나기도 전에 받은 30만 달러는 국제적인 규모로 돼지먹이를 팔아서 치부한 할아버지가 남겨 준 돈이었어. 난 그것을 차지할 자격이 없다는 건 알지만, 그렇다고 해서 돌려준다면 말도 안 되지. 그 돈의 진짜 임자가 누구인지 궁금하구먼."

"그건 우리 아버지 것인지도 몰라." 던바가 추측했다. "아버지는 평생 고생을 했지만 나하고 여동생을 대학에 보낼 만한 돈을 벌지 못했지. 이제는 돌아가셨으니까 그 돈은 자네가 가져도 좋아."

"그럼 내 말라리아가 누구 것인지만 알아낸다면 우린 다 해결을 보는 셈이군요. 내가 말라리아에 대해서 감정적으로 나왔다는 건 압니다. 난 누구 못지않게 말라리아를 핑계 삼아 근무를 태만히 할 수도 있어요. 그저 난 뭔가 옳지 않다는 느낌이 들 뿐이죠. 왜 나는 다른 사람의 말라리아를 앓고 당신이 내 임질에 걸려야 하나요?"

"난 임질에만 걸린 것이 아니야." 요사리안이 그에게 말했다. "자네의 병 때문에 난 놈들이 나를 죽일 때까지 출격 비행을 계속하지 않으면 안 되게 되었어."

"그러니까 더욱 곤란하죠. 그런 일에서 어떻게 정의를 찾아볼 수 있나요?"

"그런 일에서 충분히 정의를 찾아볼 수 있다고 생각하던 클레빈저라는 내 친구가 두 주일 반 전까지만 해도 살아 있었지."

"그것이야말로 가장 훌륭한 정의야." 즐겁게 웃고 손뼉을 치면서 클레빈저는 벌쭉 웃었다. "그들을 모두 파멸로 이끌어 간 아들의 금욕주의가 테세우스의 초기 방종함의 이유일지도 모른다는 암시가 담긴 에우리피데스의 『히폴리토스』 생각이 절로 나는구면. 여군과의 그 사건은 적어도 부도덕한 섹스의 죄악만큼은 자네에게 가르쳐 주었을 거야."

"사탕의 죄악을 가르쳐 주었지."

"자네가 처한 곤경이 자네 탓은 아니라고 자신 있게 말할 수 없다는 건 알겠지?" 드러내고 재미있어하면서 클레빈저는 말을 계속했다. "아프리카에서 자네가 성병에 걸려 열흘 동안 누워 있지만 않았더라면, 자넨 네버스 대령이 죽고 캐스카트 대령이 후임으로 오기 전에, 스물다섯 번의 출격을 마치고 고향으로 돌아갈 수 있었겠지."

"자넨 어떻고?" 요사리안이 대답했다. "자넨 마라케시에서 임질에 걸린 일은 없지만, 그래도 똑같은 곤경에 처했지."

"난 모르겠어." 거짓으로 걱정스러운 기색을 보이며 클레빈 저가 고백했다. "난 아마 뭔가 내 생애에 굉장히 잘못한 일이 있는 모양이야."

"자넨 그렇게 믿나?"

클레빈저가 웃었다. "아니, 물론 그렇지도 않아. 자네한테 공 연히 장난치고 싶어 해 본 소리야."

요사리안에게는 헤아리기도 힘들 정도로 많은 위험한 일들 이 따라다녔다. 예를 들면, 히틀러와 무솔리니와 일본 천황이 있었는데, 그들은 모두 그를 죽이려고 기를 썼다. 열병식 대회 에 광적으로 열을 올리던 셰이스코프와, 보복에 광적으로 열 을 올리던 텁수룩한 콧수염의 대령이 있었는데, 그들도 역시 그를 죽이려고 했다. 애플비와 하버마이어, 블랙, 그리고 콘도 있었다. 그가 죽기를 거의 틀림없이 바라던 크레이머 간호사 와 더케트 간호사도 있었고, 텍사스인이나 범죄 수사대 요원 은 두말할 나위도 없었다. 전 세계에 그가 죽기를 바라는 바 텐더와 벽돌공과 버스 차장 들이 있었으며, 집주인과 세든 사 람 들, 반역자와 애국자 들, 린치를 하는 사람들, 거머리들과 아첨꾼들이 모두들 그를 밀어내려고 기를 썼다. 그들이 자기 를 노리고 있다는 사실——아비뇽으로 출격을 나가기 전에 스 노든이 그에게 털어놓은 비밀은 그것이었고, 스노든은 비행기 뒤쪽에서 그 비밀을 모두 쏟아 놓았다.

임파선이 그를 처치할지도 모를 일이었다. 맹장과 신경조직과 혈구(血球)도 있었다. 뇌의 종양도 있었다. 악성 임파 육아종증(肉芽腫症)과 백혈병과 진행성 근위축증(筋萎縮症)도 있었다. 암세포를 받아서 번식시킬 상복조직(上覆組織)의 비옥하고 빨간 초원들도 있었다. 피부 질환과 뼈의 질병, 폐의 질병과 위의 질병, 심장과 피와 동맥의 질병 들도 있었다. 머리의 질병과 목의 질병과 가슴의 질병과 내장의 질병과 사타구니의 질병 들도 있었다. 발에 나는 병까지도 있었다. 그로 하여금 건강하게 살아가도록 하고 그를 지켜 주는 복잡한 일을 맡고 미련한 짐승들처럼 밤낮으로 산화하는 수십억의 양심적인 세포도 있었는데, 그들 모두가 저마다 적이나 반역자로 당장이라도 바뀔 잠재력을 지녔다. 질병이 어찌나 많은지 그와 헝그리 조처럼 자주 그것들을 생각해 보려면 정말로 병든 마음이 있어야만 했다.

헝그리 조는 치명적인 병들을 모아 가나다 순서로 배열해서 아무것이나 닥치는 대로 손가락으로 짚고는 그것에 대한 걱정을 시작했다. 그는 잘못 짚어 냈거나 명단에 추가할 이름이 생각나지 않으면 순간적으로 당황해서 식은땀을 흘리며 도움을 청하려고 다네카 군의관에게로 뛰어갔다.

"그 친구에게 유잉육종[85]이나 흑색종(黑色腫)이라고 해 줘." 헝그리 조를 무마할 수 있도록 도와달라고 찾아오는 다네카 군의관에게 요사리안이 충고했다. "헝그리 조는 질질 끄는 병

---

[85] 골수에서 발생하는 육종.

들을 좋아하지만, 야단스러운 것들을 더 좋아하지."

다네카 군의관은 그 두 가지 병 이름은 들어 본 적도 없었다. "자넨 어떻게 그토록 많은 병들을 다 알고 있나?" 그는 직업적인 존경심을 상당히 나타내면서 물었다.

"병원에서 《리더스 다이제스트》를 공부하다가 알게 되었어."

요사리안은 걱정해야 할 병들이 어찌나 많은지 가끔 아예 병원에 찾아가서 산소 텐트 속에 들어가 길게 누워 어딘가 이상해지기를 기다리며 한 무리의 전문가들이 하루 스물네 시간 침상 옆에 앉아 있고, 적어도 한 사람은 칼을 들고 있다가 필요한 순간에 잘라 버리려고 당장이라도 벌떡 일어설 준비를 갖춘 상태에서 평생을 보내고 싶은 유혹을 느꼈다. 예를 들면 동맥류(動脈瘤)가 있는데, 그러지 않았다가는 누가 대동맥의 동맥류에서 그를 구해 줄 수 있겠는가? 비록 그는 지금까지 그 어느 누구를 미워했던 것보다 훨씬 외과 의사와 수술 칼을 싫어하기는 했어도, 요사리안은 병원 밖보다 안을 훨씬 더 안전하게 느꼈다. 병원 안에서는 그가 비명을 지르기 시작하면 적어도 사람들이 달려와 그를 도와주려고 했지만, 병원 밖에서는 사람이 비명을 질러야 마땅할 모든 일 때문에 그가 비명을 질러 댄다면 그들은 그를 감옥에 처넣거나, 아니면 병원으로 보내기 십상이었다. 그가 비명을 지르고 싶었던 것들 가운데 하나는 죽을 만큼 충분히 살아온 모든 사람들과 자기를 거의 틀림없이 기다리고 있는 의사의 칼이었다. 불가피한 최후의 불가피한 시작을 뜻하는 첫 싸늘함과 흐름과 쓰라림과 아픔과 고함과 재채기와 얼룩과 무기력과 목소리의 사라짐과

균형을 잃거나 기억력이 희미해지는 상태를 어떻게 의식할 수 있을지 그는 가끔 궁금하게 여겼다.

그는 또한 메이저 메이저의 사무실에서 뛰어넘어 나와 또다시 그를 만나러 갔을 때도 다네카 군의관이 계속 거절할까 봐 걱정이 되었는데, 그의 짐작이 맞았다.

"자네한테 걱정스러운 문제가 있다 이 얘기지?" 숙이고 있던 그의 섬세하고 말끔하고 검은 머리를 쳐들고는 잠깐 동안 최루성(催淚性) 눈으로 요사리안을 깐깐하게 쳐다보면서 다네카 군의관이 물었다. "나는 어떻고? 내 소중한 의학적 기술은 다른 의사들이 기술을 닦는 동안에 이 거지 같은 섬에서 녹슬고 있지. 내가 뭐 재미로 날이면 날마다 여기 앉아서 자네에게 협조를 거절하고 있는 줄 아나? 고향 땅 미국이나 로마 같은 곳에서 내가 자네 청을 거절했다면 이토록 내 마음에 걸리지는 않았겠지. 하지만 이곳에서는 자네에게 안 된다고 말하기가 나로서도 쉽지가 않다네."

"그럼 안 된다는 말을 하지 말아. 내 비행 근무를 해제시켜."

"난 자네의 비행 근무를 해제시킬 수 없어." 다네카 군의관이 중얼거렸다. "몇 번이나 얘기를 해야 알아듣겠어?"

"아냐, 자넨 할 수 있어. 내 비행 근무를 해제시킬 사람이라고는 자네뿐이라는 얘길 메이저 메이저가 나한테 했어."

다네카 군의관은 멍한 표정을 지었다. "메이저 메이저가 자네한테 그랬어? 언제?"

"배수로에서 내가 덤벼들었을 때."

"메이저 메이저가 자네한테 그런 말을 했어? 배수로에서?"

"우리가 배수로를 나와 안으로 뛰어넘어 들어간 다음 그의 사무실에서 나한테 그랬어. 자기가 한 얘기는 아무한테도 하지 말라고 그랬으니까 자네 함부로 입을 열면 안 돼."

"그 더럽고 음흉한 거짓말쟁이!" 다네카 군의관이 소리를 질렀다. "누구한테도 그 얘기를 하면 안 되는데. 내가 자네의 비행 근무를 어떻게 해제시킬 수 있는지 알려 주던가?"

"내가 정신 분열을 일으킬 지경이라고 조그만 종이쪽지에 작성해 넣어 비행 대대로 보내기만 하면 되지. 스터브스 군의관은 자기 부대 장병들을 잘만 해제시키는데, 자네라고 못할 게 뭐야?"

"스터브스가 해제시켜 주면 그 장병들은 어떻게 되는지 아나?" 다네카 군의관이 코웃음을 치면서 반박했다. "그들은 곧장 전투역으로 재편성되지, 안 그래? 그러고는 고생문이 다시 열려. 물론 자네가 비행하기에 적당한 상태가 아니라고 쪽지에 기입함으로써 자네한테 지상 근무를 시킬 수는 있어. 하지만 함정이 있지."

"캐치-22 말인가?"

"그럼. 물론 내가 자네의 전투 임무를 벗겨 주면, 대대에서는 내 조치를 승인해야 하지만, 그들은 그렇게 하지 않을 거야. 그들은 자네를 전투 임무로 당장 되돌려 보내고, 그러면 난 어떻게 되겠나? 아마 태평양으로 향하고 있을 테지. 아냐, 사양하겠어. 난 자네를 위해서 조금도 모험을 하고 싶지 않아."

"한번 해볼 만하잖아?" 요사리안이 따졌다. "피아노사가 뭐 그리 대단하다고 그래?"

"피아노사는 형편없지. 하지만 태평양보다는 나아. 가끔 가다가 낙태 수술이나 해 주고 몇 달러씩 거두어들일 만한 문명 세계 어디로 간다면 아무렇지도 않겠어. 하지만 태평양에는 밀림하고 장마뿐이야. 난 거기 가면 썩어 버릴 거야."

"자넨 여기서 썩고 있어."

다네카 군의관은 화가 나서 낯을 붉혔다. "그래? 그렇지만 적어도 난 이 전쟁에서 살아남을 터이고, 그렇다면 자네보다야 훨씬 장래성이 훌륭하지."

"염병할, 내가 하려는 얘기가 바로 그거야. 자네한테 내 목숨을 살려 달라고 부탁하고 싶어."

"목숨을 구하는 건 내 일이 아냐." 다네카 군의관이 뚱한 목소리로 반박했다.

"자네 일이 뭔데?"

"내 일이 뭔지 난 모르겠어. 내가 들은 얘기라고는 내 천직의 윤리를 옹호하고 다른 의사에게 해가 되는 증언은 절대로 하지 말라는 것뿐이었어. 이것 봐, 자기의 생명이 위험에 처했다고 생각하는 사람이 자네 혼자뿐인 줄 아나? 나는 어떡하고? 의무실에서 나하고 같이 일하는 그 두 돌팔이들은 내 어디가 탈이 났는지도 여태껏 알아내지 못했어."

"유잉육종일지도 모르지." 요사리안이 비꼬는 말투로 투덜거렸다.

"정말 그렇다고 생각해?" 다네카 군의관은 겁이 나서 소리쳤다.

"아, 모르겠어." 요사리안이 짜증스럽게 말했다. "난 내가 이제는 더 이상 출격하지 않으리라는 것만 알아. 날 정말로 총살 시키지는 않을 거야, 안 그래? 난 쉰한 번을 날았으니까."

"버텨 보기 전에 왜 적어도 쉰다섯 번을 일단 채워 보지 그러나?" 다네카 군의관이 충고했다. "그렇게 수선만 떨었지, 자넨 비행 횟수를 채워 본 적이 한 번도 없잖아."

"그게 도대체 어디 가능하기나 한가 말야. 거의 다 해 가면 대령이 자꾸 횟수를 올리는데."

"자넨 병원으로 도망치거나 로마로 떠나 버리는 통에 한 번도 출격 횟수를 채우지 못했어. 만일 쉰다섯 번의 출격을 마치고 나서 이제는 비행을 못 하겠다고 버틴다면 입장이 훨씬 유리할 거야. 그렇다면 혹시 나도 도와줄 수 있을지도 모르고."

"약속하겠어?"

"약속하지."

"뭘 약속해?"

"만일 자네가 쉰다섯 번의 출격 임무를 끝마치고, 그리고 내가 비행기에 타지도 않고 비행 수당을 타 먹을 수 있도록 승무원 명단에 내 이름을 끼워 넣으라고 맥워트에게 시킨다면, 내가 도울 일이 없을까 생각해 볼 수도 있다는 약속을 하지. 난 비행기가 무서워. 삼 주 전 아이다호에서 발생한 비행기 추락 사고에 대한 기사 읽어 봤어? 여섯 사람이 죽었지. 무서운 일이었어. 비행 수당을 타라고 왜 매달 네 시간에 해당하는 비행을 나한테 시키는지 알 수 없는 노릇이야. 비행기 추락 사고로 죽을지 모른다는 걱정이 아니더라도 내가 할 걱정거리가 수두룩한데."

"나도 비행기 추락 사고에 대해서 걱정하지." 요사리안이 그에게 말했다. "자네만 그러는 게 아냐."

"그래, 하지만 난 유잉육종도 걱정하지." 다네카 군의관이 자랑했다. "자네 생각엔 그래서 내 코가 항상 답답하고 언제나 으슬으슬 춥게 느껴지는 것 같은가? 내 맥 좀 짚어 보겠어?"

요사리안도 또한 유잉육종과 흑색종에 대해 생각했다. 재난은 어디에서나 출렁였고, 그 숫자가 너무 많아 헤아릴 수도 없었다. 수많은 질병들과 그를 위협하는 가능한 사고들에 대한 생각을 해 보니, 자기가 지금까지 건강한 몸으로 겨우겨우 살아남았다는 사실만도 확실히 놀라운 일이었다. 그것은 기적이나 마찬가지였다. 그가 맞는 모든 나날은 죽음에 대한 또 하나의 위험한 출격이었다. 그리고 그는 이십팔 년 동안 그것들을 이겨 왔다.

18

무엇이나 둘로 보이던 군인

　요사리안은 운동과 신선한 공기와 팀워크와 훌륭한 스포츠 맨십 덕택에 건강이 좋았고, 그가 처음 병원을 찾았던 까닭은 그 모든 것들에서 달아나기 위해서였다. 로워리 필드의 체육 담당 장교가 어느 날 오후에 체조를 할 테니 모두 벌려 서라는 명령을 내렸을 때, 이등병이었던 요사리안은 집합하는 대신 오른쪽 허리가 아프다고 하면서 진료소로 달려갔다.

　"헛소리 말고 꺼져." 근무 중인 군의관이 십자말풀이를 하다가 말했다.

　"꺼져 버리라고 할 수는 없어요." 어느 상등병이 말했다. "복부의 병에 대한 새로운 상부 지시가 내려왔어요. 꺼져 버리라고 우리가 쫓아낸, 배를 앓은 사람들이 너무 많이 죽었기 때문에, 이제 우리는 그들을 닷새 동안 계속 관찰해야만 합니다."

　"좋아." 군의관이 투덜거렸다. "닷새 동안 관찰한 다음에 꺼져 버리라고 해."

그들은 요사리안의 옷을 가져가고 그를 병동에 집어넣었는데, 근처에 코를 고는 사람이 없을 때라면 그는 무척 즐겁게 지냈다. 아침에 돕기를 좋아하는 젊은 인턴이 톡 튀어 들어오더니 간이 어떠냐고 그에게 물었다.

"내 생각엔 충양돌기가 말썽인 듯싶어요." 요사리안이 말했다.

"충양돌기는 별것 아니지." 그 영국인은 호쾌하게 권위를 과시하며 선언했다. "만일 자네 충양돌기가 잘못되면, 우린 그걸 떼어내고 금방 자네가 복무에 다시 임하도록 할 수 있어. 하지만 간에 고장이 생겨서 찾아오면, 우린 몇 주일씩 속을 수도 있지. 알고 있겠지만, 간은 우리에게는 대단히 골치 아픈 신비거리야. 간 때문에 고생해 봤다면 내 얘기를 이해하겠지. 우린 간이 존재한다는 사실을 상당히 분명하게 알고 있으며, 간이 제대로 기능을 발휘할 때면 그 기능이 어떻다는 것도 꽤 잘알아. 그 이상은 우리도 깜깜하지. 어쨌든 간이란 무엇인가? 예를 들면 우리 아버지는 간암으로 돌아가셨는데, 죽을 때까지 평생 하루도 앓아누운 날이 없었어. 고통이라곤 조금도 느끼질 않았지. 난 아버지를 미워했으니까 어떻게 보면 그건 참 섭섭한 노릇이었어. 알잖아, 어머니에 대한 욕망."

"영국인 군의관이 뭣 하러 여기 와 있죠?" 요사리안은 궁금하게 생각했다.

장교가 웃었다. "내일 아침에 만나면 자네한테 그 얘기를 해 주지. 그리고 폐렴에 걸려 죽기 전에 그 얼음주머니는 치워 버려."

요사리안은 다시는 그를 보지 못했다. 병원의 모든 의사들에게서 한 가지 좋은 점이란 바로 그것이었는데, 그들은 두 번 다시 나타나지 않았다. 그들은 왔다가 가고, 그저 사라져 버렸다. 다음 날 영국인 인턴 대신에, 그가 전에 본 적이 없는 의사들이 한 패거리 와서 그의 충양돌기에 대해서 물었다.

"내 충양돌기에는 아무 탈도 없습니다." 요사리안이 그들에게 알려 주었다. "어제 온 의사는 내 간이 이상하다고 그러더군요."

"간에 탈이 났는지도 모르지." 책임자인 백발의 장교가 말했다. "혈액검사는 어떻게 나타났지?"

"혈액검사는 하지 않았는데요."

"당장 검사를 받게 해. 이런 상태의 환자를 놓고 모험을 할 수는 없으니까. 행여 이 친구가 죽을 경우에 우리가 둘러댈 핑계는 있어야지." 그는 기록판에다가 표시를 하고 나서 요사리안에게 말했다. "그 동안에 얼음주머니는 계속 쓰게 해. 아주 중요한 일이니까."

"전 얼음주머니가 없는데요."

"그렇다면 하나 구해. 여기 어딘가 얼음주머니가 하나 있을 거야. 그리고 고통이 참을 수 없을 정도가 되면 누구한테 알려 줘."

열흘이 지난 다음에 새로운 의사 한 패거리가 요사리안에게 나쁜 소식을 가지고 왔는데, 그의 건강 상태는 완전하게 회복되었으니 퇴원해야 한다는 것이었다. 그는 무엇이나 다 둘로 보이기 시작한다던, 통로 건너편의 환자 때문에 아슬아슬한 순간에 구조되었다. 아무 예고도 없이 그 환자는 침대에서 벌떡 일어나 앉더니 소리를 질렀다. "모든 것이 둘로 보인다!"

어느 간호사가 비명을 질렀고 당번 한 사람은 졸도했다. 바늘과 불빛과 튜브와 고무망치와 진동하는 금속 꼬챙이를 들고 의사들이 사방에서 뛰어왔다. 그들은 바퀴가 달린 복잡한 기구들을 굴려 끌고 왔다. 그들이 치료할 환자의 숫자가 모자라 경쟁을 벌여야 했던 전문의들은 성미를 부리며 줄지어 앞으로 몰려들었고, 앞에 있는 동료들에게 어서 서둘러서 다른 사람에게도 기회를 달라고 딱딱거렸다. 이마가 큼직하고 뿔테 안경을 쓴 중령이 진단하러 왔다.

"뇌막염이야." 다른 사람들더러 물러서라고 손짓하면서 그는 힘을 주어 소리쳤다. "그렇게 생각해야 할 이유라고는 조금도 없지만 말야."

"그런데 왜 하필이면 뇌막염이라고 짚어서 얘기하죠?" 환한 미소를 지으며 어느 소령이 물었다. "예를 들면, 어째서 급성 신장염이 아니고 말입니까?"

"그건 내가 뇌막염 전문이지 급성 신장염 전문은 아니니까 그렇다 이거야." 중령이 반박했다. "그리고 난 투쟁도 하지 않고 그를 자네들 신장 패거리에게 넘겨줄 수는 없어. 여긴 내가 제일 먼저 왔으니까."

결국은 의사들의 의견이 모두 일치했다. 그들은 모든 것이 둘로 보이는 군인이 어디가 이상한지 전혀 알 수 없다고 동의하고는, 그를 복도에 있는 방으로 굴려 가서 두 주일 동안 모든 사람들로부터 격리시켰다.

추수감사절은 아무런 번거로움도 없이 왔다가 갔고, 요사리안은 아직 병원에 있었다. 언짢은 일이라고는 저녁에 칠면조를 먹어야 한다는 사실뿐이었는데, 그것까지도 상당히 좋았다. 이날은 그가 보낸 추수감사절 가운데 가장 합리적인 날이었으며, 그는 앞으로 추수감사절은 언제나 병원의 격리된 안식처에서 보내겠다고 성스러운 맹세를 했다. 그는 바로 그다음 해에 그 맹세를 어기고는 어느 호텔 방에서 셰이스코프 소위의 아내와 지적인 대화를 나누며 휴일을 보냈는데, 그녀는 그날을 기념하려고 도리 더스의 군번표를 몸에 지니고 그와 마찬가지로 자기도 하느님을 믿지 않았으면서도, 추수감사절을 비웃고 화를 내던 요사리안에게는 오히려 훈계를 하고 잔소리도 했다.

"난 아마 자기 못지않게 무신론자인지도 몰라." 그녀는 자랑스럽게 말했다. "하지만 나 같은 사람까지도 우리 모두가 감사해야 할 일이 많고, 그런 내색을 하는 것을 부끄러워하면 안 된다고 생각하잖아."

"내가 감사해야 할 만한 것이 있으면 어디 대 봐." 요사리안은 흥미 없이 그녀에게 도전했다.

"글쎄……." 셰이스코프 소위의 아내는 생각에 잠겼고, 알쏭달쏭한 생각을 하느라고 잠깐 말을 멈추었다. "나."

"왜 이래." 그가 코웃음을 쳤다.

그녀는 놀라서 눈썹을 추켜올렸다. "나 때문에 감사하다는 생각이 들지 않아?" 그녀가 물었다. 자존심이 상한 그녀는 토라져서 얼굴을 찌푸렸다. "알고 있겠지만 난 자기하고 놀아날 필요성은 느끼지 않아." 그녀는 차갑게 권위를 지키며 그에게 말했다. "우리 남편의 비행 중대에는 기분 전환을 위해서 그들의 지휘관 아내와 놀아난다는 것을 너무너무 좋아할 후보생들이 우글우글하단 말야."

요사리안은 화제를 바꾸기로 마음먹었다. "화제를 바꾸려고 하는구면." 그는 능란한 수완을 보이며 말했다. "난 당신이 감사해야 한다고 주워섬길 일 하나에 대해서 비참해야 할 이유를 두 가지씩 댈 자신이 있어."

"나를 차지했으니 감사하게 생각해야지." 그녀는 좀처럼 물러서려고 하지 않았다.

"고맙기는 하지. 하지만 난 도리 더스를 다시 차지할 수 없게 되어 비참하기도 해. 그리고 내 짧은 생애에 내가 만나고 원하는 다른 계집들과 여자들 수백 명하고는 한 번도 같이 자지 못하리라는 것도 억울하고."

"자기가 건강하니까 감사하게 생각해야지."

"계속 그렇지는 못할 테니까 가슴이 아프지."

"살아 있으니 즐거워해야지."

"죽어야 할 몸이니 분개해야지."

"더 나쁠 수도 있어." 그녀가 소리를 질렀다.

"훨씬 더 좋을 수도 있지." 그는 열을 올려 대답했다.

"이유를 하나씩만 대는군그래." 그녀가 대들었다. "이유를 두 가지씩 댈 수 있다고 하고선."

"그리고 하느님의 신비한 능력 따위는 들먹이지 말아." 그녀의 대꾸를 무시해 버리면서 요사리안은 말을 계속했다. "신비할 것이라곤 별로 없으니까. 하느님은 전혀 일을 하지 않아. 하느님은 놀기만 해. 아니면 하느님은 우리를 몽땅 잊어버렸어. 당신 같은 사람들이 들먹이는 하느님이란 그런 거야. 미련하고, 서투르고, 두뇌가 없고, 잘난 체하고, 지저분한 시골뜨기 같은 존재지. 맙소사, 자기가 창조한 신선한 체계에 가래침이나 썩은 이빨 따위가 생겨나는 그따위 현상을 포함시킬 필요성을 느끼는 궁극적인 존재를 얼마나 숭배해야 속이 시원하겠어? 하느님의 뒤틀리고, 악하고, 오락가락하는 머릿속에서 도대체 무슨 생각이 떠올랐기에 늙은이들이 똥을 그냥 싸게 만들었을까? 하느님은 어째서 고통을 창조했을까?"

"고통?" 셰이스코프 소위의 아내는 그 말을 신이 나서 공박했다. "고통은 쓸모 있는 현상이야. 고통은 육체적인 위험에 대한 경고이니까."

"그리고 그 위험은 누가 창조했지?" 요사리안이 다그쳤다. 그는 통렬하게 웃었다. "아, 우리에게 고통을 내려 주시다니 하느님은 참으로 상냥하시구먼! 고통 대신에 왜 초인종을 누르거나 천국의 성가대를 동원해서 우리에게 알려 주질 않지? 아니면 모든 사람들의 이마에다 빨갛고 파란 네온 불빛 장치를 하는 건 어떻고. 밥벌이를 제대로 하는 주크박스 생산업자라면 누구나 그런 걸 만들 수가 있지. 그런데 하느님은 왜 못해?"

"이마 한가운데다 사람들이 빨간 네온 불빛을 달고 다니면 정말 한심한 꼴이겠지."

"대신 고통에 몸을 비비 틀고 모르핀에 멍해진 사람들은 확실히 아름다운 꼴이겠구먼, 안 그래? 얼마나 거창한 불멸의 오류인가! 제대로 일을 해낼 만한 능력과 기회를 하느님이 얼마나 소유하고 있었는지를 고려하면서, 실제로 그 대신에 하느님이 벌여 놓은 멍청하고 흉측한 이 쓰레기 더미를 둘러보면, 하느님의 무능력은 기가 막힐 지경이지. 하느님은 절대로 월급을 받아먹을 자격이 있을 만큼 일을 한 적이 없어. 정말이지, 제정신이 든 사업가라면 하느님처럼 멍청한 자는 배달 직원으로도 고용하지 않을 거야!"

셰이스코프 소위의 아내는 믿기지 않는다는 듯 잿빛이 된 얼굴로 놀라서 그를 노려보았다. "이봐, 하느님에 대해서 그런 투로 얘기하면 못써." 그녀는 나지막하고 냉정한 목소리로 꾸짖듯이 그에게 경고했다. "하느님이 자기한테 벌을 내릴지도 몰라."

"벌써 나한테 벌은 실컷 내리지 않았을까?" 요사리안은 짜증스럽게 코웃음을 쳤다. "정말이지 그런 하느님을 그냥 내버려 둘 수는 없어. 아, 안 되지. 우리한테 그토록 많은 슬픔을 안겨 주고 하느님이 제멋대로 도망치게 내버려 둘 수는 절대로 없어. 언젠가 나는 하느님에게 보복할 생각이야. 언제가 적당한지 난 알아. 심판의 날이지. 그래, 그때가 되면 난 하느님에게 손을 뻗쳐 그 보잘것없는 촌뜨기의 멱살을 잡고는……."

"그만 해! 그만 해!" 갑자기 셰이스코프 소위의 아내는 비명을 지르고, 두 주먹으로 별 효과도 없이 자기 머리를 때리기 시작했다. "그만 해!"

요사리안이 팔로 몸을 가리면서 피하는 동안에 그녀는 잠깐 동안 여성적인 분노에 휩싸여 그를 두들겨 팼고, 그러자 그는 결심이라도 한 듯 그녀의 손목을 붙잡고는 부드럽게 그녀를 다시 침대에 뉘었다. "도대체 왜 그렇게 화를 내지?" 그는 당황한 가운데서도 하찮은 즐거움을 느끼며 그녀에게 말했다. "난 당신이 하느님을 믿지 않는 줄 알았는데."

"난 안 믿어." 마구 울음을 터뜨리면서 그녀가 말했다. "하지만 내가 믿지 않는 하느님은 선한 신이고, 정의로운 신이고, 자비로운 신이야. 하느님은 자기가 얘기하듯 멍청하고 못된 신이 아니야."

요사리안은 웃고 나서 그녀의 팔을 풀어 주었다. "우리 서로 종교적인 자유를 조금 더 누리기로 하지." 그는 마지못해서 제안했다. "당신은 자기가 생각하는 신을 믿지 않고 나는 내가 생각하는 신을 믿지 않기로. 그만하면 타협이 될까?"

그가 기억하기로는 그것이 그가 보낸 가장 비논리적인 추수감사절이었고, 그는 지난해 병원에서 화창하게 격리되어 보낸 열나흘을 그립게 생각했지만 그 전원시조차도 비극적인 곡조로 끝나서, 격리 기간이 끝났을 때 그는 아직도 건강이 좋았고, 그들은 또다시 그에게 퇴원해서 전쟁에 나가라고 말했다. 요사리안은 그 홍보를 듣고는 침대에 일어나 앉아서 고함을 질렀다.

"난 뭐든지 다 둘로 보인다!"

병동에서는 다시 아수라장이 벌어지게 되었다. 전문의들이 사방에서 달려와 그를 둘러싸고 열심히 들여다보는 통에 그는 둥그런 원 안에 갇히게 되었고, 그의 몸 각 부분에 대고 불편하게 내쉬는 온갖 코들의 축축한 숨결을 느꼈다. 그들은 조그만 불빛으로 그의 눈과 귓속을 기웃거렸고, 고무망치와 진동하는 금속 꼬챙이로 그의 다리와 발을 공격하고, 그의 혈관에서 피를 뽑고, 그의 눈앞에다 그가 볼 수 있는 간단한 것들을 아무것이나 들어 보여 주었다.

이 의사들로 이루어진 무리의 지도자는 점잖고 친절한 신사였는데, 요사리안의 바로 앞에다 손가락을 하나 들어 보이면서 물었다. "손가락이 몇 개나 보이지?"

"둘요." 요사리안이 말했다.

"이제는 손가락이 몇 개나 보이지?" 두 손가락을 쳐들고 의사가 물었다.

"둘요." 요사리안이 말했다.

"그리고 이제는 몇 개지?" 손가락을 하나도 보이지 않으면서 의사가 물었다.

"둘요." 요사리안이 말했다.

의사의 얼굴에 미소가 피어났다. "맙소사, 이 친구 말이 맞는구먼." 그는 유쾌하게 말했다. "무엇이나 다 둘로 보이는 모양이야."

그들은 모든 것이 둘로 보이는 다른 군인이 있는 방으로 그를 들것에 담아 끌고 가서는 다시 열나흘 동안 다른 사람들과 격리했다.

"난 뭐든지 다 둘로 보여!" 요사리안이 들어가자 모든 것이 둘로 보이는 군인이 소리쳤다.

"난 뭐든지 다 둘로 보여!" 남몰래 눈을 찡긋하면서 요사리안도 지지 않게 큰 소리로 마주 소리쳤다.

"벽! 벽!" 다른 군인이 소리쳤다. "벽을 뒤로 밀어내!"

"벽! 벽!" 요사리안이 소리쳤다. "벽을 뒤로 밀어내!"

의사 한 사람이 벽을 뒤로 밀어내는 시늉을 했다. "이만큼 밀어내면 되겠나?"

모든 것이 둘로 보이는 군인은 힘없이 머리를 두 번 끄덕이고는 침대에 다시 누웠다. 대단한 존경심과 겸손함을 느끼며 그의 재주 좋은 동료를 곁눈질하던 요사리안도 힘없이 머리를 끄덕였다. 그는 대가(大家)와 자리를 같이했음을 깨달았다. 그의 재주 좋은 동료는 확실히 연구하고 모방할 만한 인물이었다. 밤사이 그의 재주 좋은 동료가 죽었고, 요사리안은 더 이상 그의 흉내를 낼 필요가 없으리라는 판단을 내렸다.

"난 뭐든지 다 하나로 보여!" 그는 재빨리 소리쳤다.

또 다른 전문의 한 패거리가 그 말이 정말인지 알아보려고 도구를 가지고 그의 침대 옆으로 쿵쾅거리며 몰려왔다.

"손가락이 몇 개로 보이지?" 손가락을 한 개 치켜 보여 주며 우두머리가 물었다.

"하나요."

의사는 손가락 두 개를 치켜들었다. "이제는 손가락이 몇 개로 보이지?"

"하나요."

의사는 열 손가락을 치켜들었다. "그리고 이제는 몇 개지?"

"하나요."

의사는 놀라서 다른 의사들에게로 돌아섰다. "이 친구 뭐든지 다 하나로 보이는구먼!" 그가 소리쳤다. "우리 덕택에 아주 좋아졌어."

"그리고 때를 맞춰서 말야." 이렇게 말한 의사와 요사리안은 단둘이 남게 되었는데, 그는 키가 크고 어뢰처럼 생긴 온화한 사람이었고, 갈색 수염은 깎지 않았으며, 셔츠 주머니에 넣은 담뱃갑에서 무관심하게 담배를 꺼내 쉬지 않고 피우며 벽에 몸을 기대었다. "자네를 보려고 친척들이 몇 명 찾아왔어. 아, 걱정할 건 없네." 그는 웃으면서 말을 덧붙였다. "자네 친척들은 아니니까. 죽은 친구의 어머니와 아버지와 형이 찾아왔어. 그들은 죽어 가는 군인을 보기 위해 뉴욕에서 여기까지 왔는데, 여긴 자네 말고는 마땅한 사람이 없군."

"무슨 얘기를 하는 겁니까?" 수상하다는 듯 요사리안이 물었다. "난 죽지 않아요."

"자넨 분명히 죽어 가고 있어. 우린 모두 죽는 거야. 도대체 자넨 죽는 게 아니면 어떻게 되어 가고 있다고 생각하지?"

"그들은 날 보러 오지는 않았어요." 요사리안이 항의했다. "그들은 그들의 아들을 만나러 왔죠."

"그들은 구할 수 있는 것이면 아무것이나 그냥 만족해야만 할 입장이야. 우리로 말하자면, 죽어 가는 남자라면 누구나 다 쓸 만하지. 과학자들에게는 모든 죽어 가는 사람이 다 동등해. 자네한테 제안할 것이 하나 있어. 그들이 안으로 들어와서 얼마 동안 자네를 구경하도록 해 준다면, 난 자네가 간에 대해서 거짓말한 것을 누구한테도 불지 않겠어."

요사리안은 그에게서 더 멀리 물러섰다. "그걸 알고 있나요?"

"물론 알지. 우리의 실력도 좀 인정해 줘." 의사는 기분 좋게 킬킬 웃고 나서 다시 담배에 불을 붙였다. "기회가 있을 때마다 간호사의 젖통을 주무르는 사람을 어떻게 간에 이상이 있다고 생각하겠어? 간이 아프다고 남들에게 인정받으려면 자넨 섹스를 포기해야지."

"그건 살기 위해 치르는 대가치고는 너무해요. 내가 거짓말을 하는 줄 알면서 왜 일러바치지 않았죠?"

"도대체 뭣 때문에 그러나?" 섬뜩 놀란 표정으로 의사가 말했다. "우린 모두 이 착각이라는 사건에 함께 끼어들었지. 나에게 똑같은 보답을 해 줄 만한 사람만 있다면, 난 항상 기꺼이 생존의 길을 가는 공모자에게 도움의 손을 내밀어 주지. 이 사람들은 먼 길을 왔고, 난 그들을 실망시키고 싶지 않아. 난 늙은 사람들에 대해선 감상적이니까."

"하지만 그들은 아들을 보려고 왔어요."

"너무 늦게 왔지. 아마 그들은 차이점을 알아채지 못할지도 몰라."

"그들이 울기 시작하면 어떡하죠?"

"아마 그들은 울음을 터뜨릴 거야. 그들이 찾아온 이유의 하나가 그것이니까. 내가 문 밖에서 엿듣고 있다가 사태가 복잡해지면 들어와 말리겠어."

"어째 좀 전부 미친 짓 같군요." 요사리안은 생각에 잠겼다. "하여튼 그들은 왜 죽은 아들을 구경하려고 할까요?"

"그건 나도 알아낼 수 없었어." 의사가 시인했다. "하지만 모두들 그러더군. 자, 어떡하겠어? 자네가 할 일이라고는 얼마 동안 거기 누워서 잠시만 죽는 시늉을 하는 거야. 그게 너무 무리한 부탁인가?"

"좋아요." 요사리안이 승낙했다. "잠깐 동안이고 당신이 밖에서 기다려 주겠다면요." 그는 자기가 맡은 역할을 위해 준비했다. "이봐요, 좀 더 효과를 내기 위해서 날 붕대로 감싸지 그래요?"

"그거 아주 굉장한 묘안이구먼." 의사가 찬사를 퍼부었다.

그들은 요사리안을 붕대로 친친 감았다. 의무실 당번들 한 패거리가 두 창문에 차양을 설치하고는 음울하게 어둠이 깃들도록 그것들을 드리웠다. 요사리안이 꽃을 갖다 놓자고 제안했고, 당번 한 사람이 밖으로 나가서 병적인 냄새가 짙은 시든 꽃다발을 작은 것으로 두 개 구해 왔다. 모든 준비가 갖추어지자 요사리안은 침대로 들어가 누웠다. 그러자 그들은 방문객들을 들여보냈다.

방문객들은 남의 땅을 침범하는 기분이라도 느끼는 듯 수줍고 미안한 눈초리로 발돋움을 하고 미적미적 들어섰는데, 슬픔에 젖은 어머니와 아버지가 먼저, 그리고 가슴이 두툼하고 얼굴을 찌푸린 음산한 선원인 형이 들어섰다. 남자와 여자는 벽에 걸린, 비록 신비하기는 해도 낯익은 기념 은판 사진에서 곧장 튀어나오기라도 한 듯이 뻣뻣하게 나란히 방으로 들어섰다. 그들은 두 사람 다 키가 작았고, 발육이 중단된 듯했고, 자부심이 강했다. 그들은 낡고 검은 헝겊과 쇠붙이로 만든 것처럼 보였다. 여자는 길고 음울한 타원형 얼굴에 살갗은 밤빛이었으며, 거칠고 거무스레한 백발은 가운데를 직선으로 갈라서 아무런 치장이나 장식도 없이 목덜미로 근엄하게 빗어 넘겼다. 그녀의 입은 퉁명스럽고 구슬펐으며, 주름진 입술을 꽉 다문 채였다. 아버지는 몸에 너무 꼭 끼게 어깨에다 덧받침을 넣고 단추를 두 줄로 단 양복 차림에 무척 딱딱하고 괴이한 모습으로 서 있었다. 그는 몸집은 작았지만 딱 벌어진 근육이 단단했으며, 쪼그라든 얼굴에는 은빛 콧수염을 멋지게 꼬아 붙였다. 그의 눈은 주름지고 축축했으며, 비극적이고 불안한 모습으로 엉거주춤 서서는 검은 펠트 중절모의 챙을 널찍한 옷깃 앞에서 억센 노동자의 두 손으로 쥐고 있었다. 두 손 다 가난과 고생 때문에 험한 흔적이 남아 있었다. 형은 싸움을 걸 시빗거리를 찾고 있는 듯싶었다. 둥그렇고 하얀 모자는 건방지게 비스듬히 썼으며, 두 손은 움켜쥐었고, 기분이 상해 횡포가 담긴 찌푸린 얼굴로 방 안의 모든 것들을 노려보았다.

세 사람은 음흉한 장례 행렬처럼 서로 가만히 붙잡고 거의 발을 맞추면서 머뭇머뭇 앞으로 나와서는, 침대 옆까지 와서 걸음을 멈추고 요사리안을 내려다보았다. 영원히 계속될 듯한 무시무시하고 괴로운 침묵이 흘렀다. 결국 요사리안은 더 이상 참을 수가 없어서 헛기침을 했다. 마침내 늙은 남자가 입을 열었다.

"저 애 꼴이 아주 말이 아니구먼." 그가 말했다.

"앓고 있으니까요, 아버지."

"주세페." 핏줄이 돋은 손가락을 무릎 위에다 깍지 끼고 의자에 앉아서 어머니가 말했다.

"내 이름은 요사리안이에요." 요사리안이 말했다.

"이름이 요사리안이래요, 어머니. 요사리안, 날 모르겠어? 난 네 형 존이야. 넌 내가 누군지 모르겠냐?"

"물론 알아요. 당신은 내 형 존이죠."

"날 알아보는군요! 아버지, 내가 누군지 알겠대요. 요사리안, 아버지 여기 계시다. 아버지한테 인사를 드려야지."

"안녕하세요, 아버지." 요사리안이 말했다.

"잘 있었냐, 주세페."

"이름이 요사리안이래요, 아버지."

"꼴이 너무 말이 아니라 난 참을 수가 없구나." 아버지가 말했다.

"그는 병이 아주 심해요, 아버지. 의사가 그러는데 죽을 거래요."

"의사 말을 믿어야 할지 어쩔지 모르겠더구나." 아버지가 말했다. "그 친구들 얼마나 나쁜 놈들인지 넌 알잖아."

"주세페." 고통을 억누르며 부드럽고 떨리는 목소리로 어머니가 다시 말했다.

"이름이 요사리안이래요, 어머니. 어머니는 이제 기억력이 별로 좋지 않으시단다. 이봐, 여기선 다들 잘해 주냐? 너에게 잘해 줘?"

"상당히 잘해 줘요." 요사리안이 그에게 말했다.

"잘됐구나. 누구도 여기서 널 윽박지르게 그냥 내버려 두지 마라. 넌 이탈리아 사람이긴 하지만 여기선 누구 못지않게 훌륭한 인간이니까. 너한테도 권리는 있어."

요사리안은 몸을 움츠리고는 그의 형 존을 보지 않으려고 눈을 감았다. 그는 속이 뒤집히는 기분을 느꼈다.

"얼마나 꼴이 안되었는지 보라고." 아버지가 말했다.

"주세페." 어머니가 말했다.

"어머니, 얘 이름은 요사리안이에요." 형이 짜증을 부리며 그녀의 말을 가로막았다. "생각 안 나요?"

"상관없어요." 요사리안이 그의 말을 가로막았다. "원한다면 날 주세페라고 부르게 하세요."

"주세페." 그녀가 그에게 말했다.

"걱정 마라, 요사리안." 형이 말했다. "다 잘될 테니까."

"걱정 마세요, 어머니." 요사리안이 말했다. "다 잘될 테니까요."

"신부님은 불렀냐?" 형이 궁금해했다.

"예." 다시 몸을 움츠리면서 요사리안이 거짓말을 했다.

"잘했다." 형이 판단했다. "너한테 필요한 걸 다 얻을 수 있다니 다행이야. 우린 뉴욕에서 여기까지 왔단다. 우린 제시간에 도착하지 못할까 봐 걱정했지."

"제시간이라뇨?"

"죽기 전에 널 보려고."

"그게 어쨌다는 건가요?"

"우린 네가 혼자 죽기를 원하지 않았어."

"그게 어쨌다는 건가요?"

"헛소리를 하는 모양이군요." 형이 말했다. "똑같은 얘기를 자꾸만 되풀이해요."

"그것 참 희한하구나." 늙은 남자가 말했다. "여태까지 난 얘

이름이 주세페인줄 알았는데, 이제 알고 보니 요사리안이야. 그것 정말 희한하구나."

"어머니, 위로해 주세요." 형이 재촉했다. "기분이 좋아질 얘기를 해 주세요."

"주세페."

"주세페가 아녜요, 어머니. 요사리안이죠."

"그게 어쨌다는 거냐?" 얼굴은 들지도 않고, 변함없이 구슬픈 목소리로 어머니가 대답했다. "얘는 죽어 가고 있는데."

그녀의 통통 부은 눈에 눈물이 가득 찼고, 떨어져 죽은 불나방 같은 두 손을 무릎에 얹고 의자에서 몸을 앞뒤로 흔들면서 그녀는 울기 시작했다. 요사리안은 그녀가 통곡을 시작할까 봐 걱정이 되었다. 아버지와 형도 울기 시작했다. 요사리안은 그들이 모두 울고 있음을 갑자기 의식하고는 자기도 울기 시작했다. 요사리안이 전에는 본 적이 없는 의사 한 사람이 안으로 들어서더니 그들더러 이제 나가 달라고 정중하게 말했다. 아버지는 겸손하게 몸을 일으키더니 작별을 고했다.

"주세페." 그가 입을 열었다.

"요사리안이에요." 아들이 바로잡아 주었다.

"요사리안." 아버지가 말했다.

"주세페예요." 요사리안이 바로잡아 주었다.

"넌 곧 죽을 거야."

요사리안이 다시 울기 시작했다. 의사는 방의 뒤쪽에서 그에게 찌푸린 시선을 보냈고, 요사리안은 울음을 멈추었다.

아버지는 머리를 숙이고 엄숙하게 말을 계속했다. "하느님한테 가서 혹시 얘기를 나눌 기회가 생기면 내 얘기도 전해 주기 바란다." 그가 말했다. "사람들이 젊어서 죽는건 옳지 않은 일이라고 하느님께 말씀드려. 정말이야. 꼭 죽어야 한다고 하더라도, 늙어서 죽어야 된다고 하느님한테 얘기해. 난 그 말을 네가 하느님께 하기를 바란다. 하느님은 선량하다고 하지만 오래오래 그런 일이 계속된 걸 보면 그것이 옳지 않다는 사실을 하느님이 모르고 있다는 생각이 들어. 알았지?"

"그리고 천당에 올라가면 그곳에서 어느 누구도 널 윽박지르도록 가만히 내버려 두지 마라." 형이 충고했다. "비록 넌 이탈리아 사람이긴 하지만, 하늘나라에 가도 넌 누구 못지않게 훌륭한 인간이니까."

"옷을 두툼하게 입어라.[86]" 앞을 환히 내다보는 어머니가 말했다.

---

86) 천국은 높은 곳이라 춥다는 뜻.

19
캐스카트 대령

캐스카트 대령은 매끈하고, 출세가 빠르고, 단정치 못하고, 불행한, 서른여섯 살 난 남자였으며, 걸을 때에는 기우뚱거렸고, 소원은 장군이 되는 것이었다. 그는 날쌔고, 맥이 빠지고, 균형 잡힌 자세에, 항상 못마땅해했다. 그는 자만심이 있고 불안정하며, 상관들의 관심을 끌 만한 행정적 처리에 과감했으며, 그의 계략들이 언젠가는 모두 보복으로 돌아올까 봐 조바심했다. 그는 미남이며, 매력이 없었고, 으스대고, 살이 쪘고, 속이 꼬였으며, 계속되는 걱정에 사로잡혀 만성적으로 괴로움을 느꼈다. 캐스카트 대령은 나이 서른여섯에 대령이 되어서 자만심이 대단했으며, 캐스카트 대령은 이제 겨우 대령이 되었는데 나이가 벌써 서른여섯이어서 속이 상했다.

캐스카트 대령은 절대성에 대해서 둔감했다. 그는 다른 사람들과의 상대적인 관계를 통해서만 자신의 발전을 측정할 수 있었고, 뛰어남에 대한 그의 개념은 적어도 같은 일을 더욱 잘하는 자기 또래 사람들만큼 무엇인가 잘해 낸다는 것이었다. 소령 계급조차 아직 따지 못했으면서 자기 또래이거나 나이가 더 많은 사람이 수천 명이나 된다는 사실에서 그는 자신의 우수함에 통쾌한 기쁨을 느껴 생기가 돌았으며, 다른 한편으로는 자기 또래이거나 더 젊은 나이에 벌써 장군이 된 사람들이 있다는 사실에 그는 고통스러운 실패감에 젖어서 헝그리 조보다도 더욱 심할 만큼 억누를 수 없는 고뇌에 빠져 손톱을 물어뜯었다.

캐스카트 대령은 몸집이 아주 크고 뿌루퉁하고 어깨가 넓은 남자였으며, 짧게 깎은 검은 곱슬머리 언저리는 백발이 되었고, 대대장으로 부임해 피아노사로 오기 전날 구입한 장식적인 담뱃대를 가지고 다녔다. 그는 기회가 있을 때마다 담뱃대를 멋지게 과시했으며, 그것을 재치 있게 다루는 재주를 익혔다. 자기도 모르는 사이에 그는 담뱃대로 흡연하는 깊은 취미를 길들였다. 그가 알고 있는 바로는 지중해 작전 지역 전체에서 담뱃대는 자기 것뿐이었으며, 그 생각을 하니 우쭐하면서도 불안했다. 캐스카트 대령은 비록 그들이 자리를 같이하는 일은 드물었지만 페켐 장군처럼 이지적이고 의젓한 사람이라면 담뱃대로 흡연하는 것을 좋아하리라는 사실은 의심할 나위가 없었으나, 페켐 장군이 그의 담뱃대를 못마땅해할지도 모를 노릇이어서 자주 만나지 못하는 것이 오히려 다행이라고 안도감을 느꼈다. 그런 난처한 생각에 부딪치기만 하면 캐스카트 대령은 터지려는 울음을 억누르고 그 망할 놈의 것을 던져 버리고 싶었지만, 그가 경쟁을 벌이고 있는 미국 군대의 다른 모든 대령들 사이에서 그를 찬란한 강점으로 빛내 주고, 고급 영웅주의의 빼어난 광채로 그의 남성적이고 군인다운 몸매를 담뱃대가 언제나 돋보이게 해 준다는 굳은 신념 때문에 그 충동을 자제했다. 아무튼 그는 분명히 알 수가 없지 않은가?

캐스카트 대령은 그런 식으로 끈기가 있었고, 꾸준하고, 열심이고, 헌신적인 군사 전술가여서 자신의 복무에 대해 밤낮으로 골몰했다. 그는 자신에게 몰두하고, 그가 놓쳤던 모든 기회들에 대해서 항상 못마땅해서 스스로 분노하고 그가 범한 모든 실수에 대해 한탄하며 자신을 힐책하는, 용감하고 빈틈없는 외교관이나 마찬가지였다. 그는 긴장하고, 화를 잘 내고, 악착같고, 점잖았다. 그는 씩씩한 기회주의자여서 콘 중령이 그를 위해 찾아낸 모든 기회를 탐욕스럽게 파고들었으며, 그러면서도 자신이 당할지도 모를 결과들 때문에 곧 심한 절망으로 몸을 떨곤 했다. 그는 탐욕스럽게 헛소문을 모아들였고 소문을 소중히 여겼다. 그는 자기가 들은 모든 얘기를 믿었지만, 무엇에 대해서도 신념이 없었다. 그는 존재하지 않는 관계와 상황들에 대해서 예리한 민감성을 보이며 모든 징후에 대해 항상 준비 태세가 되어 있었다. 그는 많이 아는 축에 끼었고 무슨 일이 벌어지고 있는지 알아내려고 불쌍할 정도로 부단히 노력했다. 그는 화를 잘 내고 용맹한 깡패여서 자기가 살아 있다는 사실조차 거의 의식하지 못하는 높은 사람들에게 깊고 형편없는 인상을 자기가 주고 있다는 생각에 걷잡을 수 없이 항상 골몰하곤 했다.

그는 모든 사람이 자기를 박해한다고 믿었다. 캐스카트 대령은 눈부실 만큼 환상적인 승리와 재난 같은 상상 속의 패배들로 가득한 불안정하고 수학적인 세계 속에서 재치로 살아갔다. 그는 고뇌와 환희의 중간에서 매시간 흔들리면서, 승리의 장엄함을 환상적으로 증가시키고 패배의 심각함을 비극적으로 과장했다. 그가 낮잠을 자는 것을 본 사람은 아무도 없었다. 드리들 장군이나 페켐 장군이 미소를 짓거나, 찌푸리거나, 두 가지 표정을 다 짓고 있지 않은 모습을 누가 보았다는 말이 그에게 전해지면 그는 그럴싸한 설명을 찾아낼 때까지는 쉴 수 없었으며, 콘 중령이 마음을 놓고 너무 걱정하지 말라고 설득할 때까지 고집스럽게 투덜거렸다.

콘 중령은 충성스럽고 없어서는 안 될 우방이었는데 항상 캐스카트 대령의 신경에 거슬렸다. 캐스카트 대령은 콘 중령이 짜낸 묘안들 때문에 그에게 영원히 감사해야 한다고 마음을 다졌지만 그 묘안이 성공하지 못할지도 모른다는 생각에 나중에는 그에게 화를 내었다. 캐스카트 대령은 콘 중령에게 굉장히 신세를 졌고, 그를 전혀 좋아하지 않았다. 두 사람은 아주 가까운 사이였다. 캐스카트 대령은 콘 중령의 총명함에 질투를 느꼈으며, 콘 중령이 주립 대학교에서 교육을 받았고 캐스카트 대령보다 나이가 거의 열 살이나 위이면서도 여태까지 중령이라는 사실을 자신에게 자주 깨우쳐 주어야 했다. 캐스카트 대령은 콘 중령처럼 평범한 사람을 소중한 보좌관으로 내려 준 비참한 운명을 한탄했다. 주립 대학교에서 교육을 받은 사람에게 그토록 철저히 의존한다는 것은 모욕적인 일이었다. 그에게 없어서는 안 될 사람이 있다면 그것은 보다 세련되고 돈 많은 사람이어서, 콘 중령이 속으로 그런다고 캐스카트 대령이 의심하듯이, 장군이 되겠다는 캐스카트 대령의 욕망을 콘 중령처럼 우습게 여기지 않을 만큼 철이 났고 집안이 더 좋은 사람이어야 한다고 캐스카트 대령은 한탄했다.

캐스카트 대령은 어찌나 결사적으로 장군이 되고 싶었던지 그는 무엇이나 다 해볼 각오가 되어 있어서, 심지어는 종교의 힘을 빌려 보려고, 출격 횟수를 예순 번으로 올린 주일 다음의 어느 날 아침에 느지감치 군목을 그의 사무실로 호출하여 그의 책상에 놓인 《새터데이 이브닝 포스트》를 손가락으로 가리켰다. 대령은 카키색 셔츠의 옷깃을 풀어헤쳤는데, 달걀처럼 하얀 목 위에는 거칠고 검은 뻣뻣한 수염이 거무스레 드러났고, 아랫입술은 해면처럼 늘어나 있었다. 그는 절대로 살을 태우는 사람이 아니었고, 될 수 있는 대로 햇빛을 피했다. 대령은 군목보다 머리 하나가 더 컸고, 몸집이 두 배나 되었으며, 그의 듬직하고 위압적인 권위에 군목은 자신이 대조적으로 나약하고 병든 것 같은 기분을 느꼈다.

"그걸 보게, 군목." 담뱃대에다 담배를 비틀어 끼우고 책상 뒤의 회전의자에 앉으면서 캐스카트 대령이 지시했다. "자네의 의견을 듣고 싶어."

군목은 펴 놓은 잡지를 고분고분하게 내려다보았는데, 그곳에 실린 두 쪽짜리 사설 기사는 출격을 나가기에 앞서 언제나 상황실에서 군목이 기도를 드린다는, 영국에 주둔한 어느 미군 폭격 비행 대대를 다룬 내용이었다. 대령이 자기에게 고함을 지르지 않으리라는 것을 깨닫고 군목은 기뻐서 눈물이 날 지경이었다. 두 사람은 화이트 하프오트 추장이 무더스 대령의 콧등을 후려갈긴 다음 드리들 장군의 말을 듣고 캐스카트 대령이 그를 장교 클럽에서 쫓아냈던 소란스러운 저녁 이후로 얘기를 나눈 적이 거의 없었다. 군목의 머리에 가장 먼저 떠오른 두려움은 어젯밤에 허락도 없이 장교 클럽에 그가 다시 갔다고 대령이 야단을 치려니 하는 생각이었다. 그는 요사리안과 던바가 같이 어울리자고 숲속의 개활지에 있는 그의 천막으로 불쑥 찾아온 다음에 그곳으로 갔다. 캐스카트 대령에게 위협을 받은 처지였지만, 그는 그래도 몇 주일 전에 병원을 찾아갔다가 만났으며, 자기를 묘한 놈이라고 생각하던 900명이 넘는 낯선 장교들과 사병들과 아주 가깝고 친밀하게 지내야 한다는 그의 공적인 의무와 관련한 무수한 사교적인 난관들로부터 그를 그토록 효과적으로 격리시켜 준 새로운 두 친구의 사려 깊은 초청을 거절하기보다는 대령의 기분을 거역하는 편이 훨씬 쉽다고 느꼈다.

군목은 잡지에서 눈을 떼지 않았다. 그는 사진들을 모두 두 번씩 자세히 보고 사진 설명을 읽으면서 대령의 질문에 대한 답을 문법상 완벽한 문장으로 준비하고는 마음속으로 여러 차례 그것을 고치고 연습한 다음에야 겨우 용기를 내어 대답할 수가 있었다.

"제 생각에는 출격을 나가기 전에 매번 기도를 드린다면 아주 건전하고 상당히 찬양할 만한 행사라고 여겨집니다, 대령님." 그는 주눅이 들어 말을 하고는 기다렸다.

"그렇겠지." 대령이 말했다. "하지만 우리 부대에서도 그것이 성공하리라고 자네가 생각하는지 알고 싶어."

"예, 대령님." 잠시 후에 군목이 대답했다. "전 성공하리라고 믿습니다."

"그렇다면 한번 해볼 만하겠구먼." 대령의 묵직하고 밀가루 같은 뺨에는 갑자기 빛나는 열정으로 홍조가 떠올랐다. 그는 일어서더니 흥분해서 서성거리기 시작했다. "그것이 영국에 있는 이 사람들에게 얼마나 도움이 되었는지 보라고. 출격을 나갈 때마다 군목을 시켜서 기도회를 거행하는 대령의 사진이 여기 《새터데이 이브닝 포스트》에 나왔어. 만일 기도가 그에게 효과가 있었다면, 그건 우리에게도 효과가 있을 거야. 만일 우리가 기도회를 거행하면, 《새터데이 이브닝 포스트》에 내 사진을 실어 주겠지."

대령은 다시 자리에 앉더니 멋진 생각에 잠겨 아련한 미소를 지었다. 군목은 다음에 자기가 무슨 말을 해야 옳은지를 전혀 알 수 없었다. 길쭉하고 창백하기까지 한 얼굴에 사색적인 표정을 짓고, 그는 빨간 플럼 토마토를 가득 채워 벽마다 줄을 지어 세워 놓은 높직한 상자 몇 개에 눈길을 던졌다. 그는 대답할 말에 정신을 집중시키는 척했다. 얼마 있다가 그는 줄줄이 늘어선 빨간 플럼 토마토 상자들을 정말로 응시하고 있는 자신을 의식했으며, 빨간 플럼 토마토가 넘치는 상자들이 어째서 대대장의 사무실에 와 있느냐 하는 문제에 어찌나 골몰하게 되었던지 그는 기도회 얘기를 완전히 잊어버렸고, 그러자 캐스카트 대령이 은근한 말투로 물었다.

"군목도 좀 사고 싶은 생각이 있어? 산 위에 있는 콘 중령과 내 소유인 농장에서 직접 가지고 온 거야. 한 상자를 도매가 격으로 주겠어."

　"아, 아닙니다, 대령님. 사고 싶은 생각은 없습니다."

　"그래도 상관없어." 대령은 너그럽게 그를 안심시켰다. "자네가 꼭 살 필요는 없으니까. 마일로는 우리가 생산하는 것을 기꺼이 몽땅 살 거야. 이건 바로 어제 딴 것이지. 젊은 여자의 젖가슴처럼, 얼마나 단단하게 무르익었는지 보라고."

　군목은 얼굴을 붉혔고, 대령은 자기가 실수했음을 당장 알아차렸다. 그는 창피해서 머리를 떨어뜨렸고, 얼굴이 화끈거려 거추장스러웠다. 그는 손가락들이 어색하고 짐스럽게 여겨졌다. 그는 군목이 군목이었기 때문에, 그래서 그의 생각에는 다른 상황에서라면 어디에서나 재치 있고 세련된 농담이 되었을 얘기를 조잡한 실수처럼 느끼게 만든 군목에 대해서 독기 품은 증오심을 느꼈다. 그는 참혹한 난처함에서 그들 두 사람을 풀어 줄 수 있는 어떤 방법을 생각해 내려고 비참하게 애를 썼다. 그러나 대신에 그는 군목이란 기껏해야 군목밖에 안 된다는 사실을 생각해 냈고, 당장 놀라움과 분노를 느끼며 숨을 몰아쉬고 허리를 폈다. 그는 자기와 나이가 거의 비슷하지만 여태껏 대위에 지나지 않는 자에게 조금 아까 수치를 느끼는 바보짓을 했다는 격분으로 뺨이 팽팽해졌고, 그래서 그는 살인적인 반감이 담긴 표정으로 복수를 하려는 듯 군목에게로 몸을 돌렸으며, 군목은 벌벌 떨기 시작했다. 대령은 오랫동안 눈을 부라리며 악의가 담긴 증오와 침묵의 응시로 그에게 벌을 내렸다.

"우린 다른 얘길 하고 있었지." 그는 마침내 군목에게 딱딱 거리면서 상기시켰다. "우린 젊은 여자의 단단하고 무르익은 젖가슴이 아니라 전혀 다른 얘기를 하고 있었어. 우린 출격을 할 때마다 상황실에서 기도회를 거행하자는 얘기를 했어. 우리가 못 할 이유라도 있나?"

"아닙니다, 대령님." 군목이 우물우물했다.

"그럼 오늘 오후 출격부터 시작하지." 세부 사항을 따지기 시작하면서 대령의 적대감이 점점 누그러졌다. "그럼 자네가 할 기도에 대해서 신경을 많이 써 주기를 바라. 무겁거나 슬픈 기도는 원치 않아. 장병들이 상당히 기분 좋게 나갈 수 있도록 가볍고 산뜻한 기도를 해 줘. 내 얘기를 알아듣겠어? 하느님의 왕국이니 죽음의 계곡이니 하는 따위는 싫어. 그런 건 모두 너무 부정적이니까. 왜 그렇게 트릿한 표정을 짓는 거야?"

"죄송합니다, 대령님." 군목이 말을 더듬었다. "그 말씀을 하실 때 전 시편 23장을 생각하던 참이었죠."

"내용이 뭔데?"

"대령님께서 막 언급하시던 거죠, 대령님. '하느님은 나의 목자시니 내게 부족함이……'"

"내가 얘기하던 게 그거야. 그건 안 돼. 뭐 다른 거 없나?"

"'하느님이여, 나를 구원하소서, 물들이 내 영혼까지 흘러들어 왔나이다……'[87]"

---

87) 시편 1장 69절.

"물은 안 돼." 빗살무늬 청동 재떨이에 꽁초를 던져 버린 다음에 담뱃대를 힘차게 불어 대던 대령의 판단이었다. "음악적인 건 뭐 없겠나? 버드나무에 걸어 놓은 하프라든가?"

"그건 바빌론의 강과 관련 있습니다, 대령님." 군목이 대답했다. "'……우리는 거기 앉아 시온을 기억하며 울었도다.'[88]"

"시온이라고. 그건 당장 집어치우기로 하지. 그것이 어쩌다가 끼어들어 갔는지조차 궁금하구먼. 물하고 강하고 하느님과는 상관없이 재미있는 거 뭐 없어? 가능하다면 난 종교라는 문제를 멀리하고 싶어."

군목은 미안스러워했다. "죄송합니다, 대령님. 하지만 제가 알고 있는 기도라곤 모두 그 어조가 좀 우울하고 적어도 한 번쯤은 지나가는 말로라도 하느님을 언급하죠."

"그렇다면 새것으로 준비하지. 하느님이니, 천국이니, 죽음이니 하는 설교로 시달리지 않더라도 장병들은 내가 내보내는 출격으로 이미 욕을 많이 하고 있으니까. 보다 적극적인 방법을 강구하는 것이 어떨까? 예를 들면 밀집된 탄착점 패턴 같은 뭔가 좋은 것을 위해서 기도를 드릴 수는 없나? 우리 밀집된 탄착점 패턴을 위해서 기도하면 안 되나?"

"글쎄요. 예, 대령님, 할 수 있을 것 같군요." 군목은 멈칫거리면서 대답했다. "원하시는 바가 그뿐이라면 대령님은 제가 필요도 없으실 텐데요. 대령님이 직접 하실 수도 있으니까요."

"내가 할 수 있다는 건 알아." 대령이 시큰둥하게 대답했다.

---

88) 시편 137장 1절.

"하지만 자네가 뭣 하러 여기에 와 있다고 생각하나? 난 내가 먹을 것도 직접 살 수가 있지만, 그건 마일로가 할 일이고, 그래서 이 지역의 모든 사람들을 위해 그는 그 일을 하고 있어. 자네가 할 일은 우리를 위해 기도를 드리는 것이고, 이제부터 자네는 출격이 있을 때마다 밀집된 탄착점 패턴을 위한 기도회를 거행해야 해. 잘 알겠지? 내 생각엔 효과적인 탄착점 패턴은 정말로 기도를 드릴 만한 일인 듯싶어. 그러면 우린 페켐 장군에게 점수를 딸 거야. 페켐 장군은 폭탄들이 가까운 거리에서 한꺼번에 폭발하면 항공 사진이 훨씬 멋있어 보인다고 생각하지."

"페켐 장군이요?"

"그래, 군목." 군목의 당황한 표정을 보고 대령은 아버지처럼 웃으면서 대답했다. "이 얘기가 퍼지기는 바라지 않지만, 내 생각에 드리들 장군은 결국 쫓겨나고 페켐 장군이 그 뒤를 이을 것 같아. 솔직히 얘기하면, 난 그런 사태를 섭섭하게 생각하지는 않을 거야. 페켐 장군은 아주 좋은 사람이고, 그 사람 밑에서라면 우리 모두 훨씬 잘 지낼 수 있다고 생각해. 하지만 그런 일이 전혀 일어나지 못해서 우린 계속 드리들 장군 휘하에 있을지도 몰라. 솔직히 얘기하면, 그런 사태도 섭섭하게는 생각하지 않을 노릇이, 드리들 장군 또한 아주 좋은 사람이고, 그 사람 밑에서도 우린 모두 훨씬 잘 지낼 수 있다고 생각해. 군목, 난 이 얘기를 모두 혼자만 알고 있기를 바라. 난 두 사람 가운데 어느 누구라도 내가 다른 쪽을 지원한다고 생각하기를 바라지 않으니까."

캐스카트 대령

"알겠습니다, 대령님."

"좋아." 대령이 말하고는 유쾌하게 자리에서 일어섰다. "하지만 이런 소문들로 우리가《새터데이 이브닝 포스트》에 게재될 수는 없겠지. 안 그래, 군목? 어떤 조치를 취할 수 있을지 궁리해 보세. 그런데 참, 이건 콘 중령한테 한마디도 미리 알려서는 안 돼, 군목. 알겠나?"

"알겠습니다, 대령님."

캐스카트 대령은 방 한가운데 있는 플럼 토마토 상자들과 책상과 나무 의자들 사이에 난 좁은 통로를 생각에 잠겨 오락가락하기 시작했다. "그 정보는 모두 비밀이니까, 브리핑이 끝날 때까지 자네는 밖에서 기다리도록 해야 되겠구먼. 댄비 소령이 시계를 모두 맞추게 하는 사이에 자네를 슬쩍 들여보내지. 적당한 시간이 언제냐 하는 건 비밀이랄 것도 없겠어. 우린 자네를 위해서 일 분 삼십 초쯤 스케줄에서 할애하지. 일 분 삼십 초면 충분할까?"

"그렇습니다, 대령님. 무신론자들이 자리를 뜨고 사병들을 들여보낼 시간만 따로 준다면요."

캐스카트 대령은 멈칫 걸음을 멈추었다. "무슨 무신론자들 말인가?" 그는 눈 깜짝할 사이에 태도를 바꾸어 못마땅하고 도전적인 거부를 보이면서 몸을 도사리고 소리를 질렀다. "내 부대에는 무신론자가 없어! 무신론은 위법이야, 안 그런가?"

"아닙니다, 대령님."

"아니라고?" 대령은 놀랐다. "그럼 미국적이 아니지, 안 그래?"

"전 잘 모르겠는데요, 대령님." 군목이 대답했다.

"아냐, 난 알아!" 대령이 소리쳤다. "난 거지 같은 무신론자들 한 패거리를 위해서 우리의 종교적인 예식을 망치고 싶지는 않아. 난 그들에게 어떤 특혜도 베풀 생각이 없어. 그들은 그대로 머물러 우리와 함께 기도를 드려야 해. 그리고 사병들 얘기는 또 뭐야? 도대체 그들이 이 행사와 무슨 관련이 있지?"

군목은 얼굴이 붉어짐을 느꼈다. "죄송합니다, 대령님. 사병들도 같이 출격을 하니까, 그들도 함께 참석하기를 대령님이 원하시리라고 전 당연하게 생각했죠."

"아니, 그렇지 않아. 그들에게는 그들대로의 하느님과 군목이 따로 있겠지, 안 그런가?"

"그렇지 않은데요, 대령님."

"그건 무슨 소리야? 그들도 우리와 똑같은 하느님한테 기도를 드린단 말인가?"

"그렇습니다, 대령님."

"그리고 하느님이 귀를 기울여?"

"그런 것 같습니다, 대령님."

"원 세상에, 그럴 줄이야." 대령은 이렇게 말하면서 묘한 즐거움을 느끼며 코웃음을 쳤다. 잠시 후 갑자기 그의 패기가 수그러들었고, 그는 짧고, 검고, 백발이 되어 가는 곱슬머리를 초조하게 손가락으로 빗어 넘겼다. "정말 자넨 사병을 들이는 것이 좋다고 생각하나?" 그는 걱정스럽게 물었다.

"그래야만 옳다고 생각합니다, 대령님."

"난 그들을 참여시키고 싶지 않아." 대령이 솔직히 털어놓고는 오락가락 서성이면서 손가락 마디를 마구 꺾어 대기 시작했다. "아, 날 오해하지는 말게, 군목. 내가 사병을 더럽고, 별것 아니고, 열등하게 생각한다는 건 아냐. 장소가 모자란 것뿐이지. 하지만 솔직히 얘기해서, 난 장교들이 사병들과 상황실에서 가깝게 지내지 않아야 한다는 생각도 얼핏 드는구먼. 내 생각엔 출격해서 그들이 서로 얼마든지 만날 수 있으니까. 자네도 알겠지만 나는 친한 사병들도 좀 있지만 그 이상은 가까이 지내고 싶지가 않아. 군목, 솔직하게 얘기하겠는데, 자네라면 누이동생이 사병하고 결혼하기를 바라지는 않겠지, 안 그래?"

"제 누이동생은 사병입니다, 대령님." 군목이 대답했다.

대령은 다시 걸음을 멈추고, 농담을 하고 있지 않나 해서 그의 눈치를 살폈다. "도대체 그 얘기는 왜 하는 거야, 군목? 날 놀릴 생각인가?"

"아, 아닙니다, 대령님." 괴롭고 답답한 듯한 표정을 짓고 군목이 서둘러 설명했다. "제 누이동생은 해병대 상사입니다."

대령은 군목을 좋아했던 적이 없었는데, 이제는 싫어하고 불신까지 하게 되었다. 그는 심상치 않은 위험의 징후를 느꼈으며, 혹시 군목 또한 자기에 대한 무슨 흉계를 꾸미고 있지나 않은지, 혹시 군목의 과묵하고 눈에 두드러지지 않는 태도가 사실 속을 알고 보면 간사하고 무자비하게 불타는 야망을 감추려는 음흉한 위장이나 아닌지 궁금하게 여겼다. 군목은 어쩐지 묘한 데가 있었는데, 대령은 그것이 무엇인지를 곧 깨달았다. 대령이 "쉬어."라고 구령 붙이는 것을 잊고 있어서 군목은 뻣뻣하게 차려 자세로 서 있었기 때문이었다. 누가 상전인지를 그에게 보여 주기 위해서, 그리고 구령을 잊었다는 사실을 인정함으로써 야기될 권위의 상실로부터 자신을 지키기 위해서 그대로 내버려 두는 쪽이 좋겠다고 대령은 표독스럽게 결심했다.

캐스카트 대령은 내성적인 울적함이 밴 무겁고 둔한 표정으로 최면에 걸린 듯 창문 쪽으로 끌려갔다. 사병들은 항상 믿을 수가 없다고 그는 단정했다. 그는 그의 본부 요원들을 위해 지으라고 명령했던 스키트 사격장을 구슬픈 음울함에 젖어 내려다보았고, 그의 머리에는 콘 중령과 댄비 소령의 앞에서 드리들 장군이 무자비하게 자기를 힐책하고는 사격장을 전투 임무를 띤 사병과 장교 모두에게 공개하라고 명령을 내렸던 굴욕적인 오후가 떠올랐다. 스키트 사격장은 그에게는 진짜 묵사발이나 마찬가지였다고 캐스카트 대령은 결론을 내리지 않을 수 없었다. 스키트 사격장 계획은 비록 진짜로 대참패이기는 했지만 사실은 진짜로 대성공을 거두었어야 옳았으므로, 드리들 장군이 그 사실을 기억해 주지 않았다면 진짜로 무척 불공평한 일이라고 캐스카트 대령은 한탄했는데, 비록 장군이 그것을 기억조차 못 한다고 확실히 믿기는 했어도 드리들 장군이 그것을 결코 잊지는 않았으리라고 그는 확신했다. 캐스카트 대령은 그 망할 놈의 스키트 사격장으로 얼마나 점수를 땄는지, 또는 묵사발이 되었는지를 정확하게 계산할 힘이 없었고, 당장 콘 중령이 그의 사무실에 나타나 그를 위해 다시 한번 그 사건의 전모를 평가하고 그의 두려움을 진정시켜 주기를 바랐다.

모든 것이 참으로 답답하고, 모든 것이 참으로 맥 빠질 노릇이었다. 캐스카트 대령은 담뱃대를 입에서 빼고, 셔츠 호주 머니에 한쪽 끝을 세워 넣고는 양쪽 손의 손톱을 처량하게 깨물기 시작했다. 모든 사람들이 그를 적으로 대했고, 그는 이 위기의 순간을 맞아 기도회에 대해서 어떻게 해야 할지를 결정하는 데 도움이 될 만한 콘 중령이 그 자리에 없어서 속이 뒤집힐 지경이었다. 그는 여태껏 대위밖에 되지 못한 군목에 대해서는 조금도 신뢰감을 느낄 수 없었다. "자네 생각엔 어떤가?" 그가 물었다. "만일 우리가 사병들을 끼워 주지 않으면 좋은 결과를 거둘 수 없다는 생각이 드나?"

자신의 입장이 불안정함을 느끼면서 군목이 머뭇거렸다. "그렇습니다, 대령님." 그가 마침내 대답했다. "제 생각에는 그런 식으로 행동하신다면 밀집된 탄착점 패턴을 위한 기도회가 이루어질 가능성에 방해가 될 것 같군요."

"난 그런 생각은 하지도 않았어!" 눈을 깜박이고 눈물을 튀기면서 대령이 소리쳤다. "그러니까 자네 얘기는 탄착점을 산개시킴으로써 우리에게 벌을 내리기로 하느님이 결심을 할 수도 있다 이거야?"

"예, 대령님." 군목이 말했다. "그러실 수도 있겠죠."

"그렇다면 다 엿 먹으라고 해." 대령은 당당한 독립심을 보이면서 말했다. "지금보다 사태가 더 나빠지라고 이 거지 같은 기도회를 주선할 생각은 없어." 비웃는 냉소를 지으며 그는 책상 뒤에 자리를 잡고 앉아서 빈 담뱃대를 다시 입에 물고는 잠깐 동안 함축성 있는 침묵에 빠졌다. "곰곰이 따져 보니까 말야." 군목에게 얘기를 하면서 혼잣말 같은 말투로 그는 고백했다. "장병들더러 하느님께 기도를 드리라는 건 별로 신통한 계획이 아니었는지도 몰라.《새터데이 이브닝 포스트》의 편집자들이 협조하지 않을지도 모를 일이고."

이 계획은 완전히 자기 혼자 힘으로 수립했던 것이었으며, 사실은 자신에게 콘 중령이 필요 없다는 점을 전시함으로써 모든 사람들이 놀라게 되기를 바랐던 대령으로서는 그의 계획을 포기한다는 데 서운함을 느끼지 않을 수 없었다. 일단 집어치우기로 마음을 먹고 나니까, 콘 중령에게 먼저 검토를 받지 않고 그 계획을 실천에 옮기는 위험에 대해 처음부터 걱정스러웠던 터라, 그는 속이 후련함을 느꼈다. 그는 만족해서 깊은 한숨을 지었다. 그는 자기 딴에는 대단히 현명한 결정을 내렸으며, 그리고 무엇보다 중요한 사실은, 이 현명한 결정을 콘 중령과 의논하지 않고 스스로 내렸기 때문에 이제는 그 계획을 포기한 자신을 더욱 신통하게 여기게끔 되었다.

"얘기는 끝났습니까, 대령님?" 군목이 물었다.

"그래." 캐스카트 대령이 말했다. "혹시 자네한테 무슨 제안이 있다면 몰라도."

"아닙니다, 대령님. 그저……."

대령은 도전을 받기라도 한 듯이 눈을 들고는 무관심한 불신을 보이며 군목을 살펴보았다. "그저라니 뭐야, 군목?"

"대령님." 군목이 말했다. "대령님이 출격 횟수를 예순 번으로 올리고 난 다음 무척 흥분한 사람들이 있습니다. 저더러 대령님께 말씀을 드려 달라고 부탁하더군요."

대령은 잠잠했다. 기다리고 있는 사이에 군목의 얼굴은 그의 연한 갈색 머리카락 언저리까지 빨개졌다. 대령은 모든 감정이 결핍된, 무관심하고 고정된 눈초리로 오랫동안 몸을 비비 꼬는 그를 지켜보았다.

"그들에게 지금은 전쟁 중이라고 말해 주게." 마침내 그가 맥 풀린 목소리로 말했다.

"감사합니다, 대령님. 그렇게 하겠습니다." 대령이 드디어 그런 얘기라도 했기에 벅찬 감사함을 느끼면서 군목이 대답했다. "그들은 왜 대령님이 교체를 해 주려고 아프리카에서 대기 중인 보충 병력을 좀 요청하시고, 그 대신 자기들을 고향으로 보내 주지 못하는지 궁금하게 여기고 있습니다."

"그건 행정적인 일이야." 대령이 말했다. "그들이 관여할 일이 아니지." 그는 피곤하다는 듯 벽 쪽을 가리켰다. "플럼 토마토 하나 들지, 군목. 어서. 돈은 내가 낼 테니까."

"감사합니다, 대령님. 대령님⋯⋯."

"천만에. 숲속에서 살기가 어떤가, 군목? 다 마음에 들어?"

"예, 대령님."

"좋아, 뭐 필요한 것 있으면 우리한테 연락해."

"예, 대령님. 감사합니다, 대령님. 대령님⋯⋯."

"시간 내줘서 고마워, 군목. 이젠 나도 볼일을 봐야지.《새터데이 이브닝 포스트》에 우리 이름이 실릴 만한 무슨 묘안이 생각나면 나한테 알려 줘, 알겠나?"

"예, 대령님, 그러겠습니다." 군목은 엄청난 의지력의 힘으로 자신을 가누면서 뻔뻔스럽게도 돌격을 감행했다. "전 폭격수 한 사람에 대해서 각별히 걱정하고 있습니다, 대령님. 요사리안 말예요."

막연히 귀에 익은 이름을 듣고 놀라서 대령은 재빨리 머리를 들었다. "누구?" 그는 조심스럽게 물었다.

"요사리안요, 대령님."

"요사리안?"

"예, 대령님. 요사리안요. 그 사람은 상태가 아주 좋지 않습니다, 대령님. 그렇게 고통에 시달리다가는 얼마 안 가서 그 사람 뭔가 결사적인 행동을 범할 겁니다."

"그게 사실인가, 군목?"

"예, 대령님. 그런 것 같군요."

대령은 무거운 침묵에 잠겨 잠깐 동안 그 생각을 해 보았다. "그 친구더러 하느님을 믿으라고 하게." 그가 마침내 제안했다.

"감사합니다, 대령님." 군목이 말했다. "그렇게 하겠습니다."

20
휘트콤 상등병

늦은 8월의 아침 해는 뜨겁고 찌는 듯했으며, 발코니에는
바람도 없었다. 군목은 천천히 움직였다. 그는 고무바닥에 고
무 뒤축을 댄 갈색 구두를 신고 대령의 사무실에서 소리 없
이 나오면서 자책감으로 풀이 죽고 어깨가 무거웠다. 그는 자
신의 태도를 비겁하다고 여기며 증오했다. 그는 육십 회의 출
격이라는 문제에 대해서 훨씬 강력한 자세로 캐스카트 대령
과 맞서고, 그가 심각하게 의식하기 시작한 문제를 놓고 용기
와 논리와 웅변으로 토론할 생각이었다. 대신에 그는 비참하
게 실패했고, 보다 강한 인물의 반발을 받고는 다시 한번 말문
이 막혔다. 그것은 익숙하고 비굴한 경험이었으며, 그는 자신
을 낮게 평가했다.

그는 잠시 후에, 금이 간 검은 대리석으로 높다랗게 벽을
올리고, 둥근 바닥에는 금이 가고 더러운 타일이 깔린, 아래층

의 거대하고 황폐한 로비에서 침통한 표정으로 그를 향해 넓고, 노랗고, 곡선을 그리는 돌층계를 터벅터벅 올라오는 콘 중령의 작달막하고 단색적인 모습이 눈에 띄자 다시 한번 가슴이 답답했다. 군목은 캐스카트 대령보다도 콘 중령을 더 무서워했다. 테 없는 차가운 안경을 쓰고, 외눈박이에, 대머리가 벗어져 원형 지붕 같은 머리를 항상 볼품없는 손끝으로 민감하게 만져 대던, 거무스름한 중년의 중령은 군목을 싫어했고, 자주 무례하게 대했다. 그는 그의 딱딱거리고 조롱하는 말투와 우연히 잠깐 눈길이 마주칠 때 말고는 군목이 감히 쳐다볼 수도 없는, 비꼬는 듯하고 속을 꿰뚫어보는 눈으로 군목을 항상 공포의 상태로 몰아넣었다. 따라서 그의 앞에서 얌전히 몸을 움츠리다 보니 군목의 시선은 콘 중령의 허리춤에 초점이 맞았는데, 그의 축 늘어진 허리띠 안에서 셔츠 자락들이 꾸러미처럼 튀어나와 풍선처럼 부풀어 늘어져, 그의 모습은 단정치 못한 허리띠 때문에 키가 더 작아 보였다. 콘 중령은 깔끔하지 못하고 거만한 남자였으며, 피부에는 기름이 끼었고, 깊고도 굵은 주름이 거의 직선을 이루면서 코부터 칙칙한 뺨 사이를 지나 모가 지고 가운데가 팬 턱으로 뻗어 내렸다. 그의 얼굴은 음산했고, 두 사람이 층계 위에서 가까워져 지나치려고 하는 순간에 그는 알아보지 못하는 표정으로 군목을 힐끗 쳐다보았다.

"재미 어떤가, 신부." 그는 군목을 쳐다보지 않으면서 밋밋한 목소리로 말했다. "재미 어때, 신부?"

"안녕하세요, 중령님." 그 이상의 대답은 콘 중령이 기대하지 않으리라고 현명하게 판단한 군목이 대답했다.

콘 중령은 걸음을 늦추지 않고 계속해서 층계를 올라갔으며, 군목은 자기가 가톨릭이 아니고 재침례교파이므로, 자기더러 신부님이라고 할 필요도 없고 그 말이 정확하지도 못하다는 사실을 깨우쳐 주고 싶은 유혹을 억제했다. 그는 이제 콘 중령이 거의 분명히 그것을 알고 있다고 생각했으며, 그토록 태연하고 순진한 표정을 지으며 자기를 신부님이라고 부른 것은, 기껏해야 재침례교파인 자기를 놀리기 위해 콘 중령이 생각해 낸 또 다른 한 가지 방법에 지나지 않는다고 믿었다.

거의 다 지나치려고 하는 순간에 콘 중령은 별안간 걸음을 멈추더니 분개하고 의혹에 가득 차서 눈을 부라리며 군목에게로 되돌아 내려왔다. 군목은 정신이 아찔했다.

"그 플럼 토마토는 왜 가지고 왔지, 군목?" 콘 중령이 거칠게 물었다.

군목은 캐스카트 대령이 가지라고 청했던 플럼 토마토가 들려 있는 자기의 손을 놀라서 내려다보았다. "이건 캐스카트 대령님의 사무실에서 난 건데요, 중령님." 그가 겨우 대답했다.

"자네가 가져온 걸 대령이 알고 있나?"

"예, 중령님. 대령님이 저한테 주었으니까요."

"아, 그렇다면 상관이 없겠군." 표정이 누그러지면서 콘 중령이 말했다. 그는 온화함이 없는 미소를 지으며, 엄지손가락으로 구겨진 셔츠 자락을 다시 바지 속으로 찔러 넣었다. 그의 눈은 은밀하고 만족스러운 장난기로 반짝였다. "캐스카트 대령이 왜 자네를 만나자고 했지, 신부?" 그가 갑자기 물었다.

군목은 어쩔 줄을 몰라서 잠깐 동안 말문이 막혔다. "제 생각엔 제가 얘기를 해도……."

"《새터데이 이브닝 포스트》의 편집자들을 위해 기도회를 열자는 얘기였나?"

군목은 하마터면 미소를 지을 뻔했다. "예, 중령님."

콘 중령은 자신의 통찰력에 황홀감을 느꼈다. 그는 경멸하듯 웃었다. "잘 모르겠지만, 난 그가 이번 주 《새터데이 이브닝 포스트》를 보자마자 그런 우스꽝스러운 일을 궁리하기 시작하리라는 걱정이 들었지. 그것이 얼마나 흉악한 계획인지 그에게 깨우쳐 주었기를 바라네."

"대령님은 기도회를 열지 않기로 작정했습니다, 중령님."

"좋아. 어떤 시시한 대령을 선전해 주기 위해서 《새터데이 이브닝 포스트》의 편집자들이 똑같은 기사를 두 차례나 게재하지 않으리라는 걸 그에게 납득시켰다니 기쁘군. 황야의 생활은 어때, 신부? 그럭저럭 지낼 만한가?"

"예, 중령님. 다 제대로 되어 갑니다."

"잘됐군. 불평할 일이 없다니 기분이 좋아. 불편한 일이 있으면 우리한테 알려. 자네가 그곳에서 잘 지내기를 우리 모두 바라고 있으니까."

"감사합니다, 중령님. 그렇게 하겠습니다."

밑의 로비에서 어수선한 소리가 점점 크게 들려왔다. 점심 식사 시간이 거의 다 되었고, 제일 먼저 도착한 사람들은 본부의 식당으로 줄지어 들어서서, 사병과 장교들은 고색이 창연한 원형 건물의 앞쪽에 있는 두 식당으로 갈라졌다. 콘 중령은 미소를 거두었다.

"어젠가 그저께 자네 여기서 우리하고 점심을 먹었지, 안 그래, 신부?" 그는 의미심장하게 물었다.

"예, 중령님. 그저께였죠."

"내 생각이 맞았군." 하고 말한 다음 콘 중령은 자기가 한 얘기의 뜻을 새겨들으라고 시간을 주기 위해 잠깐 말을 멈추었다. "어쨌든 걱정 말아, 신부. 자네가 여기서 식사를 하게 될 때 다시 만나기로 하지."

"고맙습니다, 중령님."

그를 위해서 콘 중령이 마련한 순환 계획이 복잡한 데다 그의 기록을 천막에서 잃어버렸기 때문에 군목은 오늘 점심을 장교 식당 다섯 군데와 사병 식당 다섯 군데 가운데 어디서 먹어야 할지 확실히 알지 못했다. 대대 본부 소속이면서도 대대 본부의 케케묵은 빨간 석조 건물이나 주변에 분리된 다른 부속 건물에서 살지 않는 장교라고는 군목 혼자뿐이었다. 군목은 6킬로미터쯤 떨어져서, 대대 본부로부터 멀리 줄을 지어 배치된 네 비행 중대 가운데 첫 번째 지역과 장교 클럽 사이에 있는 숲속의 개활지에서 살았다. 군목은 그의 사무실이기도 한 널찍하고 정사각형인 천막 안에서 지냈다. 밤이면 장교 클럽에서 흥청거리는 소음이 그에게까지 들려왔으며, 그는 걸핏하면 잠이 들지 못해서 그의 야전침대에서 소극적이고 반쯤은 자발적인 유형(流刑)을 받으며 몸을 뒤척였다. 그는 잠이 드는 데 도움이 되라고 가끔 먹고 그 후 며칠씩 후회하곤 했던 말간 알약의 효과를 측정할 길이 없었다.

숲속의 개활지에서 군목과 같이 사는 사람이라고는 그의 조수 휘트콤 상등병뿐이었다. 무신론자인 휘트콤 상등병은 심술이 심한 부하로서, 군목보다 자기가 훨씬 더 군목 일을 잘할 수 있다고 느꼈으며, 따라서 자신을 사회적 불공평에 의해 특권을 박탈당한 제물이라고 간주했다. 그는 군목과 마찬가지로 널찍하고 반듯한 천막을 차지하고 살았다. 그는 군목이 자기를 그냥 내버려 두리라는 사실을 알고는 군목에게 드러내 놓고 무례하고 경멸적인 태도를 보였다. 개활지의 두 천막은 1, 2미터 간격으로 나란히 서 있었다.

군목을 위해 이런 생활을 주선해 준 사람은 콘 중령이었다. 대대 본부 건물 밖에서 군목이 살도록 해 놓은 한 가지 훌륭한 이유는 대부분의 교구민들과 같은 천막에서 산다면 그들과 훨씬 가깝게 접촉하리라는 콘 중령의 이론에 따라서였다. 또 다른 이유는 군목이 항상 본부 주변에 머물도록 놓아 둔다면 다른 장교들이 불편하리라는 점이었다. 하느님과 가깝게 지낸다는 일은 그들 모두 좋게 생각했지만, 하루 스물네 시간 줄곧 하느님이 곁에 있다면 문제가 달랐다. 퉁방울눈에다 신경이 과민한 댄비 소령에게 콘 중령이 서술한 바로는 군목은 무척 소심한 편이어서, 그는 다른 사람들의 고민거리에 귀를 기울이고, 죽은 사람들을 묻어 주고, 병든 자들을 찾아가서 종교적인 의식을 거행하는 일 이상으로는 거의 아무 일도 하지 않았다. 독일 전투기들의 대항이 사실상 멈추었으며, 그리고 현재의 사망자 가운데 콘 중령의 추산으로는 거의 90퍼센트가 적지 너머에서 죽거나 구름 속에서 사라져 군목이 시체를 처리할 방법이 전혀 없었기 때문에 이제는 그가 묻어 줄 사망자도 별로 많지 않다고 지적했다. 종교적인 예식도 대대 본부 건물에서 일주일에 한 번씩만 거행되었고 참석하는 장병의 수도 적어서 그리 힘든 일이 아니었다.

사실 군목은 숲속 개활지의 생활을 좋아하도록 길이 들었다. 본부 건물로 되돌아갈 허락을 얻으려는 근거로 삼을 만한 불편하다는 핑계를 그와 휘트콤 상등병 두 사람 다 내세우지 못하도록 모든 편의가 미리 제공되었다. 군목은 아침, 점심, 저녁 식사를 여덟 군데의 비행 중대 식당에서 돌아가며 먹었고, 다섯 차례에 한 번은 대대 본부의 사병 식당에서, 그리고 열 번에 한 번은 그곳 장교 식당에서 들었다. 고향인 위스콘신에서 살 때, 군목은 정원 가꾸기를 아주 좋아했고, 그를 둘러싸다시피 한 수풀과 가슴까지 올라오는 잡초와, 발육을 중단한 나무들의 나지막하고 가시가 많은 가지들을 쳐다볼 때마다 비옥함과 결실의 찬란한 풍경에 마음이 부풀었다. 봄철에 그는 천막 둘레에 있는 좁다란 화단에 베고니아와 백일초를 심고 싶었지만, 휘트콤 상등병의 원한을 살까 두려워 그만두었다. 군목은 주변의 푸른 은밀함과 고적함을, 그리고 그곳 생활이 마련해 준 환상과 명상을 즐겼다. 고민거리를 가지고 그를 찾아오는 사람의 수가 그전보다 줄었으며, 그는 그것도 고마워하게 되었다. 군목은 아무하고나 잘 어울리지 못했고 대화에 끼어들면 거북하게 느꼈다. 그는 그의 아내와 어린 세 아이들이 그리웠고, 아내도 그를 그리워했다.

휘트콤 상등병이 군목을 가장 못마땅하게 생각했던 일은,

군목이 하느님을 믿는다는 것을 제쳐 놓고라도, 그에게 창의력과 적극성이 결핍되었다는 사실이었다. 휘트콤 상등병은 예배의 낮은 출석률이 자신의 신분에 대한 처량한 반영이라고 여겼다. 그의 머릿속에서는 자신이 그 계획자가 되리라고 꿈꾸는 위대한 정신적 부흥을 일깨울 새롭고 도전적인 계획인 점심 선물과, 교회의 사교적인 행사와, 전투에서 죽거나 부상당한 장병의 가족들에게 보내는 규격 편지와, 검열과, 빙고 게임 따위를 부지런히 구상했다. 휘트콤 상등병은 어디에서나 발전의 여지를 찾아볼 수 있어서, 군목의 자제력 밑에서 짜증으로 얽매였다. 종교가 그토록 욕을 먹게 되고 그들 두 사람 다 비천한 인간이 된 것은 군목 같은 사람들의 탓이라고 그는 결론을 내렸다. 군목과는 달리 휘트콤 상등병은 숲속 개활지의 은둔 생활을 혐오했다. 군목을 몰아내고 그가 가장 먼저 할 일들 가운데 하나는 대대 본부 건물로 되돌아가서 생활의 한가운데로 뛰어들리라는 것이었다.

콘 중령과 헤어진 다음에 군목이 차를 타고 개활지로 돌아갔을 때, 휘트콤 상등병은 바깥의 무더운 아지랑이 속에서, 적갈색 코르덴 욕의에 회색 플란넬 잠옷을 입은 이상하고 퉁퉁한 남자와 음모를 꾸미는 듯한 얘기를 나누던 중이었다. 군목은 그 욕의와 잠옷이 병원에서 입는 제복임을 알 수 있었다. 두 사람 다 그를 알아보는 기색이 없었다. 낯선 사람의 잇몸은 보랏빛으로 칠해져 있었으며, 그의 코르덴 욕의 뒤쪽에는 고사포의 오렌지색 포연 속으로 날아가는 B-25 폭격기의 그림이, 앞쪽에는 예순 번의 출격 비행을 상징하는 작은 폭탄들이 여섯 줄로 깨끗하게 장식되어 있었다. 군목은 그 광경에 너무나 놀라서 걸음을 멈추고 노려보았다. 두 사람 다 대화를 중단하고는 무거운 침묵을 지키면서 그가 자리를 비켜 주기만 기다렸다. 군목은 그의 천막 안으로 서둘러 들어갔다. 그는 그들이 킬킬대는 소리를 들었고, 또는 들었다고 생각했다.

휘트콤 상등병은 조금 있다가 안으로 들어오더니 물었다. "무슨 일이 있었나요?"

"별일 없었어." 눈길을 피하면서 군목이 대답했다. "날 만나러 왔던 사람은 없었나?"

"또 그 미치광이 요사리안뿐이었어요. 그 사람 정말 속 썩이네요, 안 그렇습니까?"

"그 사람이 미쳤는지는 확실히 알 수 없어." 군목이 말했다.

"좋아요, 그 사람 편을 들고 싶으면 마음대로 드십쇼." 기분이 상한 투로 말하고 휘트콤 상등병은 뚜벅뚜벅 밖으로 나갔다.

군목은 휘트콤 상등병이 또다시 기분이 나빠져서 나가 버린 것이 믿기지 않았다. 그 사실을 깨닫자마자, 휘트콤 상등병이 다시 안으로 들어왔다.

"군목님은 항상 다른 사람들 편만 드십니다." 휘트콤 상등병이 비난했다. "자기 부하는 도와줄 줄을 모르죠. 군목님은 그게 탈입니다."

"그 사람 편을 들겠다는 생각은 없었어." 군목이 사과했다. "사실을 있는 그대로 말했을 뿐이지."

"캐스카트 대령은 무엇을 원하던가요?"

"중요한 일은 아니었어. 출격을 나갈 때마다 상황실에서 기도회를 개최하는 가능성을 의논하고 싶어 했을 뿐이야."

"좋습니다, 얘기를 하지 않으셔도." 휘트콤 상등병이 고깝게 말을 하고는 다시 밖으로 나갔다.

군목은 마음이 언짢아졌다. 그가 아무리 조심하려고 해도, 그는 항상 휘트콤 상등병의 감정을 거스르는 결과만 초래하는 듯싶었다. 그는 서글프게 눈을 내리깔았고, 그의 천막을 청소하고 그의 물건들을 보살피라고 콘 중령이 억지로 떠맡긴 당번이 또다시 그의 구두를 닦지 않았음을 알았다.

휘트콤 상등병이 다시 안으로 들어왔다. "저한테는 믿고 무슨 얘기를 한 적이 없어요." 그는 사납게 징징거렸다. "군목님은 자기 부하를 신임하지 않아요. 군목님은 그것도 탈이죠."

"아냐, 난 안 그래." 군목이 미안하다는 듯 그를 타일렀다. "난 자네를 아주 신임하지."

"그런데 그 편지들은 어떻게 된 건가요?"

"아냐, 지금은 그만둬." 군목은 몸을 도사리며 부탁했다. "편지 얘기는 그만둬. 제발 그 얘기는 다시 꺼내지 마. 내 마음이 달라지면 내가 알려 줄 테니까."

휘트콤 상등병은 화가 난 표정이었다. "그래요? 좋습니다. 일은 나 혼자 다 하는 동안에 군목님은 그냥 그렇게 앉아서 머리나 젓고 있어도 좋아요. 온통 그림을 그려 넣은 욕의를 입고 바깥에 와 있던 사람을 보지 못하셨어요?"

"그 사람 나를 만나러 왔었나?"

"아뇨."라고 말하고 휘트콤 상등병은 밖으로 나갔다.

천막 안은 덥고 습기가 심했으며, 군목은 몸이 축축해지는 기분을 느꼈다. 그는 밖에서 숨죽인 목소리들이 웅얼거리는 알아들을 수 없는 얘기에, 마음이 안 내키면서도 엿듣는 사람처럼 슬그머니 귀를 기울였다. 혈색이 창백한 황토빛이고 자잘하고 오래된 여드름 자국이 밀집한 얼굴이 빛깔과 결이 깨지 않은 아몬드 껍질 같은 그는 입술을 꼭 다물고, 멍한 눈으로, 책상으로 쓰던 삐걱대는 브리지 탁자에 기운을 잃고 앉아 있었다. 그는 자기에 대한 휘트콤 상등병의 악감정이 어디에서 기인했는지 그 연유를 찾으려고 기억력을 짜냈다. 그가 헤아릴 수 없는 어떤 방법으로 어떤 용서받지 못할 잘못을 그에게 저질렀다는 확신이 그의 머리에 떠올랐다. 전투에서 사망한 장병의 가족들을 위한 규격 편지나 빙고 놀이 계획의 제안을 그가 거부했다고 해서 휘트콤 상등병이 그처럼 지속적인 분노를 품었다고는 믿기지 않았다. 군목은 자신의 어리석음을 수긍하고 풀이 죽었다. 그는 휘트콤 상등병의 마음에 걸린 일이 무엇인지를 알아내려고 그와 속마음을 터놓고 얘기할 생각을 몇 주일 동안이나 했지만, 알아내게 될 사실에 대해서 벌써부터 수치를 느꼈다.

천막 밖에서 휘트콤 상등병이 코웃음을 쳤다. 다른 남자가 킬킬 웃었다. 불안한 잠깐 동안의 시간에 군목은 과거에 또는 전생(前生)에서 언젠가 이와 똑같은 상황을 겪은 듯한 괴이하고도 오묘한 기분에 휩싸였다. 그는 다음에 벌어질 어떤 사태를 미리 예견하고, 가능하다면 조절할 수 있도록 머릿속에 떠오른 인상을 붙잡아 발전시켜 보려고 했지만, 그럴 줄 미리 알았듯이 그 영감은 비생산적으로 스러져 버렸다. 데자뷰(Déjà vu)[89]. 무질서한 기억력의 특성인 환상과 현실 사이의 미묘하게 반복되는 혼란은 군목을 매료시켰으며, 그는 그것에 대해서 아는 것들이 많았다. 예를 들면 그는 그것이 기억의 무질서라고 불리는 것을 알았고, 자메뷰(jamais vu)[90]나 프레크뷰(presque vu)[91] 따위의 추론적인 시각적 현상에도 마찬가지로 관심이 있었다. 군목이 거의 평생을 함께 살아 왔던 사물들이나 개념들, 심지어는 사람들까지도 그가 여태껏 한 번도 본 적이 없어서 전혀 낯설어 보이는 서먹서먹하고 비정상적인 자메뷰라는 형태를 취하는 무섭고도 갑작스러운, 설명할 수 없는 순간들이 있었다. 그리고 그를 찾아온 명석함 속에서, 찬란한 광채를 통해 절대적인 진리를 거의 볼 수 있는 프레크뷰라는 또 다른 순간들도 있었다. 스노든의 장례식 때 나무 위에 있었던 발가벗은 남자에 대한 일화는 완전히 그를 어리둥절하게 했다. 그때까지 그는 스노든의 장례식에서 전에 발가벗은 나무 위의 남자를 본 적이 없었으므로 그것은 데자뷰가 아니었다. 낯선 가면을 쓰고 그에게 낯익은 모습으로 나타나지는 않았기 때문에 그 사물이나 사람의 환상은 자메뷰가 아니었다. 그리고 군목은 그를 정말로 보았기 때문에, 그것은 분명히 프레크뷰가 아니었다.

지프 한 대가 바로 문 밖에서 꽁무니에 불을 뿜으며 요란하게 어디론가 가 버렸다. 스노든의 장례식 때 나무 위에서 발가

---

89) 이미 보았음.

90) 본 적이 없음.

91) 본 듯 만 듯함.

벗고 있었던 남자는 환영에 지나지 않았던가? 아니면 그것은 참된 계시였나? 그 생각만 해도 군목은 오싹했다. 그는 요사리안에게 얘기를 털어놓고 싶었지만 그 사건을 생각할 때마다 그는 더 이상 그 생각을 하지 않기로 작정했는데, 지금 그는 그 생각을 하고는 그 생각을 정말로 한 번이라도 해 보았는지 확실히 알 수가 없었다.

휘트콤 상등병은 다시금 환히 미소를 지으며 어슬렁어슬렁 안으로 들어와서 군목의 천막 가운데 기둥에 건방지게 팔꿈치를 기대었다.

"빨간 욕의를 입은 그 남자가 누구였는지 아십니까?" 그는 자랑스럽게 뽐내며 물었다. "코가 부러진 범죄 수사대 요원이었죠. 공식적인 용무가 있기 때문에 병원에서 여기로 내려왔어요. 조사를 하고 있더군요."

군목은 아첨하는 비굴함을 보이며 재빨리 눈을 들었다. "자네 무슨 사고를 저지르지는 않았겠지. 내가 도와줄 일이라도 있나?"

"아뇨, 난 아무렇지도 않아요." 휘트콤 상등병이 히죽 웃으면서 대답했다. "군목님이 문제죠. 군목님이 워싱턴 어빙의 이름을 서명한 모든 편지에 워싱턴 어빙이라고 서명했다고 해서 군목님을 수사하는 거랍니다. 기분이 어떻습니까?"

"난 편지에 워싱턴 어빙의 이름을 서명한 적이 없어." 군목이 말했다.

"저한테 거짓말하실 필요는 없어요." 휘트콤 상등병이 대답했다. "군목님이 납득시켜야 할 사람은 제가 아니니까요."

"하지만 난 거짓말하고 있는 게 아냐."

"군목님이 거짓말을 하건 말건 전 개의치 않습니다. 그들은 군목님이 메이저 소령님의 통신문들을 가로챘다는 것도 캐낼 겁니다. 비밀 정보도 많이 있었으니까요."

"무슨 통신문 말인가?" 차츰 분개하면서 군목이 푸념처럼 물었다. "메이저 메이저의 통신문이라고는 구경한 적도 없는데."

"저한테 거짓말하실 필요는 없습니다." 휘트콤 상등병이 대답했다. "군목님이 납득시켜야 할 사람은 제가 아니니까요."

"하지만 난 거짓말하고 있는 게 아냐!" 군목이 항의했다.

"왜 저한테 고함을 치시는지 모르겠군요." 기분이 상한 표정을 지으며 휘트콤 상등병이 반박했다. 그는 가운데 기둥에서 비켜서며 강조하듯 군목에게 손가락을 휘둘렀다. "전 조금 아까 군목님에게 평생 어떤 사람이 해 준 어떤 일보다도 고마운 일을 해 드렸는데, 군목님은 그걸 의식하지도 못하십니다. 군목님에 대한 얘기를 그 사람이 상관들에게 보고하려고 하기만 하면 병원에서 누가 그 보고서의 자세한 세부 사항을 삭제해 버립니다. 그 사람은 군목님을 잡아넣으려고 몇 주일째 공작을 벌이고 있어요. 전 그의 편지를 조금 아까 읽어 보지도 않고 검열을 통과시켰어요. 그러면 범죄 수사본부에서는 군목님에게서 좋은 인상을 받을 겁니다. 군목님에 대한 사실이 모두 밝혀지더라도 우린 조금도 무서워하지 않으리라는 걸 그들이 알게 될 테니까요."

군목은 어지러울 만큼 혼란을 느꼈다. "하지만 자넨 편지를 검열할 권한이 없잖아, 안 그래?"

"물론 없죠." 휘트콤 상등병이 대답했다. "장교들만이 그럴 권리가 있습니다. 그래서 전 군목님의 이름으로 검열했죠."

"하지만 나도 편지를 검열할 권한이 없어. 그렇지?"

"그것도 다 군목님을 위해서 제가 처리했습니다." 휘트콤 상등병이 그를 안심시켰다. "군목님 대신 다른 사람의 이름을 서명했으니까요."

"그건 위조 아닌가?"

"아, 그것도 걱정 마세요. 위조에 대해서 불평할 사람이라고는 군목님이 이름을 위조한 그 사람뿐이고, 전 죽은 사람의 이름을 골라 씀으로써 군목님을 보호했죠. 전 워싱턴 어빙의 이름을 사용했습니다." 휘트콤 상등병은 반발의 기색을 찾아보려고 군목의 얼굴을 자세히 살피고는 속으로 비웃으면서 자신만만하게 얘기를 계속했다. "제 머리가 상당히 빨리 돌아간 셈입니다, 안 그렇습니까?"

"난 모르겠어." 고민과 난해함으로 괴이하게 일그러진 곁눈질을 하며 군목은 떨리는 목소리로 탄식했다. "자네가 하는 모든 얘기를 난 이해할 수 없는 것 같아. 내 이름 대신 워싱턴 어빙의 이름을 서명했다면 어떻게 그것이 좋은 인상을 주겠어?"

"그들은 군목님이 워싱턴 어빙이라고 생각할 테니까요. 모르시겠어요? 그것이 군목님이라는 걸 그들은 알게 될 겁니다."

"하지만 우리가 없애려고 하는 게 바로 그 생각 아니었나? 이러면 그들이 그것을 증명하는 데 도움만 되지 않을까?"

"군목님이 이런 식으로 뻣뻣하게 나오실 줄 알았더라면 전 도우려고 애를 쓰지도 않았을 겁니다." 휘트콤 상등병은 화가 나서 소리를 지르고는 밖으로 나갔다. 잠시 후 그는 다시 안으로 들어왔다. "전 군목님께 평생 누가 해 준 것보다도 더 큰 호의를 베풀었는데 군목님은 그걸 인식조차 못하십니다. 군목님은 그것도 탈이에요."

"미안해." 군목은 회개라도 하듯 사과했다. "정말 미안해. 난 그저 자네가 하는 모든 얘기에 너무나 얼이 빠져서 내가 무슨 말을 하는지도 모를 지경이야. 난 자네한테 정말 감사하고 있어."

"그럼 제가 규격 편지들을 발송하게 해 주시지 그래요?" 휘트콤 상등병이 당장 요구했다. "초안을 잡기 시작할까요?"

군목은 놀라서 입이 벌어졌다. "아냐, 아냐." 그가 신음했다. "지금은 안 돼."

휘트콤 상등병은 몹시 골이 났다. "군목님에게는 제가 가장 훌륭한 친구인데도 군목님은 그걸 의식하지도 못하십니다." 그는 도전적으로 주장하고는 군목의 천막에서 밖으로 나갔다. 잠시 후 그는 다시 안으로 들어왔다. "전 군목님 편인데 군목님은 그걸 인식하지도 못하십니다. 군목님이 얼마나 심각한 문제에 처해 있는지도 모르십니까? 그 플럼 토마토 때문에 군목님에 대한 보고서를 새로 작성하려고 범죄 수사대 요원은 병원으로 서둘러 되돌아갔습니다."

"무슨 플럼 토마토?" 눈을 깜박이며 군목이 물었다.

"군목님이 이곳에 처음 나타나셨을 때 손에 감춰 들고 계시던 플럼 토마토 말입니다. 거기 있군요. 바로 이 순간에도 군목님이 아직도 손에 감춰 들고 계시네요!"

휘트콤 상등병

군목은 놀라서 손을 펴고는 자기가 캐스카트 대령의 사무실에서 얻은 플럼 토마토를 아직도 들고 있음을 깨달았다. 그는 브리지 탁자에 재빨리 그것을 놓았다. "난 이 플럼 토마토를 캐스카트 대령의 사무실에서 얻었어."라고 말한 그는 자기의 설명이 얼마나 우스꽝스러운가 하는 생각을 했다. "나더러 가지라고 자꾸만 그러시더군."

"저한테는 거짓말하실 필요가 없습니다." 휘트콤 상등병이 대답했다. "그것을 군목님이 훔쳤건 훔치지 않았건 전 개의치 않습니다."

"훔쳤다고?" 군목은 기가 막혀서 소리를 질렀다. "내가 뭣하러 플럼 토마토를 훔쳐?"

"바로 그것 때문에 우린 곤란해졌죠." 휘트콤 상등병이 말했다. "범죄 수사대 요원은 군목님이 그 속에 무슨 중요한 비밀문서를 숨겼다고 생각하죠."

군목은 절망의 엄청난 무게에 눌려 힘없이 축 늘어졌다. "난 그 속에 중요한 비밀문서라고는 하나도 감추지 않았어." 그는 간단히 설명했다. "난 처음부터 그걸 원하지도 않았지. 자, 이건 자네가 가져. 가지고 가서 직접 조사해 보라고."

"싫습니다."

"제발 가지고 가." 들릴락 말락 하는 목소리로 군목이 애원했다. "난 그것을 처분해 버리고 싶어."

"싫습니다." 휘트콤 상등병은 다시 딱 잘라 말하고는, 그가 범죄 수사대 요원과 새롭고 강력한 유대를 구축했다는 사실과 자기가 정말로 불쾌하게 생각한다는 점을 군목에게 납득시키는 데 성공했다는 사실이 흐뭇해서 저절로 터져 나오는 미소를 억지로 참고는 화난 얼굴로 다시 씩씩하게 밖으로 나갔다.

가엾은 휘트콤, 군목은 한숨을 지으면서 조수의 불쾌감에 대해 자신을 탓했다. 그는 휘트콤 상등병이 갑자기 뒤돌아 들어오기를 기다리면서, 사색적이고 모순된 우울증에 잠겨 말없이 앉아 있었다. 그는 휘트콤 상등병의 발자국 소리가 안하무인격으로 뚜벅거리며 침묵 속으로 사라지는 것을 듣고 실망했다. 그다음에 하고 싶은 일이 그에게는 하나도 없었다. 그는 관물함에 있는 밀키 웨이[92]와 베이비 루스[93]로 점심을 때우고 수통에서 미지근한 물을 몇 모금 마시기로 작정했다. 그는 빛의 반짝임을 조금이라도 감지할 수 있는 가능성이 없는 짙고 찬란한 안개에 자기가 둘러싸여 있다고 느꼈다. 그는 자기가 워싱턴 어빙이라는 의심을 받는다는 얘기를 들으면 캐스카트 대령이 뭐라고 생각할지 두려울뿐더러, 육십 회 출격이라는 문제에 대해서 이의를 제기했기 때문에 캐스카트 대령이 벌써부터 그에 대해서 어떤 생각을 하고 있을지 조바심이 났다. 이 세상에는 너무나 불행한 일이 많다고 그는 생각했으며 남들의 불행은 고사하고 자신의 불행에 대해서도 아무런 힘도 쓸 수 없다는 비극적인 생각에 음울하게 머리를 떨어뜨렸다.

---

92) 초콜릿 이름.
93) 과자 이름.

21
드리들 장군

캐스카트 대령은 군목에 대해서는 전혀 아무런 생각을 하고 있지 않았으며, 새롭고 위협적인 문제에 얽매여 있었으니, 그 문제란 바로 요사리안이었다!

요사리안! 그 지긋지긋하고 흉측한 이름은 소리만 들어도 등골이 오싹했으며 답답할 만큼 숨이 찼다. 군목이 처음 '요사리안!'이라는 이름을 입에 올리자 그 어휘는 그의 기억 속에서 불길한 징소리처럼 울렸다. 문의 자물쇠가 딸가닥 닫히자마자, 대열 속에 발가벗고 서 있던 남자에 대한 수치스러운 회상이 뼈아플 만큼 뚜렷하게 숨 막히는 굴욕의 홍수처럼 그에게 쏟아져 내렸다. 그는 땀을 흘리고 몸을 떨기 시작했다. 지극히 무시무시하고 불길한 징조처럼 너무나 그 의미가 흉악한, 괴이하고 비현실적인 우연의 일치가 드러났다. 그날 드리들 장군에게서 공군 무공 십자훈장을 받으려고 대열 속에 발가벗고 서 있던 사람의 이름 또한 요사리안이었다! 그리고 그의 비행 대대 모든 장병들에게 육십 회 출격을 하라고 내린 명령을 문제로 삼겠다고 위협한 자도 요사리안이라는 남자였다. 캐스카트 대령은 그 사람이 똑같은 요사리안인지 음울한 궁금증을 느꼈다.

그는 참을 수 없는 걱정에 휩싸여 몸을 일으키고는 사무실 안에서 서성거리기 시작했다. 그는 신비로운 것들의 한가운데 있는 듯싶었다. 대열 속의 발가벗은 남자는 그에게 정말로 묵사발감이었다고 그는 아무런 즐거움도 느끼지 못하면서 인정했다. 볼로냐 출격 전에 벌어졌던 폭격선을 조작한 농간이나 페라라 다리 폭격이 일주일 동안 지연된 것도 마찬가지였는데, 페라라의 다리를 마침내 파괴한 것은 점수감이었다고 그가 즐겁게 기억하기는 했지만, 다시 되돌아가서 비행기 한 대를 잃어 또 한 번 묵사발감이 된 일을 그는 풀이 죽어서 회상했고, 그래도 목표물로 두 번이나 돌아감으로써 뭐니 뭐니 해도 그에게 정말로 묵사발감을 마련해 주었던 폭격수에게 훈장을 주라는 승인이 나자 그는 또 한 번 점수감을 거둔 셈이었다. 그 폭격수의 이름도 역시 '요사리안!'이었음을 그는 또 한 번 얼얼한 정도의 충격을 받으며 갑자기 기억해 냈다. 그러니 셋이다! 그의 포악한 눈은 놀라움으로 튀어나왔고, 그는 자기 등 뒤에서 무슨 일이 벌어지고 있는지 보려고 기겁을 하며 몸을 재빨리 돌렸다. 조금 전에는 그의 삶에 요사리안이 하나도 없었는데, 이제 그들은 장난꾸러기 도깨비들처럼 숫자가 늘어 가고 있었다. 그는 마음을 진정시키려고 애썼다. 요사리안은 셋이 아니라 둘일지도 모르고 또는 혹시 하나뿐일지도 모를 노릇이었는데, 그러나 그렇다고 해서 달라질 것은 무엇인가! 대령은 그래도 심각한 위기에 처했다. 어떤 거대하고 불가해한 우주적 절정으로 자기가 끌려가고 있음을 그의 직감이 경고했으며, 요사리안이 누구라고 밝혀지든지 간에 그가 자기의 네메시스 노릇을 할 운명이라는 인식에 그의 널찍하고, 뒤룩거리고, 키가 큰 몸은 머리끝부터 발끝까지 쓰라렸다.

캐스카트 대령은 미신을 믿지는 않았지만, 불길한 징조들은 믿었으며, 그래서 그는 당장 책상머리에 앉아서 요사리안들에 대한 수상쩍은 문제를 그 자리에서 검토해 보려고 비망록 판에다 암호 같은 표시를 했다. 그는 굵고 뚜렷한 글씨로 기억해야 할 것을 써 놓고 일련의 암호 구두점으로 예리하게 강조를 하고는 그 내용 전체의 밑에다 줄을 두 번 그어서, 이렇게 적어 두었다.

<u>요사리안!!!(?)!</u>

그 일이 다 끝나자 대령은 몸을 뒤로 기대고 앉아서 이 기괴한 위기에 대해 조금 아까 순발력을 발휘해 행동을 취한 자신을 지극히 흐뭇하게 생각했다. 요사리안(Yossarian)——그 이름을 눈으로 보기만 해도 그는 치가 떨렸다. 그것에는 에스(s)가 너무 많았다. 그것은 당연히 파괴적이었다. 그것은 '파괴적(subversive)'이라는 어휘 그 자체나 마찬가지였다. 그것은 '선동적(seditious)'이나, '교활한(insidious)'이나 마찬가지였으며, '사회

주의자(socialist)'나 '수상한(suspicious)'이나 '파시스트(fascist)' 나 '공산주의자(Communist)'이나 마찬가지였다. 그것은 밉살스 럽고, 외국적이고, 역겨운 이름이었으며, 신뢰감을 불러일으키 지 못하는 그런 이름이었다. 그것은 캐스카트나 페켐이나 드 리들처럼 깨끗하고, 산뜻하고, 솔직하고, 미국적인 이름이지 못했다.

캐스카트 대령은 천천히 자리에서 일어나 다시 사무실 안 에서 서성거리기 시작했다. 거의 무의식적으로 그는 어느 상 자 꼭대기에 쌓여 있던 플럼 토마토 하나를 집어 탐욕스럽게 한 입 깨물었다. 그는 당장 얼굴을 찌푸리고는 나머지를 쓰레 기통에 던져 넣었다. 대령은 자기의 소유일 때에도 플럼 토마 토를 좋아하지 않았는데, 이것들은 그의 소유도 아니었다. 이 것들은 여러 가지 가명을 써 가면서 피아노사 각처의 여러 시 장에서 콘 중령이 구입한 다음 한밤중에 산 위에 있는 대령 의 농장으로 운반했다가 마일로에게 팔려고 다음 날 아침에 대대 본부로 가져왔고, 마일로는 캐스카트 대령과 콘 중령에 게 웃돈을 얹어 주고 그것을 샀다. 캐스카트 대령은 그들이 플 럼 토마토로 하는 장사가 합법적인지를 걸핏하면 걱정했지만, 콘 중령은 그것이 합법적이라고 그랬으며, 그는 그 염려를 너 무 자주 하지 않으려고 애썼다. 그는 콘 중령이 모두 주선했 기 때문에 산 위에 있는 집도 합법적인지 어떤지 알 길이 없었 다. 캐스카트 대령은 그 집이 자기의 소유인지 아니면 세를 내 었는지, 누구에게서 그것을 구했는지, 또는 혹시 돈을 냈다면 얼마나 들었는지 알지 못했다. 콘 중령은 법률가였고, 만일 콘 중령이 그에게 사기와 착취와 화폐 조작과 착복과 소득세 탈세와 암시장 투자가 합법적이라고 하더라도 캐스카트 대령은 따질 입장이 못 되었다.

산 위에 있는 집에 대해서 캐스카트 대령이 아는 사실이라고는 그에게 그런 집이 있으며 자기는 그 집을 싫어한다는 것뿐이었다. 그는 산 위에 있는 습기 차고 외풍이 심한, 돌로 지은 농가가 육체적인 쾌락의 황금 같은 궁전이라는 착각을 유지할 필요성에 따라서 두 주일에 한 번씩 이틀이나 사흘 동안 그곳에서 지낼 때보다 더 지루했던 적은 없었다. 어디를 가나 장교 클럽은 방종하고 은밀한 술이나 섹스의 향연과 가장 아름답고, 가장 속을 태우고, 가장 흥분이 잘되어 있고, 가장 쉽게 만족을 느끼는 이탈리아의 고급 매춘부들과 영화 배우들과 모델들과 백작 부인들과 황홀경을 나누는 은근하고 친밀한 밤들에 대한 막연하나마 그럴듯한 얘기들로 흥청 댔다. 산 위의 집에서는 그런 은밀한 황홀경의 밤이나, 비밀리에 이루어지는 술이나 섹스의 향연은 벌어지지 않았다. 그와 함께 그런 향연에 참석하겠다는 관심을 드리들 장군이나 페켐 장군이 나타내기만 했더라면 그런 일들이 벌어질 수도 있었겠지만, 두 사람 다 그런 적이 없었으며, 대령은 자기가 속셈을 차릴 만한 근거가 있기 전에는 아름다운 여자들과 연애를 하느라고 시간과 정력을 낭비할 사람이 절대로 아니었다.

대령은 그의 농가에서 보내는 눅눅하고 외로운 밤들과, 지루하고 무료한 낮들을 두려워했다. 그는 자기가 무서워하지 않는 모든 사람들에게 험악한 표정을 지으며 대대에서 지내는 것이 훨씬 더 재미있었다. 그러나 콘 중령이 그에게 자꾸만 상기시켰듯이, 전혀 사용하지 않는다면 산 위에 농가를 소유해 봤자 대수로운 일이 못 되었다. 그는 차를 농가로 몰고 갈 때마다 항상 자신을 불쌍히 여기는 기분을 느꼈다. 그는 지프에 엽총을 싣고 가서, 그곳에서 제멋대로 흩어져 자라고 거두어들이기에는 너무 귀찮은 존재가 되어 버린 플럼 토마토들에게, 그리고 새들에게 쏘아 대며 단조로운 시간을 보냈다.

예의를 보여 줌이 아직은 마땅하다고 캐스카트 대령이 간주했던 하급 장교들 중에, 비록 마음이 내키지도 않았고 꼭 그래야만 하는지도 확실히 알 수 없었던 ——드 커벌리 소령은 메이저 메이저나 또는 그를 눈여겨본 모든 사람에게 그랬듯이 대령에게도 커다란 신비였다. 캐스카트 대령은 ——드 커벌리 소령을 얕잡아 봐야 할지 아니면 우러러봐야 할지 태도를 확실히 정할 수가 없었다. ——드 커벌리 소령은 캐스카트 대령보다 나이가 많으면서도 여태껏 소령에 지나지 않았지만, 그러면서도 어찌나 많은 다른 사람들이 ——드 커벌리 소령에게 심오하고 두려움이 서린 존경심을 나타냈던지 캐스카트 대령은 그들이 모두 무엇인가 그가 모르는 비밀을 알고 있는 듯한 생각이 들었다. ——드 커벌리 소령은 불길하고 불가해한 존재였으며, 항상 그를 초조하게 만들었고, 콘 중령까지도 그 앞에서는 몸조심을 하는 듯싶었다. 모두들 그를 두려워했지만, 아무도 왜 그런지를 몰랐다. 아무도 감히 그에게 물어볼 배짱이 없었기 때문에, ——드 커벌리 소령의 성 외에는 이름까지 아는 사람이 아무도 없었다.[94] 캐스카트 대령은 ——드 커벌리 소령이 멀리 가 있음을 알았고, 그가 없어서 기뻐하다가도 어디선가 먼 곳에서 ——드 커벌리 소령이 자기에 대한 모략을 벌이고 있는지도 모른다는 생각이 떠올랐으며, 그러자 그는 감시를 쉽게 할 수 있도록 ——드 커벌리 소령이 비행 중대로 돌아와 있었으면 하고 바랐다.

얼마 안 있어 캐스카트 대령의 종아리는 너무 오락가락한 탓으로 쑤시기 시작했다. 그는 다시 책상머리에 앉아 전반적인 군사적 상황을 숙련되고 조직적인 방법으로 평가하겠다는 결심을 했다. 일들을 처리할 줄 아는 사업가다운 태도로 그는 하얗고 커다란 기록판을 찾아내어 가운데에다 직선을 내리긋고는 꼭대기에 엇갈리는 선을 그어서 넓이가 똑같은 공란 두 개로 페이지를 나누었다. 그는 비판적인 반추에 잠겨 잠깐 가만히 있었다. 다음에 그는 책상 위로 몸을 웅크리고는 왼쪽 칸 꼭대기에다 공포에 떨리는 글씨로 '멍든 사건!!!'이라고 적어 넣었다. 오른쪽 칸 꼭대기에는 '내가 점수를 딴 사건!!! !!'이라고 썼다. 그는 객관적인 관점에서 대견스러운 듯이 그의 도표를 감상하느라고 몸을 뒤로 기대었다. 잠깐 동안의 엄숙한 숙고를 한 다음 그는 연필 끝에다 조심스럽게 침을 발라서 간격을 맞춰 '멍든 사건!!!' 밑에다 이렇게 적었다.

    페라라

94) 이름을 모르기 때문에 앞에는 ——라고 칸을 비워 놓았다.

볼로냐(지도의 폭격선 이동)
스키트 사격장
대열 속의 발가벗은 남자(아비뇽 이후)

그리고 그는 추가해서 적었다.

식중독(볼로냐 무렵)

그리고

신음 소리(아비뇽 브리핑 동안의 전염병)

그리고 그는 추가했다.

군목(매일 밤 장교 클럽에서 서성거렸음.)

그는 군목을 싫어했지만 그래도 선심을 쓰고 싶어서 '내가 점수를 딴 사건!!! !!' 밑에 이렇게 써넣었다.

군목(매일 밤 장교 클럽에서 서성거렸음.)

따라서 군목에 대한 두 항목은 서로 상쇄되었다.
'페라라'와 '대열 속의 발가벗은 남자(아비뇽 이후)' 옆에다 그는 이렇게 썼다.

드리들 장군

요사리안!

'볼로냐(지도의 포격선 이동)'와 '식중독(볼로냐 무렵)'과 '신음소리(아비뇽 브리핑 동안의 전염병)' 옆에다 그는 굵고 뚜렷한 글자로 적어 넣었다.

?

'?'로 분류된 사항은 혹시 요사리안이 조금이라도 관련이 되었는지 여부를 가려내기 위해서 그가 당장 조사해 보고 싶은 것이었다.

갑자기 팔이 떨리기 시작해 그는 더 이상 글을 쓸 수가 없었다. 그는 끈끈하고 답답한 기분을 느끼며 공포에 젖어 몸을 일으키고는 신선한 공기를 들이마시려고 창문을 열기 위해 달려갔다. 그는 스키트 사격장을 보았고, 낙담해서 날카로운 비명을 지르며 뒷걸음질을 쳤으며, 그의 난폭하고 분주한 눈은 마치 수많은 요사리안으로 우글거리는 듯한 사무실의 벽들을 미친 듯이 둘러보았다.

그를 사랑하는 사람은 아무도 없었다. 페켐 장군의 부관인 카르길 대령은 나름의 야심이 있어 아마도 기회만 있으면 페켐 장군에게 자기에 대한 모함을 벌이고 있을지 모를 터여서 확실히 알 수는 없었고, 페켐 장군은 그를 좋아하는 것 같았지만, 드리들 장군은 그를 미워했다. 대령치고 살아 있는 대령은 자기만 빼놓고 쓸 만한 작자들이 없었다. 그가 믿는 대령이라고는 무더스 대령뿐이었는데, 그 사람까지도 그의 장인과 한패였다. 마일로는 물론 그에게는 크게 점수를 따게 만들 만한 자랑거리였지만, 마일로의 비행기에 의해 그의 비행 대대가 폭격당한 일은 아마도 그에게는 기가 막히게 멍든 사건이 된 일이었을 터이고, 그렇기는 해도 마일로는 자기편의 장병과 비행기 들을 폭격한다는 행위가 사실은 권장할 만하고 개인 기업에 있어서 대단히 돈이 잘 벌리는 묘안임을 모든 사람에게 납득시켜 적과의 거래를 통해서 신디케이트가 거두어들인 엄청난 순이익을 밝힘으로써 모든 항의를 완전히 봉쇄해 버렸다. 대령은 다른 대령들이 마일로를 꾀어 가려고 애쓰던 중이어서 그 사실에 대해 불안하게 느끼고 있었으며, 대령에게는 아직도 그 게으르고 형편없는 블랙 대위의 말을 들어 보면 볼로냐 대공방전 동안에 포격선을 이동시켜 놓은 진짜 범인이라고 하던 그 게으르고 형편없는 화이트 하프오트 대추장이 있었다. 캐스카트 대령은 화이트 하프오트 대추장이 술에 취했을 때 무더스 대령이 근처에 있기만 하면 항상 그 거지 같은 무더스 대령의 면상을 후려갈겼기 때문에 화이트 하프오트 대추장을 좋아했다. 그는 화이트 하프오트 대추장이 콘 중령의 얼굴도 후려갈겨 주었으면 하고 바랐다. 콘 중령은 거지 같이 똑똑한 놈이었다. 제27 공군 본부의 어떤 사람은 그에게 감정이 있어서 그가 쓴 보고서라면 모두 신경질 나는 책망과 함께 되돌려 보냈고, 그 사람이 누구인지 알아내라고 콘 중령은 그곳에 있는 윈터그린이라는 똑똑한 우편 담당 사무원을 매수했다. 페라라 상공에서 두 번째로 돌아갔다가 잃은 비행기는 그에게 조금도 점수에 보탬이 되지 않았음을 그는 인정해야만 했으며, 구름 속에서 없어져 버린 다른 비행기도 마찬가지였는데, 그는 그 사건을 적어 놓지도 않았다! 그는 혹시 요사리안이 그 비행기 속에서 없어져 버리지나 않았나 애타게 바랐지만, 거지 같은 출격을 다섯 번 더 나가라고 했다고 해서 한심하게 소란을 떨며 지금도 열심히 돌아다니고 있다는 꼴을 보니 요사리안이 그 비행기 안에서 사라졌을 가능성은 없으리라고 그는 짐작했다.

만일 요사리안이 비행에 대해서 항의했다면, 아마도 육십 회 출격은 장병들에게 너무 많을지도 모른다고 캐스카트 대령은 추리했지만, 그러나 그는 그의 부하들로 하여금 그 어느 누구보다도 비행을 더 많이 하도록 강요했음이 자기가 이룬 가장 실감 나는 업적임을 기억했다. 콘 중령이 자주 얘기했듯이 전쟁터에는 자기가 맡은 임무만 수행하는 대대장들로 우글거렸으며, 그의 특출한 지도력을 과시하기 위해서는 다른 어느 폭격 대대보다 더 많이 그의 비행 대대를 출격시킨다는 따위의 어떤 극적인 시늉이 필요했다. 그가 하는 일에 반대하는 장군들은 분명히 하나도 없었는데, 그가 알고 있던 바로는 그렇다고 해서 각별히 감명을 받은 사람도 없는 듯싶었고, 그래서 그는 아마도 60회 출격으로는 충분하지 못할지도 모르니까 그 숫자를 당장 70이나 80, 100, 심지어는 200, 300, 또는 6만으로 올려야 할지도 모른다는 생각이 들었다.

확실히 그는 드리들 장군처럼 촌스럽고 무감각한 사람 밑에서보다는 페켐 장군처럼 온화한 사람의 휘하에서 훨씬 더 잘 지낼 수가 있었으니, 그 이유는 비록 페켐 장군이 자기를 조금이라도 고마워하거나 반가워한다는 기색을 보인 일은 전혀 없더라도, 페켐 장군에게는 그의 모든 가치를 모두 평가하고 즐거워할 만한 분별력과 지성과 교육적 배경이 있었기 때문이다. 캐스카트 대령은 감수성이 강했으므로, 상호간의 내적인 이해의 힘에 따라 멀리서도 서로의 온화함을 감지할 수 있는 자신과 페켐 장군처럼 세련되고 자존심이 있는 사람들 사이에는 확인이라는 외적인 표시가 전혀 필요 없음을 깨달을 수 있었다. 그들이 같은 종류의 인물들이라는 사실만으로도 족했으며, 적절한 시기가 올 때까지 분별력 있게 호의를 기다려야만 할 일임을 그는 알고 있었는데, 그래도 캐스카트 대령은 페켐 장군이 일부러 자기를 눈여겨봐 준 적이 전혀 없었으며, 심지어는 사병까지도 포함한 주변의 다른 모든 사람들에게 하던 훈시나 박식한 얘기 이상으로 캐스카트 대령에게 아무런 관심을 보이지 않았기 때문에 자존심이 푹푹 썩어 들어갈 지경이었다. 캐스카트 대령이 페켐 장군의 눈에 들지 않았는지도 모를 일이지만, 아니면 페켐 장군은 겉으로 드러내는 만큼 재치가 번득이고, 분별력이 있고, 지적이고, 미래지향적인 인물이 못 되었는지도 모를 노릇이었으며, 정말로 민감하고, 매력 있고, 총명하고, 세련된 사람은 드리들 장군이어서 오히려 그의 밑에서라면 훨씬 더 자기의 입장이 좋을지도 모를 일이었다. 갑자기 캐스카트 대령은 자기가 누구와 얼마나 견실한 유대를 맺고 있는지 전혀 파악되지 않아서, 콘 중령이 어서 그의 사무실로 뛰어 들어와 모든 사람들이 자기를 사랑하고 있으며, 요사리안은 상상력의 산물에 지나지 않고, 장군이 되기 위해 그가 벌이던 찬란하고 용맹한 대전투에서 멋지게 점수를 확보해 나가고 있다고 안심시켜 주기를 바라면서 주먹으로 호출기를 쾅쾅 때리기 시작했다.

사실 캐스카트 대령은 장군이 될 가능성이 쥐뿔만큼도 없었다. 한 가지 난관을 꼽는다면 윈터그린 전직 일등병이 있었는데, 그 역시 장군이 되기를 원했고, 캐스카트 대령에게 공훈이 될 만한 캐스카트 대령의, 캐스카트 대령을 위한, 캐스카트 대령에 관한 모든 통신문을 그가 항상 왜곡시키거나, 파기하거나, 반송하거나, 다른 곳으로 보내 버렸기 때문이었다. 또 다른 난관은 이미 장군이 하나 있었으니, 그는 드리들 장군이었다. 그는 페켐 장군이 자기의 자리를 노리고 있음을 알면서도 어떻게 손을 쓸 길이 없었다.

비행단장인 드리들 장군은 무뚝뚝하고, 딱 바라지고, 가슴이 두툼한, 나이가 쉰이 조금 넘은 남자였다. 그의 코는 뭉툭하고 붉었으며, 그의 작은 회색 눈 언저리에는 돼지고기 기름의 둥근 무늬처럼 눈두덩이가 하얗고 덩어리 져서 뒤룩거렸다. 그는 간호사와 사위를 데리고 다녔으며, 술을 너무 많이 마시지 않을 때면 오랫동안 사색적인 침묵에 빠지는 버릇이 있었다. 드리들 장군은 그가 맡은 일을 잘하느라고 군대에서 너무나 많은 시간을 낭비했지만, 이제는 너무 늦어 버렸다. 그를 빼놓고 새로운 권력구조가 형성되었으며, 그는 그것을 타개할 일로 눈앞이 막막했다. 몸을 도사리고 있지 않을 때면 그의 딱딱하고 뚱한 얼굴은 패배와 좌절감의 걱정스럽고 음울한 표정으로 휩싸였다. 드리들 장군은 술을 많이 마셨다. 그의 기분은 변덕스러워서 예측하기가 힘들었다. "전쟁은 지옥이야." 술이 취했거나 깨었거나 그는 자주 그렇게 부르짖었고, 진심에서 그런 소리를 하기는 했지만 그래도 전쟁 때문에 그는 잘살 수 있었으며, 비록 두 사람이 항상 다투기는 했어도 그는 사위도 자기 사업에 끌어들였다.

"그 새끼." 드리들 장군은 장교 클럽의 바에 가면 모서리 진 곳에서 아무나 옆에 서 있는 사람에게 경멸적인 탄식을 하며 사위에 대해 불평을 하곤 했다. "그만큼 된 것도 다 내 덕분이지. 그 거지 같은 개새끼는 내가 다 출세시켰어! 저 혼자 힘으로는 머리가 비어서 아무 일도 못 하지."

"자기 혼자만 뭐든지 다 알고 있다는 식이야." 바의 다른 쪽에서 무더스 대령은 자기대로의 청중을 모아 놓고 심술이 난 목소리로 반박을 자행했다. "비판을 받아들일 줄 모르고 충고는 듣지도 않아."

"아는 거라곤 충고하는 일뿐이야." 씩씩거리고 콧방귀를 뀌며 드리들 장군이 얘기하곤 했다. "만일 내가 없었더라면, 그 자식 여태껏 상등병밖에 못 되었겠지."

드리들 장군은 항상 무더스 대령과 간호사, 두 사람을 수행하고 다녔는데, 간호사는 누가 봐도 기분 좋은 멍청이였다. 드리들 장군의 간호사는 통통하고, 키가 작고, 금발이었다. 그녀의 탐스러운 뺨에는 보조개가 들어갔고, 파란 눈은 즐거웠으며, 추켜올린 머리는 말끔하게 손질했다. 그녀는 누구에게나 미소를 지었고, 말을 걸어오기 전에는 아무한테도 입을 열지 않았다. 그녀의 젖가슴은 풍성했고, 혈색은 깨끗했다. 그녀는 남자들을 사족을 못 쓰게 만들었고, 남자들은 조심스럽게 그녀에게서 슬금슬금 도망쳤다. 그녀는 싱그럽고, 달콤하고, 고분고분하고, 멍청했으며, 드리들 장군만 빼고는 그녀를 보면 누구나 환장을 했다.

"그 여자 발가벗은 모습을 못 봐서 안됐군." 그의 어깨 바로 옆에서 간호사가 자랑스럽게 미소를 짓는 동안 드리들 장군은 엉큼한 생각에 킬킬 웃었다. "비행단에 돌아가면 내 방에는 보랏빛 비단으로 만든 이 여자의 제복이 있는데, 어찌나 몸에 꽉 끼는지 젖꼭지들이 버찌처럼 튀어나오지. 그 옷감은 마일로가 구해 줬어. 속에는 팬티나 브래지어를 껴입을 여유도 없어. 무더스가 곁에 있을 때면 그 자식 환장하라고 가끔 밤에 내가 이 여자더러 그 옷을 입으라고 하지." 드리들 장군이 목쉰 소리로 웃었다. "이 여자가 몸을 꿈틀거릴 때마다 그 블라우스 안에서 어떤 광경이 벌어지는지 자네도 구경을 했어야 하는데. 이 여잔 그 자식 얼을 쏙 빼놓지. 그놈이 이 여자나 다른 여자에게 손을 대는 게 내 눈에 띄었다 하면 그 못된 놈을 당장 이등병으로 강등시키고 취사장에서 일 년 동안 썩히겠어."

"나를 환장하게 만들고 싶은 생각에서 그 여자를 끌고 다니지." 바의 다른 쪽 끝에서 무더스 대령이 구슬프게 비난했다. "비행단에 돌아가면 보랏빛 비단으로 만든 그 여자의 제복이 있는데, 어찌나 몸에 꽉 끼는지 젖꼭지들이 버찌처럼 튀어나오지. 속에는 팬티나 브래지어를 껴입을 여유도 없어. 그 여자가 움직일 때마다 비단옷이 바스락거리는 소릴 자네도 들었어야 하는데. 내가 그 여자나 다른 여자에게 손을 대기만 하면, 장인은 당장 나를 이등병으로 강등시키고 취사장에서 일 년 동안 썩힐 거야. 나 그 여자만 보면 얼이 쏙 빠져."

"우리가 해외로 전출된 이후로 그 자식 한 번도 못해 봤지." 드리들 장군은 얘기를 털어놓으면서 그 음흉한 생각에 남을 학대하는 듯한 웃음을 웃으며 백발이 된 모난 머리를 끄덕였다. "그 이유 때문에 난 항상 내 눈으로 볼 수 있는 곳에 그 녀석을 잡아 두지. 그 녀석이 여자에게 접근하지 못하도록 말야. 그 불쌍한 자식이 어떤 고생을 하고 있는지 알겠나?"

"우리가 해외로 전출된 이후로 난 한 번도 여자하고 자 보지 못했어." 눈물을 글썽이며 무더스 대령이 징징거렸다. "내가 어떤 고생을 하고 있는지 알겠나?"

드리들 장군은 불쾌한 일을 당하면 어느 누구에게나 무더스 대령에게처럼 비타협적이었다. 그는 허풍이나 책략이나 가식에는 취미가 없었으며, 직업 군인으로서 그의 신조는 함축성이 있고 일관적이어서, 그에게서 명령을 받은 젊은이들은 그들에게 명령을 내리는 늙은이들의 이상과 포부와 성품을 실현하기 위해 기꺼이 목숨을 바쳐야 한다고 믿었다. 그의 지휘를 받는 장교와 사병들이란 그에게는 군사적인 개념에 지나지 않았다. 그가 요구한 사항이라고는 그들이 맡은 바 책임을 다하는 것이었으며, 그다음에는 그들 마음대로 무엇을 해도 좋았다. 그들은 자유여서, 그러고 싶은 마음이 내키면 캐스카트 대령처럼 제멋대로 장병들에게 예순 번의 출격을 강요해도 좋았고, 요사리안처럼 대열 속에 나체로 서 있어도 좋았지만, 그래도 그 꼴을 본 드리들 장군의 화강암 같은 턱은 놀라 벌어졌고, 자기에게 훈장을 받기 위해서 모카 신발만 신고 차려 자세로 발가벗고 서 있는 남자가 정말로 그곳에 있는지 확인하기 위해 그는 독재자처럼 뚜벅뚜벅 걸어 내려갔다. 드리들 장군은 말문이 막혔다. 캐스카트 대령은 요사리안이 눈에 띄자 기절하려고 했으며, 콘 중령은 그의 뒤로 올라와서 그의 팔을 꽉 움켜쥐고 붙잡아 주었다. 기괴한 침묵이 흘렀다. 훈훈한 바람이 계속해서 바닷가로부터 불어왔고, 더러운 짚을 가득 싣고 검은 당나귀가 끄는 낡은 수레가 큰길에 나타났는데, 그 마차를 몰고 오던, 너절한 모자를 쓰고 색이 바랜 갈색 작업복을 입은 농부는 그의 오른쪽 조그만 들판에서 벌어지는 군대 의식에는 신경도 쓰지 않았다.

마침내 드리들 장군이 입을 열었다. "차에 가서 기다려." 그는 열을 따라 그의 뒤에서 쫓아오던 간호사에게 어깨 너머로 소리쳤다. 20미터쯤 떨어진 네모난 개활지의 언저리에 세워 둔 갈색 참모 차로 터벅거리고 가면서 간호사는 미소를 지었다. 자동차 문이 쾅 소리를 내며 닫힐 때까지 기다리며 근엄하게 침묵을 지키던 드리들 장군이 물었다. "이 사람 무얼 받지?"

무더스 대령은 그의 명단을 확인했다. "이 사람은 요사리안입니다, 아버님. 공군 무공 십자훈장을 받기로 되어 있죠."

"원 세상에." 드리들 장군이 투덜거렸고, 그의 불그레하고 한 덩어리로 뭉친 얼굴은 즐거움으로 부드러워졌다.

"자넨 옷을 입고 있지 않나, 요사리안?"

"싫어서요."

"싫다니, 그건 무슨 소린가? 도대체 왜 싫지?"

"그저 싫습니다, 장군님."

"이 친구 왜 옷을 입지 않았지?" 드리들 장군은 어깨 너머로 캐스카트 대령에게 물었다.

"대령님께 묻는 겁니다." 캐스카트 대령의 등을 팔꿈치로 예리하게 쑤시면서 콘 중령이 캐스카트 대령의 어깨 너머에서 귓속말을 했다.

"이 친구가 왜 옷을 입지 않았지?" 캐스카트 대령은 조금 아까 콘 중령이 친 곳을 천천히 쓰다듬으면서, 갑작스런 고통을 느끼는 표정으로 콘 중령에게 물었다.

"이 친구 왜 옷을 입지 않았지?" 콘 중령은 필트차드 대위와 렌 대위에게 물었다.

"지난주 아비뇽 상공에서 누가 죽었는데, 저 사람이 그 피를 흠뻑 뒤집어썼습니다." 렌 대위가 대답했다. "그래서 다시는 군복을 안 입겠다고 맹세했죠."

"지난주 아비뇽 상공에서 누가 죽었는데, 저 사람이 그 피를 흠뻑 뒤집어썼습니다." 콘 중령은 직접 드리들 장군에게 보고했다. "군복이 아직 세탁소에서 돌아오지 않았어요."

"다른 군복들은 어디 두었고?"

"그것들도 세탁소에 있습니다."

"속옷은 어떡하고?" 드리들 장군이 물었다.

"속옷도 모두 세탁소에 있습니다." 콘 중령이 대답했다.

"그거 다 한심한 얘기처럼 들리는군." 드리들 장군이 선언했다.

"다 한심한 얘깁니다, 장군님." 요사리안이 말했다.

"걱정 마십쇼, 장군님." 위협적인 눈으로 요사리안을 쳐다보면서 캐스카트 대령이 드리들 장군에게 약속했다. "이 사람을 호되게 처벌하겠다고 개인적으로 약속을 드리죠."

"그가 처벌을 받건 말건 내가 상관할 바가 어디 있겠나?" 놀라고 흥분한 드리들 장군이 대답했다. "이 사람은 지금 막 훈장을 탔어. 만일 그가 옷을 하나도 안 입고 그것을 받겠다면, 그것이 자네하고 무슨 상관이 있지?"

"제 생각이 바로 그겁니다, 장군님!" 캐스카트 대령은 쩌렁쩌렁한 열성을 보이며 대답하고는 축축한 손수건으로 이마를 닦았다. "하지만 장군님, 전투지에서의 적절한 군인 복장에 대한 페켐 장군의 최근 회람에도 불구하고 그런 말씀을 하실 수 있나요?"

"페켐이라고?" 드리들 장군이 얼굴을 찌푸렸다.

"예, 장군님." 캐스카트 대령이 알랑거리며 말했다. "페켐 장군께서는 총에 맞아 쓰러진 다음에도 적에게 좋은 인상을 주도록 장병들을 정복 차림으로 전투에 내보내라는 제안까지 했습니다."

"페켐이라고?" 아직도 어리벙벙해서 곁눈질을 하며 드리들 장군이 말을 되풀이했다. "도대체 페켐이 무슨 상관이 있다는 거야?"

콘 중령은 또다시 팔꿈치로 캐스카트 대령의 등을 예리하게 쳤다.

"전혀 상관이 없습니다, 장군님!" 심한 고통에 몸을 움츠리고 콘 중령이 다시 쥐어박은 곳을 머뭇머뭇 문지르면서 캐스카트 대령은 단정하게 대답했다. "그리고 바로 그 이유 때문에 장군님과 우선 의논할 기회를 가질 때까지는 절대로 아무런 조처도 하지 않기로 결심했습니다. 그건 완전히 무시해 버릴까요, 장군님?"

드리들 장군은 그를 완전히 무시해 버리고는 악의에 찬 코웃음을 치면서 몸을 돌려 케이스에 담긴 훈장을 요사리안에게 넘겨주었다.

"차에서 내 여자를 데리고 와." 그는 무더스 대령에게 삐딱하게 명령하고는 간호사가 다시 그에게 올 때까지 한자리에서 험악한 얼굴로 기다렸다.

"당장 사무실에 연락해서, 전투 임무를 띠고 나갈 때는 넥타이를 매라고 내가 방금 발송한 지시를 말소시키라고 해." 캐스카트 대령은 황급하게 입의 한쪽 귀퉁이로 콘 중령에게 나지막이 말했다.

"그러지 말라고 내가 그랬잖아요." 콘 중령이 비웃었다. "하지만 내 얘기는 들으려고도 하지 않더니."

"쉬이!" 캐스카트 대령이 주의를 주었다. "염병할, 콘, 자네 내 등을 어떻게 한 거야?"

콘 중령이 다시 코웃음을 쳤다.

드리들 장군의 간호사는 장군이 가는 곳이라면 어디라도 뒤를 쫓아다녔고, 심지어는 아비뇽 출격 전의 상황실까지도 따라와 연단 옆에서 나귀처럼 미소를 지으며 분홍빛과 초록빛이 섞인 제복 차림으로 드리들 장군의 어깨쯤에서 비옥한 오아시스처럼 꽃피었다. 요사리안은 그녀를 쳐다보자마자 결사적인 사랑에 빠졌다. 그는 얼이 빠져서 속이 텅 비고 얼얼했다. 그는 아비뇽에서 그들을 기다리고 있다는 밀집된 고사포에 대한 댄비 소령의 얘기를 들으면서 그녀의 통통하고 빨간 입술과 보조개가 팬 뺨에서 끈적끈적한 욕망을 느끼며 그녀를 물끄러미 쳐다보며 앉아 있었고, 그가 얘기 한마디 해 보지 못했으면서도 이토록 애처롭게 사랑하는 귀여운 이 여자를 다시는 보지 못할지도 모른다는 생각에 갑자기 깊은 절망을 느끼고 신음했다. 그는 울먹였고, 슬픔과 공포와 욕망을 느끼면서 그녀를 쳐다보았고, 그녀는 아름다웠다. 그는 그녀가 서 있는 땅을 숭배했다. 그는 끈끈한 혀로 그의 메마르고 목마른 입술을 핥았고, 또다시 비참하게 신음했는데, 이번에는 그 소리가 어찌나 컸던지 초콜릿 빛깔의 통옷을 입고 실로 박은 하얀 낙하산 멜빵을 걸친 차림으로 그 둘레의 엉성한 나무 의자에 줄지어 앉아 있던 사람들의 놀라고 궁금해하는 시선을 모았다.

네이틀리가 놀라서 재빨리 그에게로 얼굴을 돌렸다. "뭐예요?" 그가 나지막이 말했다. "왜 그래요?"

요사리안은 그의 말을 듣지 못했다. 그는 욕망으로 병이 날 지경이었고 회한으로 최면에 걸렸다. 드리들 장군의 간호사는 조금 살이 쪘을 뿐, 머리카락의 노란 광채와, 아직 느껴 보지 못한 그녀의 보드랍고 짤막한 손가락의 압력과, 목덜미가 넓게 드러난 분홍빛 군용 셔츠 속에 담긴 잘 영근 젖가슴의 둥글고 맛보지 못한 푸짐함과, 팽팽하고 매끄럽고 숲처럼 초록 빛인 개버딘 천으로 만든 장교용 바지 속에 담겨 꿈틀대는 그녀의 무르익은 아랫배와 허벅지가 만나서 이루는 삼각형 때문에 그의 감각은 답답할 만큼 엉켰다. 그는 그녀를 머리끝부터 칠을 한 발톱까지 지칠 줄 모르고 음미했다. 그는 절대로 그녀를 잃고 싶지 않았다. "오오오오오오오오오오." 그는 다시 신음했고, 이번에는 그의 떨리고 긴장한 비명에 온 방안이 술렁였다. 단 위의 장교들 사이에는 영문을 모르는 초조함의 물결이 일었고, 시계를 맞추기 시작하려던 댄비 소령까지도 초를 세다가 잠깐 정신이 혼란해 처음부터 다시 시작해야 할 지경이었다. 네이틀리는 요사리안의 얼어붙은 시선을 따라 널빤지로 지은 기다란 강당을 훑어보고는 드리들 장군의 간호사를 보게 되었다. 무엇 때문에 요사리안이 그러는지를 눈치 챘을 때, 그는 전율을 느끼며 얼굴이 창백해졌다.

"그만해요, 아시겠어요?" 네이틀리가 격한 귓속말로 경고했다.

"오오오오오오오오오오오오." 요사리안은 네 번째로 신음했는데, 이번에는 그 소리가 모든 사람이 분명히 들을 만큼 컸다.

"정신이 나갔어요?" 네이틀리가 몸이 달아 씩씩거렸다. "그러다가 말썽이 나겠어요."

"오오오오오오오오오오오오오." 방의 다른 쪽 끝에서 던바가 요사리안에게 응답했다.

네이틀리는 그것이 던바의 목소리임을 알아챘다. 사태는 이제 걷잡을 수 없었고, 그는 짤막하게 신음하며 몸을 돌렸다.

"오오."

"오오오오오오오오오오." 던바가 그의 신음에 답했다.

"오오오오오오오오오." 자기가 방금 신음했다는 것을 깨닫고 네이틀리는 화가 나서 큰 소리로 신음했다.

"오오오오오오오오오." 던바가 다시 그에게 신음으로 답했다.

"오오오오오오오오오." 전혀 새로운 어떤 사람이 방의 다른 쪽에서 메아리를 쳤으며, 네이틀리는 머리카락이 쭈뼛거렸다.

요사리안과 던바는 함께 응답했으며, 그러는 동안에 네이틀리는 요사리안을 끌고 들어가 숨을 만한 구멍을 찾으려고 헛되이 두리번거리며 몸을 움츠렸다. 여기저기서 사람들이 웃음을 참으려고 애썼다. 네이틀리는 어떤 장난스러운 충동에 사로잡혀서, 다음에 잠잠한 순간이 오자 일부러 신음 소리를 냈다. 또 다른 새로운 목소리가 대답했다. 불복종의 맛은 야릇했고, 다음에 짬이 나자 네이틀리는 일부러 또다시 신음했다. 또 다른 새로운 목소리가 그를 따라 했다. 방 안은 손을 쓸 수도 없을 만큼 수라장이 되어 들끓었다. 괴이한 목소리들의 소음이 점점 커졌다. 저마다 발들을 긁적거렸고, 사람들의 손가락에서 연필, 계산기, 지도 케이스, 딸그락거리는 강철 헬멧 따위의 물건들이 떨어지기 시작했다. 신음하지 않는 많은 사람들은 이제 드러내고 킬킬거렸으며, 만일 "······이십오 초····· 삼십 초····· 십오 초······." 하고 헤아리면서 아직도 손목시계에 정신을 집중하고 열심히, 끈질기게 머리를 숙이고 있던 댄비 소령을 지나 드리들 장군이 곧장 단의 중앙으로 단호하게 나서서 그 소란을 끝장내려고 손수 앞으로 나오지 않았더라면,

두서없는 신음의 반란이 어느 정도까지 전개되었을지는 알 수 없는 노릇이었다. 드리들 장군의 커다랗고, 붉고, 위압적인 얼굴은 분노로 일그러졌고, 무시무시한 결심으로 굳어졌다.

"이봐, 그만들 하면 됐어." 못마땅하게 눈을 부라리고, 네모난 턱은 견고하게 굳어진 그가 짤막하게 명령을 내렸고, 그래서 다 끝장이 났다. "이 전투 부대는 내가 지휘한다." 방 안이 완전히 조용해지고 의자에 앉은 사람들이 모두 얌전하게 몸을 움츠리게 되자 그는 근엄하게 그들에게 말했다. "그리고 내가 지휘하고 있는 한 이 대대에서는 신음 소리를 내선 안 돼. 알아듣겠나?"

아직도 손목시계에 정신을 집중하고 있던 댄비 소령 이외에는 모두들 알아들었고, 댄비 소령은 큰 소리로 "……넷…… 셋…… 둘…… 하나……." 하면서 초를 헤아리다가 "시간 맞춰!"라고 고함을 지르고는 신이 나서 얼굴을 들고 보니 아무도 그의 말을 듣고 있지 않았고, 그래서 그는 처음부터 다시 시작해야만 했다. "오오오." 그는 좌절감을 느끼며 신음했다.

"그게 무슨 소리지?" 드리들 장군은 믿을 수 없다는 듯 소리를 지르고는 살인적인 분노에 휩싸여 몸을 획 돌렸고, 댄비소령은 겁에 질리고 당황해서 비틀비틀 뒷걸음질을 치고, 몸을 움츠리며 땀을 흘리기 시작했다. "이 사람은 누구야?"

"대, 댄비 소령입니다, 장군님." 캐스카트 대령이 말을 더듬었다. "우리 대대의 작전 장교죠."

"데리고 나가서 총살시켜." 드리들 장군이 명령했다.

드리들 장군

"예, 에?"

"데리고 나가서 총살시키라고 그랬잖아. 안 들려?"

"예, 장군님!" 억지로 침을 삼키며 캐스카트 대령이 잽싸게 대답하고는 씩씩하게 그의 운전사와 기상 관측자에게로 돌아섰다. "댄비 소령을 끌고 나가서 총살시켜."

"예, 에?"

"댄비 소령을 데리고 나가서 총살시키라고 그랬잖아." 캐스카트 대령이 딱딱거렸다. "안 들려?"

두 젊은 소위는 어리벙벙해서 머리를 끄덕이고는 상대방이 댄비 소령을 밖으로 데리고 나가서 총살시킬 절차를 밟기를 서로 기다리며, 입을 딱 벌리고는 놀라고 풀이 죽어 머뭇거렸다. 두 사람 다 댄비 소령을 밖으로 끌고 나가 총살시켰던 적이 한 번도 없었다. 그들은 양쪽에서 댄비 소령에게로 불안하게 조금씩 다가섰다. 댄비 소령은 공포로 창백해졌다. 그는 두 다리가 갑자기 맥이 빠져 고꾸라지려고 했고, 두 젊은 소위는 앞으로 뛰어나와 그가 땅바닥으로 쓰러지지 않도록 팔을 부축해 주었다. 댄비 소령을 잡고 보니 나머지는 간단한 듯 여겨졌지만, 총이 없었다. 댄비 소령은 울음을 터뜨렸다. 캐스카트 대령은 그의 곁으로 달려가 위로해 주고 싶었지만, 드리들 장군의 앞에서 계집애 같은 인상을 주기가 싫었다. 그는 애플비와 하버마이어가 출격 때면 항상 45구경 자동권총을 휴대한다는 생각이 났다. 그는 그들을 찾으려고 줄지어 앉은 사람들을 둘러보았다.

댄비 소령이 울음을 터뜨리자마자, 언저리에서 비굴하게 망설이고 있던 무더스 대령은 더 이상 자제할 수 없어서 자신을 희생하려는 병적인 태도로 드리들 장군에게 멈칫거리며 다가 갔다. "잠깐 기다리시는 것이 좋겠습니다, 아버님." 그는 주저 하면서 제안했다. "그를 총살시킬 수는 없으실 듯싶군요."

그의 간섭에 드리들 장군은 격노했다. "어떤 놈이 그런 소리를 한단 말야?" 건물 전체가 쩌렁쩌렁 울릴 정도로 큰 목소리로 그는 싸움이라도 벌일 듯이 으르렁거렸다. 무더스 대령은 당황해서 얼굴을 붉히며 가까이 몸을 숙이고 그의 귀에다 나지막한 목소리로 얘기를 해 주었다. "도대체 왜 안 된다는 거야?" 드리들 장군이 고함쳤다. 무더스 대령이 다시 귓속말을 좀 더 했다. "그럼 난 마음대로 아무나 총살시킬 수 없다 이거야?" 누그러질 줄 모르는 격노를 느끼며 드리들 장군이 물었다. 무더스 대령이 귓속말을 계속하자 그는 흥미를 보이며 귀를 세웠다. "그게 사실이야?" 호기심으로 분노를 수그러뜨리면서 그가 물었다.

"예, 아버님. 그런 것 같아요."

"자넨 자기가 꽤 똑똑한 놈이라고 생각하는구먼, 안 그래?" 드리들 장군이 갑자기 무더스 대령을 힐책했다.

무더스 대령은 다시 얼굴이 새빨개졌다. "아닙니다. 아버님, 그것이 아니라……."

"좋아, 저 반항적인 개새끼를 놓아줘." 드리들 장군은 으르 렁거리고는 기분이 상해서 그의 사위로부터 몸을 돌리고 캐스카트 대령의 운전사와 캐스카트 대령의 기상 관측자한테 겸연쩍게 소리를 질렀다. "어쨌든 그를 이 건물에서 끌고 나가 다시는 못 들어오게 해. 그리고 전쟁이 끝나기 전에 어서 이 염병할 놈의 브리핑을 계속해야지. 이렇게 무능한 꼴은 처음 보겠구먼."

캐스카트 대령은 어정쩡하게 드리들 장군에게 머리를 끄덕이고는 댄비 소령을 건물 밖으로 끌고 나가라고 부하들에게 서둘러 신호했다. 그러나 댄비 소령을 밖으로 밀어내고 나니 브리핑을 계속할 사람이 없었다. 모두들 놀라고 얼이 빠져 서로 다른 사람들을 멍하니 쳐다보았다. 아무 일도 벌어지지 않자 드리들 장군은 격분해서 얼굴이 붉으락푸르락했다. 캐스카트 대령은 어떻게 해야 할지를 몰랐다. 그가 막 큰 소리로 신음을 하려는 찰나에 콘 중령이 앞으로 나서서 정리했다. 고마움으로 거의 감격한 캐스카트 대령은 엄청나고 눈물겨운 안도감을 느꼈다.

"자, 제군들, 우리는 시간을 맞춘다." 아양 떠는 눈길을 드리들 장군 쪽으로 굴리면서 콘 중령은 날카로운 명령 투로 말을 시작했다. "우리는 한 번에, 딱 한 번에 시계를 맞출 것이고, 한 번에 해내지 못한다면 드리들 장군과 나는 그 책임을 추궁할 것이다. 알겠나?" 그는 자신의 솜씨가 먹혀 들어갔는지 확인하려고 다시 드리들 장군 쪽으로 눈길을 보냈다. "이제 제군들은 시계를 9시 18분으로 맞춘다."

콘 중령은 조금도 어물쩍거리지 않고 그들의 시간을 일치시키고 나서 자신 있게 일을 계속했다. 그는 부하들에게 그날의 깃발을 정해 주고, 날렵하고 번득이는 다재다능함을 보이며 기상 상태를 검토하면서, 자기가 주고 있는 훌륭한 인상으로부터 점점 더 격려를 받아 가며 몇 초에 한 번씩 드리들 장군에게 선웃음이 담긴 곁눈질을 했다. 눈부시게 자신을 치장하고 가꾸면서 단 위에서 허황되게 뽐내고 돌아다니며 추진력을 얻은 그는 부하들에게 다시 그날의 깃발을 알려 주고 전세(戰勢)에서 아비뇽 교량이 지니는 중요성에 대한 솔깃한 격려의 말로 솜씨 있게 화제를 바꾸고는 생명에 대한 사랑보다 국가에 대한 사랑을 출격에 나서는 모든 사람이 높이 생각해야 할 의무라고 역설했다. 사기를 앙양시키는 열변을 끝낸 그는 다시 한번 부하들에게 그날의 깃발을 알려 주고, 접근 각도를 강조하고, 다시 기상 상태를 검토했다. 콘 중령은 자신의 힘이 절정에 달했음을 느꼈다. 그는 각광을 받고 있었다.

캐스카트 대령은 서서히 걱정이 되었는데, 두려움이 밀어닥치자 그는 정신이 아찔했다. 콘 중령의 반역이 계속되는 것을 질투를 느끼며 지켜보던 그의 얼굴은 점점 더 우울해졌고, 드리들 장군이 그의 곁으로 와서 방 안의 모든 사람들이 들을 수 있을 만큼 거칠게 귓속말로 질문하는 소리를 듣자 겁이 날 정도였다.

"저 사람은 누구지?"

희미한 불길함을 느끼며 캐스카트 대령은 대답을 했고, 그러자 드리들 장군은 손으로 입을 가리고 뭐라고 귓속말을 했고, 캐스카트 대령의 얼굴은 굉장한 기쁨으로 빛났다. 콘 중령은 그 광경을 보고 걷잡을 수 없는 환희로 몸을 떨었다. 그는 드리들 장군에 의해서 방금 대령으로 진급이 되었을까? 그는 긴장감을 견딜 수 없었다. 솜씨 있게 멋을 부리며 브리핑을 끝낸 그는 드리들 장군으로부터 바라던 대로 열렬한 찬사를 기대하면서 돌아섰는데, 드리들 장군은 간호사와 무더스 대령을 꽁무니에 차고 뒤는 돌아다보지도 않으면서 이미 건물 밖으로 뚜벅뚜벅 걸어 나가던 참이었다. 이 절망적인 광경에 콘 중령은 기가 막혔지만, 그것은 잠깐뿐이었다. 그는 아직도 황홀경에 빠져 벌쭉 웃으면서 꼿꼿이 서 있던 캐스카트 대령을 보고는 기분이 좋아서 뛰어가 그의 팔을 잡아당겼다.

"나에 대해서 뭐라고 그러시던가요?" 그는 자랑스럽고 환희에 젖은 기대를 품고는 마음이 들떠서 흥분한 목소리로 물었다. "드리들 장군이 뭐라고 그러던가요?"

"자네가 누구인지 알고 싶어 하더구먼."

"그건 알아요. 그건 알아요. 그런데 내 얘기를 뭐라고 하던가요?"

"속이 뒤집힌다고 하더군."

(2권에서 계속)

『캐치-22』의 뒷이야기

조너선 R. 엘러* 엮음

캐치 22의 탄생 비화/조너선 R. 엘러
「캐치-22」라는 대어를 낚아 올리기/조지프 헬러
1994년 판 『캐치-22』의 서문/조지프 헬러

---

* 조너선 R. 엘러(Jonathan R. Eller)는 인디애나 인문대학교 미국사상연
구소 선임 교재 편집위원이며 영어학과 교수다.

캐치-22의 탄생 비화

조너선 R. 엘러[1]

　　초판만 찍어 내고는 사라졌어야 마땅한 책이었다. 1940년
대 이후 별로 발표한 작품조차 없이 글쓰기를 부업처럼 틈틈
이 계속하던 작가의 첫 장편 소설이었다. 일반 독자층이 현대
아메리카의 거룩한 가치관과 체제에 대한 긍정적인 시각을 반
영한 소설을 여전히 기대하던 시기에 이 책은 미국의 꿈이 보
다 암울한 측면에서 불러일으킨 무기력함과 공포감의 느낌을
생생하게 그려 냈다. 인쇄 과정에서 제목이 두 번이나 바뀌었
고, 그래도 모자란다는 듯 출간된 지 거의 일 년이 흘러간 다
음에는 소설에 나오는 어떤 한심한 인물이 자신을 그대로 닮
았다면서 소송을 제기하겠다고 협박하는 사람이 나타나는 바

---

1) 이 글의 일부는 1992년 《전망(Prospects)》 17권 475-525쪽에 그가
발표한 「『캐치-22』 출판과 판매 전략의 비화(Catching a Market: The
Publishing History of Catch-22)」에 실려 있다.(원주)

람에 등장인물의 이름을 바꿔야 하는 고초까지 겪어야 했다.

하지만 수많은 편집인들과 광고 전문가들과 작가들과 비평가들은 책을 읽고 나서 이구동성으로 "첫눈에 반해 버렸다."라고 소설의 첫 문장을 따라 읊었다. 열렬한 지지자들의 이러한 결집력은 동부 지역 도서 시장에서 이 소설의 숨통을 터 놓았으며, 입에서 입으로 전해지던 찬사와 단숨에 영국에서 베스트셀러로 진입시킨 여력은 국제적 명성의 차원으로 치달았다. 머지않아 '캐치-22'라는 제목은 영어라는 언어의 한 부분이 되었고, 조지프 헬러의 소설은 미국 문화에서 불후의 반열에 올랐다.

헬러는 『캐치-22』 이전에도 출판계에서는 낯선 이름이 아니었다. 그가 발표한 첫 작품 「단편 선집」이 귀향 참전병 출신 작가들의 짧은 소설을 특집으로 엮은 1945년 가을 호에 게재되었다. 종전 이후 몇 년 동안 그는 경제 공황 시대의 브루클린에서 유대인들이 살아가는 삶의 모습을 이른바 '문학지 취향'으로 그려 낸 단편 소설들을 썼다. 이런 판박이 작품들 가운데 몇 편을 헬러는 뉴욕 대학교 영문학과에서 대학원 과정을 거치는 동안 《에스콰이어》와 《월간 애틀랜틱》에 발표했다. 이런 작품들에 힘입어 그는 촉망받는 신인 작가로서 어느 정도 주목받기는 했지만, 1948년 이후에는 신작을 하나도 내놓지 않았는데 — 더 이상 작품들이 팔리지 않았다는 이유가 부분적으로 영향을 주기는 했지만, 보다 광범위한 보편성을 지닌 차원으로 도약할 준비가 되었다는 작가로서의 자각이 훨씬 크게 작용한 탓이었다.

"대학교 4학년이 될 때까지 나는 좀 더 많은 독서를 하고는, 문학이 경제 공황기 유대인 가족의 신변잡기를 끝없이 분석하는 작업에서 그치기보다 훨씬 진지하고, 훨씬 흥미 있는 무엇이 아닐까 하는 아쉬움을 느끼기 시작했어요. 그런 부류의 글쓰기는 한물 건너갔다는 사실을 내가 깨달은 거죠. 나는 아주 훌륭한 무엇인가를 쓰고 싶었지만, 꼭 써야 할 만큼 좋은 소재가 전혀 없더군요. 그래서 아예 글쓰기를 접었습니다."[2]

그래서 그는 대신 컬럼비아 대학교 영문학과 대학원 과정을 시작해, 1949년에 문학 석사 학위를 받았으며, 풀브라이트 장학금으로 영국 옥스퍼드 대학교에서 일 년 더 학업을 계속했다. 펜실베이니아 주립 대학교에서 이 년 동안 기초 창작법을 가르친 다음 헬러는 1952년 뉴욕으로 돌아가 작은 광고 회사에서 홍보 문안을 쓰는 일을 하다가 나중에는 레밍턴 랜드[3]로 자리를 옮겼다. 대학원 과정에서 진지한 문학에 정진하는 데 필요한 감각을 익힌 헬러는 장편 소설을 쓰기로 작정했다. 외적인 영감을 별로 받지 않고도 그런 욕구는 저절로 발전을 계속했다. 그는 전후 초기에 새로 등장한 대부분의 소설들에 대해 실망감을 느꼈으며 "출판된 책들이 한심할 정도로 천편일률적이라는 생각이 들어 글쓰기는 고사하고 독서마저 중

---

2) 샘 메릴(Sam Merrill)의 「플레이보이 인터뷰, 조지프 헬러 편」, 《플레이보이》, 1975년 6월호 59쪽.(원주)
3) 타자기를 비롯한 사무용품 생산으로 유명한 회사.

단했다." 그는 존스, 밀러, 쇼 같은 작가들[4]의 전쟁 소설은 상당히 좋다고 생각했지만, 자기 자신의 전쟁 체험이 작품의 소재로는 탐탁지 못하다고 처음에는 생각했다. 1952년에 이르기까지 거의 서른 편의 원고가 쌓여 갔지만, 출판된 적이 없는 「불구의 몸이 된 불사조」 겨우 한 편만이 『캐치-22』에서 주제로 떠오른 전쟁 후유증의 실마리를 제공했다.

1953년에 그는 『캐치-22』에 삽입할 전투 상황과 등장인물들을 대충 구성한 내용을 쪽지에 기록해 모아 두기 시작했다. 의심할 나위 없이 조지 맨들[5] 같은 그의 성장기 친구들과 헬러 자신의 전쟁 체험은 새 작품의 기초를 마련했다. 유럽 전선에서 보병으로 싸우다 중상을 입었던 맨들이 나중에 발표한 『유령의 방(The Wax Room』(1962) 역시 전투 상황에 대처하는 전통적인 군대 명령 체계에 대해 의문을 제기한 잔혹 전쟁 소설이다. 맨들은 『캐치-22』가 형태를 갖추어 가는 칠 년 동안 헬러와 공감을 나누며 진지하게 원고를 읽어 준 인물이었다.

하지만 1953년에 헬러는 표현 양식과 올바른 형식을 아직 찾아내지 못한 상태였다. 헬러는 그가 원하는 문학적 효과를 성공적으로 구사한 워, 나보코프, 그리고 셀린[6]의 참신한 문

---

4) 제임스 존스는 『지상에서 영원으로』의 작가이고, 어윈 쇼는 종군기자를 지낸 『젊은 사자들』의 작가이지만, 밀러(Miller)는 노먼 메이어(Mailer)를 착각한 듯하다.
5) George Mandel, 1920~). 미국 비트 세대의 초기 작가.
6) 루이-페르디낭 셀린(Louis-Ferdinand Céline, 1894~1961). 프랑스 의사이면서 가치관이 무너진 세상을 서술하기 위해 격렬하고 파격적인 문체를 구사해 유명해진 작가.

488 비행대대에서 비공식적으로 수집한 사진첩에서 조지프 헬러가 복사한 사진. 오른쪽이 헬러다.

학에 매료되었다. 출판을 앞두고 초기에 가진 어느 인터뷰에서 헬러는 나보코프의 작품을 예로 들어 자신이 추구하는 효과를 이렇게 설명했다. "나보고프는 『어둠 속의 웃음소리(Laughter in the Dark)』에서 심각하게 비극적이고 처량한 상황들을 지극히 장난스러운 시각으로 다루었는데, 나는 비슷한 방식으로 희극적이고 비극적인 요소들을 뒤섞어 소설에서 전개되는 모든 상황이 괴이하지만 사실이라고 여겨지는 화법의 가능성을 모색하기 시작했습니다."[7]

하지만 출판업의 시각에서 보자면, 판매에 도움이 될 만한

---

7) 1962년 11월 20일 《맨체스터 가디언》의 W. J. 웨더비와 나눈 대담 「즐거움의 묘기(The Joy Catcher)」.(원주)

물건을 결정적으로 탄생시킨 불꽃은 셀린에 대한 헬러의 관심이었다. 헬러는 펜실베이니아 주립 대학교에서 강의할 때 셀린의 소설 『밤의 끝으로 가는 여로(Voyage au bout de la nuit, 영어 제목 Journey to the End of the Night)』를 접했고, 얼마 후 1954년쯤에 셀린의 다른 작품 『조금씩 죽는 방법(Death on the Installment Plan)』[8]도 읽었다. 셀린이 시도한 시간 설정과 구성, 구어체 대화의 실험적 기법은 그에게 지대한 영향을 주었고, 창조의 원동력이 분출하는 절대적인 격발 장치 노릇을 했다. 당시 상황을 헬러는 1975년 《플레이보이》의 샘 메릴과 대담을 하면서 이렇게 털어놓았다.

"나는 잠자리에 들어 셀린을 생각하고 있었는데, 갑자기 『캐치-22』의 첫 구절이 머리에 떠올랐어요. "첫눈에 반해 버렸다. 누구누구는 군목을 보자마자 미친 듯이 그를 사랑하게 되었다."라는 대목이었죠. '요사리안'이라는 주인공의 이름은 나중에야 생각해 냈고, '군목(chaplain)'은 꼭 군대 군목을 뜻하는 단어가 아니었어요. 교도소의 목사님이라고 해도 상관이 없었죠. 줄거리, 전개 속도, 인물 구성, 문체 그리고 화법의 분위기에 대한 온갖 생각들이 그날 밤 한꺼번에 쏟아져 나왔는데, 그런 것들이 모두 나중에 고스란히 작품에 거의 그대로 반영되었어요. 이튿날 아침에 직장으로 나간 나는 1장을 끝까지 써 내고

<hr />

8) 어리석음, 증오, 욕정, 탐욕으로 인해서 병들고 힘겨운 삶은 살아가는 빈곤한 파리 사람들의 일상적인 비극을 난삽하고 어지러운 문제로 그려낸 소설. Mort à crédit.

는 그 원고를 출판 대리인 캔디다 도나디오에게 보냈고, 대리인
은 그걸 《미국의 현대 문학》에 넘겼어요."

도나디오는 『캐치-18』을 NAL[9]의 학습 총서 담당자인 애
러벨 포터에게 소개했고, 단박에 열광적인 반응을 보인 포터
는 최고 수준의 신작 문학 작품과 비평서를 전문적으로 펴내
는 NAL 정기 간행물 《미국의 현대 문학》 제7호 학습 선집에
『캐치-18』을 포함시키자고 제안했다. 다른 NAL 편집자들도
극찬하며 그 제안에 동의했고, 월터 프리먼은 "최근에 추천을
받은 모든 작품들 가운데 이 소설이 유난히 돋보인다. 이것은
정말로 흥미진진하고 재미있는 장편 소설의 일부인 듯싶다."라
고 평했다. 창립 편집위원인 빅터 웨이브라이트는 『캐치-18』이
"《미국의 현대 문학》이 지금까지 소개한 모든 작품들 가운데
가장 웃기는 물건"[10]이라고 확신했다.

비록 헬러가 그의 첫 실험이 장편 소설이 되리라고 이미 밝
히기는 했을지언정, 그로부터 장장 일 년이 걸려서야 2장이 완
성되었고, 더 많은 평가를 받기에 충분할 만큼의 원고를 써 내
는 데는 이 년의 시간이 소요되었다. 가장 큰 걸림돌은 시간이
었는데, 직장 생활을 하고 가정 또한 돌봐야 했던 헬러는 『캐
치-18』의 작업을 저녁에만 해야 했고, 그나마 늦은 시간까지

---

9) New American Library. 고전 명작이나 학술 서적을 재출간하여 저렴한
가격으로 보급하기 위해 1948년 뉴욕에 설립된 출판사.
10) 1984년 보스턴 호우튼-미플린 출판사에서 펴낸 케네스 C. 데이비스의
『아메리카의 싸구려 문화』.(원주)

글쓰기를 할 처지가 아니었다. 그는 웨스트엔드 애비뉴 아파트먼트에서 부엌 식탁에 앉아 노란 종이로 엮은 낱장 공책에 육필로 하루에 세 장씩 천천히 글을 써 내려갔고, 대대적인 고쳐 쓰기를 병행했다. 낮에는 계속해서 광고 문안을 작성하며, 더 많은 보수를 주는 곳을 찾아 1955년에는 《타임》으로, 1956년에는 《룩》으로 직장을 옮겼다. 1957년에는 《매콜》의 홍보부로 다시 자리를 옮긴 그는 『캐치-22』가 그의 인생을 영원히 바꿔 놓을 때까지 그곳에서 버텼다.

1957년에 이르러서야 그는 타자기로 정리해 일흔다섯 쪽이 될 만큼의 원고를 완성했다. 8월에 캔디다는 타자 원고를 여러 곳에 제출했으며, 사이먼 앤 슈스터의 로버트 고틀립과 바이킹 출판사의 톰 긴스버그로부터 계약 조건의 제안을 받았다. 두 곳 모두 탈고가 끝나는 대로 당장 계약을 맺자는 조건을 내놓았지만, 작가와 대리인은 소설이 어느 정도 구체적인 모습을 갖출 무렵에 즉시 계약 여부를 결정하겠다며 일단 양쪽 조건을 모두 보류했다.

1958년 2월에 도나디오는 훨씬 많은 분량의 타자 원고가 마련되자 지난해 여름에 매우 깊은 관심을 보인 고틀립에게 작품을 보냈다. 그때까지 헬러는 7장까지 육필 글쓰기를 끝내고 추고를 거쳐 259쪽의 타자 원고를 완성했다. 이 타자 원고는 책에서 전반부 3분의 1을 구성했는데, 완성된 소설에서는 처음 16장에 해당된다. 사이먼 앤 슈스터에서 가장 젊은 편집자였던 스물여섯 살의 고틀립은 작품을 보고 워낙 마음에 들어 헬러와의 계약을 서둘렀지만, 그 과정이 순탄치만은 않았다.

네 명의 편집위원이 원고에 대한 평가서를 작성했는데, 그들 네 명은 고틀립을 비롯하여 편집장 피터 슈웨드, 당시에는 헨리 사이먼과 맥스 슈스터의 비서실장이었던 저스틴 캐플란, 그리고 출판사를 설립한 리처드 사이먼의 동생이며 1958년 부사장 자리에 오른 헨리 사이먼이었다. 고틀립은 이런 보고서를 냈다.

나는 이 해괴한 소설을 여전히 좋아해 출판이 성사되기를 아주 적극적으로 추천한다. 소설은 전쟁의 본질에 아주 희귀한 방식으로 접근하여 ─ 웃다 보면 어느새 공포로 빠져들어 가게 한다. 웃기는 대목들은 정신없이 웃기며, 진지한 대목들은 눈부시게 빛난다. 두 가지 엇갈리는 분위기 때문에 전체적인 흐름이 분명히 어느 정도 훼손되기는 하지만, 이것은 수정 작업을 통해 부분적으로나마 바로잡기가 가능한 요소다. 주인공 요사리안의 인물 구성은 보완할 여지가 있지만 ─ 살아남아야 한다는 그의 요지부동 집념은 희극적이면서도 심각한 주제로 소설 전체를 관통한다.[11]

『캐치-18』을 가장 열렬하게 지지한 사람은 고틀립이었고, 슈웨드와 캐플란은 굉장히 웃기기는 하지만 자주 똑같은 내용이 반복되는 인상을 받았다는 의견을 냈다. 고틀립까지도

---

11) 1958년 2월 12일 자 고틀립의 평가서 사본은 브랜다이스 대학교가 소장한 『캐치-22』 관련 자료에 포함되어 있다.(원주)

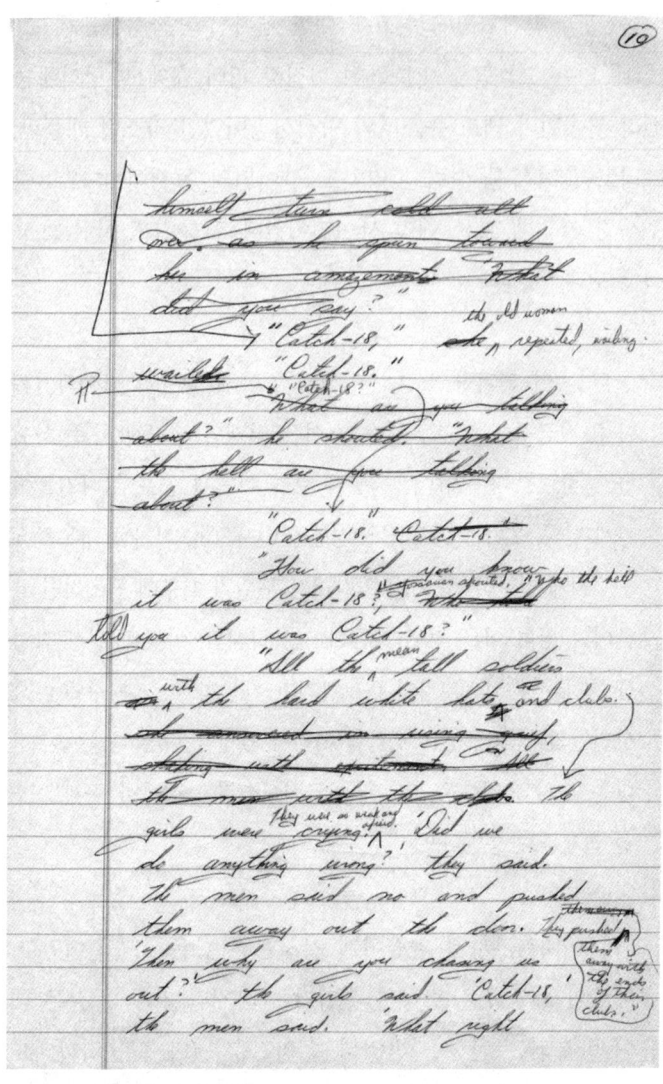

헬러가 수정 작업을 한 초기 원고.

책이 별로 많이 팔리진 않으리라고 시인했지만, "특정한 문학인들 사이에서는 틀림없이 진골 애독자들이 생겨날 것이다."라고 믿었다. 그러나 헨리 사이먼은 요사리안의 기괴한 행적이 지나치게 반복적이고 때로는 불쾌감을 준다면서 출판을 반대했다. 우여곡절 끝에 기꺼이 수정 작업을 받아들이겠다는 헬러의 언질과 그 작업을 적극적으로 돕겠다는 고틀립의 약속에 따라 위원회는 출판 계약을 수락했다.

『캐치-18』은 1955년《미국의 현대 문학》에 1장이 실리면서 출판계에 선을 보였고, 헬러의 대리인뿐 아니라 출판사와 광고계 동료들과 개인적인 친구들을 통해 1950년대 말에 이르기까지 소설에 대한 입소문이 사방으로 퍼져 나갔다. 본디 1960년에 책을 펴내기로 계약을 맺긴 했지만, 헬러는 출판을 해도 좋을 만큼 제대로 원고를 다듬느라고 1960년 한 해를 다 보냈다. 이때쯤에는 1958년에 259쪽이었던 타자 원고의 분량이 두 배 이상으로 불어났으며, 헬러는 늘 애용하는 노란 낱장 공책에 육필로 써 놓은 다른 조각 글들을 타자로 정리하여 이미 완성한 장면들 사이사이에 끼워 넣어 연결해 짜깁기했고, 처음 정리한 원고의 기본적인 구조와 순서를 바꾸지 않으면서 일곱 장을 열일곱 장으로 확대했으며, 최종 원고의 16장이 된 「루치아나」에서 소설을 일단 끝냈다. 하지만 처음 탈고해 여기저기 견본으로 보여 주었던 타자 원고의 종결 부분에서 꼬리를 물고 이어지며 새로 시작된 본격적인 새로운 내용이 스물여덟 장이나 늘어나는 바람에 서술체가 더욱 복잡해졌다. 가장 해결하기 어려웠던 대목은 39장 「영원한 도시 로마」였는데, 마지

145   q

"You mean there's a catch?"

"Sure there's a catch," Doc Daneeka replied.

~~What's the catch?~~

"Catch-18," Doc Daneeka said. "Anyone who wants to get out of combat duty can't be ~~too~~ crazy."

There was only one catch and that was Catch-18, which reminded that a concern for one's own safety in the face of dangers that were real was the process of a rational mind and stipulated that a desire to be relieved from combat assignment was therefore always to be regarded as sufficient proof of the sanity of the individual making such request. Yossarian was moved by the absolute simplicity of this clause of Catch-18. Orr was crazy because he went right on flying combat missions when he didn't have to and could be grounded. All he had to do was ask to be grounded, and as soon as he did, he would be informed that he had just recovered his sanity and ordered back to fly more missions. Orr would be crazy to fly more missions and sane if he didn't, but if he was sane he had to fly them. If he flew them he was crazy and didn't have to, but the moment he said he didn't want to he would be judged sane again and sent back to fly the missions he had to be crazy to fly. Yossarian was moved very deeply and let out a ~~soft, low, solemn~~ *respectful* whistle of ~~profound~~ respect.

"That's some catch, that Catch-18, he observed with *sober admiration*

~~awful~~ rueful awe.

"It's the best there is," Doc Daneeka agreed.

"I'd like to see a copy ~~of that sometime~~ some time!"

"I've got a copy lying around here somewhere," Doc Daneeka said. "I've never read it, but I'll let you borrow it if I find it *and you promise to give it back.*

헬러가 수정을 해서 넘긴 타자 원고.

막 로마 여행을 하는 요사리안의 참담한 심리 묘사를 순화해 소설의 마지막 부분에서 제시하는 종결의 분위기로 순조롭게 넘어가도록 손질하는 데만도 몇 달이 걸렸다.

1960년에는 이렇게 땜질한 타자 원고를 758쪽으로 다시 정리하며, 본디 원고에서 18장이었던 「로소프(Rosoff)」를 삭제하는 작업을 포함한 추고 과정이 이어졌다. 「로소프」는 피아노사 병원을 배경으로 한 「하얀 군인」 대목과 콜로라도주 덴버의 로우리 공군 기지에서 요사리안이 겪은 상황을 회상하는 병원 장면 「무엇이나 둘로 보이던 군인」을 시간적으로 연결 짓는 다리 역할을 했다. 삭제한 장에는 로우리 시절 'PT' 체조와 운동 경기에 얽힌 내용이 담겼는데, 재미있기는 하지만 지나치게 긴 사족이어서, 헬러는 이 막간의 삽화가 서술의 전개를 방해한다고 곧 깨달았다. 책이 인쇄에 들어가기 전에 다른 여러 군더더기 장면들 역시 잘라 내야 했다.

다시 타자로 정리한 원고를 가지고 헬러와 고틀립은 문맥을 다듬는 수정 작업에 착수했다. 여러 차례의 편집 회의를 거치면서 헬러는 타자 원고로 150쪽 분량의 글을 솎아 냈다. 심하게 손질을 가하고 일부는 재차 타자로 정리한 원고는 사이먼 앤 슈스터 교정부의 손으로 넘어갔다. 본격적인 조판이 시작되기 직전에 헬러는 고틀립의 도움을 받아 가며 마지막 가지치기를 했는데, 본디 "고향의 어르신들"이라는 제목을 붙였던 23장에서 네이틀리와 그의 부자 아버지가 나눈 횡설수설 대화를 회상하는 장면 역시 이때 잘려 나갔다.

헬러와 고틀립의 공동 작업은 거침이 없어서, 복잡한 서술체를 마침내 매끄럽게 다듬어 냈지만, 그들의 일사불란한 호

홉은 출판사에서 배정한 『캐치-18』의 교열 담당자[12]와는 맞지
가 않았다.

> [고틀럽이] 배정한 교열자는 내가 정리한 문장들과 문단
> 들을 당장 뒤엎기 시작했다. (……) 내가 중복 서술(compound
> predicate)이란 명칭을 붙이고 싶은 요소에 관한 시각이 보아하
> 니 그녀의 입맛에는 맞지 않았던 모양이다. 예를 들어 내가 "그
> 는 성냥을 그어 담배에 불을 붙였다."라고 써 놓으면 그녀는 고
> 지식하게 "그는 성냥을 그었고 그는 담배에 불을 붙였다."라고
> 고쳐 놓았다. "입에 거품을 물고 그가 '꺼져'라고 말했다." 같은
> 문장을 그녀가 손질한 방법은 훨씬 더 나빴다. 이 문장이 그녀
> 의 손을 거치면 "'꺼져'라고 그가 말했고 그는 입에 거품을 물
> 었다."라는 식으로 바뀌기 십상이었다.[13]

헬러의 개성이 돋보이는 회화체 어휘로 문장들을 되돌려
놓느라고 1961년 초에는 육 주의 시간을 보내야 했고, 그래서
출간 일자가 지연되었다. 문장 수정의 문제가 발생하기 전에
헬러와 고틀럽은 늦여름에 책을 내리라고 예상했지만, 계획이

---

12) 미국의 신문사나 출판사에는 원고의 문법 따위를 다듬는 copy editor가
따로 있다. 영화 「모두가 대통령의 사람들(All the President's Men)」(1976)
에서는 로버트 레드포드 기자가 취재를 끝내고 기사를 작성하면 더스틴
호프먼이 원고를 다시 손질하는 장면이 나온다. 레드포드는 취재 기자 leg
man이고, 호프먼은 내근 기자 copy editor 또는 copy reader라고 한다.
13) 《화이어 아일랜드 뉴스》에 실린 리처드 그리맨의 「전쟁과 인간에 관한
소설을 두고 조지프 헬러를 치켜세운 비평가들」, 1962년 7월 14일 자.(원주)

지연된 다음에는 출판사에서 작가더러 1961년 10월 중순이나 1962년 1월 가운데 출간 시기를 선택하라고 제안했다. 헬러는 추수감사절 휴가철 직전에 책을 선보이도록 10월을 선택했다.

이렇게 지체하다 보니 제목과 관련된 해괴한 상황이 벌어져 또 다른 뜻밖의 문제에 봉착하게 되었다. 1961년 1월에는 리온 유리스의 신작 소설 『밀라 18번지』가 여름에 출간되리라는 발표가 있었고, 유리스 소설의 인기를 감안하면 『캐치-18』의 제목을 바꿔야 할 필요성이 불가피해졌다. 헬러와 고틀립은 1월에 두 주 동안 여러 가지 새 제목을 고려해 보았다. 그들 가운데 자음투성이인 Catch 다음에 모음으로 시작되는 단어(Eleven)가 이어져 화음을 이루는 '캐치-11'이 퍽 마음에 들기는 했지만, 전체 제목의 음절수가 하나 늘어나는 데다, 신작 프랭크 시나트라 영화의 제목 「오션과 11인의 전우(Ocean's Eleven」(1960)와 너무 비슷하다는 생각에 포기했다. 이어서 헬러는 1961년 1월 29일 자로 보낸 편지에서 '캐치-14'라는 제목을 제시하며 고틀립에게 그것이 왜 바람직한 숫자인지를 이렇게 설득했다.

책 제목은 '캐치-14'가 좋겠습니다. 바꿔야겠다고 포기한 다음 마흔여덟 시간이 지나고 나니, 이 새로운 숫자가 더 좋다는 생각이 저절로 드는군요. 이 숫자는 처음 선정했던 숫자와 마찬가지로 형언하기 어렵고 은근한 의미를 품고 있어요. 유리스 소설의 숫자와는 충분히 거리가 멀어서 내 생각으로는 독자적인 주체성을 드러내기가 어렵지 않겠고, 우리가 입소문을 통해 이미 널리 각인시킨 본디 제목의 후광[14]을 거두어들이기가 어렵지 않을 만큼은 비슷하거든요.

고틀립이 14를 탐탁지 않게 생각한 까닭은 — 사이먼 앤 슈스터에서 일하는 모든 사람이 '캐치-18'이라는 표현에 삼 년 이상이나 길이 들었던 탓으로 '캐치-18'은 헬러 소설의 중심에 자리 잡은 부동의 개념이 되어 버렸기 때문이었다. 반쯤 건성으로 '캐치-14'를 받아들이겠다는 시늉을 하던 고틀립은 어느 날 늦은 밤 섬광처럼 번쩍이는 영감을 받았고, 훗날 오랫동안 신조어로 남을 제목이 머리에 떠올랐다. "22, 그래 22야! 그러고는 조에게 전화를 걸어 이런 말을 했던 기억이 납니다. '22가 18보다 훨씬 웃기잖아요!' 하지만 물론 어떤 다른 숫자보다 더 웃기는 다른 숫자라는 건 존재하지 않아서, 그냥 혼자만의 착각일 따름이죠. 그러나 일단 더 웃긴다고 믿어 버리고 나면, 결국 정말로 그런 숫자가 되어 버리거든요."[15] 헬러와 고틀립 둘 다 새 제목이 소설에 등장하는 사건들의 구조를 얼마나 잘 반영하는지를 곧 깨달았는데 — 세상만사를 두 겹으

14) eighteen과 fourteen은 영어로 얼핏 들으면 뒷 음절이 같아서 헷갈리기 쉬운 숫자다.
15) 1991년 6월 12일 뉴욕에서 열린 작가와의 만남 자리에서 로버트 고틀립이 한 증언. 약간 다른 헬러의 증언은 1968년 3월 3일 자 《뉴욕 타임스》에 실린 존 그린필드의 서평 「14보다 22가 더 웃겨」에 나온다. 뒤에 나오는 고틀립의 인용문들은 작가와의 만남 때 언급한 내용이다.(원주)

로 보았던 군인 요사리안은 볼로냐 출격에서 두 번째 목표물을 놓치는 실수를 저질렀고, 군목의 기시감[16]은 소설에서 둘씩 겹치는 구조의 여러 주요 사례를 푸는 열쇠 노릇을 한다. 하지만 이런 모든 상황은 나중에야 후일담이 되었고, 고틀립의 말을 빌리면 당시 "우린 그냥 좋은 제목을 얼른 찾아내려고 몸부림치는 출판인들에 지나지 않았다."

『캐치-22』는 1961년 10월 10일에 출간되었지만, 공격적인 판매 전략은 이미 비평가들을 넘어 작가들, 문학 비평가들, 그리고 심지어 경쟁 출판사들을 비롯해 광범위한 여러 집단을 대상으로 펼쳐졌다. 책이 출판된 다음 날 광고부장인 니나 본과 로버트 고틀립은 본의 사무실로 쏟아져 들어오는 지식층 애독자들의 편지를 인용해 "catch가 무엇일까?"라는 5단 전면 광고를 《뉴욕 타임스》에 게재했다. "대단한 catch로구나!"라는 2단 통단 광고가 두 번째로 11월 3일 자 《타임스》에 등장했고, 성탄절 이후에는 며칠 간격으로 폴 베이컨이 표지 장정을 위해 도안한 꼭두각시 종이 군인 그림 아래 모리스 웨스트,[17] 케네드 타이넌,[18] 넬슨 올그런[19]의 짤막하지만 눈길을 끄는 단

---

16) 어떤 상황을 언젠가 이미 겪었다는 느낌인 데자뷰의 반복성을 뜻한다.

17) Morris West(1916~1999). 27개국에서 6000만 부의 판매 기록을 세운 미국 작가. 신작을 발표할 때마다 100만 부 이상이 팔리던 그의 대표작은 『악마의 앞잡이』.

18) Kenneth Tynan(1927~1980). 영국의 연극 평론가.

19) Nelson Algren(1909~1981). 1940년대 미국의 가장 유명한 문인 가운데 한 사람으로 꼽혔으며, 프랭크 시나트라가 주연한 영화의 원작인 마약 중독자 소설 『황금의 팔』이 대표작이다.

1961년 10월 11일 자 광고.

1961년 11월 3일 자 광고.

5쇄 출판에 즈음하여 게재한 "「캐치-22」에 관한 보고"라는 광고의 제목 옆에는 "이 소설의 생애에서 첫 여섯 달간을 살펴보니 아무래도 영원히 장수할 조짐이 보인다."라는 부제가 달려 있다.

평을 줄지어 실었다. 출판된 지 여섯 달 만에 1962년 4월 29일 자《뉴욕 타임스 서평집》[20]에 한쪽으로는 인기가 상승하는 "캐치 열풍"의 현황 보고를, 다른 한쪽에는 비평란을 양면에

---

20) 별책 부록으로 펴내는 정기 간행물 "NYT Book Review".(원주)

걸쳐 게재했다. 하지만 이 광고에는 특이하게도 입소문을 통해서 퍼져 나간 호평에 이끌려 『캐치-22』의 진가를 발견한 일반 독자들로부터 쏟아져 들어온 편지들을 수록한 내용으로 비평란을 거의 가득 채웠고, 이때부터 장기간에 걸쳐 단단한 시장의 기반이 구축되었다.

비평가들, 작가들, 주류층 독자들로부터 점점 더 많은 찬사가 쏟아졌음에도 불구하고, 헬러는 얼마 후 요사리안이나 겪을 법한 도전을 받아 소설의 내용을 곧 대폭 수정해야만 했다. 작품의 줄거리를 구성할 요소들을 채집하는 과정에서 그는 지중해에 기지를 마련한 B-25 폭격기 비행대에서 복무할 당시에 직접 겪은 전시 체험들을 인용했지만, 그가 허구로 상상해 낸 주인공들의 이름, 군부대의 명칭들, 기지의 위치 따위는 혹시 소송을 당할 가능성을 최소화하느라 세심한 주의를 기울였다. 사실상 『캐치-22』에 등장하는 인물들을 구상하는 과정에서 영감을 준 비행사들은 단 한 명도 문제를 제기하지 않았다. 하지만 1962년 늦은 봄에 소설에 전혀 등장시키지 않은 어떤 인물이 자신의 초상권을 침해당했다며 소송을 제기했다. 우연히도 그의 이름은 헬러가 "재침례교파(Anabaptist)"라고 설정하여 소설 대부분에서 그냥 R. O. 십맨이라고만 지칭한 군목 로버트 올리버 십맨과 일치했다.

십맨이라는 등장인물은 이미 하나의 문학적 표상으로 굳어졌던 터였고, 헬러는 내용을 바꿈으로써 독자들이 혼란을 일으키는 부작용을 야기하고 싶어 하지 않았다. 헬러는 실존 인물 십맨을 전혀 알지 못했지만, 우연히 이름이 일치하고 일부인적 배경이 유사하다는 점을 고려해 인명을 A. T. 탭맨으로 바꾸었는데 — 책을 몽땅 다시 조판할 필요가 없도록 똑같이 일곱 글자인 이름을 지어낸 선택이었다.[21] 이 어려운 수정 작업이 사이먼 앤 슈스터 판에서는 6쇄부터 그리고 델[22]에서 찍어 낸 대량 보급판에서는 1962년 가을부터 이루어졌다. 그보다 나중에 영국의 조너선 케이프 출판사에서 펴낸 소설은 초판부터 이름을 바꾸었지만, 영국의 보급판 전문 출판사 트랜스월드의 문고판에서는 수십 년 동안 본디 이름을 그냥 사용했다.

이 불상사는 개인적인 문제의 차원에서 넘어갔고, 얼마 지나지 않아 사이먼 앤 슈스터 측에서는 보다 획기적인 판매 촉진 전략으로 돌입했다. 출판사의 광고 기법이 절정에 이른 것은 발간 일 년 후 "『캐치-22』의 첫돌을 축하하며"라고 일간지 《뉴욕 타임스》에 게재한 8단 전면 광고였다. 다른 광고들과 마찬가지로 이것은 리처드 사이먼 창업주에게서 니나 본이 직접 전수한 기법을 동원해 — 소설의 내용을 알려 주기 위해 출판사 안으로 독자들을 끌어들이는 전술을 취했다. 이것은 친구에게 편지를 쓴다거나 하는 개인적인 접근 방법을 시도하여,

---

21) 지금은 책 전체에서 이름 하나를 컴퓨터 작업으로 바꾸기가 어렵지 않지만, 활자를 하나씩 일일이 뽑아 심어 주는 활판 인쇄나 영문 자동 주조 식자기의 조판 작업에서는 글자 수가 달라지면 행갈이까지 바뀌어 당시에는 책 전체를 통째로 다시 작업해야 했다. 하지만 글자 수를 맞춰 R. O. Shipman을 A. T. Tappman으로 바꾸려면 다섯 글자만 같은 자리에 다시 심으면 그만이었다.
22) 소설과 잡지와 만화를 저렴한 보급판으로 제작한 출판사.

로버트 고틀립의 해석을 받아들이자면, "일반 대중을, 독자들을 직접 설득하는 그런 방법이었다. 관념적으로 미리 준비한 미사여구를 동원하는 대신 사람들과 직접 얘기를 나누며 어떤 특정한 책에 대하여 진솔한 대화를 주고받는 그런 방식의 시도였다." 이런 종류의 홍보는 오늘날이라면 경비가 워낙 많이 들어 불가능하겠지만, 어쨌든 결국 그 마법(catch)이 통했다.

그리고 소문이 퍼져 나가는 사이 소설에 대한 대중과 학계의 관심이 계속해서 높아졌다. 후기 현대적 구조의 실험은 비평가들의 연구 대상으로 손색이 없었으며, 풍자 방식은 전후 군사 체제에 회의를 느낀 학생들뿐 아니라 교수들에게도 호소력을 발휘했다. 하지만 『캐치-22』가 현대 고전의 반열에 오르고 '캐치' 유행어[23]가 우리 문화에 녹아드는 현상의 원동력은 작품 구성의 전반적인 양상으로부터 비롯되었다. 넬슨 올그런이 1962년 6월 23일 자 《시카고 데일리 뉴스》 서평에서 지적했듯이, 헬러가 묘사한 군대 지휘관의 기괴한 행태는 기업체 대표들은 물론 모든 관료 조직 지도자들의 행태에도 그대로 적용되었다. 출판계를 벗어난 분야에서 활동하는 리처드 스탄스, 머리 캠튼, 랠프 글리슨 같은 연합 기고가들[24] 또한 『캐치-22』를 본격적으로 다루기 시작했다. 보수 성향의 《뉴욕 월드 텔레그램》에 보수적인 정치 고정란을 집필하던 스탄스는

---

23) "Catch" phrase는 전염성 구호를 견주어 뜻하는 캐치프레이즈(catchphrase)를 뜻하는 곁말이다.
24) 대형 공급처를 통해 같은 내용의 글을 여러 매체에 동시 게재하는 기고가들을 말한다.

소설의 화법이 이념적인 편향을 파괴할 수 있는 보편적 당위성을 지녔다는 증거를 충분히 제공했다. 출판업의 약점들을 사실상 극복함으로써 헬러는 "요사리안이 아주 오래 장수하리라고 나는 믿는다."라며 문학의 불멸성을 일찌감치 인정한 스탄스의 예언을 실현했다.

『캐치-22』라는 대어를 낚아 올리기[25]

조지프 헬러

소설의 발상은 단 하나의 영감이랄까, 발작적인 형태로 내 머릿속에 떠올랐다. 펜실베이니아에서 대학 강의를 이 년 동안 하는 사이에 꿈이 되살아나면서 장편 소설을 써야 되겠다는 결론을 내린 나는 뉴욕으로 거처를 옮겼다. 하지만 나는 무슨 작품을 써야 좋을지 전혀 알 길이 없었다. 그러다가 어느 날 밤 『캐치-22』의 첫 대목이, 요사리안이라는 주인공의 이름만 제외하고는, 통째로 나를 찾아왔다 ──"첫눈에 반해 버렸다. 누구누구는 군목을 보자마자 미친 듯이 그를 사랑하게 되었다."

내 머릿속은 어휘로 구성된 영상들로 넘쳐흘렀다. 나는 한

25) 린다 로젠 옵스트(Lynda Rosen Obst), 『60년대』, Random House, Rolling Stone Press, 1977, 50~52쪽에서 인용.(원주)

밤중에 잠자리에서 일어나 이리저리 서성거리며 그 생각만 했다. 이튿날 나는 내가 다니던 작은 광고 회사로 출근해서, 1장의 원고를 손으로 써 내려갔고, 문장을 손질하느라 한 주를 보내고는, 그 원고를 출판 대리인에게 보냈다. 작품을 구상하느라 일 년의 기간이 더 걸렸고 집필 작업을 위해 칠 년이 필요했지만, 그날 밤 나를 찾아왔던 영감은 별로 달라지지 않은 형태로 버티었다.

그런 영감이 어떻게 떠올랐는지를 나는 알지 못한다. 그것이 구성 인자들을 결합하는 의식의 작용이었으리라고 나는 생각하지만, 무의식의 요소 또한 대단히 강력하다. 거의 단숨에 나는 "캐치-18"이라는 어구를 만들어 냈지만 리온 유리스의 『밀라 18번지』가 내 작품과 거의 같은 시기에 출간되리라는 사실을 알게 되자 나중에 "캐치-22"로 바꿔야 했다. 본디 22항(Catch-22)은 검열관 장교가 검열한 모든 편지에 그의 이름을 명기해야 한다는 조항이었다. 그렇지만 구성을 진행하는 사이에 나는 자가당착의 이율배반적 상황들을 일부러 찾아보기 시작했고, 예술적인 장치가 어느덧 틀을 잡았다. 나는 22항의 적용 범위를 넓혀 나가서 점점 더 많은 사회 제도를 아우르기에 이르렀다. 22항은 '그들'이 우리에게 무슨 짓이나 다 해도 되지만 그렇게 하지 못하도록 '그들'을 막아 낼 방법이 우리에게 없다는 하나의 법칙이 되었다. 최종적으로 보완한 장치는 철학적인 논리였는데, 요사리안은 22항 따위가 존재하지 않는다고 확신하지만, 그것이 존재한다고 사람들이 믿는 한 아무런 탈출구가 없다는 설정이었다.

정부의 관리들을 불신하고 의심하는 시각, 희생되는 과정에서 당하는 무기력함과 좌절감, 대부분의 정부 조직들이 거짓말만 한다는 인식 — 작품에 등장하는 이런 여러 시각들 가운데 사실상 어느 하나도 내가 2차 세계 대전 중 폭격수로서 겪은 체험들과는 일치하지 않는다. 작품에 반영된 반전 사상과 반정부 정서는 2차 세계 대전이 끝난 다음 1950년대 한국전쟁과 냉전 시대에 해당되는 사항이다. 그 시기는 전반적인 신념이 와해되는 과정이었고, 그런 조류가 『캐치-22』에 영향을 주어 소설의 형태가 덩달아 거의 와해되는 결과를 가져왔다. 비록 구조는 그렇지 않지만 소설 자체에 담긴 이념에 있어서는 『캐치-22』가 짜깁기 형식의 한 가지 산물이라고 하겠다.

의식조차 하지 못하면서 나는 어떤 문학 운동에 가까운 흐름의 한 부분이 되었다. 내가 『캐치-22』를 집필하는 동안 J. P. 돈리비는 『환상 속에서 사는 남자』를, 잭 케루악은 『길 위에서』를, 켄 키지는 『뻐꾸기 둥지 위로 날아간 새』를, 토머스 핀천은 『V』를, 커트 보니것은 『실뜨기』를 집필 중이었다. 내 생각에는 우리 가운데 어느 누구도 다른 사람의 존재를 서로 전혀 알지 못했을 듯싶다. 적어도 나만큼은 그들을 한 사람도 알지 못했다. 도대체 어떤 힘들이 작용해서였는지 모르겠지만, 어떤 문학 예술의 조류가 나 한 사람뿐 아니라 우리 모두에게 영향을 끼치고 있었다. 『캐치-22』의 무기력함과 피해의식이라는 정서가 핀천과 『실뜨기』에서 또한 아주 강렬하게 드러난다.

『캐치-22』는 심리적이라기보다 정치적인 소설이다. 이 책에서는 히틀러에 맞서 싸우는 전쟁 따위는 아랑곳하지 않는 시각이 당연해 보인다. 그 대신 한 인간과 그가 처한 인습들, 그와 같은 편이어야 할 상관들과 주인공 사이에서 벌어지는 여러 갈등이 주제로 떠오른다. 정말로 힘겨운 투쟁은 우리를 위협하는 존재, 우리를 기진맥진하게 만드는 존재가 누구인지조차 알지 못할 때 — 그렇지만 팽팽한 긴장과 위험한 적, 그리고 도대체 끝이 어디인지를 알 길이 없는 갈등만큼은 분명히 존재할 때 벌어진다.

『캐치-22』가 대학생들의 관심을 끌기 시작한 시기는 베트남 전쟁에 대한 미국인들의 도덕적 믿음이 확실하게 붕괴되던 무렵이었다. 군대를 부패하고, 한심하고, 완고한 집단으로 취급하는 문학적 시각이 그 전쟁에 적용되었다. 베트남 전쟁은 행운의 오비이락이었는데 — 국민에게는 그렇지 않았지만 내게는 반가운 소득이었다. 1960년대 중반까지 12쇄를 찍어 내던 보급판 『캐치-22』는 후반으로 가면서 30쇄까지 이어졌다.

그러는 사이에 정신적인 변화가 일어나서, 권위에 저항하는 건전한 불복종 정신이 새롭게 대두했다. 아메리카의 신화라는 진부한 개념이 헛소리라는 일반적인 정서가 팽배했다. 첫째, 그것은 약발이 끝난 신앙이었다. 둘째, 그것은 진실이 아니었다. 셋째, 미국이 최고라고 부르짖는 사람들조차 그런 주장을 믿지 않았다. "캐치-22"라는 표현이 다양한 분야에서 점점 더 자주 입에 오르기 시작했다. 작품의 제목을 그 유행어로부터 내가 차용했다고 거꾸로 믿는 사람들 또한 등장할 지경이었다.

어떤 면에서건 모든 사람이 이 소설에 담긴 어떤 내용과는 엮이기 마련이다. 나는 자신이 속한 사회를 개인이 적으로 간주하는 상황들로부터 주제를 엮어 내기 시작했지만, 사회 자체가 어떤 불가항력의 산물이며, 전혀 아무런 논리적 구조를 갖추지 못한 어떤 조직 또는 이성의 틀을 벗어난 조직의 산물로 전락해 이용당하는 역할만 하는 상황들로 주제를 전개했다.

소설의 앞부분에 요사리안과 던바 중위가 대화를 나누는 장면이 등장한다. 군목에 대한 얘기를 주고받던 중 요사리안이 이렇게 말한다. "착한 친구지? 투표권을 셋은 줘야 할 것 같아." 던바가 말한다. "투표권을 누가 더 준단 말예요?" 그리고 한두 쪽 넘어가서 요사리안이 클레빈저에게 말한다. "그들이 날 죽이려고 해." 그리고 클레빈저가 묻는다. "그들이란 누구를 의미하는 거야?"

정체를 밝힐 길이 없는 '그들,' 수수께끼 같은 존재 '그들'이 만사를 다스린다. '그들'은 누구인가? 나도 모른다. 아무도 모른다. '그들' 자신조차 모른다.

1994년 판 『캐치-22』의 서문

조지프 헬러

1961년에는 《뉴욕 타임스》가 8단으로 조판되었다. 그리고 그해 11월 10일, 『캐치-22』가 공식적으로 출간된 다음 날, 서평이 실리는 문화면에 꼭대기에서 바닥까지 5단 통단으로 보기 드문 광고가 실렸다. 그 시각적인 효과는 엄청났다. 어느 다른 작가의 책에 대한 서평은 그날 글자풀이와 다른 모든 기사와 함께 신문이 접히는 안쪽으로 밀려났다. 광고에는 이런 제목이 붙었다 —— "Catch가 무엇일까?" 그리고 꼭대기에는 군복을 걸치고 만화에서처럼 공중을 날아가는 사람의 우스꽝스러운 모습이 실렸는데, 그 그림자 인간은 겁에 질린 표정으로 정체를 알 길이 없는 어떤 위험을 감지하고 시선을 옆으로 돌린 자세였다.

그것은 『캐치-22』를 선전하는 광고였다. 광고 문안과 더불어 공적으로 상당한 인정을 받는 개인과 단체가 보내는 스물

459

한 가지 찬사의 글이 함께 실렸는데, 그 글을 기고한 사람들은 대부분 문학이나 출판계와 관련이 깊어 출간을 앞두고 미리 책을 받아 보고는 호평을 보낸 인물들이었다.

출간 며칠 후에는 《네이션》에 나의 출판 대리인으로부터 책을 한번 읽어 봐 달라는 부탁을 받은 넬슨 올그런의 서평이 실렸는데, 그는 『캐치-22』가 "정말 오래간만에 등장한 최고의 소설"이라고 했다. 그리고 시카고의 어느 일간지에는 비슷하게 호평하며 일독을 추천한 스터즈 터클[26]의 글이 실렸다.

작품이 그토록 주목을 받은 까닭은 나의 출판 대리인 캔디다 도나디오와 편집자 로버트 고틀립의 헌신적인 열정과 판단력이 크게 작용한 덕택이었으며, 나는 이 기회를 빌려 그 가치를 가늠할 길 없는 재능을 베풀어 준 동지이자 지원군인 두 사람에게 새로운 25주년 기념 특정판을 헌납하고자 한다.

소설은 출판 당시 《뉴욕 타임스》에는 서평이 아예 실리지 않았다. 하지만 《헤럴드 트리뷴》에서 모리스 돌비어[27]는 "황당무계하고, 감동적이고, 놀랍고, 통쾌하고, 분노와 폭소를 자아내는 거대한 소용돌이와 같은 대작"이라고 『캐치-22』를 평가했다.

---

26) Studs Terkel(1912~2008). 2차 세계 대전을 다룬 『훌륭한 전쟁(The Good War)』(1985)으로 퓰리처상을 받은 방송인 작가.
27) Maurice Dolbier. 여러 신문사에서 문학 담당 부장을 역임했다. 미국 신문사 조직에는 문화부장이 따로 없고, 문화 분야는 사회부(city desk)에서 담당한다. 배우로도 활동했던 돌비어는 두 권의 장편 소설과 여섯 권의 동화 그리고 몇 편의 희곡을 발표한 작가이기도 하다.

나 같은 무명 작가의 전쟁 소설에 대한 비평을 돌비어가 《헤럴드 트리뷴》에 실었던 까닭은 거의 전적으로 우발적인 사연 때문이었다. 나보다 훨씬 널리 알려진 작가 S. J. 페럴만은 곧 신작을 발표할 예정이어서 돌비어 씨와 대담을 나누기로 일정이 잡혀 있었다. 사이먼 앤 슈스터가 그 무렵에 출판할 계획이었던 그의 작품은 공교롭게도 내 소설이나 마찬가지로 편집 담당자가 로버트 고틀립이었다. 대담을 하다 요즘 무슨 책을 읽었느냐는 돌비어의 질문을 받고 페럴만 씨는 그의 편집자가 꼭 읽어 보라고 맡긴 『캐치-22』라는 소설에 흠뻑 빠져 있노라고 대답했다. 돌비어 씨가 나중에 나한테 털어놓은 바에 의하면, 사무실로 돌아간 그는 비평할 대상이 못 된다는 생각에 읽을 마음이 내키지 않아 한편으로 밀어놓았던 다른 여러 작품들 무더기 속에서 페럴만이 언급한 문제의 책을 발견했다고 한다. 고틀립이 없었다면 페럴만은 인연이 닿지 않았을 테고, 페럴만이 없었다면 돌비어의 비평은 태어나지 않았으리라는 얘기다.

　그리고 돌비어가 없었다면 《타임스》와의 연은 맺어지지 않았을지 모른다. 두 주일 후, 아마도 오로지 돌비어 씨의 영향 탓이겠지만, 일간지 《타임스》에서는 『캐치-22』에 대한 재평가가 이루어졌고, 비평가 오빌 프레스콧은 『캐치-22』의 내용을 감당할 자신만 있다면 독자는 이 책을 일단 읽고 나서는 도저히 잊지 못할 것이라며, "즐거워할 독자들과 거의 맞먹는 숫자의 사람들로 하여금 격분하게끔 만들 눈부신 작품"이라고 단언했다.

그 이후 벌어진 반향은 그야말로 '역사'로 남게 되었지만, 그것은 자칫 오해를 불러일으키기 쉬운 역사였다.

소설 『캐치-22』는 어떤 공식적인 베스트셀러 목록에도 정식으로 오르지 못했고 상 또한 받은 적이 없었다. 그리고 프레스콧 씨가 예견했듯이, 좋은 평가의 숫자와 경쟁이라도 벌이듯 부정적인 평가 또한 줄줄이 등장했다. 이십오 년이 흘러간 다음 이 소설을 돌이켜 보건대, 나의 개인적인 견해로는 수십 년에 걸쳐 미국 문학에 대하여 가장 통찰력이 깊은 견해를 꾸준하게 밝혀 온 존 올드릿지가, 로버트 브루스틴이 《뉴 리퍼블릭》에 발표했던 대단히 지적인 평론을 각별히 언급하면서, "훗날 비평계에서 개선하려고 별로 노력을 기울이지 않은 근본적인 논제들"이라는 대목을 인용한 바가 있는데, 올드릿지는 『캐치-22』의 독자들 가운데 다수가 "이 책을 좋아했던 이유는 단순히 다른 사람들이 같은 작품을 미워했던 바로 그 이유들 때문"이었다고 갈파했다.

폄훼하는 악평들에서는 독설이 난무했다. 일요판 《타임스》에는 뒤쪽에 어찌나 작게 실렸는지 일부러 기다렸다가 찾아보지 않고서는 아무도 읽어 보지 못할 정도의 기고문을 통해, (알고 보니 하필이면 나의 대리인 캔디다에게 자신의 작품 관리를 의뢰했던 소설가인) 어느 평론가가 "그 소설은 기교와 감성이 숨넘어갈 정도로 미약"하며, "반복이 심해서 단조롭고" "뒤죽박죽 갈피를 잡지 못 하는 정서"로 가득하여 "실패를 집대성한 작품"이어서 차마 소설이라고 불러 주기가 거북하다고 일갈했으며, 권위를 자랑하는 《뉴요커》에서 평상시에는 재즈 음악

을 담당하던 내근 기자가 『캐치-22』를 비슷한 배경을 담은 미
첼 굿맨[28]의 소설보다 품격이 훨씬 떨어진다고 비교하면서 깎
아내리는 평론을 실었는데, 『캐치-22』는 "차마 손으로 썼다기
보다 원고지에다 고함을 질러 대는 집필 방법을 채택한 듯싶
어서," "역겨운 농담을 늘어놓은 쓰레기 하치장"이나 다름없으
며, 결국 헬러는 "자신의 웃음소리에 빠져 허우적거리다가 끝
내 익사하고 말았다."라고 서술했다.(지금 이 내용을 적어 내려가
면서 나는 뒤늦게나마 웃음소리에 빠져 죽고 싶은 심정을 느낀다.)

내 기억으로는 『캐치-22』가 그해 《타임스》에서 추천한 성탄
절 도서 목록 수백 권에 포함되지 않았던 듯싶고, 봄과 여름
에 읽어 볼 만한 책으로 선정된 수백 권 속에도 들지 못했다.

하지만 1962년 늦여름 일요판 《타임스》의 베스트셀러를 소
개하는 면에서, 정기적으로 실리던 고정란 "이런 책 저런 책"
을 통해 레이먼드 월터스는 뉴욕 사람들이 지하 문학으로 가
장 자주 입에 올리는 작품이 『캐치-22』인 듯싶다는 언급을
했다. 『캐치-22』는 아마도 그해 어느 책보다 더 열심히 광고했
던 책이었건만, 아직 여전히 지하 문학의 울타리를 벗어나지
못한 상태였다. 그로부터 얼마 안 가 주간 《뉴스위크》는 비슷
한 논조의 기사를 게재하느라 한 면 이상의 지면을 할애했다.
그리고 같은 해 여름 늦게 나는 처음으로 텔레비전에 출연해
달라는 청탁을 받았다. 초대해 준 프로그램은 흔하디흔한 신

---

28) Mitchell Goodman(1923~1997). 베트남 징집 반대 운동에 앞장섰으며,
이탈리아 전선을 배경으로 삼은 반전 소설 『전선의 끝자락(The End of It)』
으로 노먼 메일러 등의 주목을 받았다.

변잡기 시간 「오늘」이었다. 당시 잠정적으로 사회를 맡았던 사람은 존 챈슬러였다. 챈슬러 씨는 얼마 전까지 크렘린 주재 특파원으로 활동하다 귀국했는데, 그는 모든 초대 손님을 자신이 직접 선택해야 한다는 조건으로 「오늘」의 진행을 맡았다고 한다.

방송 대담을 끝낸 다음 나는 방송국 근처 술집에서, 내 생애에서 가장 이른 시간에 낮술을 마시게 되었는데, 그 자리에서 챈슬러 씨는 자신이 개인적으로 제작했다는 스티커 한 꾸러미를 나한테 건네주었다. "요사리안이여 영원하라."라는 구호였다. 그리고 그는 자기가 그 스티커들을 몰래 NBC 방송사의 간부들이 드나드는 화장실과 복도의 벽 여기저기 붙여 놓았노라고 슬그머니 알려 주었다.

그러고는 9월이 되어 보급판 『캐치-22』가 시장에 깔렸고 이때부터 마침내, 판매 촉진과 공급 전략에 물론 대단한 공을 들이기는 했지만, 델 출판사로서는 상상조차 못 할 지경으로 일반 대중의 호응이 엄청난 폭발을 일으켰다. 출판사 측에서는 얼마 동안 판매 부수의 규모를 믿을 수가 없었고, 아무리 많이 찍어 시장에 깔아도 책의 수요를 따라잡을 수가 없을 듯싶었다.

보급판 출판사들은 한꺼번에 수십만 부씩 책을 찍어 낸다. 『캐치-22』의 경우에는 초판 30만 부를 풀어놓은 다음, 10월과 12월에 두 차례씩 다시 찍어 9월부터 그해에만 도합 5쇄를 발행했고, 1963년 말까지 11쇄를 기록했다. 영국에서는 야심만만한 젊은 편집자 톰 매슐러의 노력에 힘입어, 시작부터가 그런 식으로 상황이 전개되었다. 그곳에서는 베스트셀러 목록 작성이 새롭고 초보적인 단계였지만, 어쨌든 『캐치-22』가 재빨리 첫 순위로 올랐다.

나의 경우에는 『캐치-22』의 역사가 작품의 집필을 시작한 1953년으로 거슬러 올라간다. 나는 아직 단과 대학이었던 시절의 펜실베이니아 주립 대학교에서 이 년 동안 창작 강의를 한 다음 뉴욕의 어느 작은 광고 대행사의 교열 담당자로 취업했다. 그보다 먼저 나는 긍정적인 평가를 받고 싶은 초조한 심정에서, 《에스콰이어》와 《애틀랜틱》 같은 잡지에 몇 편의 단편 소설을 발표함으로써 겨우 인연이 닿았던 몇몇 출판 대리인[29]에게 1장의 원고를 보냈다. 대리인들은 신통한 반응을 보이지 않았지만, 젊은 캔디다 도나디오 양은 관심을 보였고, "집필 중인 작품들"로부터 발췌한 일부를 선정해 전문적으로 게재하는 몇 군데 간행물에 작품을 소개해 보겠으니 동의해 달라는 뜻을 전해 왔다.

---

29) 신문이나 잡지에 단편 소설을 응모하여 작가로 인정받던 우리나라와는 달리, 미국에서는 전작 소설을 출판사에 보내 회사가 위탁한 예심 위원들의 심판을 거쳐 출판이 되어야 작가로 인정받는 과정을 거쳐야 했다. 20세기 중반까지만 하더라도 잡지사나 출판사에서는 직접 무명 작가의 소설을 접수하고는 했지만 1980년대부터는 literary agent라는 대리인을 거치지 않으면 작가 지망생이 보낸 작품을 아예 읽어 보지도 않고 돌려보내기가 십상이었다. 그래서 대리인은 작가가 되려면 꼭 거쳐야 하는 관문이었다. 대리인은 작품을 읽어 본 다음 성공할 가능성이 보이는 신인 작가들만 맡아서 관리하는데, 출판사에 소개한 작가의 모든 수입에서 10퍼센트의 수수료를 받으며, 대부분 작가와 대리인의 관계는 평생 이어가고, 작가의 사후에도 관리가 계속된다.

「캐치-22」에 등장하는 인물들과 사건들을 헬러가 정리해 놓은 일람표의 일부.

1955년에 1장이 대중 계간지 《미국의 현대 문학》 7호에 실렸는데, 같은 특집에는 비슷한 시기에 집필 중이던 『길 위에서』를 잭 케루악이 가명으로 발표했다. 그러자 잘 알려진 몇몇 출판사의 편집자들이 호감을 보이는 편지를 보내 왔고, 용기를 얻은 나는 처음에 예상했던 기간보다 훨씬 오랜 세월이 걸리게 될 작품에 본격적으로 매달려 작업을 계속했다.

원고를 270쪽가량 정리했을 무렵인 1957년에 나는 《타임》에 취직이 되어, 낮에는 판매 광고 문안을 쓰는 틈틈이 소설에 관련된 단상들이 머리에 떠오를 때마다 몰래 쪽지에 적어 두었다가 저녁에 집에 가서 정리했다. 그리고 캔디다 도나디오는 자신의 분야에서 유능한 대리인으로서의 입지를 나름대로 굳혀 나가, 누구 못지않게 훌륭한 미국 작가들을 의뢰인으로 꽤 많이 확보했다. 우리 두 사람은 무척 애착을 갖게 된 내 소설의 발표 가능성을 가늠해 보기 위해 원고 일부를 몇 군데 출판사에 제출해 보면 좋겠다고 뜻을 모았다. 캔디다의 관심은 그녀와 안면이 있는 사이먼 앤 슈스터의 어느 젊은 신인 편집자에게 쏠렸는데, 그가 대부분의 보통 편집자들보다 특이한 작품에 훨씬 적극적으로 반응하는 성향을 보인다는 판단에 따라서였다. 그의 이름은 로버트 고틀립이었고, 그녀의 판단은 정확했다.

고틀립이 부지런히 원고를 검토하는 사이에 나는 이해심 깊은 《타임》으로부터 한 달의 특별 여름 휴가를 받아 작품의 추고 작업에 들어갔다. 고틀립은 점심 식사를 같이하자면서 나를 만났는데, 작업을 같이 해 나갈 작가로서 내가 얼마나 융통성을 보이겠는지 성격을 파악하려는 것이 만남의 주요 목적이었다. 꼭 수정해야 할 문제점이라고 그가 믿는 여러 사항과 관련해 완곡한 제안들을 고틀립이 조심스럽게 지적하는 얘기를 경청한 다음에, 나는 그런 조건들을 거의 다 이미 알아서 처리했노라고 자부심을 느끼며 새로 손질한 원고를 여봐란 듯이 그에게 넘겨주었다.

자기처럼 젊은 사람하고 일을 같이하는 예외적인 호의를 내가 보여 줬다는 사실에 대하여 걱정스러운 표정으로 그가 감사하는 말을 듣고 나는 좀 놀랐는데 — 하기야 내가 서른네 살이었던 반면 그는 아마도 당시 스물여섯 살이었던 듯싶다. 고틀립뿐 아니라 사이먼 앤 슈스터에서 그와 가장 가까운 동료였던 니나 본이 처음에는 내가 그들을 못미더워하는 듯한 인상을 받고 겁을 먹었다는 고백은 나를 더욱 놀라게 했는데, 나는 그런 분위기를 내가 조장했다는 사실을 전혀 눈치채지 못했었다. 그 후에도 나는 고틀립을 못미더워하는 마음을 먹은 적이 없고, 훗날 알프레드 A. 놉프 출판사의 사장을 거쳐《뉴요커》편집장 자리에 오를 때까지 그는 어느 누구에게도 다시는 겁을 먹은 적이 없었다.

그리고 내가 아직도 그를 가장 고맙다고 기억하는 사실은 작품의 개요를 알려 달라거나 겨우 3분의 1밖에 써놓지 않은 줄거리가 앞으로 어떻게 전개될지를 단 한 번도 알고 싶어 하지 않았다는 점이다. 내가 받은 계약서는 선금이 1500달러이며, 계약 체결을 하면서 그 절반을 그리고 나머지는 작품이 끝나고 원고를 넘길 때 지급한다는 조건이었는데, 내게는 그런 돈이 사실 아쉽거나 중요하지 않았다.

어쩌면 나는 그가 함께 작업한 첫 작가였는지 모르겠지만, 그의 손을 거쳐 작품이 출판된 첫 번째 소설가는 아니었으니, 내가 원고를 다듬어 끝내는 데 필요했던 삼 년 동안에 이미 완성된 원고를 가지고 그와 접촉한 필자들도 적지 않았다. 아마도 나는 캔디다가 가장 먼저 인연을 맺은 작가였는지도 모르겠다. 『캐치-22』가 거둔 성공에 대하여 두 사람 다 나 못지않게 기뻐했으며, 훗날 우리 셋은 함께 나눈 경험을 회상하며 두고두고 즐거움을 나누었다.

1962년 2월 28일에 언론인 리처드 스탄스는 그가 몸을 담은 신문 《뉴욕 월드-텔레그램》의 고정란에 다음과 같은 말로 시작되는 극찬의 글을 실었다.

"내 생각에 요사리안은 아주 오래 장수할 듯싶다."

그의 찬사가 뜻밖이었던 까닭은 스탄스 씨가 지역 정치계를 주로 대상으로 삼아 냉혹한 비판을 가하던 언론인이었으며, 《월드-텔레그램》이 일반적으로 보수적 성향이 강한 신문이었기 때문이다.

오늘날까지도 나는 어떤 청탁을 받은 일도 없이 전문 분야를 벗어나 호의를 보여 준 스탄스 씨를 감사하는 마음을 금할 길이 없고, 그의 예언이 적중했다는 사실에 그에게 축복을 보내고 싶다. 《월드-텔레그램》[30]은 숨을 거두었다. 창간 광고에 이름을 올렸던 많은 사람들이 세상을 떠났고, 나머지 사람들도 우리와 함께 머지않아 떠나갈 것이다.

그러나 소설이 끝날 때 요사리안은 아직 살아 있다. 소설을 자세히 읽어 본 독자들까지도 바람을 넣은 노란 구명정을 타고 자유를 찾아 노를 저어 바다로 나가는 그의 모습을 영화 때문에 오랫동안 기억한다.[31] 소설에서 주인공은 그렇게까지 멀리 가지는 못했지만, 붙잡히지도 않고 죽지도 않았다. 얼마 전 내가 탈고한 『캐치-22』의 속편 『마감 시간』에는 표지에 만

---

30) 1867년 "이브닝 텔레그램"이라는 이름으로 창간하여, 《뉴욕 헤럴드》의 석간판으로 변신했다가, 1967년 5월 5일에 폐간된 유명한 뉴욕 신문.

31) 소설에서는 요사리안이 네이틀리의 갈보에게 칼침을 맞고 그냥 "그는 도망쳤다."라는 문장으로 끝나지만, 영화에서는 푸른 바다에 노란 구명정이 강렬한 빛깔의 대조를 이루는 인상적인 탈출 장면으로 마지막을 장식한다.

화의 등장인물 같은 남자가 도망치는 모습이 다시 등장하는데, 나이를 마흔 살 이상 더 먹어 중절모를 쓰고 지팡이를 짚고 돌아다니기는 할지언정, 소설이 끝날 때까지 그는 여전히 멀쩡하게 살아 있다. 작품 속에서 의사인 그의 친구가 "사람은 누구나 언젠가는 가야 한다네."라고 의미심장하게 상기시킨다. "누구나 다 말이야!" 하지만 혹시 내가 다시 속편을 한 권 더 쓴다고 할지라도, 요사리안은 그 작품의 끝에서도 역시 죽지는 않을 것이다.

이제는 일흔 살이 된 요사리안이 언젠가는 세상을 떠나야 하리라는 현실을 나는 받아들여야 한다. 하지만 그가 내 손에 죽는 일은 없으리라.

1994년에 조지프 헬러
뉴욕주 이스트 햄튼에서

CREDITS

세계문학전집 **186**

캐치-22 I

1판 1쇄 펴냄 2008년 8월 22일
1판 22쇄 펴냄 2021년 2월 22일
2판 1쇄 찍음 2021년 11월 10일
2판 1쇄 펴냄 2021년 11월 16일

지은이 조지프 헬러
옮긴이 안정효
발행인 박근섭, 박상준
펴낸곳 (주)민음사

출판등록 1966. 5. 19. (제 16-490호)
서울특별시 강남구 도산대로1길 62(신사동) 강남출판문화센터 5층 (우편번호 06027)
대표전화 02-515-2000 팩시밀리 02-515-2007
www.minumsa.com

한국어 판 © (주)민음사, 2008, 2021. Printed in Seoul, Korea

ISBN 978-89-374-6186-6 04800
ISBN 978-89-374-6000-5 (세트)

세계문학전집 목록

세계문학전집은 계속 간행됩니다.